魅丽文化

你快哄我呀

Please coax me

顾南西 著

江苏凤凰文艺出版社
JIANGSU PHOENIX LITERATURE AND ART PUBLISHING

图书在版编目（CIP）数据

你快哄我呀 / 顾南西著. — 南京 : 江苏凤凰文艺出版社, 2021.6
ISBN 978-7-5594-5351-8

Ⅰ. ①你… Ⅱ. ①顾… Ⅲ. ①长篇小说 – 中国 – 当代
Ⅳ. ①I247.5

中国版本图书馆CIP数据核字(2020)第216899号

你快哄我呀

顾南西 著

责任编辑 张 倩
特约编辑 喻 戎 吴 龄
封面设计 ABOOK STUDIO 安柒然 Design QQ|2469318609
出版发行 江苏凤凰文艺出版社
南京市中央路165号，邮编：210009
网 址 http://www.jswenyi.com
印 刷 湖南凌宇纸品有限公司
开 本 880mm × 1230mm 1/32
印 张 10
字 数 296千字
版 次 2021年6月第1版
印 次 2021年6月第1次印刷
书 号 ISBN 978-7-5594-5351-8
定 价 42.80元

目录

contents

第一章 我叫江西，阮江西 001

第二章 我的记忆只有七十二个小时 021

第三章 你不知道我有多喜欢你 042

第四章 幸好你还记得我 064

第五章 只喜欢我一个好不好 085

第六章 那是她的命，所以她拼命 107

第七章 是，我吃醋了 128

第八章 江西，我只记得你 149

目录

contents

第九章	她叫叶江西，是我的妹妹	171
第十章	宋辞是我的，现在和将来都是	193
第十一章	顾白，我把他弄丢了	214
第十二章	我怎么会舍得忘了你	234
第十三章	我们去登记好不好	255
第十四章	肥水不流外人田	276
第十五章	把整个叶氏给我，你舍得吗	292
番外	顾白	308

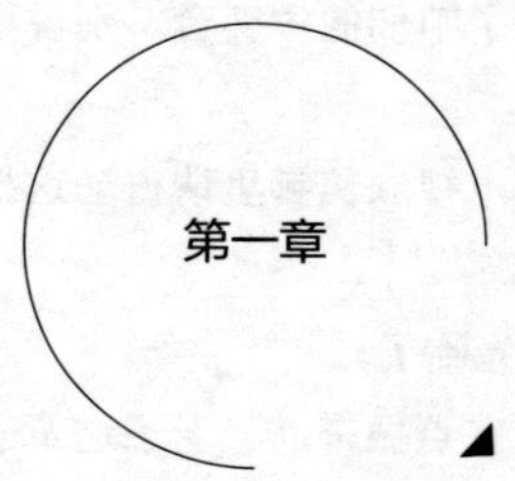

第一章

我叫江西，阮江西

雁栖国际会展中心。

JNTV 一年一届的电视评选于每年七月的最后一个周五开幕，虽说不上群星云集，却也年年如火如荼。

然而，今天晚上似乎不那么寻常。作为盛典的策划总导演，陈海伦正忙得不可开交，只见门口涌进来大批扛着相机的媒体记者，这阵仗实在少见。

叫住正安排服装的助手小刘，陈导张望着门口问：“怎么回事？哪来这么多记者？保安都去哪儿了，乱成这样？”

小刘放下手头的活，连忙解释：“导演，这才九牛一毛。你是没看到红毯外的记者，一人一口唾沫都能淹了咱们的颁奖台。别说整个会展的保安了，连保安的狗都出动去守警卫线了。”

按理说，这种地方级别的电视颁奖哪里请得动这批比艺人还大牌的媒体，这会儿这阵势，实在有些说不通。

想来应该是哪位大牌艺人光临了。

陈导抹了一把头上的汗，有点振奋：“老子这辈子都没出过这样的风头，到底是哪位影帝影后屈尊降贵来我这屁大点的颁奖现场，老子给他烧高香。”

小刘助手立马摇头：“哪位影帝影后能有这样的阵势。”

“难道不止一位？”陈导按捺不住心里的狂喜。这排场，是要上头条的节奏啊。

“宋少，是宋少！”小刘的声音拔高了七度。

“宋少？”陈导搜刮了一下 H 市的宋姓人物，然后惊呆了，“宋辞！锡南国际的宋辞？”

曾经有胆大的媒体评价过锡南国际的这位少东家，只道：锡南国际的宋少，那是 H 市的大人物。

“老子转运了，连这样的财神爷都招来了。”陈导甩下策划书就出去迎接，“有什么事用得着宋大少亲自出山？”

小刘便给陈导讲起了刚才听来的小道消息：“刚才听财经记者说，锡南国际看上了会展的这块地皮，宋少打算拆了会展。至于是建连锁商城还是酒店，还要看宋少的心情。”

陈导脚下一个趔趄，敢情这位贵人是来收地的！他瞬间不镇定了：“那老子的颁奖典礼怎么办？”

宋少可不管什么颁奖典礼！小刘看了看时间，说：“导演，开幕时间开始倒计时了。”

陈导一听急了，立刻又折回去，边走边吆喝：“快，所有机台准备就绪，让开幕的女演员就位，绝对不能出一点乱子。”

这时候，后勤组的小赵满头大汗地跑过来：“导演，别说开幕的女演员，后台现在连女的都没有了。”

有时候，晴天霹雳总是一个接着一个来的。

“人呢！”陈导眼珠子都快瞪出来了。

“都跑楼梯口接……”小赵想了一下措辞，“接驾去了。”

这接的自然是宋少的尊驾了。

也是，这个世上便没有不想飞上枝头变凤凰的。而宋辞，便是那最高的枝头。

关于锡南国际的宋辞，传闻众多。传闻他容貌比女人还精致三分，手段却比阎王还狠上七分。传闻他黑白通吃，富可敌国。

当然这些也只是传闻而已，便连上天入地无所不能的狗仔深凿了多年也只是挖出了宋辞的一张照片。那张照片上只有一个侧脸，据说惊为天人。

宋辞是一个谜，神秘、难测，却带着致命的诱惑。他的背景、财势，甚至容颜，都让人趋之若鹜。

三十八层楼高的会场里正一团乱麻，VIP电梯毫无预兆地停下，参加电视节的大半女演员翘首以盼。只见一个西装革履的男人走出来，轮廓分明，皮肤稍稍有些白皙。他微微低着头，双手懒散地插在口袋里，修长的腿迈出电梯，他缓缓抬头。这张脸，岂止比女人精致三分，尤其是那双眼睛，就像沙漠夜空中的星子。

宋辞微微眯了眯眼，眉头轻拧。

他身侧的特助立马上前：“宋少。”语气小心谨慎得很。

宋辞敛了眸子道：“镁光灯。”

这第三十八层会所是这次电视节专用场所，到处都是灯光。特助秦江立马会意：“保安。”

保安想也不想，关灯去了。

“将消息封锁。”宋辞言简意赅，“下不为例。”他嘴唇抿紧。

显然，宋大少很不满。

秦江自知老板龙心不悦，认错态度良好：“是我失误了。”他也好奇这个消息是怎么走漏出去的，锡南国际的公关部都是吃干饭的吗？

“女人。”宋辞眼皮都不掀一下，嗓音冰冷。

秦江一时没反应过来："什么？"

"把这些女人都轰走。"宋辞的语气里有着毫不掩饰的嫌弃。

秦江这才环顾四周，只见走廊两边一干女人正摇曳生姿，各个盛装浓抹。要说也都是国色天香，可偏偏自家老板最是不喜红粉胭脂。

"我这就让保安疏散。"

秦江立马麻利地去清理现场，偏偏总有些不识趣的铆足了劲儿往上凑，就比如眼前这位。

"宋少你好。"女人的嘴角微微勾起一道弧度，眼尾上扬。

敢往宋辞跟前凑的自然是美人儿，笑容、妆容、仪容，都经过精心测算，堪称完美。

只不过宋辞连眼皮都没有掀一下："我不认识你。"

美人儿有点花容失色，但秦江知道，宋辞这还算客气的。

女人拢了拢耳边的碎发，自是风情万种，声音很是酥软："我是天宇传媒的肖楠，本来以为提名金陵奖最佳女演员就花光了我的好运气，倒没想到今天还有幸认识宋少。"

"我不认识你。"宋辞的语气已经很不耐烦了。

那位肖楠美女倒是见惯了场面的，也不尴尬，打趣道："宋少说笑了。"

"说完了吗？"肖楠美女又一愣，妆容精致的脸有些端不住了，正要说话，宋辞又道，"请你让开。"

走廊里传来女人们的嗤笑。

这位宋少难不成真不好美色？肖楠前倾一步，微微躬身致歉："宋少贵人多事，是我冒昧打扰了。"

她媚眼如丝，胸前春光难掩。

美人在前，她不信这位宋少会不为所动。

"你挡着我的路了。"自始至终，宋辞都懒得掀一下眼皮，只是语气越发阴冷。

肖楠美人的脸彻底僵硬了。

唉，女人啊，还是要识趣一点才可爱。秦江趁着自家老板还没有发作，赶紧上前请人："肖小姐，请让开。"

送走了那位铁青着脸的红粉美人，秦江自觉地递上西装口袋里的方巾："宋少。"

他家老板有个毛病，碰不得一点女人气，不是别的怪癖，就是嫌弃。

“你失误了，要罚。”宋辞慢条斯理地擦着手。

秦江立刻绷紧了神经：“是。”

“明天跟着酒店餐饮部的人一起去非洲体验生产。”

体验生产？分明是被发配去挖土豆。隔壁销售部的小王就被老板派去了一个月，回来后除了牙齿就没一处白的地方。

“宋少，等我挖完土豆回来您又不认识我了。”

宋辞稍作沉吟：“七十二小时内滚回来。”

摊上这样的老板，秦江简直苦不堪言。

隔着一条走廊，拐角处便是艺人们的休息室。休息室里的阮江西大老远便听到女人咋咋呼呼的声音。

“江西！江西！”女人跑进来，白皙的小脸上冒出了几颗豆大的汗，“我们走运了，走大运了！”

女人一身英伦风的打扮，短发齐耳，有着介于男女之间的英气。

这一惊一乍的姑娘是天宇传媒旗下的经纪人——陆千羊。在做这一行之前，她也算媒体圈中排得上名号的媒体人，俗称——狗仔。

三年前，陆队长突然金盆洗手。这狗仔摇身一变，收山做了阮江西的经纪人。这中间，自然有一番曲折跌宕。

原来，这姑娘为了挖某位天后被包养的秘闻，在天后家的垃圾桶里蹲了一天，之后因为解决三急问题被天后的金主给揪到了，然后她就被提溜进了一间小黑屋。半夜有男人摸黑进来欲行不轨，当时她直接就跳进了窗户外的游泳池里。喝了一肚子水后，她一抬头便看见了坐在游泳池边的阮江西。阮江西拿了杯红酒，问：“你是在游泳吗？”

陆千羊当时一脸快哭的表情，摇摇头。

阮江西沉默了一会儿，拿出手机：“警察局吗？这里有人落水了。”

就这样，陆千羊大难不死，隔天便辞了工作，做了阮江西的经纪人。

阮江西总是这样一副不疾不徐的模样：“慢慢说，不急。”

陆千羊抹了一把汗：“天塌下来，你都泰山不动。”

阮江西倒了杯水给她：“天不会塌，你先喝杯水。”

陆千羊觉得，就算天塌下来，她家艺人也不会多动一下眼皮。

“你怎么不问发生了什么？”

“你会说。”

陆千羊投降：“听说是来了什么大人物，跳开幕舞的女演员不知道抽了什么风，一个一个都搔首弄姿去了。都快开场了，后台现在连人影也不见一个。林导到处找能跳舞的女演员，《青花》的编剧颜姐就推荐了你。正好你是跟剧组一起来的，虽说跟奖项没什么关系，可好歹你也是个出过镜的演员。”陆千羊越说越激动，“江西，天上掉馅饼了。独舞，独舞，那可是独舞，这一场开幕舞的镜头可比你接的几个女配角的镜头要多了去了。”

一口气说完，陆千羊气都没喘一下，只是她家艺人眼睫毛都没动一下。

“嗯。”

嗯？就这反应？陆千羊险些岔气了：“我口水都说干了，你就赏我一个字？”

“嗯。”清丽的眸毫无波澜，云淡风轻，阮江西一贯如此。

陆千羊举手投降：“小的服了，小的这就去准备服装和化妆。”

阮江西只是点点头，并未说什么。

陆千羊从来没有见过哪个艺人像阮江西这般无欲无求到不思进取的地步。若论样貌和演技，阮江西丝毫不比任何一线大腕差，科班出身，混了三年却还在接一些根本叫不上名的配角。归根结底只有一个原因——阮江西从来不会放下身段。用天宇传媒副董的原话说，若阮江西想红，整个H市一大把想潜她的人。只是阮江西连眼神都懒得扔一个。

她家艺人啊，洒脱得有点任性哟。

再说锡南国际收地那点事儿。话说宋少大驾光临，可谓来者不善，陈导将贵人请到VIP席小心伺候着。

“宋少。”

“说。”宋辞懒懒地靠着后座，手指有一下没一下地敲着扶手，墨瞳微敛，半张脸笼在昏暗里，只余一个冷硬的轮廓。

得，这气场太强了。

陈导满头的汗打从宋辞进来就没停过，他微微躬身，小心地打着商量：“宋少能不能宽限几天？电视节今天才开幕，演员与剧组都已经受邀了，要是贸然取消——”

宋辞直接打断：“理由。”

理由？你说收地就收地，你考虑过农民伯伯的感受吗？陈导压下满肚子的怨念，很是委婉地说："要是贸然取消，这电视节没……没法办。"

宋辞敲着椅子的手一顿，抬头："陈导。"

陈导的心颤抖了一下："是。"

"我宋辞不是办慈善机构的。"

陈导觍着老脸："宋少，您是不是再考虑一下？当初电视节主办方与锡南国际签订了三年的会展使用期，这合约期还没满，宋少您单方面违约是不是太——"

"违约金明天就会到账，今天把这里清干净。"宋辞话音刚落，旁边的特助秦江就递上一份文件。

陈导顿时砸人的心都有了："宋少，您别——"

宋辞显然耐心不够，起身便走。

这时，舞台中央的镁光灯骤亮，一袭红衣就那样毫无预兆地撞进了宋辞眼中。烟雾缭绕里，女人的身影很模糊，像蒙了尘，宋辞看得并不真切。

擂鼓轻舞，红衣翩翩。

"她是谁？"脚步停住，宋辞站在观众席的走道上，有些出神地盯着舞台中央。

宋辞从来没有这样专注地看过什么东西，何况是一个女人。秦江觉得反常，顺着宋辞的视线看过去，盯着瞅了一会儿，一头雾水："她？"从这个距离和角度看过去，他连女人的样貌都看不清。

"我是不是认识她？"宋辞拧着眉头思忖，深邃的眸子里有些茫然。

三分兴趣，七分好奇，宋辞动了心思。

秦江觉得不可思议，又瞧了瞧舞台上跳舞的姑娘，也没看出来是个国色天香的。想了又想，他确定："宋少，您下过命令，方圆百米以内不准有女人。没出过岔子的话，您绝对不认识她。"

"她不一样。"宋辞难得这样执着。

秦江又蒙圈了："啊？"

"她和任何女人都不一样。"宋辞盯着舞台上的人出神，眼里有细碎凌乱的影子。

不一样？秦江仔细瞧着。舞台上的女子远看是个温婉的美人儿，舞跳得一般般，身段嘛，有点瘦，倒是气质淡雅。但是，什么样的美人宋少没见过，眼前这个也算不得是得天独厚，秦江就不明白了："宋少指的是？"

宋辞蹙了眉头，沉默了。其实他并不知道这个女人有哪里不一样，只是没有这样不知所措过。

“等她跳完再清场。”宋辞只说了这一句话，然后侧身，视线离开舞台。

身后陈导的声音十分急促：“宋少，您再考虑考虑。”

宋辞并不理会，揉了揉眉头。周遭十分聒噪，让他觉得头有些疼。

“宋少，就三天，颁奖典礼一结束我就清场，宋少——”

陈导的话还未说完，舞台上的擂鼓声却骤然停了，远远传来女人的声音。她轻唤：“宋辞。”

干净的嗓音微微颤抖，缠缠绕绕的，绕得宋辞心神恍惚。他凝眸，阶梯之下，那个女人着一身红色舞衣，从灯光里走来，清婉地笑着。她喊他：“宋辞。”

心似乎被扯了一下，有点疼。宋辞皱着眉看她：“你是谁？”

她走近，站在离他两米远的台阶下，眸光认真又清澈：“江西。”她的眼眶有点红，“我叫江西，阮江西。”

女人走近了宋辞才看清她的模样，她的脸很小，一双眼睛却大得出奇，目光像深井的水面，有很淡的涟漪。她化了很妖艳的舞台妆，却依旧遮不住娟秀的五官。

宋辞走近一步，微微倾身：“我们认识？”

他确定，记忆里绝对没有“阮江西”这三个字；但他不确定，心头那种像被针扎，不会疼却有些痒的感觉是为何。

阮江西笑了，嘴角漾出两个好看的梨窝：“嗯，认识。我知道你叫宋辞，你也知道我叫江西，我们现在认识了。”

狡猾的女人。

宋辞才看清她眼角的晶莹，他拧着眉头：“你为什么哭？”

“是灯光太刺眼了。你可以带我离开这里吗？”她伸出手，指尖白皙剔透。

宋辞半倾着身子，微微沉吟后握住了女人的手。她的手很小，冰凉冰凉的。

她笑了，清丽的眸子很亮。

而后，宋辞牵着阮江西走出了会场。她身上的红色舞衣曳地，拂过红毯上铺的一地玫瑰。

不只秦江，会场里一干演员和工作人员这才回过神来。

“刚才那是宋少？”

“没看见陈导鞍前马后吗？不是宋少谁有那么大面子。”

“那个女人又是谁？”

是谁？还用说吗？想飞上枝头变凤凰的！

秦江看着走远的两人，百思不得其解："那姑娘是什么来头？"

陈导收回快要掉出来的眼珠子："不知道是跟着哪个剧组来混脸熟的。"

混脸熟？都混到宋辞跟前了？秦江手托着下巴，深思。

"怎么回事？开幕演员怎么临时换了？"陈导问身边的助手。

"开幕的女演员都不见了人影，是林导随便拉来的人。"

"随便拉来的人就把宋少给勾跑了？！"

陈导一嗓子号出去后才发现说错了话，咳了几声，清了清嗓子问一旁高深莫测的秦特助："秦特助，你觉得那姑娘是在勾引宋少吗？"

勾引？这个词得掂量掂量。

倒是一旁的小刘插了句话："我怎么觉得是宋少看上那姑娘了。"

陈导和小刘一同看向秦江。

"我怎么知道，我们宋少的隐私是能随便揣测的吗？"

他哪敢啊？！

"那这电视节你看？"陈导立马探口风。

秦江斟酌片刻，说："托了那位小姐的福，不用清场了，违约金的事我们改天再谈。"

"是是是。"

陈导喜出望外，对着小刘吼："赶紧的，主持人快上去，继续继续！"

颁奖典礼还在继续，后台的女演员们却乱成一锅粥，一个个淡妆浓抹都遮不住满脸的愤慨与鄙夷。

"哼，还真看不出来呢，平时一副清高淡漠的模样，这会儿瞧见宋少就狐媚得很。"说话的是《青花》剧组的女二号，生得很貌美，平日里傲慢得很。

肖楠轻嗤一声："不过一个三流演员，还能入得了宋少的眼？人家宋少什么样的美人没见过，就阮江西这穷酸相——"

陆千羊听不下去了，一脚踢开休息室的门："是啊，人家宋少什么样的美人没见过，就连我们肖楠肖大小姐这样的美人，还不是污了宋少的眼，人家都懒得看？"

肖楠脸青了："你——"

"以后说我家江西的时候，别忘了掂量掂量。你脚下踩的这条红毯，要不是我家江西，可得拆了。"

陆千羊以前是干娱记的，一张嘴说遍天下，三言两语就堵得肖楠气绝。她甩了脸色，恶狠狠地瞪着陆千羊："你给我等着。"

陆千羊耸了耸肩膀，一脸欠揍相。跟她斗，还嫩了点。想当初她当狗仔的时候，肖楠还在陪某导演睡觉呢。

"羊羊。"从外面跑进来的男人二十岁出头的样子，长相斯文清秀，十分年轻。

"羊你个头！"陆千羊最受不了别人喊她这么蠢萌的名字，她边往外走边问，"江西人呢？"

年轻男人缩了缩脖子，老老实实回答："上了宋少的车。"

陆千羊一嗓子号出去："什么？！"

男人愣怔地重复："上了宋少的车。"

这个呆愣的男人是阮江西的助手，二十八的年纪长了张十八的脸，名叫魏大青。不过他身份证上的本名叫魏小青，《白蛇传》里的那个"小青"。这人从来不拿身份证出来见人，觉着名字太女气，便自称是魏大青。不过陆千羊依旧死性不改地喊他的本名。

据说小青在天宇传媒待了三年，其间跟过六个艺人。那六个艺人现在都已经退出了演艺圈，阮江西是他跟的第七个艺人。

陆千羊问过江西，像魏大青这样不懂娱乐圈生存规则的人要来干吗，阮江西当时只说了一句话："带毁了六个艺人，他却还留在天宇，总是会有理由的。"

后来陆千羊才知道，公司的副董魏明丽是魏大青的姑妈，亲姑妈。

陆千羊那时才发现，阮江西是极聪明的。

可是她家聪明的艺人居然上了某大款的车！陆千羊有些头疼："刚才听那些女人说是江西勾引了宋大少，江西不会真想玩玩潜规则吧？"

"这些年想潜规则江西的人还少吗？"

细数还真不少，不过——

"他们能和宋辞比吗？'宋辞'两个字往H市一摆就是——"陆千羊的声音突然一顿，"宋辞？！"

"宋辞怎么了？"

"小青，你记不记得江西家的那条狗叫什么名字？"

魏大青想了想："好像叫宋什么来着。"他平时总是"胖狗胖狗"地叫，尊姓大名有点不记得了，反正姓宋。

"叫宋辞！"陆千羊一脸深沉。

那两个人之间的故事……

斑斓的光景在飞驰后退，从车窗外漏进来的风微微有些凉，拂乱了阮江西绾起的发。她还穿着那一身红衣，厚重的烟熏妆下，一双眼睛闪着光亮。她显然心情很好，侧着头，盯着身边男人的侧脸。

宋辞突然转头，对上阮江西的视线："你一直在看我。"

阮江西丝毫没有闪躲："因为要记住你的脸啊，牢牢地记住。"半真半假，她的话让人捉摸不透。

主驾驶座上的秦江从后视镜里打量这位明显居心不良却又开诚布公的姑娘，他实在是看不懂，哪有这么光明正大玩"勾引"的？

"为什么要记住？"宋辞反问她。

阮江西回答："因为你是宋辞。"她丝毫不掩饰自己的刻意讨好。

"你认识我？"

她喊他"宋辞"，用很熟稔的语气。从来没有哪个陌生女人敢对他这样直呼其名。

"嗯。"阮江西点头，很坦诚。

"那么你是故意接近我的？"

"这次不是故意的，是偶然。"阮江西补充了一句，"下次接近你可能就是故意的。"

"你想要什么？"宋辞似乎并没有生气，只是靠着车座，眸光清冷地看着阮江西。

"宋辞。"阮江西喊了一声，突然倾身上前，盯着宋辞的脸，目不转睛。

她毫无预兆地靠近，宋辞的眼睫骤然跳动，鼻间全是她的气息，淡淡的，却来势汹汹。他猛地转开头，眸光乱了，车窗上映出他微微泛红的耳垂。

他撇开眼，并不看她："我再问一遍，你想要什么？有什么目的？"声音有几分刻意的冰冷，他又强调，"我不是个有耐心的人。"

"宋辞，"阮江西一字一字说得缓慢，却十分坚定，"这就是我的回答。"

美人为谋，攻城略地。阮江西的目的是他——宋辞。

"停车。"语气急促，宋辞喊得很大声。

秦江立刻踩了刹车，然后下车，很自觉且体贴地给阮江西开了车门："阮小姐，今天天晚，就不方便送你回去了。"好假的客套话。

阮江西并不介意，微微点头，道了谢，提着长长的裙摆下了车。她站在车门旁边，看着宋辞："再见，宋辞。"

宋辞侧着头，不看她。

“我们一定会再见的。”她转身离开，风很冷，她环抱着手臂，任红色的裙摆铺了一地。

宋辞久久沉默不语，直到看不见那红色的身影才收回视线：“开车。”

秦江把车掉了个头：“宋少，用不用我去查查这个女人？”

“多事。”宋辞连眼皮都没掀一下。

秦江有点摸不准宋辞的心思，试探着问：“今天会所那边记者不少，肯定拍到了点什么，那媒体那边？”

“不准见报。”

“我明白。”

“把车开回去。”

秦江又默默地把车倒回去。

从来没有谁能乱了宋辞眼中的一池冰水，阮江西是第一个例外。

小径纵横，阮江西便住在最里面的一栋小阁楼里。那地方很偏僻，与这繁华的城市有些格格不入，反倒像江南水乡的小镇，红墙绿瓦。

陆千羊不止一次强烈要求阮江西搬出这个鸟不生蛋的地方，车开不进来也就算了，人都要被绕晕了。

看了一眼时间，陆千羊环抱着手臂，对着小径那边的阮江西吹了一声口哨：“坦白从宽，抗拒从严。”

阮江西提着裙摆缓缓走近：“十一点了，不回去吗？”

“十一点了，不交代吗？”

“交代什么？”阮江西席地坐下，揉揉有些酸痛的小腿。

陆千羊挨着她坐下：“宋辞。”她敢肯定，她家艺人和锡南国际那位太子爷有猫腻。

阮江西起身，拂了拂红色舞裙上沾的尘土，漫不经心地说：“宋辞还在顾白家，我不放心，他那里女人多，宋辞不喜欢香水。”

阮江西每次说到那只叫宋辞的胖狗时，语气总是异常温柔。

陆千羊立马忘了正事，忍不住吐槽：“阮江西，你也太不了解你家那只胖狗了。它是不喜欢香水，但是除了狗粮它最爱的就是女人好吗？你放一百个心，它会醉死温柔乡的。”对那只胖狗，陆千羊有吐不完的槽，她先打住，“现在不要给我转移话题，请清清楚楚、明明白白地告诉我，为什么你的狗会和锡南国际的宋大少重名？不要给我洒狗血说是巧合，我的火眼金睛已经看出了猫腻。所以，你老实招来！”哼，她多年当狗仔练就出来的狗鼻子已经闻到奸情了。

“我喜欢那个名字。”阮江西轻言细语，“我只是很喜欢那个名字。”

她在隐瞒。

“先后养了两只狗，全都取名叫宋辞，就只是喜欢？我怎么觉得你走火入魔了？”

对，就是走火入魔，阮江西从来没有这么反常过。

“我去洗澡，走的时候帮我关上门。”阮江西径直进屋子。

陆千羊气得跳脚，冲着里头号叫：“阮江西，你玩什么猫腻？玩潜规则吗你！”

次日，天微微氤氲，似乎要下雨。

二十九层高楼，天宇传媒独占七层。

演艺圈的生存规则素来简单粗暴——谋者上位，天宇也是如此。清心寡欲如阮江西，在美人成堆的天宇存在感基本为零，连休息室也是在最偏僻的角落里。

《青花》刚刚杀青，因为戏份太少，阮江西并没有受邀参与宣传活动，连着几日都没有什么出镜的机会。身为经纪人的陆千羊危机感十分强烈，一大早便买了一份娱乐报纸，从第一页翻到最后一页，越往后翻，眉头拧得越纠结。

魏大青也凑过去瞧：“你在找什么？”

“没道理啊，锡南国际的宋少，居然一点篇幅都没有。”还是不死心，陆千羊又从第一页开始翻，“昨晚电视节上那么多记者，没理由一张照片都没有拍到啊。”

“听说宋少不喜欢见报。”魏大青出身豪门，对H市这些个大人物的事迹，多少有些了解，“没有锡南国际点头，这些报纸不会刊登宋少的新闻的。”

陆千羊歪着脑袋看阮江西，一脸忧伤的表情：“天子脚下，众生缄默，看来我们江西注定要无名无分了。”

本来还想着能跟着宋辞蹭点头条，可闹了这么一遭，除了得罪了昨晚出席的几个女艺人，啥也没捞到，亏大了！陆千羊越想越不爽：“宋辞那个昏君！暴政！独裁！”

阮江西搅着已经凉了的咖啡，目光无波无澜，笑而不语。

陆千羊叹了一口气，发泄似的把报纸扔在桌子上：“你三点的通告，赞助服装怎么还没有送过来？”

“不急。”

“真是皇帝不急急死太监，我去服装组问问。”陆千羊抓了一把鸡窝似的短发，跑腿去了。

不到十五分钟，魏大青接了个电话，脸就垮了下来。

“怎么了？”阮江西在看报，并没有抬头。

“千羊和人起了争执，磕破了对方的脑袋。”魏大青对此很无奈，这已经是这个月第五次了。那只暴躁的羊当了几年狗仔，养出了一身恶习，一言不合就喜欢动手。整个公司不管是经纪人还是艺人，见了陆千羊都会绕着道走。

阮江西神色无澜，继续翻着手里的报纸：“和谁？”

“肖楠的经纪人。”魏大青很是头疼，“和谁干架不好，偏偏惹上刘梅。整个公司谁不知道，刘梅最宝贝她那一头可以代言洗发水的长发。这脑袋都砸破了，保不准就成秃子了。何况打狗还要看主人呀，肖楠还是很袒护她的狗……呃，她的经纪人的。”

阮江西语气平淡：“不会有事的，我去处理。”

“我去道歉就好，看在我姑姑的面子上，肖楠也不敢怎么样。”

“为什么要道歉？”

魏大青蒙了一下：“是千羊打人在先。”

“千羊从来不会无缘无故动手。”阮江西性子一贯淡然，却也一向护短。

“那我们去干什么？”魏大青觉得这次好像不只是小打小闹。

“报仇。”她放下报纸，缓缓起身。

魏大青呆愣了片刻，瞧了一眼桌上的报纸，上面还残留了几滴阮江西不小心洒下的咖啡。咖啡正好滴在一行字上：天初慈善晚会，主办方锡南国际。

魏大青挠挠头，赶紧跟上去。

十分钟后，服装间里，原本趾高气扬指着陆千羊鼻子骂的肖楠接了一通电话，之后她便直接摔了手机，扯着嗓子尖叫。整个化妆台上的瓶瓶罐罐被她砸得满地都是，肖楠似乎还不解恨，又一手推翻了服装架。

陆千羊看热闹看得很带劲儿，对旁边服装组的小李招招手：“怎么回事？那女人疯了吗？”

“今晚慈善晚会的出场秀，魏总刚刚换掉了肖楠。这场秀肖楠准备了很久，魏总说换人就换人，肖楠哪里受过这样的气，脾气当然大了。”

肖楠虽然不是大腕，但是光看肖楠平日里的穿着打扮就不用说，她上面有人。

陆千羊兴奋极了："谁呀？这疯女人的通告也敢抢。"

"不是别人。"小李笑着打趣，"正是你家江西啊。"

陆千羊先是愣了一下，随即仰天大笑三声："哈哈哈！真解气。"

她跳过一地的狼藉，蹦到肖楠跟前："我刚才就说过了，我家江西的东西可不能随便抢，除非，她不要。"

肖楠正在气头上，哪里听得进去，对着陆千羊怒吼："你给我滚！"

她不滚，她就不滚！她用脚拨了拨肖楠刚从自己这里抢去的演出服："这件你不是要抢吗？我家江西不要了，赏你了。"

"你——"

陆千羊不听，扭头吆喝："玲姐，把所有赞助商的衣服都拿上来，我家江西今晚要去走一个非常盛大的秀，这服装可不能马虎。"她说完，高傲地仰起头，斜着眼看肖楠气青了的脸，雄赳赳气昂昂地横着走出了服装间。

"啊——"服装间里传来肖楠阵阵歇斯底里的吼叫。

陆千羊手叉着腰，一路笑到了阮江西的休息室："江西，果然还是你爱我爱得最深沉。我就知道，你不舍得让我被人欺负。"说完，她凑近阮江西的脸就要亲亲。

阮江西不着声色地微微偏头，躲开了陆千羊的献吻："时间不早了，去安排化妆师吧。"

"得令！"陆千羊哼着一首完全不在调上的小曲就走了。

魏大青正盯着手里的报纸，小声地嘀咕："江西爱得最深沉的才不是你。"

魏大青不由得深思起刚才阮江西和魏副董的对话来。

阮江西开门见山："天初慈善的出场秀，我想去。"

阮江西在天宇传媒一直都是一个特殊的存在，没有大红大紫，也不争不夺。签约三年来，她从来不惹事也不出风头，却总会适时让人知道她的存在。魏明丽一直都知道，阮江西是个聪明的女人，至于有多聪明，她从来都摸不准阮江西的底。

"论话题度、知名度、人气度，肖楠都比你合适。"魏明丽是个商人，理智又很现实，"你觉得你能说服我让你取代她？"

"今晚的慈善晚会，主办方是锡南国际。"

"我当然知道主办方是锡南国际。"魏明丽挑眉，"然后呢？"

阮江西还是一副不疾不徐的模样，并不像谈判，淡淡而语："昨晚是宋辞带我离开会场的。"

昨晚的事魏明丽也有所耳闻，只是事关宋辞，没有几个人敢妄自揣测。在她看来，宋辞是个谜，阮江西一样深藏不露。

魏明丽摊了摊手：“你说服我了，我可以让你替代肖楠。”她笑得别有深意，“江西，你是个谈判高手，你赢了。”

阮江西并没有多言：“谢谢。”

“我有一个问题。”

“请问。”

“你是想炒作还是潜规则？”不待阮江西回答，魏明丽又补充，“我提醒你一句，别玩太大了，宋辞可不是一般人。”

“都不是。”阮江西回得简单，并不想多言，“我需要去准备一下，先走了。”

一点底都探不出来，藏得真深。魏明丽在娱乐圈摸爬滚打了二十多年，自认为没有看不透的艺人。阮江西是唯一的例外，完全无迹可寻。

锡南国际会所位居整个H市最为繁华的地段，这寸土寸金的黄金路段据说有一半归属于锡南国际。宋辞到底有多少身家，至今都是个未知数。只是，锡南国际垄断了整个华夏服务行业的事，并不是什么秘密，天初慈善晚会便是锡南国际为旗下酒店举办的一次营销活动。

今晚受邀之人都是H市有头有脸的人。自是如此，锡南国际下的帖子，H市哪个敢装大爷？何况今年宋少难得亲临，谁不想去露露面，搏个好商业印象？

有宋少亲临，今晚的慈善晚会自然少不了美人环绕。这不，秀台上争奇斗艳，是一个比一个盛装，一个赛一个美貌。台下，各行各业的商业巨头同样也没闲着，围着主座上的宋辞，一人一杯红酒，以敬酒为名，行挖金之事。

“宋少，城南那块地你看是不是再考虑考虑？”说话的是天海物业的秦董。他正开发一处房产，钱都投了，可动工的那块地被锡南国际给捷足先登了，到嘴的鸭子就要这么飞了。

秦董使出浑身解数：“价格由锡南国际说了算，宋少，要不我们约个时间详谈？”

宋辞半靠着椅子，有些漫不经心。

秦董还想说什么，江铃集团的郑董上前：“谭氏控股的案子，不知道宋少有没有兴趣？”

宋辞道：“今天不谈公事。”

秦董立马跟着附和：“是是是，难得宋少出席晚宴，公事自然要先放一边，我先自罚三杯。”然后他十分豪爽地干了三杯。

郑董赔笑：“秦董的酒量我自愧不如，自罚三杯恐怕要晕头转向了。这一杯我敬宋少，就当是赔罪了。”

宋辞兴致缺缺，对这敬过来的酒杯，连眼色都没有施舍一个。

场面实在有点尴尬，宋辞身边的秦江便出来打圆场，皮笑肉不笑地说：“宋少不喝酒。”

秦江的话刚说完，宋辞端起一杯红酒，左边轻轻摇晃三下，右边轻轻摇晃三下，然后放在嘴边，微抿了一口。

这红酒品得实在帅得不要不要的，一看就是常年经红酒文化熏陶出来的格调。不会品酒？秦江无语凝噎。

宋辞看都没看秦江一眼，举起酒杯又品了一口。

郑董拿酒杯的手都抬僵了，还是讪讪地收回来，笑得实在太假：“秦特助真会开玩笑。”

秦江笑得更假，不说话了，此时无声胜有声。

音乐声起，红毯T台上，模特们缓缓走来。这次慈善晚会受邀来走秀的模特不管是气质、容貌还是人气，无疑都是百里挑一的。加上有锡南国际的宋少亲临，美人们争奇斗艳，更是夺人眼球。

美人、美酒，素来都是商业饭局的标配，只是宋辞打从入场便兴致缺缺，沉了一张俊脸，搞得作陪的一干老狐狸都面面相觑。这宋少的喜好实在是摸不准啊。

身穿白色旗袍的女人手捧着山水字画入场，古筝声声，后面入场的女子均身穿旗袍，各个佳人婉约。

宋辞略微抬头，身侧的郑董立刻笑道：“明朝的字画，宋少有兴趣？”

宋辞自顾自地摇着酒杯里的酒，微微敛了眸光。

郑董碰了个软钉子，不说话了。旁边有人打趣：“郑董，那个捧着字画的女孩不是令千金吗？”

“小女贪玩，实在是令人头疼。”郑董作势捏了捏眉头，“还望宋少见谅。”

郑秋明这只老狐狸，卖的哪里是字画，分明是女儿！秦江瞥了一眼台上，心想，倒是个美人。

“刺眼。”宋辞往座位上一靠，双腿交叠，扔了这么一句。

秦江任劳任怨，对着对讲机吩咐：“灯光太亮。”

旁边几位作陪的老总均讪笑，也不知道台上有多少姑娘是他们送的，看脸色一个一个跟猪肝似的，八成这美人计泡了汤。

这一批入场竞拍的基本都是古玩字画，件件是有价无市的珍品。

“宋朝的青花瓷，果然是绝品。” 赞叹声方落，“哐当”一声，这宋朝的绝品就碎了一地。

拍卖的主持人也愣住了，青花瓷的主人是个四十多岁的中年男子，声线粗犷，当场便发作：“怎么回事？这是哪个公司的艺人？”

大家的视线自然落到了T台上。满地碎片中间，女人半趴在红毯上，穿着淡青色的旗袍，盘起的长发微微凌乱。女人的神情没有预想的慌张失措，微暗的灯光映出侧脸的轮廓，她微抿着唇，神色却平静无波。

美人，摔倒，孤立无援，这些关键词串联起来似乎更像电影里投怀送抱的桥段。只是主位之上的男人连眼皮都懒得掀一下，周边的女人发出阵阵嗤笑。

“阮江西，还不快给我下去！”

秦江一听，下意识地看向自家老板。只见宋辞握着酒杯的手一抖，半杯红酒洒了一半，神情中不见方才的散漫沉闷，整个人都专注起来，还有点愣怔，盯着红毯上的阮江西拧起了眉头。

“一千万。”是宋辞叫价。

秦江的第一反应是看台上那些碎片，然后有点惋惜，觉得老板太败家了。这宋朝的青花瓷就算是完好的，也顶多值五百万。被阮姑娘这么一摔，直接就翻了一倍价了。

其他人瞠目结舌，主持人显然智商没上线，磕磕巴巴地喊：“宋、宋少出一千万，还有没有谁出更高的价？”

当然没有。别说是一千万买一堆碎片，就算是宋辞出一毛钱拍了个天价宝贝，也没谁敢出两毛跟他抢啊。

只是这一千万的青花瓷碎片……众人不禁看向摔在红毯上的女人。女人容貌清丽娟秀，难道宋少好这口？

呵，果真。

宋辞起身，走到红毯前，半蹲着看地上的阮江西。她抬头，在刺眼的灯光下，对上宋辞的眸光。

眸光粼粼，那样美丽。

“宋辞。”阮江西喊他的名字，声音柔软。

“手有没有受伤？”语气中听不出任何情绪，只是他眼底有涌动的波澜。

“没有。”她的脸色在灯下越显苍白，“不过脚好像崴了，你能不能扶我起来？”

宋辞眉头紧皱，并没有伸出手。

阮江西只是笑笑，手撑着身子想要站起来。

“别动。”是命令的口气。

宋辞似乎有些恼火，瞪着阮江西，然后绕到她身后，一把抱起她，动作并不是十分温柔。

怀里的女人笑了。

宋辞更恼了，俊脸上有些不正常的绯色，语气十分强硬：“能不能下地？”

阮江西点点头。

宋辞却没有把她放在地上，而是把她放在了半人高的拍卖桌上：“这次是偶然还是故意？”

“故意的。”她笑靥如花，“宋辞，我是来见你的。”她晃了几下右腿，有一点疼，“只是没有想到会这样狼狈。”确实，她是蓄意而来。她不过是想见他，只不过是想见见他。

对于阮江西这番明目张胆的说辞，宋辞似乎已经习惯了：“你打算怎么狼狈退场？”

场内哪个人见过这般纵容女人的宋少，都抻长了脖子想要瞧一瞧这一出美人心计如何收场。

“梨花带雨我也会，总会有人怜香惜玉。”眸光顷刻便水光盈盈，她朝他伸出手，“宋辞，你可以带我退场吗？”

宋辞终于意识到，阮江西是个很出色的演员，梨花带雨信手拈来，让他的心尖都开始疼。她明显有备而来，正如秦江告诫过的，她居心叵测。他也察觉到了，只是不知该如何防备。

阮江西，已经在他的掌控之外了。

“梨花带雨不适合你，你哭的样子不好看。”他伸手，握住了阮江西的手，将她拉到自己身边，而后嘴角勾起。

向来不爱笑的人，一笑就让人移不开眼。

“嗯，我知道。”阮江西稍稍靠近宋辞，站在他身侧的位置，“不过你笑起来的样子很好看。”

宋辞沉默了，撇过头，耳根子微微红了，似乎有点羞恼。他拉着阮江西就走，可刚迈开步子又顿住，盯着阮江西的右腿看了片刻，然后放缓了速度，动作显而易见地轻柔了。

她走路一瘸一拐，还未走出众人的视线，宋辞便直接把她抱了起来。

媒体记者们恨不得扑上去，再补上几个镜头，然后传来一个很扫兴的声音："宋少的规则大家都懂吧？"

不懂！谁懂谁蠢！多家媒体的相机丝毫没有收起来的意思。

"既然大家都不懂，那自己看着办好了。"秦江十分好脾气地建议。

看着办？各家媒体人掂量了一下，默默地放下相机。

秦江十分满意，端着酒杯继续应酬。

因为宋辞的退场，本该是红酒美人的环节也变得无趣了。两三个穿着旗袍的女人端着红酒闲聊，她们是刚走完秀的艺人，旗袍下的身段都十分性感。

"那个女人是谁啊？"那个女人，自然指的是阮江西，今天受邀走秀的艺人大概也就只有阮江西叫不出名号。

"妄想飞上枝头的伪凤凰。"

"可别摔得粉身碎骨。"

"摔狠了才好，好长记性。宋少是什么人？岂是她能觊觎的。"

女人们扭着妖娆的腰肢，尽情地嘲讽。

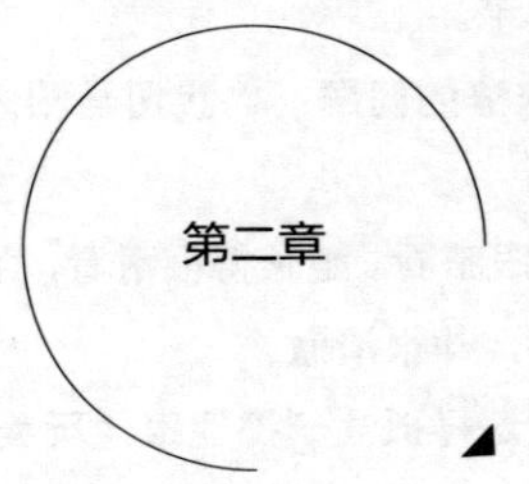

第二章

我的记忆只有七十二个小时

阮江西只是笑笑，也不生气，转头问宋辞：“她们说的是我吗？”

隔着喷泉池，阮江西坐在大理石的矮墙上。在这个角度她看不到对面被嫉妒心冲昏了头的女人，只是隐约能听到女人们说话的声音。

“嗯。”宋辞应了一句，低头将冰块放进红酒杯里，轻轻摇晃着。

“这种程度，粉身碎骨还不至于。”

阮江西动动脚踝，并不是很痛，宋辞却好端端地沉了脸：“别乱动。”他放下酒杯，半蹲下去，“有没有什么要解释的？还是无话可说？”

说话的时候，宋辞并没有抬头，似乎不知道怎么处理阮江西的脚，只是帮她脱了高跟鞋，再没有别的动作了。

她还是十分诚实地回答宋辞的问题：“我司马昭之心，本来就是来见你的，解释只会变成蹩脚的掩饰。”

宋辞抬头，盯着阮江西的眼睛看。她长得很耐看，尤其是眼睛，总像笼着水汽，像江南小镇的天气，烟雨绵绵，却很清澈。

她到底是怎样的女人，敢这样孤注一掷地跟他玩美人心计？

“还有什么要问的吗？我都可以告诉你。”她身子微微前倾，很乖巧的模样，“天宇本来是让肖楠来走秀的，可是我耍了一点心机，抢了她的通告。当然，我的目的是来见你。”

宋辞并没有回应，取下西装上的方巾，浸在融了冰的红酒里，微微晃动了几下。

冰块碰撞酒杯发出轻微的声响，伴随着的还有阮江西清亮的嗓音：“可是似乎我的名气不够，那些走秀的艺人都不太想和我一起出场。至于是不是故意绊我摔倒，我就不确定了。这样也好，更让我有了接近你的契机。”

真是坦白得让人怀疑。

宋辞冷着脸不说话，将方巾取出，覆在她微微红肿的脚踝上，左右轻揉着。他没有这样伺候过别人，手法笨拙，不得其法。

脚有些刺痛，阮江西轻微地抿了唇，宋辞抬头看她：“痛？”

“不痛。”宋辞的手指很凉，只是他揉搓的动作有点滑稽，她笑着看他，“这样不对，你要绕着圈揉。”

宋辞垂着的睫毛颤动了几下：“痛也忍着，谁让你胆大包天地跑来招惹我。”

他这么说着，手上的动作却轻柔了许多，按阮江西说的，绕着圈给她冷敷。

阮江西笑得很开心，嘴边的梨窝都盛了满满的欢喜。她低着头，认真地盯着宋辞瞧。他的侧脸是她见过最好看的，垂着的睫毛遮住了平日里总是冷冰冰的眸子，少了几分冷硬，柔和又精致。

阮江西鬼使神差地伸手，轻轻碰了碰他的侧脸。宋辞骤然抬头看她，眼里是明显的无措。

她笑出声："宋辞，你长得真好看。"手指放肆地摸了又摸。

宋辞呆住，下一秒猛地后退。他动作太急，有点趔趄，慌张无措地碰到了阮江西的脚踝，她疼得皱了眉。

宋辞愣了一下，立即去看阮江西的脚，紧张得看了又看："弄疼你了？"他抬头，狠狠地瞪阮江西，"谁让你这么放肆。"话说得狠，他的脸和耳根子却微微泛红。

阮江西只是笑，放肆地盯着他帅气的脸看。

就算她这样说了，他还不是让她继续放肆？似乎从一开始，他就步步后退，任由她变本加厉。

秦江是半个小时之后才见到自己老板的，平时挑剔得不像话的人居然蹲在阮江西脚边，手里端着一盘甜点，自己没吃，倒是阮姑娘胃口看着很好的样子。宋辞这位大爷什么时候这么伺候过别人？平日里哪个不是小心翼翼伺候菩萨似的供着他？如今这画风……

那边，阮江西尝了一口甜点，眯着眼，心情很好。宋辞只是看着她吃，偶尔抿一小口红酒。

阮江西说："不要只喝酒。"

宋辞放下了红酒杯。

阮江西说："这个味道很好。"

宋辞又用叉子给阮江西叉了一块，递给她。

她小小地吃了一口，把剩下的递到他嘴边："要吃吗？很甜的。"

宋辞迟疑了一下，真的只是一下，然后就张嘴吃下了她吃剩的那块甜点。他眉头微蹙，嘴角却高高勾起。

秦江惊得眼珠子都要掉了，要知道，宋辞最讨厌甜腻的玩意儿了。

"宋少，是不是该去闭幕了？"秦江小心地提醒已经完全不记得日程的宋老板。

宋辞冷冷地瞥他一眼："等着。"

"宋少，大家都等了好一会儿了。"

被宋辞狠狠睃了一眼，秦江就不吭声了。

气氛正冷，阮江西跳下了喷泉池的矮墙。宋辞一把拉住她："你去哪儿？"

阮江西低头看他的手，他立刻松开，撇开眼说，“你的脚尽量不要下地，我抱你过去。”

“卫生间。”

宋辞不说话了。

阮江西一瘸一拐地走了几步，回头看正别扭着的宋辞：“我的脚不能走路，待会儿你要不要送我回去？”

“嗯。”宋辞点头点得飞快。

“那我在这里等你。”

十分钟后，阮江西才后知后觉，原来她已经成为众矢之的。

洗手间里，女人们的议论声很大——

“阮江西？哪儿冒出来的女人？”

“天宇的艺人，三流都排不上。”

“居然让她攀上了宋少这根高枝，也不知道她有什么本事。”

“能有什么本事？还不是那点勾引人的招数。论脸蛋与身段，她阮江西能比吗？”

“脸蛋与身段有什么用？在脸盲症眼里还不是都一样？”

“不是吧，宋少居然有脸盲症！”

“你不想活了？小声点！”

是曾有传闻说锡南国际的宋少患有脸盲症，但从未有谁敢去证实。

里侧的门忽然应声而开，两个女人似乎没有料到还有第三人在场。当看到阮江西缓缓走到镜子前时，她们呆住了。

阮江西的神色毫无波动，她洗完手，关掉水龙头，对着镜子微微整了整凌乱的头发：“我不喜欢别人说他，不管是好话还是坏话。”

两个女人皆愣在原地。

阮江西一瘸一拐地回到喷池小路时，远远便看见宋辞坐在方才她坐过的矮墙上。因为个子太高，他交叠着修长的腿。

喷池里的水偶尔高高地倾洒，七彩的灯光转换着。阮江西站在原地，手托着下巴看着水光中宋辞的样子。

身边有中年男子路过，嘴里喃喃咕咕：“怎么会不记得呢？分明两天前还见过。”

男人的话顺着风灌进阮江西耳朵里，她脚步顿住，想起了刚才那个女人的话。

她身子微微趔趄，撞在了矮墙上。

宋辞听到声响，起身过来，几乎没有思考便蹲下来，撩起她青色旗袍的边缘：“你走路不带脑子的吗？”

她怔怔地看着蹲在她脚边的宋辞。

宋辞抬头：“撞到哪儿了？”

她微微红了眼眶，只是摇摇头。

“很疼？”声音不知不觉便柔软了几分，宋辞伸手，轻轻揉着阮江西的膝盖。

“我没事，只是风太大，吹到我眼睛里了，所以才没看到路。你看我的眼睛是不是红了？”

确实红了，像要哭似的。

宋辞将她抱到喷泉旁，拿着方才给阮江西敷脚的方巾沾了点池水，给她擦撞红了的膝盖。

他好像对这个女人太纵容了。宋辞这才意识到这个问题，停下手上的动作，稍稍坐远了半米的距离。只是不到片刻，阮江西便凑了过来，离他很近：“你要不要多看我两眼？”

一张秀气的脸在宋辞眼里放大，他猝不及防，愣住了。

这个女人，总是不按常理出牌！

宋辞转开头，又离远了几步。

“不看吗？”阮江西这次没有凑过来，语气有点失落，好像自言自语，“我怕你忘了我的样子。”

宋辞突然抬头对上阮江西的眼睛：“你听到了什么？”

“她们说你有脸盲症。”

“很好奇？”宋辞似乎生气了，有点莫名其妙，又有点惊慌失措。

“不是好奇，是生气。所以我把厕所的门反锁了，把线路拔了，那两个女人一定会在厕所里哭花了妆。”她似乎很得意，说完后转头去看宋辞，“宋辞，我不眼瞎，所以不会用耳朵去了解你，我只会相信你告诉我的。”

阮江西从来不会像别人一样喊他“宋少”，她会叫他“宋辞”，直呼其名。宋辞第一眼见她时就知道，她不一样，和任何人都不一样。

“阮江西，你是故意接近我？”

她点头：“是的，我有备而来。”

她笑着，宋辞并没有明言那些传闻如何，她也不问。

片刻的沉默过后，宋辞脱下自己的外套，搭在她的肩头，说：“这件旗袍你穿着很好看，不过不适合你。”这件青色的旗袍开衩太高。

“晚会很无聊，我们要不要早退？”阮江西问。

他便带着她早退了。

夜里的风有一点凉，阮江西裹着宋辞的外套，安安静静地坐在车里，秦江已经忍不住往后瞄第无数眼了。

“住哪儿？”

“御景别苑。”不是上次那个鸟不生蛋的地方。

开到半路上，秦江瞅了一眼后视镜：“宋少，好像有记者。”

“不用管。”

之后车里很安静，宋辞闭着眼假寐，眉头一直拧着，也不知道在想什么。良久之后，他突然睁开眼：“为什么盯着我看？”

阮江西丝毫没有被抓包的窘迫，大大方方地坦白：“因为你好看。”

宋辞的耳朵红了。

秦江很尴尬，便问：“阮小姐，一个人住？”

“不是。”阮江西补充，“和我的狗一起住。”

单身女人和狗啊。秦江故意拖长了语调：“一个人住啊……”他瞄了一眼后座分明听得很认真却还要装得漫不经心的宋辞，“那御景别苑不错，安保措施做得好，很多艺人都住那里。”

不想阮江西却回答：“我不住那里，御景别苑寸土寸金，我住不起。我拍戏的时候去过，那里是郊区，没有出租车。”她十分淡定地转头问宋辞，“那你可不可以再送我回来？”

秦江已经不知道说什么好了，这姑娘，火力也太猛了。

“你是故意的。”宋辞眉头都不皱，对阮江西已经没脾气了。

“嗯，御景别苑在城北，一个单程要两个小时，来回要四个小时，我想和你待在一起。”阮江西亮晶晶的眸子看着宋辞，“最好久一点。”

秦江十分佩服：“阮小姐，你真诚实。”

“下去。”

老板都吩咐了，做特助的还能说什么？秦江下了车。

车窗被降下，封闭的车厢里，空气都变得紧张起来。

“你接近我有什么目的？”他似乎要确认什么，步步紧逼。

“是我做得还不够明显吗？宋辞，我的目的一直都是你。”

宋辞似乎松了一口气。

“不是脸盲症，传闻错了，宋氏的少董患的是深度解离性失忆症，不是一般的典型性解离症。我的记忆只有七十二个小时。”

耳边是宋辞微凉的嗓音，似染了夜色的清冷。她认真听着，任眼中翻起了汹涌波涛。

“我不会记得你，你不用白费力气了。”宋辞的话慢慢变得毫无温度，还有几不可察的无奈。

之后便是沉默，死寂一般的沉默。

“那我在七十二小时之内再来见你好不好？”她忽然凑近，正对上他的眼睛，语气中带了一点央求。

他想，阮江西也太会玩心计了，让他这么心如擂鼓。

在路上坐了十分钟，秦江才听到自家老板的吩咐声：“上车。”语气是难得的平易近人，看来他心情不错。

秦江钻进车里，不动声色地瞧了瞧后面的两位：“宋少，去哪儿？”

“御景别苑。”

呵呵，这一来一回要四个小时，够久啊。

对于阮江西的问题，宋辞没有说“好”或是“不好”。只是在阮江西下车前，他看了一眼手表，说了一句：“还剩四十六小时三分六秒，一秒都不准晚。”

阮江西笑着说“好”，她心情很好，步子轻快地走进了巷子。

“脚怎么了？”

路的尽头，男人的身影被拉得斜长，好看的五官笼在月光里。

“崴了一下，已经没事了。”阮江西走近，抚了抚男人怀里睡觉的狗狗。那狗很胖，都快要看不到五官了。

男人上前扶她，抬手看了看时间：“十二点了。”眉毛一挑，他打趣道，“阮江西，在律师面前要坦白从宽。来，告诉大人去哪里鬼混了。”

男人语气玩味，容貌精致得过分，比女人还要明艳几分。那一身气质，与律师这个职业实在相差甚远。

隔得近了，阮江西才闻到淡淡的酒气：“顾白，酒驾是违法的。”

顾白忍俊不禁，抬手凑近闻了闻：“没喝，沾了别人身上的味儿，我洗了三遍才过来。”他顺了顺怀里那只狗雪白的毛，“阮江西，你的嗅觉跟你家的狗一般无二呀。”

“汪汪汪——”嗅觉顶尖的某狗醒了，耸了耸毛茸茸的耳朵，乌黑的眼珠子溜了一圈，随即它一头扎进阮江西的怀里，撒欢似的蹭着，“汪汪。”

瞧这卖乖的模样，真是只谄媚的狗。

阮江西揉揉它的脑袋：“我不在的这三天过得好吗？”胖狗在怀里蹭来蹭去，她皱眉，“又重了。顾白，以后不要给它吃太多。”

顾白摊了摊手，一脸无辜：“阮江西，这家伙觅食的本事你知道吧，我哪里藏得住？托了这个小东西的福，它重了半斤，我轻了一斤。所以，”他将一张俊脸凑过去，笑得很是风情万种，“亲爱的，你也心疼心疼我吧。”

阮江西似乎见惯了他无赖的样子，平静地说：“你有三宫六院心疼，我的宋辞只有我。”她揉了揉胖狗的脑袋，眸光十分温柔。

顾白失笑。

这些年来，阮江西最宝贝的就是这只叫宋辞的胖狗，几乎宠爱到了纵容的地步，不然这狗怎么可能胖成这样。

这胖墩的名字，顾白实在没办法叫出口。锡南国际那位他也有所耳闻，同为宋辞，差别大得让顾白对这只胖狗都没有办法直视。只是阮江西对这个名字却钟爱到了固执的地步。

手机铃声响起，顾白看了一眼手机，并没有接，笑着看阮江西：“三宫六院的人正催我回去宠幸她们呢。”

这人笑起来十分风流，也难怪他身边永远不乏燕瘦环肥的各色佳人，只是，顾白会玩，却从来都是点到为止。

对此，江西并不过问：“开车小心。”

她有点吃力地抱着胖到浑圆的某狗，语气却格外轻柔：“宋辞，饿了吗？我给你做好吃的好不好？”

顾白站在原地看着阮江西进屋，不由得想：如果自己和宋辞这只胖狗同时掉进水里，阮江西会不会先救这只胖狗？

答案极有可能是这只胖狗获胜！

顾白苦笑：“阮江西，你是有多喜欢宋辞，养的狗都叫宋辞。”

顾白还记得第一次遇见阮江西时，那天下了很大的雨，她躺在一片泥泞里，满身伤痕，用脏污的手紧紧抓着他的衣服：“救我……”

才九岁的女孩，空洞的眸光是那样绝望。仔细听她呢喃，她好像在喊：“救我，宋辞。”

宋辞。这个名字，必定藏在阮江西最深的记忆里。

手机铃声不厌其烦地再次响起，顾白收了满腹的思绪，接起电话：“怎么了？”

“顾少，怎么还不过来？人家可等了好久了。”电话那头传来女人娇软的撒娇声。

顾白轻笑出声：“不知道本少爷的游戏规则吗？晚上是正宫娘娘的时间，不外宿，你可以滚了。”

电话里，女人甜腻的声音还在说着什么，顾白挂断电话，点了支烟，缓缓吸了一口。路灯下，缭绕的烟雾模糊了英俊的侧脸。

阮江西啊……顾白摇摇头，久久之后熄灭了手里的烟，看着屋中杏黄的灯光，轻声呢喃一句：“晚安，阮江西。”

杏黄的灯光一直亮到深夜，阮江西关了电脑，把自己裹进厚重的毛毯里，只露出一张苍白的脸。

“解离性失忆症……”她自言自语地呢喃，盯着天花板，目光空洞无神。

冷气开得很大，满室冰凉，就连窝在床边的宋胖狗也哆嗦了一下，跳上阮江西的床，拱着脑袋往被子里钻。

她怔怔出神了许久，把狗狗抱进被子里，揉它胖乎乎的肚子：“宋辞，我见到他了。”

“汪！”

“可是他不记得我了。”她语气失落。

“汪！”

阮江西没有理它，思绪不宁。

夜里的风很凉，睡着的人儿似乎并没有好眠，紧抿的唇毫无血色。梦里，有谁在叫她的名字，一遍一遍不厌其烦。

“江西。”

“江西，别怕。”

“江西，不要轻易相信。”

“江西，以后不要在别人面前哭了。”

“江西，我在这里，我在这里。”

“江西。”

……

眼泪打湿了枕巾，一整夜风没停，刮得很响。偶尔有狗狗轻微的叫唤声，却始终叫不醒她。

次日，天朗气清。

四十九层的建筑耸立在H市最繁华的地段，连同周边的商业区地带，全部归属于锡南国际。这里，是宋辞的地盘。

顶楼是简约的欧式装修风格，以黑、灰、白为主色调，毫无暖色。冷硬、单调、简洁，这是宋辞的喜好，跟他的性格一样。

“宋少，报社来电话，今天的新闻是不是照例压下来？”

宋辞头都没抬，简单地指示：“不用。”他又补充了一句，“头版。”

头版？娱乐头版？

秦江琢磨着：“那照片？”托了宋老板的福，昨天晚上狗仔们都拍疯了。

“登出来后把所有的报纸都送过来，不准流到市面上。”

秦江无言以对。

“我会通知报社。”掂量一番后，秦江还是觉得有些话不吐不快，“宋少，那位阮小姐明显在撩你——”感受到头顶射来的一道冷光，秦江斟酌用词，“那位阮小姐明显对你有想法，两天内三番两次出现在你面前，恐怕目的不良。宋少，要不要我去查一下她的底细？”

“不用，出去。”宋辞回得很果断，很强硬。

秦江把满肚子话咽回去，转身告退。

“有没有什么办法可以记住一个人？”宋辞问得有些迟疑，好像不确定，却似乎有些迫切。

宋少以前从来没有这么没主张过，也从来没有问过这么掉智商的问题。

秦江停下来回答：“日记，写日记。”

宋辞沉默了，眼中有浓浓的黑色，瞧不出情绪。

秦江凑上前几步，猜测道：“宋少是怕忘了阮小姐吧？”

宋辞的记忆只有三天，从前天晚上的颁奖礼到现在已经过去了三十五个小时。

一个黑皮本子砸向秦江，宋辞怒喊：“滚出去！”

这是恼羞成怒了！秦江觉得自己又道出真相了，接住本子，出去了。但他刚关上办公室的门，就听到——

“把本子拿进来！”

“是。”推开门之前，秦江翻开本子瞄了一眼，满满几页，全是阮江西的名字。

完了完了，宋辞栽得狠了。

陆千羊一大早就来找阮江西，只是那身行头阮江西没看明白——黑色风衣、宽檐草帽和大得能遮住半张脸的墨镜，还有 Hello Kitty 的口罩。

阮江西十分不解：“怎么穿成这样？不热吗？”外面都快三十摄氏度了。

“我都快中暑了！”陆千羊一把扯下口罩，直奔阮江西家厨房，打开冰箱门就把头钻进去了。

阮江西惊呆了。

“我本来以为昨晚你那风头一出，今天狗仔队会从你家门口排到公司的。事实证明，我失策了。”她拿起冰箱里的冰水，猛灌了一口，“热死老娘了。”

阮江西略微迷茫地看她。

“你不会没看新闻吧？”

阮江西点头。

“江西，你多少有点身为公众人物的自觉吧。微博没有，新闻也不看，过得跟山顶洞人一样。”吐槽完，陆千羊说回正事，“恭喜你，你昨天晚上和宋辞一起见报了，虽然没有一张照片，但‘阮江西’三个字已经彻底杀入大家的视野了。”

对此，陆千羊很振奋。但阮江西没有任何情绪波动，给陆千羊递了一块毛巾，然后非常认真地问：“我在给狗狗做早饭，需要多做一份吗？”

陆千羊绝倒在沙发上，用脚踢了踢沙发那边在睡回笼觉的某只胖狗：“胖狗最近又丰满了不少啊，是不是在顾白律师那儿被女人滋润到了？胖狗好福气啊，真真是英姿飒爽。”

阮江西将做好的早餐放到桌上，又给宋胖狗拿了个专属的碟子，放上刚煮好的无盐低脂的鸡胸肉和狗粮：“你今天早了一个时辰。”

陆千羊早上在外面积了一肚子的怨气，现在大吐为快：“小的不是低估了宋辞的威风吗？就凭你‘阮江西’三个字独占了今天所有的头条与热搜，怎么着今天早上你家门口不被堵个水泄不通那也得人山人海吧？我本来打算早早地来扬眉吐气、狐假虎威一把，鬼晓得你家方圆十里连台摄像机都没有。就瞧见几个狗仔，还畏畏缩缩躲在几里之外，一见我进了小区就东躲西藏没了人影。真心㞞，太丢娱记的脸了，没有半点我当年的风范，浪费我今天这一身行头。不过话说回来，这 H 市果然是宋辞的天下，那么多头版，居然也只是敲敲边鼓捕风捉影，没有一张宋辞的照片。”

宋胖狗听得异常兴奋："汪汪！汪汪！"

陆千羊一脚踢过去："你威风什么？我说的是正牌的宋大人，又不是你。"

阮江西笑笑，又给狗狗添了一点狗粮。

陆千羊突然沉思："你那么钟爱宋辞这个名字，是不是因为……"她大胆揣测，试探着问，"是不是因为他也叫宋辞？"

这并不是无迹可寻，阮江西这样无欲无求、不争不夺的淡然性子，对宋辞却太热衷了，对那只叫宋辞的胖狗也太惯了。陆千羊觉得，宋辞胖狗可能是沾了那位的光。

若是爱屋及乌，依照阮江西对这只狗的宠爱，她对宋辞该有多喜欢啊。

陆千羊不太确定："江西，你是不是早就看上锡南国际的宋美人了？"

片刻的沉默后，阮江西轻声说："是啊，我早就看上他了。"

陆千羊一脸惊愕："后来呢？"果然，阮江西和宋辞之间有好多好多的猫腻，好多好多的奸情。

"后来他生病了，去了异国他乡，我家道中落，然后……"阮江西轻轻摇头，"就没有后来了。"

"异国他乡，家道中落"，阮江西只用了八个字概括，语气云淡风轻。但陆千羊知道，在这看似风平浪静的文字下，一定藏了一个故事。不为人知，是阮江西与宋辞的故事。陆千羊没有再问，总觉得这个故事是个悲剧。

认识三年，虽说朝夕相处，但对于阮江西的私事，她了解得是少之又少。她只知道阮江西从小被寄养在顾白律师家，除此之外，她一无所知。阮江西性格如水，从来没有什么情绪波动，也从来不提及自己的任何私事。

"今天有什么行程？"阮江西问。她又恢复了往日的心平气和，好似刚才的话题没有被提及。

陆千羊也若无其事一般，逗着桌子上撑翻了肚皮的宋胖狗："九点，旧唐古城试镜，张作风导演的贺岁大片。男女主角已经定下来，是唐天王和言天雅。颜编推荐你去试镜女三号，戏份不是很多，却是个讨观众喜欢的角色。剧本我带来了，等会儿你看一下。"她从背包里掏了老半天才掏出剧本，递给阮江西，"晚五点《青花》剧组首播庆功宴。咱在《青花》里就露了三次脸，还是不讨喜的狐媚角色，钱导那个老滑头一定是想借着你和宋辞的绯闻给剧组造势，你去了也不一定能有什么好事，就算有宋辞压着，说你上位的人还是很多，我不建议你去。昨天闹了那么一出，就算有人不认识泪眼天后言天雅，也不会不认识你阮江西，微博、贴吧，到处都是你的黑粉。江西，这次咱真火了，不是因为演技，也不是因为作品，就因为两个字——宋辞。”

两个字刚落，宋胖狗抬起脑袋，异常兴奋地叫唤了两声：“汪！汪！”

“上位吗？”阮江西顺着宋辞胖狗脖子上的毛，问它，“宋辞，你觉得怎么样？”

宋胖狗撒欢：“汪汪！汪汪！”

陆千羊石化。

阮江西又问：“你也愿意的是不是？”

宋胖狗回应得很响亮：“汪汪！”

阮江西轻笑出声，亲了亲宋胖狗的脑袋：“真乖。”

这一人一狗的对话……陆千羊已经插不进话了，她还能说什么！还能更草率吗？陆千羊盯着笑靥如花的阮江西，长叹一声：“你真是着魔了。”她还没见过笑得这样开心的阮江西。

下午，旧唐古城外，《定北侯》试镜，试镜的场地就在片场旁边临时搭建的帐篷里。如此草率的试镜现场，却丝毫不影响大批演员的踊跃程度。这中间，有一半是冲着《定北侯》的导演来的，另一半嘛，自然是冲着《定北侯》的男主角唐易来的。

一个是有着“收视收割机”之称的导演，一个是名字常年挂在娱乐头条的天王，《定北侯》未播先火，话题度几乎横扫各大热搜榜。即便是《定北侯》一个女三号的试镜，也让演艺圈不少女艺人趋之若鹜。

陆千羊接到试镜通告的时候有种被馅饼砸了的感觉，转念一想也就不奇怪了：就在昨晚，阮江西与宋辞的话题已经把唐天王与《定北侯》给挤下去了。

等待试镜期间，陆千羊去一旁接了个电话，回来笑眯眯地对阮江西说：“Oushernar 找我了，问广告代言你有没有兴趣。”

阮江西颔首。

陆千羊给了个“OK”的手势。

Oushernar 不惜换掉原定的广告女主也要选择阮江西，可见“宋辞”两个字在商圈的分量有多重。

等了一个多小时才轮到阮江西试镜。

演员们试镜的地方与等候区隔开了，在另一个帐篷里。阮江西走进去，只见最里面坐了三个人，坐在两旁还穿着戏服的是《定北侯》的男女主角，唐易和言天雅。这两张脸出镜率很高，阮江西并不陌生，那么中间这位自然就是《定北侯》的导演张作风了。

阮江西只是简单地做了自我介绍："我是阮江西。"

坐在左边的唐易敲桌子的手一顿，饶有兴味地看向阮江西。

"可以开始了吗？"阮江西问。

张作风指了指帐篷里的几个演员："你可以挑一个人和你搭戏。"

"不用，谢谢。"她礼貌地拒绝。

与一个好的演员搭戏，远比独角戏好演，更何况现场不缺能快速把她带入情绪的演员，唐易就是最聪明的选择。张作风很意外，阮江西是第一个拒绝这种优待的女艺人，他颇有几分期待："那你开始吧。"

唐易同样对阮江西很好奇。

阮江西走到空地的最中间，环顾了一下现场，对张作风微微点头示意，随后眸光一转。

"你终于……断了我最后的念。"她回头，俯睨着城下三军将士，眼眶灼热滚烫，却没有一滴眼泪，"此生，我没有为了自己生，便让我为了自己而死。"

一步一步，她走下围城，刀光剑影刺进她的眼里，从不欢颜的她此刻笑靥如花。

"远之，珍重。"

远之是定北侯池修远的字，此生，常青只唤过这一次。

她倾身，跳下了百米石阶，城下是北魏三十万大军的刀剑。她合上眸，一滴清泪缓缓坠下。

这一场戏，是定北侯池修远与常青的最后一场戏。池修远率三十万北魏大军兵临大燕城下，而常青，是他安放在敌国的棋子，是北魏最出色的暗卫，负责镇守城池。作为北魏的将军，江山美人之间他也犹豫过，只是当他决定挥军大燕之时，常青的结局便已经写下了。

血染城池的紧绷感久久不能平息，只听见阮江西说了一声："谢谢。"

好精湛的演技！震惊之余，唐易只剩这一个念头。

入戏快，出戏更快，这演技……简直出神入化。张作风的眼神一下子就热切了，他拍戏多年，很少见到这样有天分的演员。

"《定北侯》的剧本你看了几遍？"对人物性格拿捏到这种地步，即便是经验丰富的老戏骨也要反复参读剧本才能做得到，张作风对阮江西更好奇了。

“因为昨天才接到试镜的通告，所以只看了大纲。”

张作风差点没站起来拍手叫绝，只看了个大纲就能有这样深的角色洞悉力，阮江西简直是个天生的演员。张作风毫不掩饰他的赞赏：“你很有天赋，这部戏的女二号你有兴趣吗？我可以给你一次试戏的机会。”张作风显然有心揽才。

“谢谢，我很喜欢常青这个角色。”阮江西礼貌地回绝。

张作风也不生气，倒是很欣赏阮江西这种只挑角色不挑戏份的演员。常青这个角色是整部剧中最难拿捏的一个角色，所以才迟迟没有定下。张作风很满意，嘴角都快咧到眉毛了：“方便问一个私人问题吗？”

“请问。”

“你为什么选择了演员这一行？就我看来，你更像表演艺术家。”

试镜现场的一干人等都瞠目结舌。张作风是出了名的暴脾气，哪一次不是把女演员们骂得一文不值，这样高度赞扬一个人，绝对是前所未有的。

她倒宠辱不惊，不张狂，却也不谦卑：“因为我想将我的照片挂上锡南国际的顶层。”

锡南国际的顶层，那个位置上挂的永远都是当季最前线的艺人，能在上面露一露脸的，没有哪个不是大红大紫的。

这个答案似乎也理所当然，试问哪个艺人不想问鼎顶峰。

“你可以回去准备一下，剧组会再联系你。”

到目前为止，阮江西是张作风唯一给出这样和善回答的女艺人，前面几个都是被骂走的。如此一来，这常青一角，张作风是意属这位最近绯闻缠身却没有什么代表作的阮江西了。

等到阮江西出了试镜的帐篷，张作风才异常兴奋地说：“我从来没见过入戏和出戏这么快的演员，她的表演几乎不像在演戏。”他问唐易，“你觉得呢？”

唐易点头：“嗯，非常好。”

旁边的言天雅笑道：“难得你这个影帝夸人。”

“张导，恭喜你，挖到宝了。”唐易将桌子上的矿泉水瓶子扔进垃圾桶，起身，“就到这里吧，我觉得试镜没有必要再进行下去了，导演觉得呢？”

张作风点头。

“唐易，你去哪儿？”

唐易回头，给言天雅抛了个邪肆的笑：“需要向你汇报吗？影后大人。”

言天雅失笑，唐易今天有些反常呢。

陆千羊和魏大青在帐篷外等得焦急，见阮江西出来，脸上一贯没有什么情绪，也看不出状况如何。陆千羊急了，抓着阮江西问："怎么样？"

"导演不错。"

这是什么回答？"就这样？"陆千羊不死心，"我问你试镜怎么样，有没有机会拿到这个角色？"

"应该没什么问题。"一般阮江西说没问题，那就是板上钉钉了。

也是，她家艺人什么演技？碾压一片绝对没有问题。陆千羊这才放心了，对旁边的魏大青说："小青，去，给我买瓶水压压惊。"

魏大青不想理她了，自顾自去开车。

陆千羊心情一好，就爱哼上几句："一时失志不用怨叹，一时落魄不用胆寒——"

"我见到了唐天王。"

陆千羊吓愣了，惊道："唐天王也来了？！"

阮江西点头，看着陆千羊瞬间就畏畏缩缩的样子。

那位唐天王似乎是陆千羊的克星，大概是她当年做狗仔的时候结了怨。

陆千羊眼珠子转得飞快，主意来了："江西，我突然想到公司还有几个通告，我们还是赶紧走吧。"

说完，她拔腿就要跑，身后突然魔音绕耳——

"小狗仔。"

唐天王好整以暇地环抱着手臂，那张妖孽的脸让陆千羊觉得十分欠揍。她皮笑肉不笑："我叫陆千羊，谢谢。"

"小绵羊。"唐天王十分恶趣味地拉长了语调。

你才是羊！陆千羊鸡皮疙瘩抖了一地。

"本天王这么可怕？见一次溜一次，嗯？"最后一个字，唐天王绕了个九曲十八弯，挑着飞扬的眉，笑得邪气。

陆千羊不甘示弱地瞪回去："谁溜了！"

还完嘴，她转头淡定地对阮江西说："江西，你先聊着，我才想起来把车停在了路口，别让警察叔叔给拖走了。"说完，她脚下生风，跑得飞快！

唉，她陆千羊就没这么尿过，没办法，往事不堪回首。

事情是这样的。那时候她才干狗仔不到一个月，正是满身的干劲。不知道是谁传来的小道消息说某导演喜欢玩角色扮演，而且尤其喜欢兔女郎，于是乎，她在夜总会里穿着蠢得不忍直视的兔子装跳了半个月的钢管舞。然而，某导演没上钩，唐天王在她跳了十六天兔子舞之后，递给了她一张巧克力包装纸，上面写了一句：谭导不喜欢母兔子，喜欢公的。

还有一句更让她吐血的：你今天没穿那条Hello Kitty的底裤。

然后，陆千羊穿着那一身兔女郎的衣服，揪着唐易的胳膊咬了一口！

后来，在她两年的狗仔生涯里，她就频频冤家路窄地遇到唐易。更气人的是，她花了两年时间也没挖到唐易的丑闻，然后她就转行做经纪人了。

唐易就是陆千羊引以为傲的狗仔生涯里最蠢的败笔。惹不起，她躲！

“溜得真快。”唐易似乎十分热衷于看陆千羊的狼狈相，心情十分好，这才将视线落到阮江西身上，上上下下仔仔细细地打量，“长得顶多算清秀婉约，他的口味也太清淡了。”视线很毒，嘴巴更毒，这位天王一看就是放肆惯了。

阮江西稍稍沉了脸，礼貌地拉开距离：“先生，我想我们并没有熟识到可以随意谈论对方的样貌。”

“先生？”他背着手，收敛了之前的雅痞，十分绅士，“自我介绍一下，唐易是我的艺名，我是唐西臣，宋辞的表哥。”

唐西臣，江城唐家的独子。

阮江西微微点头：“你好。”

疏离却不失礼，既不曲意逢迎，也没有拒人千里，阮江西的行为举止倒像个贵族，教养极好。

唐易的话中略带探究：“我对你很好奇。宋辞的助理今早来电话说，要是你没有通过试镜，我的广告合约可能会被宋辞撤了。”

阮江西浅浅一笑，露出两个小小的梨窝。

“合作愉快。”唐易伸出手。

阮江西微微颔首：“谢谢。”

好一个雅致的人儿。唐易勾唇。

半个小时后，唐易就到了锡南国际的顶楼。

秦江很难办，再一次申明：“唐少，你不能进去。”

唐大爷直接上脚：“痛快地给爷让开。”

秦江很痛快地躲开了。这对表兄弟没一个好伺候的。

唐易一进门就看见宋辞正盯着他那台超大显示屏的电脑，走近了才看见电脑上的内容。唐易道："当真有闲情逸致呀，一个小时几百万的钱不赚，居然窝在办公室看这种八点档狗血剧。"

电脑上播的，正是最近刚开播的《青花》。宋辞的手指还停留在快进键上，画面好巧不巧地卡在阮江西那儿。

唐易忍不住调侃："宋辞，你也太闲了吧，还是醉翁之意不在酒啊？"

宋辞不疾不徐地点了暂停："叫保安。"这逐客令下得很简单粗暴啊。

唐易嘴角一抽："自家兄弟，用不着这么狠吧。"

哦，打亲情牌啊。宋辞面不改色："你是谁？"

唐易险些口吐白沫！他从牙缝里蹦出三个字："唐西臣。"

宋辞没反应，显然不记得，并且没兴趣。

秦江立刻递上平板，将宋老板平日会接触到的人物的关系图翻到唐家那一页。

宋辞不大耐烦地瞥了一眼。

宋辞的记忆三天便会清空一次，他年少时才患病，能力与手腕倒不受影响，只是不记得人物与事件。

唐易觉得他快被宋辞整得吐血了："老子见你一次做一次自我介绍。"

他撒了一把火到秦江身上："秦江，以后让你家老板多看点电视，认认脸，每隔三天也看看老子的电视剧，省得下次见了我就翻脸不认人！"

这哪里使得，老板一个小时赚好几百万哪。秦江很违心地点头："一定一定。"

"有事？"宋辞显然没有什么耐心。

唐易躺在宋辞的高档沙发上，双腿一跷："没事就不能来认亲了？省得你七十二小时不见我的脸，就忘了个一干二净。"

宋辞盯着电脑，又点了播放键："你打扰我看电视了。"

唐易哼哼着凑到宋辞的电脑前："就看这一个镜头？"

"与你无关。"说完，宋辞将屏幕移开了一个角度，继续快进和倒退。

"今天阮江西去试镜了。"

哒！宋辞点了暂停，这才给了唐易一个眼神："你要让她过。"

唐易眉头一挑：不然呢？

"不然，锡南国际的代言人，我换人。"

换了锡南国际的代言人，好给阮江西开后门吗？

唐易一脸了然："果然，宋辞，你着了阮江西的道了。"

宋辞沉吟了很短时间，出奇地点了头。

他竟认了。

宋辞从来没有为了谁这样费尽心思过，阮江西只花了两天的时间，就拿捏住了他的情绪。她来势汹汹，太迅猛，太不可思议。

“你的记忆七十二小时清空一次，怎么？要来一场‘妾心不改，君心已忘’的戏码？”这是开玩笑的话，只是唐易没有半点玩味的意思。

一句话否定了所有的可能，唐易对宋辞的情动显然半点不看好。

宋辞并不多做解释，只用一个字表达了他所有的情绪：“滚！”

暴怒、不安、不甘、慌张，宋辞的脸上写着这些东西。

唐易笑了笑，不再惹怒他，很配合地“滚”了。

“还有多久？”宋辞突然从电脑前抬起头来问秦江。

“宋少说的是？”

“离七十二小时还剩多少时间？”

秦江默算了一下：“二十七小时十七分。”

“怎么还不来？”

宋辞明显很急切，很担忧，好看的眉头拧成了一团，电脑里播放的镜头也看得心不在焉了。

身为万能特助，秦江自然要为老板分忧：“已经吩咐过前台了，只要阮小姐一来，就让她直接来总裁办公室。这不才过十几个小时吗？阮小姐可能有通告。唐少不是说了嘛，阮小姐去试镜了，而且……宋少，咱不急，时间还充裕得很。”

宋辞沉默不言，出神了一会儿，随即在那本黑皮笔记本上写了什么。

秦江知道，老板又在写阮江西的名字了。

不过一会儿，宋辞停了笔：“去查一下她现在在哪里。”

得，他还是耐不住了。

“宋少，等会儿与周氏建材还有个电子会议——”感受到对方睇来的一个冷飕飕的眼神，秦江立刻识趣了，“我这就去。”

唉！宋少从来不玩感情，这一玩，把自己都给玩完了。

晚五点，《青花》剧组于天河酒店举办庆功宴。

陆千羊刚打开保姆车的车门就惊呆了，前面酒店门口人山人海，全是扛着相机的记者。陆千羊反手就关上了车门，这一响动立马引来了大批记者。

“小青，先把车门和车窗都锁上。”

瞬间，所有声音被堵截在外，陆千羊瞧了一眼车窗外的人群："果然，钱海林那个老滑头叫了一帮记者来给剧组造势。你现在出去，这群记者肯定不会放过你。"陆千羊征询阮江西的意见，"江西，要不我给你推了，你现在就撤？"

阮江西摇头："顺水推舟也挺好。千羊，我们也需要造势。"

炒作向来都是互惠互利的，这个道理陆千羊也懂，但她还是很犹豫："你现在名声并不好，这群记者指不定怎么黑你呢，别适得其反了。"

"他们不敢。"

媒体对宋辞太过顾忌，陆千羊这么一想，点点头："也对，我怎么忘了，还有宋辞这块金字招牌呢。"她又一想，更加心花怒放了，"江西，我说句不中听的，何不利用这次绯闻的势头好好捞点机会？你的演技已经够了，你差的不过就是机会。如果有宋辞那层关系，你想不火都难。"

"宋辞"那两个字，虽然烫手，但也是烫手的香饽饽，哪个不想咬上一口。

阮江西轻轻摇头："千羊，我可能有点贪心，我想捞的不是机会。"

"是宋大人嘛。小的眼拙了。"

阮江西并不否认，眸光温柔而宁静。

"下车吧。"陆千羊做了个恭请的手势，打开车门。她一只脚才刚踏到地面，不知是哪只邪恶的大手一个推搡，将她推了个趔趄。

一眼望不到头的记者们疯狂地按着快门。

"钱导向媒体表露下一部戏期待与你再度合作，你是否受邀出演？钱导更放言预留了女主的戏份，这是不是表示你已经接下了这部新戏？"

阮江西戴着大大的墨镜，并不回答记者的任何问题，只是前头涌动的记者似乎并不愿意就此罢休。

"阮江西小姐，你出道三年，参演的影视作品并不多，这次多位导演向你邀戏，你有什么感想？"

"你和宋辞的传闻是否属实？"

"阮江西小姐，请问你和锡南国际的宋少是什么关系？"

"几位导演同时向你邀戏是否和宋少有关？"

终于还是扯到正题了。归根结底，他们还不是不敢去锡南国际撒野，就想着从阮江西这位名不见经传的艺人身上挖出点什么秘闻来。

"阮江西小姐，请你回答。"

"请问你和宋少是什么关系？"

阮江西只说了四个字："无可奉告。"

陆千羊费劲地挤上前："不好意思，这是《青花》剧组的庆功宴，不予私人采访。"

媒体记者们哪会这么轻易罢休，追着阮江西推搡不断，问题一个接一个。

比起这边的热火朝天，酒店大门的另一头就有点无人问津了，被媒体晾着的《青花》女主肖楠完全被阮江西这位新晋话题女王给压下去了。

"哼，这架势可真大，还真以为自己火了。不过是仗着宋少的关系出了点风头。"

肖楠的语气自然酸气冲天。

同行的剧组演员也不搭话。肖楠不好惹，阮江西今非昔比，同样惹不得。

"有本事你也出出这样的风头。"唯一搭话的也是天宇的艺人关琳，她作为歌手出道，因为被网友封了个"华夏一千年美女"而出演了《青花》。

关琳在天宇也是个特立独行的存在，听说她出自书香门第，却对琴棋书画没什么兴趣，自个儿当起了摇滚歌手。她为人直爽，是圈中少有的果敢性子。虽然她说不上大红大火，倒也算小有成就。她和阮江西关系不错，大概因为同样格格不入。

"你——"

肖楠刚要发作，关琳向后连退了几步："你嘴巴太酸，离我远点。"

说完也不理会肖楠气紫了的脸，她对着阮江西招了招手："江西，这里。"

阮江西点点头，神色淡淡。关琳见惯了她这副不冷不热的态度，丝毫不生气，挽着她一起进了大厅。

身后，肖楠瞪着阮江西，目光中满是愤恨。

随后，她接了个电话："什么事？"电话那头说了句什么，她的态度立马温顺了，一边走一边轻声细语地讲电话，"刘导，我有点不舒服，现在就不过去了。"

"我怎么敢骗你呢？我真的不太舒服。"哪还有刚才嚣张的气焰，语气矫揉造作，肖楠连连哄着电话那头的人，"那部戏的角色我们那天晚上不是说好了吗？刘导你就别拿我开玩笑嘛。"

"你别生气，我这就过去。"

"好好好，人家都听你的还不行吗？"

挂断电话，她的眼神瞬间冷下来："阮江西，凭什么你轻轻松松就抢了我费尽心思才得到的东西。"

演艺圈规则向来如此，有人进，则有人退。

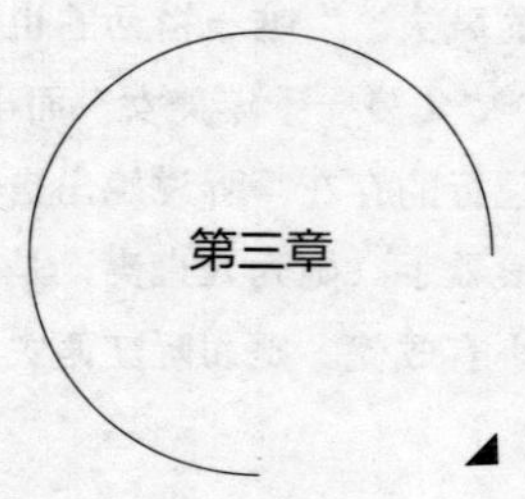

第三章

你不知道我有多喜欢你

剧组包下了整个二楼，除了《青花》剧组的演员和幕后工作人员，钱导还请了不少圈中的制片人和投资人，这样的饭局自然便不只是庆功这么简单了。

钱导端了杯红酒，笑得满脸褶子："这次《青花》首播大捷，江西可是剧组的一大功臣。"

阮江西礼貌却疏远："导演客气了。"

钱导顺竿子就往上爬："那我的下一部剧江西有没有兴趣？我可是很期待和你再次合作呢。"

是期待分一口锡南国际这块香饽饽吧？人啊，大都如此，趋炎附势。

"如果有机会的话。"阮江西不冷不热，点到为止。

她待人素来三分礼貌七分疏远，在演艺圈里似乎总能独善其身。

钱导似乎还不死心："要是能有机会和宋少合作——"

关琳端了杯香槟走到阮江西旁边："导演，新剧的投资人来了，正在找您，应该是有些投资的事要和你商讨。"

钱导有点犹豫，权衡了一下，放下酒杯，对阮江西略微表示抱歉："那我先过去了，你们年轻人好好玩，我先失陪了。"

待人走后，阮江西向关琳道了谢。

"不用，他那副捧高踩低、趋炎附势的嘴脸我看着喝不下酒。"

阮江西只是笑笑，也不评判。

陆千羊问："投资人真找他？"

关琳想了想，一脸不确定的表情："那副表情，大概是找厕所吧。"

陆千羊竖起大拇指："您老狠。"

关琳品了口酒，味道挺好，心情不错。

"千羊。"跑过来的姑娘二十来岁，十分年轻，急红了脸。

"这是怎么了？"瞧着人姑娘快要哭出来的表情，陆千羊了然，"肖楠又拿你撒气了？"

这位小鱼姑娘是刚从学校毕业出来的新人，还在实习阶段，被分给了肖楠当临时助理。因为她欠缺经验，也不会曲意逢迎，十分不得肖楠的意，被刁难辱骂都是常有的事。

小鱼姑娘哭腔都出来了："是我闯祸了，我把肖楠姐晚上的演出服弄脏了。要是借不到演出服的话，肖楠姐一定会炒了我的，我实在没办法了。"

"别急，我给你联系赞助商看看。"

陆千羊放下盘子："江西，我先过去一下，等我回来接你。"

"嗯。"

"昨天晚上在热搜榜上看到你了。"关琳随意闲聊着，"怎么样？还适应吗？"

一夜爆红的女艺人在演艺圈也并不少见，只是像阮江西这样因负面绯闻而爆红到这种程度的，确实罕见。锡南国际的那位，当真好大的影响力。

阮江西语气平平："还好。"

关琳笑着打趣："冠上了'宋辞'两个字，你要靠演技来洗刷你现在的骂名，应该要很长一段时间。"

阮江西嗯了一声，没说别的。

关琳不由得好奇了："你后悔吗？我相信我的眼光，你阮江西不会靠潜规则上位，你不屑。"

这些年，若要靠潜规则，阮江西早大火了。她这样聪慧剔透的女人，唯一缺的便只有兴趣。

阮江西却莞尔道："如果对方是宋辞，你可以另当别论。"

关琳惊讶极了，看来这个聪慧剔透的人儿动心思了。

"虽然好奇，但我也不揣测了，两个谜一样的人不是我能看透的。不过还是恭喜你，不管以什么样的形式，你都火了。"

"谢谢。"

隔着不透光的玻璃，三楼最里侧的包厢正好能看到二楼的露天会所。

秦江腿都站麻了，上前问："宋少，要不要我让阮小姐过来？"

宋辞的语气不甚耐烦："让开。"

秦江没动。

"你挡住了，我看不到她。"

秦江嘴角一抽，呆若木鸡。

"让开！"

瞧宋辞一张俊得不像话的脸都沉得一塌糊涂了，秦江再不让开，宋辞估计会上来打他。

"我这就让开。"

宋辞那张祸国殃民的脸这才重新归于平静。他半靠着沙发，姿态慵懒，楼下斑斓的灯光融进眸中，棱角竟柔和得不可思议。

这一看，又是十多分钟，其间阮江西喝了半杯果汁，吃了两块甜点，有三个男人来搭讪。宋辞的脸色忽明忽暗，眉头忽蹙忽展，他从来没有这样喜怒形于色过。

“她会不会不喜欢？”

秦江被他搞晕了：“宋少是说网上那些绯闻？”

宋辞默认，眉头越拧越紧。

网上那些绯闻秦江也看了，流言基本一边倒。也是，媒体不敢来惹宋辞，哪里肯放过阮江西。不过也正因如此，“阮江西”三个字连着几天独占了热搜头条。

对女艺人来说，这种负面新闻未必就是坏事。更何况与阮江西的名字一起出现的，还有宋辞的名字。

秦江理所当然地说：“怎么会？演员嘛，有点绯闻是好事。没有绯闻哪来的话题度？没有话题度，怎么能红？”

刚才十多分钟里，三个找阮江西搭讪的男人里头有两个导演，另一个是制片人。

“再说了，一般女人哪个不想和老板你扯上一星半点关系？那是多大的荣幸啊，怎么会不喜欢，感恩戴德都不为过。”虽然老板脾气差了点，手段阴狠了点，喜好挑剔了点，但钱还是多得不像样，脸更是美得不像话。

一颗葡萄迎面砸过来——

“她不是一般女人。”显然，宋辞对秦江以上的一番说辞十分不满，光是眼神就能冻死秦江。

秦江反省，他说错哪句了？

“我要见她。”

秦江：“我这就去请。”

楼下，侍应生端来了酒。路过阮江西时，侍应生趔趄了一下，撞向阮江西，手里的托盘一晃，酒杯瞬间倒向她，部分液体流进了阮江西的杯子里。

侍应生连忙道歉：“对不起，对不起。”

脚踝上有冰凉的触感，阮江西微微皱了眉，放下手里的果汁，拂了拂裙摆上洒上的酒渍。

关琳可不似阮江西那样好脾性：“你故意的吧，这么大个人也能撞上来。你没长眼吗？”

她递了块手绢给阮江西：“没事吧？”

阮江西摇摇头。

“对不起，阮小姐，是我疏忽了，真的很抱歉。”侍应生低着头一直不停地道歉，瞥了一眼阮江西放在吧台上的果汁。

关琳直接打断：“把你们经理叫过来。”

那个侍应生明显被吓到了。

“算了。”阮江西还是一贯的好脾气，并不多做计较。

关琳这才摆摆手：“你走吧。”

男侍应闻言如获大赦，低着头收拾了地上的托盘和酒杯，又道了几声谢才离开。

“我怎么觉得那个家伙是故意的？”关琳有点疑惑。

“是吗？”阮江西小口喝着果汁，并不在意。

“你的表情太淡定了。”

“好像有人在叫你。”

关琳瞥了一眼，放下酒杯：“我先过去一下。我再多嘴一句，小心点，你现在正在风口浪尖上。”

阮江西有些哭笑不得：“嗯。”

不一会儿，陆千羊从外头进来，满场喊人：“江西，阮江西。”

陆千羊叫唤了几句，也没看见她家艺人。阮江西一向不是个好动好闹的人，陆千羊找遍了安静的小角落也没找着人，有点焦急，又找到正在应付制片人的关琳：“关琳，看到江西没有？”

关琳指了指吧台：“刚才还在这里。”

“怎么才一会儿就找不到人了。”

关琳沉吟片刻，道：“坏了。”

陆千羊一听，不管三七二十一，跑去按了消防警铃，整栋楼顿时像炸开了锅。

隔着几个拐角的走廊里，灯光调得非常暗，隐约只能看清一男一女两个身影。

“已经办好了。”是个男人的声音，男人穿着酒店统一的侍应生衣服。

女人张望了一眼四周：“别出什么岔子。”

“您放心，那个药量绝对万无一失。”

“钱我会打到你账上，知道该怎么做吧？”

“肖小姐尽管放心。”

女人摆摆手，接了个电话，语调立刻放软了：“刘导，等急了吧。”

“怎么会，人家才不管警铃呢，当然是陪你重要。我这就上去，记得把灯关了，我有惊喜给你。”

十分钟后。

房间里灯光昏暗，只有茶几上一盏橘黄色的暖灯亮着。房间里似乎点了熏香，并不是十分浓烈，却让人昏昏欲睡。

“咔嗒。”门被锁上，有脚步声在靠近，很轻微，却似乎很急促。

床上的人儿忽然睁开了眼，开了床头灯。光线很刺眼，她下意识用手挡住眼睛。指缝间漏进丝丝细碎的光景，在斑驳陆离的亮光里，她看见了一双很黑很深的眸子。她笑了：“宋辞。”

她似乎很开心，要从床上起来，只是身子有点发软，又跌了回去。

“你别动。”宋辞自始至终沉着一张脸，直接将她抱回床上躺好，“很难受？我让医生过来。”

他刚要起身，阮江西便拽住他的衣角，也不松手，就那样拉着他：“我还好。”她挪了挪身体，凑近了宋辞几分，“我就知道会是你。”

宋辞任她抓着，半蹲在床边：“怎么知道是我？”

她笑得稚气，脸上难得有了几分明媚，很执拗地申明：“我就是知道啊。”

任性又让他毫无办法的女人！宋辞有几分生硬地把阮江西的手塞回被子里：“万一进这个房间的是别人你怎么办？”

他动怒了，也不知道是不是生她的气。阮江西便乖乖不动了，很老实地解释：“我看见秦江了，知道你在这里，我不会有什么万一，你一定会过来找我。”

“如果有万一呢？”

她很快摇头：“绝对不会有万一，我知道那个侍应生是故意的，那杯果汁我只喝了一口，我能保持意识。”她指了指房间的窗户，“那里有个窗户，走过去就几步路。我有点晕，但是我能走过去。而且我知道窗户下面有个很大的游泳池，如果进来的不是你，我可以从窗户跳下去。这里是二楼，并不高，而且我学过游泳，我水性很好，跳下去的话不会有大的意外。”

步步谋算，精准得丝毫不差。论起心思，阮江西的确聪慧得少有。

宋辞却不以为然：“这个想法很蠢，一点都不好。”

阮江西笑着不说话。

“你知道那杯果汁有问题，如果你聪明一点，可以不喝。拿自己去冒险，”宋辞停顿了一下，“真蠢。”

他极少开口骂人，一般来说，他更偏爱直接动手解决。

她笑得眉眼弯弯，眸中星光璀璨：“我想见你，现在，你不是来了吗？我就喝了一口，就算跳下去也很值得。”

聪明，而且，奸诈。

“阮江西！”宋辞怒吼。

阮江西却一点也不怕宋辞恼她，笑得肆意：“宋辞。”她凑上去，离得很近，“你是不是来找我的？”她有些扬扬得意。

“自作聪明。”宋辞并没有否认，只是撇开眼不看她，耳根有点发烫。

阮江西手撑着下巴，又凑近一分：“你生气，是不是因为担心我？”她看着宋辞微微绯红的脸，笑得满足，“我很开心。”

隔得很近，宋辞有些不适应，却也不退开，眸中似乎有什么在横冲直撞，嗓音软得一塌糊涂：“以后不准自作聪明，万一——”

“我只对你耍聪明好不好？”她凑得近了，才发现宋辞的睫毛纤长，垂着的时候会在眼下落下一层灰黑的暗影，遮住平日里总是清冷的双瞳。这会儿他的长睫颤得飞快，显得有些慌张无措。

这样的宋辞可爱极了，阮江西忍不住伸出手指去触碰他的眼睫毛。她不敢太放肆，只碰了一下。宋辞猛的一下坐在了地上，脖子瞬间通红。

阮江西轻笑出声。

“阮江西！”宋辞恼怒地瞪着她，她却笑着缩进了被窝。他大概从来没有遇上过对他这样放肆的女人，恼了许久，却还是上前挨着她坐下。

“那个打你主意的女人，我丢进隔壁老男人的房间了，会给她点教训，让她不敢再打你的主意。”话说到后面，宋辞还是放软了语气。

“你还没回答我刚才的问题。”

宋辞只迟疑了片刻，就点了点头：“好。”唐易那个家伙兴许说对了，他一定是着魔了，这样神志不清。

阮江西这才心满意足：“宋辞，应该是药效又犯了，我有点晕。”

“我叫医生来。”

阮江西拉住他：“不用。”宋辞的手很大，她用脸蹭了蹭，“不要医生，你抱抱我好不好？”

“好。”宋辞很有耐心，将她裹在被子里带进怀里，哄她，“你睡一会儿。”

阮江西伸出手搂住他的腰：“还有二十一个小时就到七十二个小时了，我怕你记忆清空后会不记得我，所以我睡着的时候你不要让我一个人待着。”

“我不走。”宋辞拍着她的背，动作很轻，有一下没一下的。

阮江西闭上眼，声音很低：“宋辞，我喜欢你。

“你不知道我有多喜欢你。

“宋辞，宋辞……”

她一声一声呢喃着宋辞的名字，似蛊惑，缠缠绕绕。

他眸光深处有什么在浮浮沉沉，喧嚣成灾。

他怔怔出神了很久，轻问出声：“为什么是我？”

她睡着了，没有回答。

他俯身，亲吻了她的唇，很轻，似乎不敢用力，只轻触了一下便离开，然后眸中都染上了愉悦。

他抱着她，不厌其烦地一直看着，可总有人不识趣。门外传来女人急切的喊声：“江西，江西！”

宋辞脸一冷，眉目凌厉。

“阮江西！阮江西！”

“咚咚咚！”

敲门声很大，宋辞怀里的人动了动，眉头拧起。他拍了拍她的背，将她放进被子里，似乎不放心，又将枕头抵在了床沿上。之后他才走到门口，眸中一汪深水立刻覆了三尺冰冻。

“阮江——”

门开了，陆千羊抬头便见着一张颠倒众生的脸。第一眼，她呆住，第二眼，她便被震慑住了。

好强的气场。

陆千羊屃了：“小的不是有意打扰的。”这一紧张，舌头都打结了，“小的”都蹦了出来。

宋辞只是冷冷地睨了一眼，秦江立刻从陆千羊后面探出脑袋，表情无辜：“宋少，我拦了，可是拦不住。”

“出去。”两个字，一开口便冷得瘆人。

一张脸分明美得惑人，奈何这么不通人情，冷漠得毫无半点烟火气，真不知道她家艺人看上宋辞什么了。陆千羊屃归屃，却还是惦记着正事：“江西呢？她在不在这里？”

“她在睡觉。”宋辞刻意压低了声音，气场却半分不减，陆千羊条件反射性地闭了嘴。

“她还好吗？有没有出什么事？”关琳不太敢和宋辞对视，视线稍稍移到房间里面。里面很暗，什么也瞧不真切。

“她没事。”他的视线落在陆千羊身上，“她睡着了，不要再来打扰她。”

“是！”该死的条件反射！陆千羊捶胸顿足，恨不得一掌拍自己嘴巴。

“你们可以出去了。”

还是一秒都没有迟疑，陆千羊立正站好：“是！”就差鞠躬敬礼了。

又是这该死的条件反射！

咔嗒，门被关上了。

陆千羊一巴掌拍在脑门上：“叫你尿！叫你尿！”陆千羊一脸受挫，苦着脸看笑出了声的关琳，“这气场，真的吓死宝宝了，宋辞果然和江西家里那只胖狗不是一个品种。”

“宋少刚才是不是说江西在里面睡觉？”

“睡觉？！”陆千羊顿时瞪大了眼珠子，“睡觉”这个词简直包罗万象。

她回头瞪着宋少那位特助：“你老板对我家江西做什么了？”

秦江不敢苟同：“你可能误会什么了，确切来说，是阮小姐对我老板做了什么。”

陆千羊想了想，竟无言以对，忙打哈哈：“哎哟，都是一家人，计较什么，不用分这么清了。”

秦江很无语，直接走人，不想和阮江西的无赖经纪人在这儿扯淡。

关琳似懂非懂：“千羊，江西是不是来真的？”

陆千羊趴在门上听里面的动静，说：“我不敢确定。但是，我觉得宋少好像是来真的。”

“滚！”房间里突然扔出来一个字。

晚上十一点，于景致接到了秦江的电话。本以为是宋辞出了状况，竟不想，她要诊治的病人是个女人，一个躺在宋辞床上的女人。

十多年来，这是第一次，宋辞的家里出现了女人。这个女人并不是非常美，昏睡着，却依旧看得出她气质清雅。

“她怎么样？”宋辞守在床边，似乎很担心，眉头从于景致进屋到现在都未曾舒展开。

宋辞所表现出来的急切都让于景致觉得不可思议。她取下听诊器，说：“摄入少量的迷幻药，睡久一点就没事了。”她拿出笔来开了张单子，“等她明天醒来喝点药就没什么事了。”

宋辞接过单子，直接交给秦江：“送于医生回去。”他又命令，“尽快把药送过来。”吩咐完，他就坐在床边，看着在床上熟睡的女人。

于景致并没有立刻离开：“这么多年来，除了我这个主治医生，第一次有女人能进你的家门，看来网上的传闻也不全是毫无根据。”

宋辞并没有回头：“医院很闲？”

“怎么说？”

“多管闲事。”

于景致失笑：“我只是好奇。”她走近了几步，微微打量了一下床上的女人。

“不要对我的私事好奇。”宋辞眸光微冷，对上于景致的眼。

“我是你的主治医生。”

“你只是我的主治医生。”冷漠间，宋辞的话里还带了警告的意味。

真是位不通情达理的患者。于景致显得很无可奈何：“我们认识十年了，即使不是青梅竹马，也算世交好友。宋辞，你撇得太干脆了。”

宋辞纠正：“我们只认识七十二小时而已。”

于景致继续纠正：“是许许多多个七十二小时。”十年，多少个七十二小时，数都数不清了。

“我不记得。”宋辞完全不通情理。

于景致耸耸肩，不与其争辩：“我承认，我是个庸医，这么多年也没让你多记住我一点。”她指了指床上睡着的女人，“那她有什么不同吗？七十二小时之后，你应该连她叫什么都不记得。”

古墨般的眸瞬间冷却了所有温度，宋辞说：“送客。”

他恼羞成怒，是在气什么？

于景致也不生气，无谓地扯扯嘴角：“看来是我多话了。”

“于医生，是回医院还是回家？”秦江直接开门，逐客的意思显而易见。

于景致这才收回一直落在宋辞身上的视线，对秦江回了句：“医院。”

她走到门口，又回头补充了一句：“我走了，别忘了周日的定期检查。”

宋辞不曾转头，越发出神地看着床上的女人。

下了二楼，于景致像是开玩笑地问：“他动真格的吗？”

秦江话说三分：“于医生，我只是宋少的助理，哪里敢揣测宋少的私事。”

“难怪宋辞这么多年都没有辞了你，嘴巴真严。”

秦江打太极：“于医生谬赞了，是我眼拙，真看不出端倪来。”

“是吗？”

秦江笑而不答，只问：“于医生，以你专业的眼光，你觉得宋少的解离性失忆会不会也有特例？”他想了想，又加上一句，“比如阮小姐。”

于景致沉默了许久，说：“天知道。看来我白学了这么多年的医。”

秦江不大赞同这位大医生的话。谁不知道于家这位大小姐的医术已经登峰造极了，敢说她白学了，那得做好一辈子不去医院的打算。

说起这位于大医生，也是少见的美人，干练又聪慧。尤其是她医术极好，十五岁便拿到了外科博士学位，在医学界也算声名远扬。她的一双手更是被医学界誉为魔术师之手。只是，十年前这位医学天才却转学了精神科，摇身一变当了精神科专家。

这其中有多少是宋辞的因素，秦江并不敢去揣测。

次日上午，几个“夺命连环 call”被宋辞挂断后，秦江满肚子怨气地去了宋辞的别墅。

宋辞还是昨晚那个姿势，表情没换也就算了，连衣服也没换。秦江怀疑：宋大少是不是就这样偷窥了人阮姑娘一整夜？

秦江不多做推测，只说正事：“宋少。”

宋辞理都不理。

“宋少。”

“出去。”宋辞压低了声音。

秦江犹豫了一下，坚持说正事：“宇东集团的签约代表已经到了。”

“让他们等着。”

“已经等了两个小时了。”

宋辞面无表情：“不想等可以换人。”

秦江苦口婆心地劝：“老板，咱不能这么任性呀。”

老板终于舍得回头赏个眼神，非常之惜字如金：“滚。”

秦江肩膀一垮，很无力，滚了。

初秋的天，日头正暖，金黄色的光从窗户里漏进来，斑驳的光影柔和了满屋的黑灰。

宋辞对黑灰色尤其钟爱，阮江西那条挂在宋辞衣帽间里的裙子是多年来唯一出现在这个房间里的暖色。

阮江西睫毛颤了颤，却依旧没有睁开眼。

“有没有哪里不舒服？”嗓音清冽，像这初秋的风，是宋辞的声音。

阮江西睁开眼：“没有，我很好。”她笑道，“被你看穿了。”眼神清亮，哪有半分惺忪睡意。

宋辞说：“你的睫毛一直在动。”

阮江西反驳：“你一直在看我。”她笑得满足，像只偷了腥的猫儿。

平日淡然如水的人儿，如此笑意满满，连眼睛深处似乎都覆了一层绵绵密密的柔软，宋辞只觉得心尖都软了，嘴角勾出一抹若有似无的笑：“是，我一直在看你。”

“你一直在看我，是不是觉得我很好看？”她坐起来，手撑着下巴凑到宋辞眼前，琉璃般的眸毫无杂质，满满的都是宋辞的影子。

宋辞几乎本能地点头：“是。”

再凑近一点，她几乎要碰到他的鼻尖：“既然觉得我好看，那你是不是有一点喜欢我？”

她的发梢拂过他的侧脸，有点痒，让他心神不宁。

她步步紧逼，微凉的指尖落在他的脸侧：“你会去找我，你会带我回来，我是不是可以理解成你——”

宋辞抓住她的手：“阮江西，”她的手很小，却很柔软，宋辞摩挲着她掌心的纹路，“你是我见过的最聪明的女人，你应该知道招惹了我会有什么后果。”

她很乖巧，任宋辞抓着她的手：“我知道的。”她凑上去，唇落在宋辞的唇上，片刻后退开，笑弯了眼，“那么请问宋辞先生，我可以一直招惹你吗？”

宋辞完全招架不住，久久愣怔后，脸红了，连带着脖颈都是绯红一片。他有点不能思考，大脑与心脏都一股脑交了出去似的。他很久之后才找回理智，语气小心翼翼：“如果明天我不记得你了呢？”

“要是你不记得我了，那我只好——”她拖着长长的语调，似乎在思考，眼珠子转动着，偏偏不看宋辞。

宋辞托住她的脸，不让她躲：“你会怎样？”

她笑意明媚：“那我只好辛苦一点，一遍一遍地招惹你，缠到你就算忘了我也甩不掉我。”

缠到你就算忘了我也甩不掉我。

无赖又孩子气的话，却信誓旦旦。

他揉揉她软软的发，用手背蹭了蹭她的脸："记住你刚才说的话。"

她点头："我怕你明天就忘了，所以我要用力地记牢了。"

宋辞嘴角微扬，笑了。

"宋辞，你笑起来真好看。"

他勾起的嘴角有些僵，脸又热了。

"你以后要多笑，我喜欢看你笑着的样子。"

他别扭地点点头，眼神有几分闪躲："江西。"

"嗯。"

他欲言又止。

阮江西抓着他的手，有点不安："怎么了？"

他有点怕，怕会忘了她。沉默之后，他把她从被子里抱出来："我送你回去。"

他对门外吩咐了一句："秦江，去找套衣服过来。"

陆千羊在宋辞家门外暴晒了一个小时后，才盼星星盼月亮地把阮江西给盼出来了。当然，一起出来的还有宋辞。

眼尖的陆千羊发现阮江西换了条裙子。

有猫腻啊！

陆千羊站得笔直："宋少好啊。"

阮江西有些哭笑不得。

"江西，你可算出来了。怎么样？有什么事吗？"

陆千羊又意味深长地看了一眼宋辞，笑得很正经，眼神却十分不正经："宋少，我可没说你会把我家江西怎么样。"

宋辞不语，站在阮江西旁边。

"我没事，今天有什么安排？"阮江西问。

阮江西一米六五的个子，穿着舒适的平底鞋，站在宋辞身侧显得十分娇小。她未施粉黛的小脸很白净，被太阳晒得微红，眼神柔和得不可思议。

陆千羊从来没有见过这样的阮江西，整个人都是鲜活的，生动好看极了。

陆千羊突然觉得，宋辞和她家艺人超级配！

陆经纪人神清气爽，十分体贴地去给阮江西开车门："早上张导来过电话了，确认你出演常青，完整的剧本已经送过来了，你挑个时间好好看看剧本，一周后开拍。下午——”

她才刚钻进车里，就觉得背脊一凉，往车里车外一瞄。秦特助坐在主驾驶座，她和她家艺人习惯性地一起坐进了后座，然后把宋辞忘在车外了。陆千羊没有胆量看那张俊脸，乖乖爬出车，站在车门旁边，恭恭敬敬地说：“宋少，您先请，您先请。”

宋辞这才抬起他尊贵的长腿，坐在了阮江西旁边。方才还冰冻三尺的眸子，看向阮江西时，瞬间柔软得一塌糊涂。

陆千羊对着青天白云翻了大大的白眼，绕到副驾驶座，这才继续通报阮江西的行程：“下午一点《定北侯》开记者招待会，张导邀请了你。现在这个点，”她把剧本递给后座的阮江西，又看看时间，“可以直接去记者会了。”

阮江西接过剧本，翻了几页。身侧的宋辞说：“先去酒店。”她抬头看他，他解释，“你还没吃饭。”

陆千羊再一次看了看手表：“容我提醒一下，离记者招待会还有半个小时的时间，这里到会场不堵车也要二十分钟。江西，咱可不能迟到太久，你算是半个新人，《定北侯》是你接的第一个重要角色，咱可不能耍大牌。”最主要的是，托了宋辞的福，阮江西现在已经臭名昭著了，不能再让媒体揪到小辫子。

后半句，陆千羊聪明地选择让它胎死腹中，却还是惹来宋辞的不满：“让她下车。”

陆千羊立刻举双手投降：“我闭嘴，我闭嘴，你们随意，随意。”

车厢里这才安静下来，阮江西安静地看着剧本，宋辞安静地看着她。偶尔，他的视线会落在她手里的剧本上。

阮江西问他：“有兴趣？”

“没兴趣。”宋辞的眉头紧锁，好像很不满。

阮江西眸子里染着疑惑，看了一眼他的侧脸，又看了看手上的剧本，随即忍俊不禁：“这种戏，一般都会借位。”

这种戏？前面的陆千羊竖起耳朵，眼睛滴溜溜转着。她如果没记错的话，《定北侯》里，阮江西饰演的常青最大尺度也就和唐天王有一段吻戏，还是蜻蜓点水那种。

还有，阮江西啊，哪个年代的江湖规矩告诉你现在的吻戏都是用借位的？鬼都不信好吗？

“不用刻意告诉我。”宋辞的语气有些不太自然。

好吧，宋辞信了，信了！

自从秦特助告诉陆千羊宋辞这样的人居然连部手机都没有后，陆千羊已经把他归为山顶洞人一类了。这点常识没有也很正常，她就不戳破了。风月里的谎话，情趣罢了。

陆千羊继续与时代接轨——刷手机。今天她家艺人被挤下头条了，陆千羊不开心；今天她家艺人的对家因为艳照丑闻上头条了，陆千羊又开心了。

陆千羊将链接发给阮江西，又发了条消息过去：“是不是你身边那位出了手？”

阮江西刚拿出手机，陆千羊又编辑了几条：“这手笔，不是一般人。

“是宋辞吧？是吧是吧？

“坦白从宽！抗拒从严！

“是不是宋辞？是不是！不是他还有谁？还有谁！”

阮江西只发了两个字：“也许。”

陆千羊当她默认了，瞬间嗨翻了：“宋大人威武！威武！”

片刻后，陆千羊收到了阮江西发来的笑脸表情。

阮江西到记者招待会现场的时候已经两点了，足足迟到了一个小时。魏大青满头大汗地在停车场等，一见着宋辞立马有底气了。只要和导演说是宋辞耽误的，应该也没人敢迁怒阮江西了。

其实剧组还有个真正要大牌的——唐易唐天王那辆烧包的红色 BMW2 才刚开进停车场。陆千羊眼尖，立马脚下生风，溜了。

“叭——”刺耳的喇叭声响得很欢快。

唐易从车里伸出脑袋，一头短发和他那辆骚包的车一个颜色，红得着实吸人眼球。他冲着宋辞的车吹了声口哨，十分痞气地调侃：“宋老板什么时候这么闲了？”

宋辞头都没抬一下，低头专注地给阮江西整理裙摆。

唐易笑得更不怀好意了，妖艳的眸扫了宋辞身边的阮江西好几眼：“连跑腿接送的活都要宋老板亲自上阵，我不由得担心锡南国际的股票了。”将车窗全部摇下后，他趴在车窗上调笑，“宋辞，悠着点，你公司里可还压着我的老婆本呢。”

宋辞抬头，十分冷漠：“你是哪位？”

唐易那张俊脸瞬间垮下：“宋辞，你够了，还没过七十二小时你就翻脸不认人了。”

说起这一遭唐天王就火大，二十几年的兄弟，基本每次见面宋辞都对他摆一张冷脸，一副对着路人甲乙丙丁的表情。

谁说女人如衣服，兄弟是手足？搁宋辞这儿，兄弟连衣服都不如，女人比手足还重要。

宋辞没理唐易，唐易只隐隐听到他在柔声嘱咐阮江西："七点，到锡南国际九楼来，我在那里等你。"似乎不太放心，他又补充，"我不用手机，也从来不会等人，不要推迟也不准迟到，一定要早点来。"

宋辞不敢假设，在他记忆更替之时，如果她不来，他要怎么办，他会怎么办。这种假设会让他恨不得就这样一直抓着她。

手腕有点疼，阮江西也不挣扎："好，这里一结束我就去找你，然后就赖着你不走。"

"嗯。"宋辞重重地点头，亲了亲她的手背，这才放开她。

秦江刚要下车给未来老板娘开车门，但宋老板很自觉地提供了全套服务。他把阮江西牵下车，又整了整她的衣服，理了理她额前的发，千叮咛万嘱咐："我等你，一定要快点来。"

瞧这送君千里依依不舍的样子，瞧这一副求宠幸求带走的表情，秦江都有些不忍直视，钻进车里去了。

"再见，宋辞。"

阮江西站在车门前，静静地看着宋辞，久久才转身入场。

等到阮江西走远了，宋辞才上车："去公司。"

车窗摇下，他对上唐易看好戏的眼："不要让别人欺负她。"是命令的口吻，却有几分拜托的意味。

唐易好笑地挑了挑眉："那我可不可以欺负她？"

"你可以试试。"这次，他的语气里全是警告。

这个家伙，真是护短得不像话！

唐易双手抱臂："我哪敢啊。"他开门见山地问，"宋辞，你玩真的？"语气没有半分刚才的戏谑和调侃。

唐易有些担心了，宋辞是不是玩得太入迷了？这样一头扎进去，实在太过危险。

宋辞嘛，向来都是高危物品，易玩火自焚，更易引火上身。

"我不是你。"

宋辞眼里明显有不屑一顾的嫌弃，唐易一时语塞，竟接不上话了。

“我从来不玩。”扔下这么一句冷冰冰的话后，宋辞的车开动了，刮起一阵风。

唐易似笑非笑：“不玩？”他转身往入口走去，“这下玩大了。”

他往里走，见阮江西正站在入口，出神地盯着宋辞离开的方向。

这两人，一个比一个玩得大。

唐易有意调侃：“都听见了吗？”他一本正经地称呼她，“阮江西小姐。”

阮江西收回视线：“你可以叫我江西。”语气十分礼貌，又不显得刻意讨好。看得出阮江西的教养极好，倒像是贵族家养的小姐。

“不会太亲近了吗？”唐易半真半假的话语意味深长，“到目前为止，我们还不是一家人呢，宋家的大门可没有那么好进。”

阮江西脾气很好，并不生气，只是淡淡地回答：“宋家的大门我没有兴趣。”

“那宋辞的房门呢？有兴趣吗？”

阮江西抬起头，一双眸子如同深秋的井水，清澈却冰凉。过了许久，她也没有回答。

“怎么不回答？”

“这是隐私。”

唐易笃定：“你不敢回答。”

阮江西还是一如既往地波澜不惊，她想了想，很认真地回答：“等问过宋辞，他不介意，我再回答你。”

等问过宋辞，他恐怕连宋辞的家门都再也别想进了。唐易忍不住笑出了声，很诚恳地称赞：“你很聪明。”

“谢谢。”

唐易竟一时无话可说。这位阮小姐教养好得让他忍不住想逗弄：“聪明的女人都应该知道吧，什么碰不得，什么玩不起。”

这虽是玩笑话，却也不乏警告。大概旁观者清，唐易这个局外人总觉得宋辞玩得太过火了。感情这种东西，越过火，越危险。

阮江西只说：“多谢你的忠告。”

真是个有礼数的淑女。对于阮江西的出身，唐易是越来越好奇了。

“阮小姐客气了。”他伸手做了个邀请的手势，“美丽的小姐，请问可以邀请你一同入场吗？”

阮江西后退一步，略带歉意地说：“你的绯闻女友如过江之鲫，应该不差一个我。”她浅笑，“抱歉，宋辞不会喜欢我挽着别人的手。”

语落，阮江西优雅地推开大厅的门，闪光灯瞬间扑面而来。并没有高跟鞋相衬，她微微扬起下巴，像一位从中世纪走来的贵族。

唐易轻笑，自言自语般呢喃了一句："这样的女人配宋辞，够了。"他走入会场。

两位话题人物到场，顿时，所有媒体蜂拥而上。

"阮江西小姐，请问刚才送你来的是不是锡南国际的宋少？"

"你和宋少的关系是否如传闻所言？"

"你接演张导的贺岁大片，与宋少有没有直接关系？"

"关于肖楠的艳照事件你怎么看？有传闻说你和她关系不和是否属实？"

阮江西没有不耐烦，对着镜头说："不好意思，今天是《定北侯》的开拍招待会，不是我的私人记者会。"

记者哪肯就这样罢休，还是不要命地涌上去。

"阮江西小姐，请你回答，你和宋少是什么关系？"

"传闻锡南国际有意投资《定北侯》，消息属实吗？和你有关吗？"

"宋少从来不见报，这次却一反常态，是否和你有关？"

记者将所有矛头直指阮江西和宋辞，一时间，唐易这个天王级艺人，以及满屋子重量级的演员和导演，倒成了阮江西的陪衬。

这样的混乱局面大概持续了几分钟，对于阮、宋这段关系，阮江西第一次在镜头前直言不讳："现在是《定北侯》剧组的采访时间，如果各位对我和宋辞的私事有兴趣，可以去问他，他还没走远。"

一句话落音，顿时鸦雀无声。

这句话信息量好大，这是承认了吗？承认了吧！

另外，阮江西这话让拥有三寸不烂之舌的记者也没办法接下去了。请问，有谁敢去问宋少？借他一百个胆子敢吗？不敢嘛。

媒体都歇菜了，锡南国际那位不敢去问，这位又实在会以柔化刚粉饰太平。

看来这记者招待会是没法好好挖头条了，媒体记者于是纷纷各归其位，对着舞台中央定北侯的剧照拍了几张，兴致没那么高涨。

"来了。"张作风立刻将身边的一位女演员赶走，让阮江西坐下，"你先坐一会儿，招待会等会儿才开始。"

按时间来说，已经延时了一个多小时。

阮江西："很抱歉。"

难得有对这位鬼才导演谦让却不谦卑的艺人，张作风十分受用，连连摆手，十分豪爽："托你的福，《定北侯》未播先火，我该感谢你。"他又给阮江西介绍身边的几位艺人，"认识一下，一个剧组的，以后应该都会有合作。"

言天雅和她隔着两个座位，笑着说："你好，我是言天雅。"

这位影后很平易近人。

"阮江西。"阮江西只报了自己的名字，并未多做攀谈。

"久仰大名。"说话的是坐在右侧的男人，三十多岁，长相平平，并不像艺人。

阮江西点头，有点拒人千里的防备感。

男人似乎看出了她的刻意疏远，并不生气："我是温林，是《定北侯》的制片人，很期待与你合作。"他眼神灼灼，似乎对她颇有兴趣。

阮江西不由得想起陆千羊之前说的话。

"这温林实力不错，在圈子里也算排得上名号的，长得也衣冠楚楚、人模人样，人前温润如玉，人后嘛……"陆千羊当时掩着嘴小声地跟阮江西八卦，"据说被他沾染过的女人没几个不红的，玩得狠，更舍得玩。"

阮江西皱眉，转开头，不与其多谈。

圈子里这样的制片人或导演并不少，只是阮江西向来都敬而远之。

这种场面，谁都能瞧出个一二来，却也不好置喙。

"天雅，你和温林换个座。"

唐易转头对温林说："抱歉，我和天雅有些私密话要说。"

这位唐天王敷衍得未免太明显，由左到右，阮江西、温林、唐易、言天雅依次而坐，这从左边换到右边，丝毫没有差别。

温林并不介意，和言天雅换了位置，只是眸光带些深意地看了阮江西一眼。

谁都看得出来，唐易是有心偏帮阮江西。

言天雅失笑："唐天王，你护短得太明显了。"

唐易耸耸肩："没办法，宋家的家属是我唐家的亲戚。"

这段关系似乎越来越明朗了，言天雅笑而不语。

阮江西并不爱与人攀谈，只是听着唐易与言天雅有一搭没一搭地闲聊。两人似乎很有默契，惹得剧组的其他几位演员频频发笑。约莫十分钟之后，张作风吩咐外场的人员："可以开始了。"

化妆师给几位演员上妆时才发现："张导，叶小姐还没到场。"

张作风看了看时间，直接忽视："不用管她。"

"张导，这不太好吧，叶氏是我们最大的赞助商。"

张作风大嗓门地号上一句：“在我的剧组，不需要大牌。”他直接对着场外的工作人员吼，“赶紧让所有媒体入场。”

张作风脾气暴躁是众所周知的，平日里别说是台后的工作人员，就是台前的艺人，一个不顺眼也要被他骂得狗血淋头。对于迟到了近一个小时的阮江西，张作风的态度倒是破天荒地平易近人。只是这叶氏赞助商的女儿嘛——

“还愣着做什么，难不成要老子等她？”张作风拿起桌上的矿泉水瓶就往策划身上扔，“还不快去给老子准备！”

策划汗颜，前脚刚走出去，赞助商叶家那位千金后脚便到场了。

她一身红裙，黑直长的发披肩，额前的刘海刻意弄得凌乱，五官精致，娇俏又妩媚。

这位便是叶氏电子的千金，星皇的一线演员叶以萱，长相实属上乘，气质倒不似出身大家的端庄大气。

这位叶大小姐径直坐到了最中间的位置，对大家稍显歉意地微笑：“不好意思，我来晚了。”她起身，拂了拂裙摆，端的是娇柔可爱，“各位好，我是饰演清荣公主的叶以萱，期待以后与各位前辈合作。”

叶以萱出道四年，出演过的电视剧、电影也不少，场内大多数演员与她都或多或少有过合作。她跟众人一一打过招呼，视线这才落到阮江西身上：“你是？”

“阮江西。”

“哐当！”被无意打翻的茶杯掉在了地上，碎了满地的瓷片。叶以萱脸色苍白如纸，不敢相信地盯着阮江西，半晌说不出话来。

身侧的女艺人递来一包纸巾：“怎么了？有没有烫到？”

叶以萱这才回过神来，摇摇头：“我没事。”她稍做收拾之后，看向阮江西，“我有一位故人，名字也叫江西，叶江西。”

阮江西不疾不徐：“同名而已。”她的眸光平淡，似冬日的湖面。

这样视若无睹，她又怎么可能是那个人？叶以萱的面色恢复如常：“可惜了，那位叫江西的故人命不好，早就不在了。”

“是吗？”阮江西云淡风轻，似乎对叶以萱的这位故人并无兴趣，只是出于礼貌地回应。

“我很不喜欢‘江西’这两个字呢。”

叶以萱语意不明地说了一句，转头又对张导笑得甜美：“导演，招待会是不是可以开始了？”

整场招待会下来，近两个小时，阮江西便坐在最偏离镜头的角落里。她话很少，只是偶尔回应张作风和唐易抛过来的话题。不难看出，张作风和唐天王都似乎有意捧近来话题缠身的阮江西。几轮访谈互动下来，现场氛围也其乐融融。

隔着一个楼层，三楼的走廊上，顾白趴在玻璃护栏上，看着二楼记者招待会的现场。

助手张楚维笑着走过去："把当事人扔下，一个人在这儿看什么呢？"

"美人。"

张楚维抬头望去，忍不住赞叹："言天雅确实生了一副迷人的脸蛋。"

事务所里谁不知道顾大律师对女人挑剔得很，能得平日里见惯了燕瘦环肥各色佳人的顾律师一句"美人"，自然颜色了得。

不料——

顾大律师十分不以为然："哪里比得上我家的美人。"说话时，顾律师语气扬扬得意，一脸的满足。

张楚维哪里见过这样护犊子的顾律师，十分讶异。他顺着顾白的视线望过去，只见一个坐在角落里、穿着黑色长裙的女人。不像其他艺人在镜头前言笑晏晏，她十分安静，连妆都没有化。强光一打，张楚维远远看去，这个女人在一堆姿容貌美的女艺人当中实在没什么出彩的。他有点不敢相信："你说的是？"他指了指那位并不出彩的女艺人，稍微想了一下措辞，"那位清粥小菜？"

顾白回头冷冷一瞥，十分不满地鄙夷道："你该换眼镜了。"他说完，眼神都不愿给一个，迈着长腿往楼下走。

张楚维追上去喊："你去哪儿？"

顾大律师笑得人畜无害："大鱼大肉吃多了，今天换清粥小菜。"

"案子怎么办？已经约了当事人做供词。"

"辛苦你了。"顾白摆摆手，戴上墨镜，脱了西装外套拿在手上。

这位顾大律师平时衣冠楚楚，把西装一脱，整个就是一衣冠禽兽的妖孽，仗着一张男女通杀的脸，周游花丛好不潇洒。可苦了张楚维，既要应付法官大人，还要应酬当事人。

招待会结束散场的时候，已经过了四点。魏大青去还赞助了，陆千羊实在饿得很，开口就问阮江西："我们去哪里吃饭？我知道一家味道很好的西餐厅，尤其是甜点不错，我们可以去那里庆祝一下，就当提前预祝你大火。"她边系安全带边兴冲冲地说，“我敢保证，《定北侯》之后你会大火。”

阮江西说：“去锡南国际。”

“不用这么急吧？离你和宋辞约定的时间还有三个小时。”

阮江西看着手机上的时间，纠正陆千羊：“是两个小时五十七分。”

陆千羊嘴角抽搐：“江西，你真的有必要这么精打细算、争分夺秒吗？”她不得不提醒一下被宋辞冲昏了头的她家艺人，“从这里开车到锡南国际，就算堵车最多也只要四十分钟，两个小时五十七分的时间很充裕好吗？”足够她吃好几顿晚饭了好吗？

阮江西想了想，还是坚持：“去锡南国际。”

算了，阮江西执拗起来简直油盐不进。

陆千羊连翻了几个白眼，最后投降：“好好好，我服了你了。”方向盘一打，车子就往锡南国际的方向驶去。

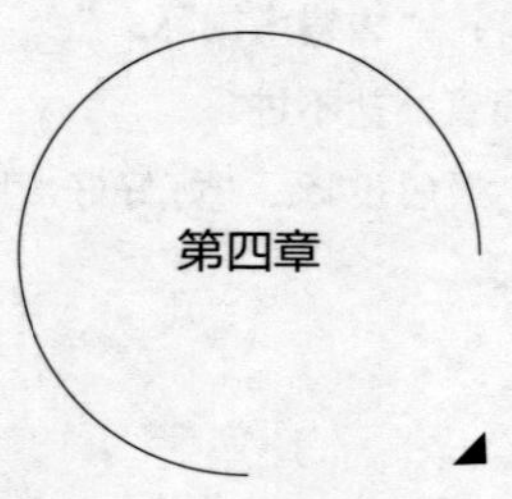

第四章

幸好你还记得我

半道上，一辆车突然抢道冲出来。陆千羊连忙减速往里侧拐，险些擦到路边的安全围栏，差点没吓个半死，她摇下车窗就吼：“怎么开车呢？”

越野车忽然放慢速度，车窗摇下，露出一张英俊张扬的脸：“美人，真巧。”

这个妖孽，不正是穿上西装就衣冠楚楚的顾律师嘛。

这样的马路杀手是怎么当上律师的？是怎么声名大噪的？陆千羊嘴角一扯，皮笑肉不笑：“顾律师，你这么玩会玩出人命的。”

“放心，留着你的小命。”

陆千羊把车开慢了好几挡，不想和这位律师玩速度与激情。

“顾白，小心开车。”阮江西正色道。

顾白将头再探出三分：“江西，要不要再玩大点？”

阮江西皱眉，似乎要说什么，却见灰黑色的越野车忽然加速变道，一个急转弯——

刺！

陆千羊猛踩刹车，不到三秒——

砰！

后面的车追尾了！

陆千羊揉了揉被撞蒙了的脑袋，都想飙脏话了。

顾白下车，趴在车窗上细细打量阮江西：“有没有受伤？”

阮江西拧着眉摇头：“你的车技很好。”

陆千羊哼唧一声，是啊，确实很好。顾律师自个儿的宝贝座驾漆都没掉一块，依照这力度，她的车应该也就脱了一层皮。至于后面追尾的那辆……呵呵，自求多福吧。

顾白叮嘱阮江西：“待在车里不要出来，我去给你要修车费。”

修车费？难道不应该是顾律师自个儿掏吗？

叩叩叩。顾律师敲了敲后面车辆的车窗，姿势优雅。

车窗摇下，车主是个戴着鸭舌帽和墨镜的年轻男人：“你这人怎么开车的？！”

车主先发制人，底气很足。

顾白想也不想，回答得很理所当然：“横着开的。”

得，这位大爷！

男人取下墨镜，瞪大眼：“你——”

“你还要跟着她吗？”

男人愣住。

陆千羊同样愣住，难怪看这位车主兄台扮相熟悉，原来是她曾经的同道中人啊。她回头瞟了一眼安安静静坐在车里的阮江西，叹气：唉，人红狗仔跟啊。

“我不知道你在说什么。”想来这位狗仔君也是见惯了大场面的，在律师大人面前还能这么处变不惊。

顾律师不疾不徐：“我劝你先去医院看看脑子，可别脑震荡了。然后，”他拖长着语调，“可以去警察局坐坐。”

这位狗仔不慌不忙，依旧中气十足：“少吓唬我，你有什么证据？”

“偷拍，跟踪，追尾。”顾白一把夺过男人藏在身后的相机，“你觉得给你安个意图谋害他人的罪名怎么样？”

“你、你、你——”男人舌头打结，这下慌了，“你别、别危言耸听，我是正规记者。”

“记者先生，等收到了法院的传票后再联系我。”顾白掏出一张名片扔进车里，“到时我可以给你介绍刑事案件的律师。”

男人愣愣地看着名片，哆嗦起来：“顾、顾白？”

完了！男人当时只有这一个想法。

“拿来吧。”顾白伸手，“底片。”

男人想也没想，双手递上刚才偷偷取下的底片。在律师面前，坦白从宽，抗拒从严，他想争取宽大处理。

顾白拿着底片查看了一番，走上前，十分好心地提醒了一句：“下次不要乖乖拿出证据，要销毁。”

男人眼角抖动，都快哭了。

要完“修车费”，顾白直接扔下自己的越野车，往阮江西的车里钻。

陆千羊觉得有必要提醒一下：“顾大律师，你的车要怎么办？”

顾白丝毫不在意：“交警马上就会过来，应该会拖走。”

陆千羊无言以对。

“怎么不小心点？他都跟你一路了。”顾白将底片递给阮江西。

“谢谢。”

阮江西很客气，对谁都很客气，顾白十分不满她这副对待路人甲乙丙丁的样子。他哼了一声，凑过去，笑得一脸不正经：“以身相许怎么样？”

阮江西还是一本正经：“你在哪儿下车？”

下这么显而易见的逐客令，她真是有气死人的本事。

千年道行的顾白碰上了阮江西，有点无从下手。他恼她："这么快就赶人，忘恩负义的家伙。"

"我要去找宋辞。"

这解释，还不如不解释。

阮江西和宋辞的绯闻早就闹得满城风雨，顾白如何能不知道，只是不点破罢了，她倒毫不掩饰。

顾白的语气很酸："有了新欢，忘了故友。阮江西，你的良心被你家那只肥狗吃了吗？"

阮江西并不承认，当然，也不否认，一脸平静无澜。

一向所向披靡的顾白无计可施，把头甩到一边，不想理她："狠心的女人，小爷以后懒得管你的闲事。"

话音刚落，车身左侧一辆重型货车迎面撞来——

"江西！"

几乎是本能动作，顾白将阮江西拉进怀里，整个人往右边狠狠砸去，一声巨响，震得整个车身都在晃动。

他说不管她的，刚刚才这么说的。可现在，他整个人无力地倒在了阮江西的肩上。

阮江西的耳鸣持续了很久，才听到陆千羊慌乱的声音："江西，你怎么样？有没有受伤？"

脖颈处有温热的液体滑下，阮江西怔了一下，颤着手扯了扯顾白的袖子："顾白，顾白。"

记忆中，阮江西从来没有这样慌张无措过。顾白想笑笑，却扯得头上的伤口疼得厉害，他有些无奈："小爷怎么就做不到不管你呢？"他的声音十分无力，脸上的血色一点一点退却，"我没事，你别慌，只是磕到脑袋了，死不了人的。"说完，他头一低，栽在了阮江西肩膀上，毫无意识了。

"顾白，顾白。"

顾白没有回应她。

"千羊，千羊。"阮江西是真的慌了，僵硬的身体颤抖得厉害，"千羊，120，快打 120。"

陆千羊这才如梦初醒。

陆千羊后知后觉，原来，强悍的顾律师是有一根软肋的。

隔着几条车道的距离，路边泊了一亮深灰色的女士轿车，主驾驶座上的女人戴着能遮住半张脸的墨镜。她将视线收回，拿出电话拨了个号码，只说了一句："给我准备机票。"

电话那头不知说了什么，女人的情绪有些激动："越远越好，这H市，宋辞容不下我了。"

说完，她便挂了电话，抬头盯着十米之外混乱的车祸现场："阮江西，这都是你逼我的。"

女人正是近日来因艳照绯闻而彻底跌入谷底的女主角——肖楠。

于氏第五医院，急诊室外正一团乱麻。原因无他，就在一个小时之前，送来了一位车祸患者，陪同而来的居然是最近的话题女王阮江西。

她在急诊室外面等，连口罩都没戴。

陆千羊坐到她身边，看了一眼她的手腕："你去包扎一下。"已经有血渗透了绑在阮江西手腕上的方巾。

阮江西沉默不言，盯着急诊室的门，紧锁的眉头没有丝毫松动。

"不要让我说第八遍，你的手需要上药，如果你不想留疤的话。"

阮江西还是没有反应。

陆千羊一点办法都没有，站在阮江西跟前，整个挡住她的视线："江西，说句话行吗？"

阮江西垂下眼睑，披散的长发遮住了整张脸，只露出一个苍白的轮廓。

陆千羊深深叹了一口气，不再浪费口舌，直接大喊："医生，医生！这里还有一位病人。"

"千羊，我没有时间耽误了。"阮江西抬起头，"宋辞还在等我。"

原来，阮江西的满腹情绪还是因为宋辞。

她简直疯了！

陆千羊无语凝咽了好一阵子，抬手看了看时间："现在已经晚了。"陆千羊没好气地说，"宋大少可没有等人的习惯。"

想也不用想，锡南国际的老板，时间都是按秒来算的，等人？钱多得拿去烧吗？再说了，以宋辞那比祖宗还难伺候的性子，他怎么可能委曲求全地傻等。

阮江西却很执拗，重重地摇头："不，我知道。"她盯着急诊室上方亮着的手术灯，怔怔出神，“他一定在等我。”

锡南国际。

三十六层是锡南国际的观景楼，华灯初上，这里有着整个H市视角最好的夜景。

满城街灯繁华而斑斓，宋辞临窗站着，眼里却未曾融进一分颜色，只有冰冷的黑白色。

还未过秋，空气阴冷，秦江不自觉地放轻了脚步：“宋少。”

“说。”一个字，擦着秋风，冷若寒霜。

秦江缩缩脖子，提醒他：“快八点了。”他欲言又止了一番，自觉地往后退了一步，“阮小姐可能来不了了。”

砰！红酒杯擦过秦江的裤脚，砸了个粉碎。

他怒了，暴怒了。

宋辞虽脾气一向不好，但像这样大动肝火也从来没有出现过。这位阮小姐简直引爆了宋辞所有的暴戾因子。

秦江有点怀念以前了，宋少之前一直都是过着山顶洞人般的生活。他晚上七点睡觉，早上八点起床，九点上班，不熬夜，不喝酒，不抽烟，不开车，不用手机，不玩女人，大概是二十一世纪最后一个与世隔绝、不食人间烟火的男人。

此刻，宋辞居然连摔东西这种掉价的事都干了。

“阮小姐来不了，可能是被什么事耽搁了。而且宋少你不知道H市的交通有多差，高架上能从头天晚上堵到隔天早上。”秦江绞尽脑汁平息宋辞的怒火，连这种鬼都不相信的话也搬出来了。

这种鬼都不会相信的话，素来智商高得变态的宋辞也相信了：“手机拿来。”

秦江赶紧乖乖递上自己的私人手机，十分体贴地提醒宋少：“阮小姐的快捷号码是三号键。”

宋辞低头，按了好一阵，手机屏幕的光打在他冷硬的轮廓上，他眉头越拧越紧，一顿不得其法地点击之后，把手机直接扔给秦江：“你打！”

得，这位高智商的山顶洞人不会玩二十一世纪的手机，连拨号都不会，也多亏秦江这位超能特助平日里服侍得好。

秦江赶紧接过手机，战战兢兢地按了三号键。

宋辞吩咐：“你让她过来。”接着又吩咐，“立刻。”

他看了看手表，直接冷声命令：“我只给她二十分钟的时间。”

还有二十分钟就到八点，到时他的记忆会清空，因此他再也没办法心平气和了。

嘟嘟嘟……嘟嘟嘟……

秦江一颗心悬在了嗓子眼，不敢抬头看宋辞，声音低得几乎要贴到地上：“打不通。”

宋辞的脸彻底冰冻了，转身就走。

秦江赶紧跟上去：“要回去了吗？我这就去备车。”

宋辞今晚第无数次看手表：“给你十分钟，我要知道她在哪儿。”

他刚说完，秦江的手机就响了。五号键来电，是于医生，秦江赶紧接了。

挂了电话之后，秦江说：“不用找了。”只见宋辞的脚步猛地顿住，秦江赶紧交代，“于医生的电话，说阮小姐在医院。”

“受伤了？”语气没有半分刚才的冷漠，慌乱居多，宋辞关心则乱。

“于医生没说。”

宋辞的眉头狠狠一皱，嘴唇抿得都快发白了。秦江立刻请命：“我这就准备车去医院。”

他刚走几步，就听见宋辞沉凝又紧绷的嗓音：“如果，我不记得了，你一定要提醒我。关于她的事，事无巨细，我都要知道。”

要多在意才会这么防患于未然，宋辞是真的毫无办法了。

秦江思量了一下，回答：“我尽量。”感情的事，如人饮水，他有心也无力啊。

宋辞冷眼望去，秦江立刻改口：“一定一定，除了宋少你和阮小姐的私密事情，我一定事无巨细地交代。”他着重强调了“私密”二字。

宋辞并未反驳，只是步子越来越急。

于氏医院。

哒、哒、哒……

高跟鞋的声音不疾不徐，陆千羊抬头，呆住了，她还是第一次看见把医生白袍穿得这么赏心悦目的女人。女人脖子上还挂着听诊器，一头卷发随意披散着。

旁边的护士长立刻起身，喊了一声：“院长。”

院长？这么年轻貌美的院长？于家的女人果然了不得呀。陆千羊了然，于家是百年医药世家，而于家最被广为人知的便是这位于家三小姐，一个集天赋与美貌于一身的天之骄女。

陆千羊客客气气地道：“真不好意思，还劳烦院长亲自过来。”

于景致的视线直接略过陆千羊，落在阮江西的手腕上：“你的手需要处理一下，”她微微倾身，用细长白皙的手指拨了拨阮江西手腕上绑着的方巾，查看了一番，“可能需要缝针。我知道你是艺人，我可以尽量不留下疤痕。”

陆千羊喜出望外。院长亲自出马，她当然感激涕零。她正要道谢，却听阮江西十分冷静地回绝：“谢谢，不用。如果可以，我的朋友就麻烦你了。”

于景致摩挲着脖子上的听诊器：“他不是我的病人，我不喜欢多管闲事。”她皱着眉再次打量阮江西手腕的伤，“如果任由你这副伤痕累累的样子，有人该怪我了。”

阮江西抬头，眼中带着疑虑，还有几分探究。

于景致突然俯身，盯着阮江西的眉眼，细细端详着：“你的眼睛很漂亮，尤其是这样专注的时候。”她笑了笑，站直身体，“自我介绍一下，我是宋辞的主治医生，于景致。”

阮江西十分诧异，凝视着眼前的女人。

她是个很美的女人，优雅，自信，却毫无半分孤傲和距离感。

“很惊讶吗？”于景致环抱着手臂，微微仰头，脖颈的弧度很精致，“我是外科医生，但专攻精神科。”她拨了拨缠绕着听诊器的发梢，动作随意却十分优雅。

“我们并未见过。”阮江西有种拒人千里的冷漠。

对于于景致，阮江西似乎有种莫名的防备，连一直不在状态的陆千羊都看出来了。

于景致并不介意阮江西的反应：“我们见过，在宋辞家里。”她绾了绾耳边的碎发，“我印象深刻，因为你是第一个能睡在宋辞床上的女人。”

专攻精神科的年轻外科医生，宋辞的主治医生，出入宋辞私宅，还认识阮江西。这信息量太大了，陆千羊的脑筋一时半会儿转不弯过来。

反观阮江西，眼神平静，所有思绪都藏在那双漂亮却深邃的眸子里。

急诊室的门突然开了，主刀医生还未摘下口罩，便径直走向了于景致，恭恭敬敬地叫了声“院长”。

于景致点点头：“辛苦了。”十分官方，却不失礼貌，丝毫不显官腔。

显然，这位于家三小姐并没有为年纪和履历所约束，在这个领域如鱼得水。

阮江西站起来：“我朋友如何？”

“左手三处骨折，脸上有擦伤，眉角也只是轻伤，已经缝了针，不过有轻微脑震荡，休养几个月就能痊愈。”

“谢谢。”

对主刀医生道谢之后，阮江西看向陆千羊：“你去办理住院手续。”她并未与于景致多做言谈，而是径直走进了顾白的病房。

陆千羊笑得很狗腿：“于医生。”

于景致颔首。

陆千羊一脸崇拜：“于医生原来是我们宋少的主治医生啊。”

我们宋少……

得！陆千羊在给她家艺人护食。

某羊笑得很假：“果然英雄出少年。”

这马屁拍得，好假好违心。

于景致只是笑笑，没有回话。

陆千羊迈着小碎步凑过去：“于医生和我们宋少认识很久了吗？”她眨巴眨巴乌溜溜的大眼睛，一副聊开了的自来熟语气，“关系好像很好的样子。”

于景致笑着问：“你想问什么？”

陆千羊收了一脸虚伪的表情：“宋少他，”她想了想，很严肃道，“哪里有病？”

于景致面无表情：“无可奉告！”她说完，不打一声招呼便转身离开。

陆千羊无语。

阮江西走进病房的时候，正在给病人做检查的医生吃了一惊。这张脸他最近在电视里见过呢。

顾白只做了局部麻醉，并没有睡着。因为他个子太高，修长的腿搭在了病床的铁护栏上，一只打了石膏的手乖乖垂在身侧，另一只手枕着脖子。他头上绑了一层纱布，脸色十分苍白。见阮江西进来，他坐起身来：“吓坏了吧。”声音一如平日里那般玩世不恭，“有什么好担心的，不是说死不了吗？”

一边正在做常规检查的主治医生十分无语，这位病人也太不把自个儿的伤当回事了，不是脑子被撞坏了吧？

阮江西站在病床前，眸光微微暗淡：“对不起。”她只说了这一句，语气认真，带着歉意。

顾白敲了敲左手上的石膏，玩味的语气似真似假：“不必，救人民群众于水深火热之中是律师的本职工作，所以，我替你挨了也纯属条件反射。不过，你能心疼心疼我的话，我求之不得。”刚说完，顾白风情万种的眸子突然一凝，条件反射性地要去抓阮江西受伤的手，却扯到了头上的伤口，他倒顾不得疼，眉头也没皱一下，只盯着阮江西的手腕，“你的手怎么了？怎么不处理伤口？医院没医生了吗？”

阮江西摇摇头：“我没事。”她缓缓抽回被顾白紧抓着的手，“这次，我欠你一次。”

要论煞风景者，顾白觉得阮江西无人能敌。

顾白躺回病床上，双腿交叠跷着二郎腿，英俊的眉十分不满地皱着：“阮江西，差不多就够了，十几年的交情有必要分得这么清吗？”

阮江西对周边的人都一副对待路人甲乙丙的样子，经纪人是路人乙，助理是路人丙，同行艺人是路人丁，顾白充其量是个路人甲。

对宋辞最好也如此！顾白十分恶毒地想。

阮江西稍微沉默了片刻，说：“如果你没事，我就走了。”

宋辞。

顾白因脑震荡而有些晕乎的大脑几乎本能地反射出这两个字。

“你哪只眼看见我没事了？”

顾白抬起打了石膏的左臂，哼哼唧唧地装大爷：“我说医生，我的手怎么一直疼，你确定我的胳膊没伤筋动骨？还有我的脸，我头上的伤会不会留疤？怎么我疼得厉害？我可还要靠脸吃饭的，要是毁容了，没人找我打官司，这损失费可不是一天两天能清算的。”

顾大律师，您确定您不是靠嘴吃饭？这位患者简直刷新了主治医生对律师这个行业的认知。主治医生很犹豫，很纠结：“这，”他想了又想，瞧着顾大爷的眼色，出声征询，“那再拍个 CT 或者做个核磁共振？”

顾大爷一副好脾气的样子，抬抬打石膏的手：“当然是医生你看着办。”他又指了指阮江西的手腕，语气说狠就狠，“还有她的手，也看着办。”

主治医生深思了几秒，立刻放下手里的病历，去准备核磁共振和包扎物品。

“很严重？”阮江西皱着眉看顾白的手。

顾白收敛了调侃的神色，沉着脸，脸上是少见的严肃：“比起我，你的手比较严重。”说着，他用打了石膏的手抓着阮江西的手，仔细小心地查看。

医生说顾白的左手臂有三处骨折，他却丝毫不以为意，还这样折腾。

阮江西冷了脸：“顾白，别闹。”

顾白哼了一句：“我像在闹吗？语气怎么这么严肃。”他伸出手指触了触阮江西紧蹙的眉头，语气很无奈，“不要皱眉，我拿你没法了，我投降。”

他老老实实地承认：“除了手有点疼，头有点晕，我还健在，你可以去赴约了。”

这一番折腾，顾白不过是不想阮江西撇下他这个“路人甲”罢了。

“手不要乱动。”阮江西将顾白受伤的左手放进被子里，“我明天再过来。”说完，她转身要走。

刚安放的手还没安静到三秒，就一把抓住阮江西。顾白的语气带了些无奈的央求：“把你手上的伤处理好了再走，算我拜托你。”

没办法，十五年交情，顾白很难只做个安静的“路人甲”。

“我没有时间。”阮江西抿着的唇毫无血色，神色自始至终都冷静得有些过分，唯独一双黑瞳像蒙了灰尘，没有一点生气。

她啊，满腹的情绪都绕着宋辞。

顾白笑得无奈：“你都等了他十五年，就一刻都舍不得让他等。”他将阮江西手上绑着的方巾又缠绕了几圈，骂了句，“我家江西真傻。”

然后他放手了，躺进被子里，一副倦怠得不想说话的模样。

“我明天再过来。”留下一句话，阮江西转身，步子慌忙。

顾白失笑。阮江西在顾家待了十五年，唯有这不达目的不罢休的偏执性子像他顾家的人。

“是要去见宋辞吗？”于景致靠着墙，敞着白色的医生袍，莹白的手指百无聊赖地拨弄着手里的听诊器，她似乎在等阮江西，看了看时间，“现在？”语气里带了几分意味不明的笑意。

“我不需要告知你。”三分疏离，七分冷漠，对于于景致，阮江西毫不掩饰她的防备。

“我没有恶意，只是想提醒你一下，可以不用那么赶。这个时间，宋辞的记忆应该已经空白了。”她微微勾起嘴角，“他不记得你了，你早了或者晚了，其实并没有差别。对宋辞来说，你只是陌生人，仅此而已。”

“只是也许，或许他记得呢？”对于宋辞，阮江西偏执得不愿意退让丁点儿。

“没有或许，他的解离症持续了十年，他的大脑固执得不愿意多记住一分一秒，从来没有意外，你也不会是意外。”

“谢谢你的提醒。”阮江西转身离开。

聪慧，偏执，满身刺，这便是阮江西。

于景致凝眸，看着阮江西消瘦的背：“真固执，和宋辞一样。”

似乎料到了阮江西不会久留在医院，陆千羊正等在医院门口，环抱着手臂，挡在阮江西面前，脸上是难得的严肃："外面全是记者，我不建议你现在出这个大门。"

阮江西置若罔闻。

虽然知道拦不住，但身为经纪人，站在艺人公关的角度，陆千羊还是要提醒一句："一个艺人半夜三更进医院，尤其是与男人一起，我身为前任娱记，很清楚这之间有多少绯闻八卦可以拿来无中生有，比如堕胎，比如为情自杀，比如豪门难攀人财两空，比如另觅新欢纵欲住院。"陆千羊吸了一口气，非常冷静，"其他更不堪入耳的我就不假设了。江西，不要小瞧了狗仔无中生有、搬弄是非的本事。我还是那句话，身为你的经纪人，我不建议你现在出这个大门。"

各种利害关系，聪明如阮江西又如何会不懂。只不过是，她不在乎罢了。

"我顾不了那么多。"一句话，已表明了她在心里如何给事业和爱情排位——宋辞为最，其他靠边站。

陆千羊很自觉地靠边站，一副了然于心的样子："你只顾得上你的宋辞，算我白说。"她站到阮江西旁边，与她比肩而行，"你出去之后我会尽快联系公司的危机公关，不过不要太乐观，人红是非多，尤其是倚仗宋少一夜爆红的你，太多人等着看你狠狠地跌倒。"

有时候陆千羊想，为什么她要跟着阮江西一条路走到黑呢？她智商不够，想不出说服自己的理由，总之，她没办法让阮江西一个人跌跌撞撞就是了。

陆千羊走在前面，手已经放到了大门的手柄上，一双冰凉的手覆上来。

"千羊，我会成为配得上宋辞的女人。"

她家艺人啊，从来没有这么义无反顾过。

陆千羊揉揉阮江西的脸，十分无奈，她很严肃地告诉阮江西一个铁打的事实："傻瓜，世上哪个男人我家江西配不上？"

阮江西笑着推开门，走进了镜头里。

四面八方全是人，尽管陆千羊做好了心理准备，还是被吓得愣了一下。

"阮江西小姐，请问和你一起入院的男人是谁？是不是圈中人？"

"是宋少吗？"

"你们是什么关系？是情侣关系吗？"

问题一个比一个咄咄逼人。陆千羊实在太了解这群曾经的同行，觉得没有必要和他们软磨硬泡，直接挡在镜头前，语气十分官方："无可奉告，请让一让。"

“有传你为情自杀，请问你和宋少的关系是否已经破裂？”

“是不是和你一起入院的男人导致你和宋少决裂？”

陆千羊已经不耐烦了，扯开嗓子就号：“让开，都让开！”

话音刚落，一阵推挤。陆千羊脚下连连几个趔趄，护着阮江西的手刚松，一台相机就顶过来，直接撞在阮江西的肩上，她整个人往后倒。陆千羊伸出手去拉她，大喊：“江西！”

错开了陆千羊伸过来的手，阮江西狠狠地跌在地上，脸上已经毫无血色。人群却丝毫没有收敛，所有镜头和话筒都在逼近。

陆千羊从来没有这么痛恨过媒体这个行业，也顾不得站稳身体，直接蹲在阮江西旁边，扶着她，对着镜头暴怒地大吼：“滚开，都给老娘滚开。”

众人非但没有滚开，一台相机还凑上来：“阮江西小姐，请问你不回答是默认吗？”

“阮江西小姐，你回避问题是因为那位你不愿意曝光的男士吗？”

“他是不是圈外人？”

“你和他是什么关系？阮江西小姐，请你正面回答。”

突然，一道带着寒意的嗓音传来，话语带了危险的讯息：“我觉得这个问题，可以由当事人来回答。”

媒体闻声看去，只见男人从人群里走来，穿了一身白色的病号服，头上裹了纱布，脸上还带着青紫的伤痕，分明羸弱，却有一身慑人的气场。

立马便有人认出了他：“是顾白！”

这位顾律师显然是记者们的常客，一时间所有矛头直指顾白。

“顾律师，请问你和阮江西是什么关系？”

“是男女朋友吗？”

“你知道阮江西与锡南宋少的关系吗？”

顾白似乎见惯了这般阵仗，不疾不徐，缓缓走到中间，一张青青紫紫的俊脸凑近镜头：“不好意思，我有轻微的脑震荡，请你们保持安静。当然，我不反对你们喧哗，如果你们固执己见的话。”

律师的话总是说三分，留七分，暗含玄机。

记者有一瞬间的愣怔。

顾白径直走到阮江西身边，眉头一拧，盯着阮江西的手腕：“又流血了，疼不疼？”他抓着阮江西的手，将沾血的方巾稍稍解开了一些，语气带着责怪，却是轻轻柔柔的，“刚才我就应该死皮赖脸地留住你，省了你受这份罪。”

阮江西抬头看着顾白，扯了扯顾白的衣袖，用近乎央求的语气说：“帮我，我要离开。”

即便面对这样混乱的局面，她站在风口浪尖，满腹心思还是宋辞。

顾白轻声安抚她：“不急。”

给她的手简单绑了几下，他这才缓缓抬头：“看来各位对我和她的关系都很好奇，那我正式介绍一下，我是顾白，阮江西的私人律师。现在我代表我的当事人，以诽谤罪、故意伤害罪向各位正式提出诉讼。你们有话语权，对于你们所说的，我会适当考虑是否作为呈堂证供，到时法庭见。那么现在，请你们安静地离开。”

所有记者缄默无声。今日此举，恐怕很难收场了，他们正想着怎么能躲过这飞来横祸，突然有人惊叫：“宋、宋少！是宋少！”

正主终于现身了。

刚刚才被压制下来的喧嚣再一次蠢蠢欲动，只是还未等镜头切换到宋辞——

“拿开。”宋辞满眼的嫌恶，指了指摄像机，“我不喜欢见报。”

众人皆知，这是宋辞的规矩。就一句话，所有摄像机全部放下，记者们眼睁睁看着宋辞走进人群，不敢拍，不敢问，不敢放肆。

记者们自觉让出一条道来，各自暗暗拿出录音笔。

满街喧嚣，却见阮江西从人群里缓缓走出来。

“宋辞。”她抬头凝视着宋辞。

视线痴缠，只是一个晃神的瞬间，阮江西眉间所有的阴郁都消散了。他来了，她的宋辞寻她来了。

宋辞不言，深邃的眸子看不出一点浮动。

她小心翼翼地问他：“我迟到了，我们的约会还算数吗？”

宋辞眼里有淡淡的雾霭，遮住了情绪，视线从阮江西身上移到了顾白身上。他周身的阴冷渐浓，只是自始至终没有说一句话。

“我可以解释。”阮江西眸子微红，唇却被咬得发白。

宋辞的嘴角勾起一个冷硬的弧度：“我不认识你。”

漫不经心，视同陌路。他转身，不再看阮江西一眼。

“宋辞。”她抓着宋辞的手，很用力，血顺着她的手腕落在了宋辞的衣袖上，“我是阮江西，我是阮江西。”她看着他，重复了一遍，突然泪眼模糊。

“阮江西。”宋辞喊她的名字，冰凉的手指拂过她的手腕，沾了一指腹的血，

“我不会怜香惜玉，所以，请爱惜你自己。”

骤然间，所有的冰冷消失殆尽。随后，铺天盖地的情绪乱成一团墨黑。

阮江西却突然笑了，泪流满面。

宋辞有些无措，有些气恼，对着记者们吼了一句，然后拉着她往医院里走，脚步慌乱。

媒体记者手中的相机不动声色地举起，正要捕捉镜头——

“各位放心，对于报道的真实性，锡南国际不会提出任何诉讼。”

这位宋少的特助倒是有人情味。

隔了不到三秒钟，宋少特助又补了一句：“各位应该很清楚吧，宋少不喜欢走法律程序，太慢了，我们宋少喜欢直接一点的。”

记者们彻底无言以对了！

秦江大大方方地受了众人的白眼，又大大方方地从镜头里穿梭，余下一众人，傻的傻，愣的愣。

陆千羊手托着下巴沉思：“我家艺人刚才好像哭了。”

“我认识她十五年，还是第一次见她哭。”顾白怔怔出神，苍白的脸显得有几分憔悴无力。

阮江西向来性情淡薄，别说“哭”这种费心费力的事，即便是笑，她也极少走心。陆千羊不由得深思：“我见了三次，两次是为了宋辞，还有一次……”她忍不住失笑，摇摇头，“还有一次是为了那只叫宋辞的狗。”

第一次见阮江西哭是在两年前，那天下了很大的雨，阮江西似乎喝醉了，陆千羊赶到她家的时候，她抱着那只叫宋辞的狗，哭得一塌糊涂。那时候，陆千羊天真地以为是宋胖狗出了什么事。只是第二天，阮江西却绝口不提。陆千羊到现在才明白，那时候阮江西喊的宋辞，不是那只狗。

第二次嘛……简直不堪回首，还是宋胖狗那只胖墩，跑到隔壁邻居家去撩母狗，夜不归宿，急得阮江西红了眼。

这是第三次，阮江西终于有确切的名义念着宋辞的名字而毫不掩饰她的情绪。

原来，宋胖狗只不过是个替身。

“她十岁那年，我背着我家老头儿带她去游乐园，我从游乐设施上摔下来，摔断了一条腿，她都没有为我哭过。”顾白垂着头，额前的碎发乱糟糟地耷拉着，无精打采的样子。

顾白这醋喝得有点莫名其妙啊。

陆千羊听了这番苦水，十分诧异："看来顾大律师连那只胖狗都比不上呀。"

顾白抬头狠狠一瞪，哪还有平日里的半分精明睿智，十分幼稚地抓了一把头发，冲着周边的记者吼道："再不滚，送你们去监狱里蹲着。"

一干记者无语凝噎，赶紧作鸟兽散。陆千羊迎着风，笑得花枝乱颤。

宋辞似乎很不喜欢人群，拉着阮江西上了VIP电梯，直接去了于氏医院的顶楼。这个楼层，通常只对极少数人开放。

"宋辞，宋辞。"宋辞一言不发，阮江西却不厌其烦，一遍一遍地喊他。

"宋辞。"

步子骤然停下，宋辞回头，灼热的眸光定在阮江西脸上。

"你在生我的气？"她声音软软的，不知道是因为无力，还是示弱。

宋辞抿着唇，眉头紧拧。

阮江西轻轻笑了："原来你生气的时候，会口是心非。"

宋辞不说话，只是眼睛里全是阮江西的影子。她凑近他的眼："你会皱眉，会冷冰冰，会抿着唇不愿说话，可是你的眼睛……"她伸手，碰了碰宋辞的眼睫，"看着我的时候分明不陌生。"

她语笑嫣然，信誓旦旦，宋辞却毫无办法，所有堵在心口的情绪滚烫得令人发疼。

他分明恼她，却舍不得了。他轻叹，任眸光温软得一塌糊涂，伸手拂了拂阮江西的脸："刚才为什么哭？"

"因为你记得我。"她弯起了眉眼，眸中似乎藏了一汪笼了雾的泉，"宋辞，你记得我是不是？你会这样看我，你会生我的气，都是因为我在你心里不是陌生人。"

宋辞将她抱起，脱了她的鞋，将她放在铺着雪白床单的病床上，耳边是阮江西轻轻软软的嗓音："幸好，你还记得我。"

她笑着，微微红了眼眶。

多聪明的女人，他又如何能不一败涂地。

"自作聪明。"语气哪有半分强硬，他的指腹擦着她的脸，直接盖住她水光潋滟的眸子，"阮江西，我不喜欢你哭的样子，一点都不好看。"

阮江西伸手，覆在他的手背上，笑着蹭他。

这个女人笑起来会要他的命，哭起来更要了他的命。

“别乱动。”宋辞抓住她因为愉悦而摇晃着的手，不太敢用力，凑过去，轻轻吹了吹她受伤的手腕。

她却笑得更欢了。

宋辞想恼她，又舍不得，便迁怒了从刚才开始就傻愣的秦江：“滚去让医生过来。”

滚去……这措辞……宋少这态度未免反差太大。不过这不是关键，关键是——

“记得？你记得？！”跟随宋少七年，这种情况前所未见，秦江激动了，立刻跑上前，迫不及待地问，“宋少，那你记不记得我是谁？”

宋辞都懒得抬头看他，专注地给阮江西吹伤口。

秦江不死心：“你再仔细看看，我是谁？”

宋辞懒懒地瞥了一眼，不甚在意：“我为什么要记得你？”

“不记得？！”老子伺候了你七年，你居然不记得？

宋辞瞧都不瞧他一眼。

真想一口老血喷过去！秦江深吸一口气，拿出平板，切换到宋老板平时会接触到的人物的关系图，觍着老脸凑过去，指了其中一位：“那这个人呢？有印象吗？”

他指的是宋老板的老表：唐少。

宋老板没反应。

秦江再指：“这个呢？”他指的是宋家的老爷子，宋老板嫡亲嫡亲的爷爷。

宋老板匆匆一眼，冷冷无神。

秦江又指：“那这个呢？”

宋辞兴致缺缺，问阮江西：“疼吗？”然后，他吹得更小心翼翼了。

得！亲妈都比不上人阮姑娘一只手。秦江声音颤抖：“一个都不记得？”

宋辞冷冷地抬头：“拿开。”答案显而易见，宋辞谁都不记得，也完全没有兴趣去记。

秦江不可思议地指阮江西：“那她呢？宋少你都记得？！”

要怎样深刻才能独占宋辞的记忆？这简直匪夷所思！

宋辞只说：“别对她指手画脚了。”

秦特助彻底无语！

本以为自家老板方才在外的举动不过是像第一次瞧见阮姑娘那般一时迷了眼，竟不想他家十年不记人的老板竟偏偏记得阮江西。

难怪这次老板没了记忆后做的第一件事不是分析人物关系图，而是用急切又冷漠的眼神催促他开车快点。宋老板这次居然栽得这么狠，这么不留余地。也许，还有更狠的！

“宋辞，你还记得什么？”阮江西问。

宋辞言简意赅：“只有你。”

阮江西笑了，又问：“那你记不记得我们第一次见面？”

“嗯。”宋辞点头。

“记不记得我在你家留宿过？”

宋辞继续点头。

“记不记得我抱过你？”

宋辞还是点头，嘴角轻微扬起。

阮江西微微前倾，凑近了问：“记不记得我吻过你？”

宋辞立刻反驳：“你没有吻过我。”语气有点不满，有点郁郁，有点怨尤。

阮江西莞尔：“是的，我没有亲吻过你，你记得很清楚。”似乎有些遗憾，她对宋辞说，“不然，我一定告诉你，我们什么都做过。”

宋辞黑沉如井的眸染了光华，美得惊心。

“不要再让我重复，滚去让医生过来。”转眼，宋辞的眼神冷若冰霜，与看着阮江西时天差地别。

秦江用手摩挲着下巴，很优雅地吐了个脏字，随后，他拔腿就往外面跑，边跑边喊：“于医生，快来给宋少看看，这是怎么回事？”

不怪秦江不淡定，是他家老板太厚此薄彼。十年，整整十年没有记住一个人，却只花了三天时间将阮江西刻在了脑子里。这谁能淡定？

秦江继续号：“于医生，快来给我老板看看脑子，他肯定出问题了。”

宋辞微微一睨，眼神便毫无起伏。嗯，他并不急着处置这个并不是十分好用的特助。

阮江西却皱了眉，宋辞的动作又轻了一分，一点一点解开她手腕上缠绕着的方巾。

“是不是很疼？”他抬头看她，眼里满满都是心疼，“很疼的话就说。”

阮江西却牵动苍白如纸的唇笑了笑：“然后呢？”

宋辞想了想，说：“我会轻一点。”他俯身，凑在阮江西的手腕上，轻轻吹了吹，很专注，片刻后，又抬头看阮江西，“有没有好一点？”

“嗯。”其实她撒谎了，还是很疼。

“其实不太疼的，只是流了点血，伤口看着吓人而已。”她见不得宋辞眉间有半点愁绪，伸出手去抚他的眉，“你别担心，只是让玻璃划了一下，没什么的。”

“这还叫没什么？”宋辞恼她，“为什么不包扎伤口？”

阮江西老老实实回答：“因为要赶着去见你。我知道我失约了，才故意不包扎的，要让你心疼得舍不得责怪我。”说着，她将手凑到宋辞眼前，难得无赖地对他撒娇，“你看，我都受伤了。”

他将她不安分的手捉住，又恼不起来，毫无半点威慑性地训她：“这种办法很蠢，以后不准了。”语气半点也冷硬不起来。

阮江西凑近他：“还生我的气吗？”

“嗯。”宋辞看了一眼病房门口，有些急切，俯身又对着阮江西的伤口吹气。

“对不起，以后不会让你等了。”阮江西低着头，十分乖顺，语气却格外坚定。

“解释。”宋辞抬头看她，目光专注，映出阮江西的模样，“为什么没有来赴约？为什么会受伤？为什么会和别的男人在一起？你说你可以解释。”

阮江西想了稍许，说：“车祸。”

如此言简意赅，宋辞并不满意，语气更是不悦：“因为那个男人？”他嘴角抿得厉害，抬起头看阮江西，也不给她吹伤口了。

显然，今日宋辞所有的反常，甚至装作对阮江西冷漠，不仅因为她失约于他，更因为她为了别的男人而撇下了他。

宋辞没想到，他竟这么快便学会了嫉妒。

阮江西颔首，回答：“他是顾白。”

宋辞几不可闻地哼了一声，语气十分生硬：“他叫什么我没有半点兴趣。”他知道自己的语气有多酸。

因为阮江西，宋辞还学会了一种近乎幼稚的行为——口是心非。

“宋辞。”她开口，嗓音有些缥缈，“顾白是我的救命恩人，十五年前我走投无路的时候是他救了我。今天他又救了我一次，他是对我很重要的人。”

这是第一次，阮江西说起她的故事，那是宋辞从未参与过的曾经。宋辞想，他太晚遇到这个女人了。

他伸手，指尖在她轻拧的眉间流连，嗓音有些微沙哑：“那时候为什么会走投无路？”

分明生气，分明不想从她嘴里听到任何其他男人的讯息，他却只顾上了心疼。

宋辞觉得，如果那时候他在的话，一定不会舍得让她走投无路。

“为什么啊？”阮江西轻叹着，“那是个很长很长的故事，我以后再讲给你听好不好？”

宋辞沉默不言。

她小心翼翼，有些慌张：“怎么不说话？不愿意吗？”

她有意隐瞒，宋辞如何会看不出来。只是，她聪明地用了“以后”这个词，多狡猾，分明精算准了，他哪里抗拒得了这样的缓兵之计。

以后……如阮江西所想，宋辞是愿意的。

“那个姓顾的，我不喜欢。”没有追根究底，宋辞只是表达了他的某些不满，确切地说，是非常不满。

阮江西笑了，轻轻晃着宋辞的手，似讨好，更像撒娇。宋辞扬唇，轻轻柔柔地继续给她吹伤口，平日里锋利的眉眼柔和得不像话。

这样的宋辞，于景致从未见过。

“宋辞，原来你也会笑。”

视线落在阮江西身上，她嘴角微扬：“我们又见面了。”

阮江西只是淡淡地颔首。

“给她处理一下伤口。”宋辞依旧半蹲在阮江西跟前，并没有抬头看于景致。

无关紧要，莫过于此态度。宋辞对于景致，对秦江，对任何人，都是如出一辙的冷漠，唯独除了阮江西。

于景致的语气玩味：“我就知道，最后还是要我这个院长出手。”

她看着阮江西：“宋辞信不过别人。”

“你又是哪位？”宋辞丝毫不给半分面子，“话太多了。”

于景致也不恼，很有耐心：“我是你的主治医生。”

“我没兴趣知道。给她包扎。”

于景致不在意地笑笑，戴上手套，俯身给阮江西清理受伤的手腕。

空气中消毒水的味道浓烈刺鼻，刺激人所有的感官。宋辞似乎太紧张了，一张脸自始至终绷得很紧。倒是阮江西，神色如常。真是个能隐忍的女人，若是其他人，留下这样的伤口，只怕早便哭天喊地了。消炎水倒在伤口上，她却只是轻微地皱了皱眉。

只是，这么轻微的表情，却惹来宋辞毫不留余地的冷漠，他几乎是用吼的：“你轻点！”

于景致沉默，笑了笑，只是眼底没有半分笑意。宋辞啊，真是太厚此薄彼了。

十几分钟的时间，漫长得一分一秒都异常难熬，阮江西恐怕是于景致从医十多年来遇到的最难处理的一位。原因无他，只是对于阮江西，宋辞太战战兢兢了。

包扎好伤口，于景致再次查看着阮江西的手腕，抬了抬阮江西的手，没有丝毫多余的表情，口吻平铺直叙："没有伤到骨头，只是皮肉伤。伤口比较长，缝针会好得快一些，但是伤口处理得太晚，免不了会留疤。你是艺人，我不建议缝针。不要碰水，不要着力，一个月后伤口会愈合，有疤痕的话也会很浅。如果你介意，之后可以做植皮手术。"面面俱到的说辞，不带丝毫个人情绪。

阮江西只是安静地听着，宋辞却眉宇难舒。

于景致取下手套，语气平平："伤口已经处理好了，你的经纪人就在外面，你可以出院了。"

她转头，看着宋辞："宋辞，你需要做个检查。"

阮江西看向宋辞，黑白分明的眸子里带着些不安。

宋辞拂了拂她的脸："哪儿也别去，在这里等我。"

"好。"

于景致先出了病房，隔着几米远的距离，还听得见宋辞的声音。

他吩咐秦江："你在这里守着她。"

他又对阮江西道："我很快就来找你，你就在这里等我，一定不要先走。

"阮江西，你敢再失约我就——"隐隐约约的声线，已经听不太清楚内容，只能辨别出嗓音的主人有多忐忑，多患得患失。

宋辞啊，这次栽得太狠了。

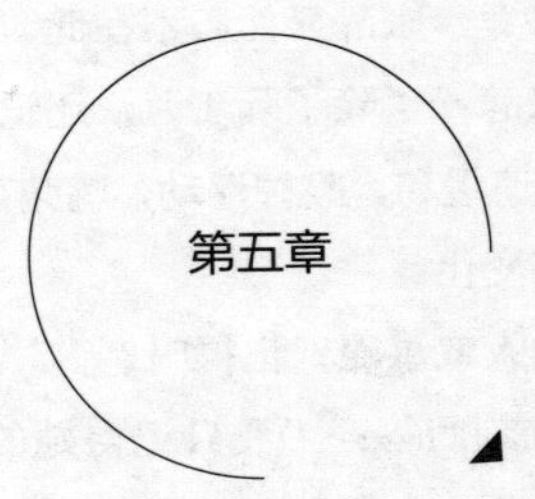

第五章 只喜欢我一个好不好

十五分钟之后，宋辞才出现在于景致的办公室里。显然，他必定是对阮江西一番软磨硬泡之后才放下心离开。

“我没有多少时间。”

宋辞才坐下不到一分钟，就看了三次手表。

于景致也不迂回，开门见山：“秦江应该给你看过人物关系图了，我就不用再做自我介绍了。这次和以往有什么不同？越详细越好。”

并没有思考，宋辞便回：“头疼。”

“什么程度？”

“很疼。”真是敷衍的答案，宋辞显然心不在此。

于景致放下笔，抬头看宋辞：“除了阮江西，还记得什么？”

“没有，只记得她。”语速缓和，眼神浮动，嘴角微扬。宋辞所有的微表情，全部绕着“阮江西”三个字在变化。

她继续问：“与她相关的人或事呢？记得吗？”

不经过任何思考，宋辞立刻回答：“我只记得她的脸、她说过的话，其余的都不记得。”

“你可以试着连贯记忆，以阮江西为记忆点，试着想一下场合、时间，还有当时在场的其他人。不过我建议你做催眠治疗。这次异常也许会是个治疗的突破口，毕竟你十年没有出现过一次这样的例外，阮江西也许触动了你脑中和记忆相关的神经突触。”

宋辞只问：“你有几成把握？”

“没有把握，特殊型解离性失忆症在精神史上从来都没有定数。”

如果有定数，怎么会她参了十年却没有参透半分？

宋辞沉吟了许久，问：“会有什么可能的后果？”

“最坏不过恢复之前的原状。”最坏不过是不记得阮江西。

于景致转着手里的笔，似乎漫不经心，在等宋辞的答案。

“我拒绝。”几乎是条件反射，没有半点犹豫，宋辞的态度不由分说。

答案是意料之中的，于景致并不讶异：“因为阮江西？因为害怕忘记她一个人，所以宁愿谁都不记得？”

气氛骤冷，她似乎踩到了宋辞的禁区呢。

“与你无关。”宋辞已然覆了满眼寒霜，对于景致有显而易见的防备。

于景致只是笑得无奈。果然，她猜中了病患的心思。

“以后不用开药了。”嗓音凝了冰霜般冷硬，决然又固执，宋辞已然有了决定。

阮江西和其他人，宋辞选择了前者。

“停止治疗也不一定能维持现状。宋辞，阮江西对你也许是个不定时炸弹，你的病经不起她这个变数。”

“经不经得起，由我来决定。”留下一句强硬凌厉的话，宋辞起身便走，没有半点迟疑。

唯一意识太强，便会弱化所有。阮江西已经开始左右宋辞了。

于景致看着满满都是阮江西名字的病历，苦笑：“我花了十年都没能让宋辞记住我，阮江西，你却只用了三天时间。”

书桌上散落着满桌的精神检测报告，于景致一页一页翻着。

无疑，于景致是个优秀的精神科专家，但她读不出宋辞意识里任何关于阮江西的信息。答案也许只有一个——宋辞，他把阮江西藏得太深了。

“十年，三天……”她轻声呢喃，思绪飘远。记忆里，十年前的宋辞，一如昨天。

那时候，她才十五岁，是享誉盛名的天才医生，一身光华与傲气。遇到宋辞的时候，他也不过年少，却与任何那个年纪的人都不一样。

“你是谁？”

于三小姐的生日会几乎宴请了全市的权贵之人，只是这位一直隐在昏暗里的少年，对于景致来说是陌生的。他在这个照不进光的角落里，安静地坐了一个小时。

她坐到少年旁边的木椅上，长长的裙摆铺在鹅卵石的走道上，问身侧自始至终低着头的少年：“你怎么一个人在这儿？”

少年还是那个姿势，那面无表情的神色。

“你怎么一个人在这儿？”她又重复问了一遍，依旧没有得到任何回答。

直到她问完第三遍，少年才抬起头：“迷路。”

少年的嗓音是于景致从未听过的好听，尽管那样没有温度。灯光太暗，她并不能完全看清少年的样子，只能看到一个美得少了几分真实感的侧脸。

她提着裙摆站到少年前面：“那你要去哪里？我给你带路。”

“不知道。”态度并不是十分友好，少年转身便走。

“方向错了，前面没有路。”因为裙子很长，于景致在后面跟得有点吃力，“你和谁一起来的？我可以带你过去找他。”

“不知道。”

“都不知道吗？这可能有点麻烦。”

少年突然停下，语气已经隐忍到了极致：“别跟着我。”

“你的脚好像受伤了。”靠近了这边的路灯，于景致才看清少年裤脚处有淡淡的血色，她细细审视着，“需要止血。”

少年直接换了一条路。

拒人千里，冷若冰霜，真不是个好相与的人！于景致在心里评价着。之后，她还是跟了上去。在十五岁的年纪，她第一次放下了天之骄女的傲慢：“最好不要走那么快，流血很严重。”

“别再跟着我。”语气已经暗含警告。昏暗的环境，依旧遮不住少年灼灼似星的眸光。

于景致很有耐心地解释：“我是医生，可以给你治疗脚上的伤。”

少年突然静默，背着光站着，许久，他才说：“解离症。”他的语气不似刚才冷漠，却也毫无情绪，“我是解离性失忆症患者。”

于景致怔在了原地。

“治不了那就不要再多管闲事。”

少年的话冷如冰凌，充满防备、不屑，还有厌恶，让于景致再也迈不出一步。

后来，她才从父亲那里得知了他的名字，宋辞。

后来，她从精神学医书里翻找到了解离症的名词。

然后，她没有经过思考，就把于家那把三代相传的手术刀还给了父亲，毅然决然地学了精神科。

陆千羊告诉阮江西，顾白也换到了VIP病房，就在隔壁。她还说，顾白那边莺莺燕燕络绎不绝，从手术到现在不到两个小时，女人已经换了三四批。陆千羊似乎很好奇，那些探病的女人怎么能那么和谐地坐在一起吃一个苹果。

对此，阮江西只是笑笑，然后去了顾白的病房。

虽不及陆千羊所说“莺莺燕燕络绎不绝”，但确实也有一个如花美眷近身伺候。那是个长相秀气的女孩，只是穿着过于外露。阮江西对顾白的口味向来看不准。

如花美眷频频不断地嘘寒问暖，一会儿给顾白掖被角，一会儿削苹果，一会儿端茶倒水，就连偎进顾白的胳膊里也不忘给他嘴里喂了颗葡萄。

只是，对这如花美眷的伺候，顾白似乎显得兴致缺缺，收回手，将女人推远了几分。女人似乎不依，娇嗔地说着什么。顾白漫不经心地抬头，眼神却忽然凝住。

女人十分讶异，扯了扯出神的顾白：“顾少。”

顾白直接从病床上坐起来，眼中含了几分笑意，看着门口：“我还以为你走了。”

阮江西这才走进病房。

顾白对着身边的如花美眷说：“让开，这个位子有人要坐。”

女人傻愣了许久，才不甘愿地起身，盯着阮江西：“她是谁？”

顾白想了想：“东宫娘娘，论身价，你得叫一声姐姐。”

半真半假的玩笑话逗笑了美人儿，美人儿嗔怒：“讨厌。”她还是乖巧地退让到一边。

“过来坐。”顾白拍了拍病床前的位子。阮江西走近，却并未坐下，看着放在床头柜上的各种忌口的食物，微微皱起了好看的眉头。

顾白倒是显得心情极好：“不放心我？”

“嗯。”阮江西淡淡颔首，“顾白，这些东西你不能吃。”

顾白慢条斯理地躺下，勾着唇笑：“那别走了怎么样？”

“我明天再过来。”顾白认识的所有女人里，只有阮江西会这样拂他的面子，任性得很。

顾白也不介意，只是耸耸肩：“不要欺骗律师大人，明天你要敢不过来，大可以试试。”他半真半假地威胁她，笑得随意。

阮江西点头：“好。”说完，她若有所思地看着顾白。

她在愧疚。阮江西虽是个演员，却不善在人前掩饰她的情绪。

“江西，不要满眼愧疚地看我，不然我会忍不住得寸进尺。”顾白哼了一声，痞痞地扯扯嘴角，“非得让你天天伺候我不可。”

“顾白。”

顾白抬头：“嗯？”

眸光专注，那样细细凝视。他从来没有如此看过别的女人，身边的如花美眷惊讶不已，他也从来没有允许过哪个女人对他直呼其名。

阮江西嘱咐：“好好休息。”语气有点严肃。

顾白抬抬受伤的手，反倒调侃：“你觉得我还有力气干别的吗？”

对于顾白的桃花债，阮江西并不十分清楚，只知道他身边来来往往的女人更换得太勤。阮江西有些担忧地看了一眼顾白，欲言又止，转头看了看乖乖候在一边的女人，眉头皱得更厉害了，义正词严：“顾白，不要熬夜。”

顾白轻笑出声，乖乖遵从：“遵命，女王大人。”脸上难得笑出一点血色。

他家江西啊，实在太正经了。

“那我走了。”

等到阮江西出了病房，顾白眼底的笑意一瞬消失殆尽。

“阮江西。”

她抬头，见走廊尽头，宋辞半靠墙壁，正目光灼灼地凝望着她。

阮江西走近他，笑容婉丽：“已经结束了吗？”

宋辞抿唇，面上微微有些凉意地盯着阮江西：“你分明答应过我，会在原处等我。”语气中有些恼意。

她又撇下他了！

宋辞生气了，他似乎不善于在阮江西面前掩饰情绪，所有喜怒都显而易见。

阮江西笑着解释：“我没有走远。”

是没有走远，可是她还是撇下他了！宋辞盯着走廊那头的病房，眉头一拧，训斥她：“你不听话。”宋辞知道，她一定是去看那个姓顾的了。

阮江西失笑，轻柔乖巧地点头：“嗯，是我的错。”她扯了扯宋辞的袖子，“你别生气好不好？”眼波流转，温言细语。

宋辞哪里还气得起来：“以后不准撂下我。”

她笑着说“好”，宋辞这才牵起她的手，眉头舒展，心情由阴转晴。

“千羊呢？”

“她是谁？”宋辞只记得阮江西，对于别的人，兴致缺缺。

“我的经纪人。”

“打发走了。”微微停顿了一下，他补充，“你的经纪人很啰唆。”

显然，宋辞对阮江西的经纪人并不满意，口吻非常商业，评价非常低。

也许，接着讨论经纪人，宋辞会想辞了陆经纪人。阮江西失笑，并没有继续这个话题：“我们去哪儿？”

宋辞牵着她去了贵宾通道：“送你回家，回我家。”

阮江西有些诧异：“为什么？”梨窝浅浅，并没有掩饰她的好心情。

“辟谣。”他有些不满地解释，“你和姓顾的被记者拍到了，我带你回家他们就不敢乱写。”

阮江西轻笑出声，终于明白秦特助千叮咛万嘱咐的话了。他说：“我家老板每次刚清空记忆的两个小时里，千万千万不要得罪他。你要顺着他，你要迁就他，你要百分百乖乖听话，不然他会有脾气，而且锱铢必较，幼稚别扭得不像话。要是你顺着他，他就乖得像幼儿园里得红花的三好学生。不然的话，他会用最简单粗暴的方法让人消失。当然，我觉得阮小姐你是特例。”

病房里，似乎从阮江西走后，所有温度便降了。顾白窝在病床上，对身边的如花美眷连眼神都没有给一个。美人儿端着娇媚的笑凑上去：“她不识趣，今晚我陪你好不好？”女人矫揉造作，暗示却显而易见。

顾白耷着眼皮，语气慵懒：“没听见她的话吗？我不熬夜，你可以走了。”态度是很显然的不耐。

美人儿娇嗔：“顾白。”

顾白抬起头，一双眸已冷然如霜，嘴角却始终挂着漫不经心的笑：“你破坏我的游戏规则了。”

顾白身边所有的女人都知道，顾大律师有他的规则：不能直呼其名，不能留夜邀宠，要乖，要听话，要召之即来挥之即去，没有谁是例外。

外人只传顾律师万花丛中过，却不知，他可以陪她们中的任何一个逢场作戏，却不允许任何一个得寸进尺。点到为止，那是顾白的规则。

顾白必定从来没有当真，他啊，只是玩心做戏罢了。

阮江西，她却是唯一一个例外。

女人似乎不甘心，红着眼质问：“那她为什么可以叫你‘顾白’？”

顾白反问：“你觉得呢？”眼神冰冷刺骨。

她终于知道，顾白的软肋是那个女人。

“继承权的案子不用担心，就当是你陪我游戏的报酬。现在你可以走了。”

女人脸色骤白，张张嘴想要说什么，顾白已然背过身去，没有留丝毫转圜的余地。女人突然发笑：“顾少，你玩弄了那么多女人的心，是为了吸引刚才那位小姐的注意吗？”

顾白瞬间怒气翻涌：“滚！”

车外，街灯斑驳，后退的光景从车窗划过，流光溢彩。夜风拂面，吹得温柔。时光静好，唯独——

宋老板这一直板着脸是闹哪样啊！

秦江一边开车一边忐忑，就怕宋老板借题发作殃及无辜。秦江觉得，宋老板这样，八成和阮姑娘上车前的那句话有关。当时，阮姑娘说：“明天我来看顾白。”

阮江西侧着身子看宋辞："你好像不开心。"

宋辞面不改色地否认："没有。"他脸上的表情依旧很冷漠，眉头皱起。

"那为什么要皱着眉头？"阮江西伸出手，捧着宋辞的脸，转着对向车窗。

车窗上倒映出宋辞的脸，容颜好看得惊人，脸色却难看得惊人。

宋辞捉住阮江西的手，握得很紧："那个男人看你的眼神我不喜欢，我不喜欢对你一无所知。"

其实，宋辞最不喜欢的，还是从阮江西的嘴里频繁地听到别的男人的名字。

"那你喜不喜欢我？"阮江西笑着凑过去，仰着下巴看宋辞的轮廓，眼珠黑亮，像是藏了欢愉。

美人心计，阮江西一向狡猾。

宋辞微微往后倾身，不自然地敛住眼底的浮动："别转移话题。"

"你也别转移话题。"

宋辞分明知道，她在粉饰太平，她在遮掩那些他一无所知却满腹好奇的过往，她试图用自己来迷惑他的理智。宋辞无奈地揉了揉她额前柔软的发："我对你有些束手无策，这并不是好现象。"

"我可以将你的话当作上一个问题的肯定回答吗？"

宋辞敛着眉不说话，眼睛深处有一张细密的网，全都是阮江西的倒影。

阮江西似乎并不急切："换种问法。"她学着记者的口吻，"阮江西小姐，你和锡南国际的宋少是什么关系？你和宋少在交往吗？你不回答是默认与宋少关系密切吗？"

话锋一变，依旧又是平日里淑静温婉的模样，她笑着问宋辞："这几天记者频繁地问我这几个问题，请问宋辞先生，我要怎么回答？"

宋辞先生微怔片刻，嘴角扬起："随你。"

她笑得眉眼弯弯："我明天大概又要上头条了，因为我要告诉记者，我们关系匪浅。"

宋辞沉吟道："会很麻烦。"

"所以，你反对吗？"她有些不确定，粼粼的眸光浮动。

宋辞拂了拂她的脸，将车窗关上，手自然而然地落在了她肩上，眸光似月影温柔："你不用理会，我会处理。"

阮江西笑了，浅浅的梨窝若隐若现："因为我们关系匪浅，所以，"她的双手探进宋辞的西装外套里，落在他腰间，"宋辞，我有个私人问题问你。"

腰间的手凉凉的，并不太安分。心尖似有羽毛掠过，宋辞有些心神不宁，道：“嗯？”

她搂着他的腰，偎进他怀里：“于医生，她喜欢你，你知道吗？她看你的眼神和我看你时一模一样。”

宋辞一向会抓重点，单刀直入地切入重点：“你喜欢我？”

“于医生她——”

不等阮江西说完，宋辞便将她揽进了怀里：“她是无关紧要的人，如果你介意，我可以换了她。”他的语气不似眼神那般温柔，强势又固执，“你喜欢我？”

阮江西脾性温软，只是笑笑：“我不信你看不出来。”宋辞绷着俊脸不说话，她有些好笑，还是顺从地承认，“宋辞，我喜欢你，我喜欢你很久很久了。”

宋辞这才勾起了嘴角，温柔了眉眼：“对我，你似乎早有预谋。不管你出于什么理由接近我，你的话我当真了。你我既然开始，什么时候结束可就不由你。还有……”他抬起手，指尖一寸一寸拂着阮江西的脸，语气轻柔，“我会喜欢你，也许现在还不够多，不过我既然偏偏能记住你，要很喜欢很喜欢你应该不难。所以，你也要一直都喜欢我。”停顿片刻，他又道，“并且，只喜欢我一个，好不好？”

用的是谈判的语气，却更像征询，宋辞似乎有些不确定，专注地一直盯着阮江西。

“让他下去好不好？”

秦江蒙了一下。

“下去。”宋老板语气好冷漠。

秦江一脸的生无可恋：“我这就下去。”

车里，灯光昏暗，偶尔漏进来几缕过往车辆的灯光，斑驳的光影落在宋辞侧脸的轮廓上。

“你还没有回答我的问题。”

他问她：只喜欢我一个，好不好？

大概再也不会有哪个人，能让宋辞这样小心翼翼、如履薄冰了。

阮江西清浅地笑着，微微仰头，唇落在了宋辞的唇上。

他完全怔住。

唇齿相触，她似乎不知该如何动作，试探性地伸出舌尖，舔了舔。

他的肩膀微微颤了一下，睫毛抖动得厉害。眸中，是她微微绯红的脸，还有带笑的眼睛。

显然，对于这亲昵之事，宋辞尚不谙此道。

半晌，阮江西退开些许，笑意盈盈地看宋辞："我觉得你应该要礼尚往来，比如我喜欢你，你也要喜欢我；比如我亲吻你，你——"

话音还未落下，宋辞便捧着她的脸吻了下去。因为不知轻重，他磕到了她的牙齿。唇畔发热，他却不松手半分，微微张着唇，像动物般，细细地舔着她。

阮江西突然想到了家里的狗狗，笑声溢出了嘴角。

宋辞抬头："不准笑！"

阮江西刚合上唇，他的吻又压下来，依旧是不得其法，只是含着她的嘴角细细地舔吻。

他似乎喜欢上了这种相濡以沫的亲昵感，又开始不满足这种止于唇畔的亲昵，伸出舌尖，越吻越深。

车里，气温似乎有些上升，灯光似乎也染上了绯色。突然——

叩叩叩，敲打车窗的声音，如此刺耳，敲打车窗的人，如此不识趣。

宋辞抬头，眸中的颜色还未褪去，嗓音却冰冷刺骨："滚！"他俯身，捧着阮江西的脸就要继续。

叩叩叩！秦江不厌其烦，叩叩叩！

"秦江。"不冷不热的一声，警告的意味已经非常明显。

秦江很无奈："我也很想滚，可是宋少，有人在偷拍，那个角度刚好拍到你和阮小姐在、在——"他有点不好意思了，婉转地询问宋老板，"您看是不是找个没人的地方再继续？"

宋辞回头问阮江西："你介意吗？"

阮江西还红着脸，十分听话地偎在宋辞怀里："只要你不介意。"

所以就是说——

宋辞吩咐："让他们拍。"

秦江眼皮都抽搐了："明白了。"他还非常体贴地提醒，"您继续。"

宋辞将车窗摇下，回头视线灼灼地看着阮江西："我还想吻你。"

阮江西轻笑着颔首："好。"

一个非常明目张胆，一个毫不矫揉造作，然后，宋辞抬起阮江西的脸，深深地亲吻。

月光昏黄，天边的星子散落，铺天盖地都是温柔的光影。月光落在宋辞的侧脸上，柔软了精致的轮廓，怀里的女人眼波清澈。

晚上十一点，秦江把人送到别墅，老远就看见一辆招摇的红色法拉利停在别墅外面。

唐易搭着两条大长腿靠着门前大理石的柱子："夜黑风高，舍得回来了？"

他并没有得到宋辞一个眼神，他抱着手，打量阮江西："听说他只记得你。"

阮江西乖巧地靠着宋辞，并没有回答。却是宋辞语气冰冷地说："你消息很灵通。"

唐易一脸理所当然的表情："自家人，自然多留了个心眼。"

他落在阮江西身上的视线越发探究："我该恭喜你吗？撬动了宋辞这座油盐不进、美色不动的冰山。"

三天，阮江西只用了三天，就把宋辞这只让他乃至无数人敢怒不敢言、只能咬牙切齿的妖精给收了。该普天同庆吗？终于有人可以治宋辞这只妖精了。

阮江西倒不谦虚："谢谢你的恭喜。"

唐易哑然失笑："阮江西，你真厉害。"

阮江西并不多言。

"你是谁？"似乎不满唐易露骨的眼神，宋辞将阮江西揽进怀里，侧着身睨唐易，语气十分不友善，"在我家做什么？"

唐易骤然被噎住，一张英俊的脸被气成了猪肝色，他怒吼："宋辞，能不能有一次，记住我这张辨识度极高的脸？"

二十几年兄弟，宋辞依旧死性不改地每隔三天就让他做一次自我介绍；阮江西横空出来才三天，就让宋辞这样围着她转圈。这样厚此薄彼，唐天王心里十分不爽，也十分不甘："你再仔细看，你说我是谁？"

"你是谁？"宋辞那张万年冰封脸一点变化都没有。

唐易的俊脸已经臭得不能再臭："唐、易！老子本名唐西臣！"后一句基本是从嗓子眼里嘶吼出来的。

宋辞连睫毛都没动一下，对唐易的本名显然一点兴趣都没有。

唐易只能"呵呵"了："老子上辈子一定是造了孽，才会跟你做了兄弟。"

宋辞面不改色："我没逼你，你可以走。"

他睃了一眼秦江，惜字如金地吐出两个字："送客。"

唐易气绝。

秦江上前恭请："唐少。"

一向涵养非常好的唐天王已经奓毛了，对着眼色都不给一个的宋辞暴走："宋辞，你还能不能再见色忘义一点？"

宋辞一边揽着自家女人进屋，一边往后施舍了一个眼神："她的戏份推后，你先排期。"

哼，兄弟的名字都记不住，女人的戏份倒记得牢啊。唐易阴阳怪气地回复："这段时间我有通告，让她先拍。"

宋辞不由分说："她的手受伤了，需要休养。"

就你女人的手金贵！

唐易哼了一声，火气很大，完全不配合："难道秦江没有告诉你，锡南国际新季度的广告是我拍的，排期就是这个月？"

"暂停他的广告代言。"

秦江已经一点都不意外了："是，宋少。"

血气有点往上涌，唐易又奓毛了："暂停老子的广告，你也得赔！"

宋辞完全不在乎："我也可以换人。"

他俯身凑近阮江西，十分温柔地问："江西，你要不要拍广告？"

"我会认真考虑。"阮江西说得很认真，完全不是在开玩笑，令唐易有种自取其辱的羞耻感。

宋辞很顺着阮江西："好，考虑好了我给你拍。"

他又吩咐秦江："这季度广告代言人先暂定。"

秦特助很官方地转达："唐少，你都听到了，我就不联系你的经纪人另行通知了。"

唐易此刻的心情，犹如千千万万只羊驼在奔腾，在嘶吼。

"宋辞，算你丫的狠，老子认了。"他抓了一把酒红色的头发，甩脸就走，"老子今天一定是抽风了才会来找虐。"

宋辞拢了拢阮江西的衣领，揽着她就进屋。

上车前，唐天王还不死心地冲着门口阴森森地扔了一句："阮江西，别玩太狠了，当心闹出人命。"

啪的一声，宋老板直接关上了别墅的大门。

秦江才刚走到别墅外，又接到了宋辞的电话，就一个字："查。"

秦江知道他说的是车祸的事。

森冷、单调，这是阮江西对宋辞卧室的第二印象。她已经不记得第一印象，似乎只要宋辞在旁边，即使她倾注所有的精力也没有办法分去一点心神。

她将自己裹进被子里，重重地吸了一口气，鼻间全是宋辞的气息，她笑着在被子里打滚。

宋辞进来的时候，便看见阮江西有些滑稽的举动。

“怎么了？”

他穿着和她一模一样的黑色睡衣，他似乎非常钟爱黑白色，衣柜里是千篇一律的冷色。

此刻，阮江西的眼里全是宋辞的样子。她从被子里钻出来，十分不安分地在宋辞的床上滚来滚去：“宋辞，我心情很好，有点像喝醉了的感觉，轻飘飘的。”仿若梦里，美好得不真实。

她伸出手，落在宋辞的脸上：“宋辞，我好喜欢你。”

他有些脸红，虽然欢喜，不过有点不适应她这么突然地说这种让他心猿意马的话。他把她抱起来，放进被子里：“乖，很晚了，先睡觉。”

再不睡，他的定力所剩无几。

阮江西抱着他的脖子：“你不和我一起吗？”

她定是醉了，便是眼里也有微醺的水光，所以才如此由着自己这样依恋宋辞，一下都舍不得松开手。

宋辞轻笑：“不怕闹出人命？”

阮江西笑着摇头：“不会。”她知道，宋辞舍不得。

其实她不怕，她愿意为他生儿育女。

宋辞亲了亲她的嘴角，将她的手放进被子里，又给她掖好被角。

她可能不知道，他宋辞并非正人君子，不过是只对她小心谨慎。他又亲了亲她：“别太相信我，我是男人。”

她蹭了蹭他的手背：“嗯，今天之后，你是阮江西的男人。”

宋辞的心柔软得不像话，他抓着她的手放在唇边轻吻：“嗯，是你的。”他拂了拂她有些倦怠的脸，“乖，睡吧。”

阮江西合上眸子，嘴角浮现微微浅笑。

待到她呼吸平缓，宋辞亲了亲她的额头，才披了件外套出了房间。

秦江已经等在书房有一会儿了，满头大汗，很明显是刚奔波回来。

“宋少，已经查出来了，车祸果然是有人授意。”

“谁？”宋辞懒懒地坐在靠椅里，一股君临天下的气场。

“肖楠。”

宋辞眼神深邃，里面是一汪看不见底的墨黑。

显然，宋辞对这个名字一点印象都没有。秦江提醒：“因为她惹了阮小姐，您之前让我教训过她。”

宋辞面无表情。

秦江收起惭愧感，总结：“她应该就是因为这个才报复阮小姐的。”

“人现在在哪儿？”

“已经出境了。”那位肖小姐还不是太蠢，还知道往远了逃。

宋辞抬头：“抓回来。”

以前秦江觉得惹了宋辞会求生不得，现在他觉得惹了阮江西可能会求死不能。秦江试探着问：“抓回来之后呢？”

宋辞微微沉吟：“你清楚我的手段。”

尽管伺候了宋辞七年，秦特助还是忍不住打了个寒战，背脊一片冰凉。

咔嗒——

突然传来一声很轻微的声响，秦江猛地往门口看去，书房的门已然被合上。

这大晚上的，能在宋辞家里自由出入的，只有一个人。秦江立刻打量宋辞的脸色：“好像是阮小姐。”

“她听到了。”宋辞微微出神地看着门口，脸上不见了刚才的阴冷狠辣，满眼都是突然涌动的不安。

宋辞不会被任何事物束缚，却怕阮江西了。想想也是，刚才那一番处置言论，任哪个女人听见了都得心生畏惧，更何况阮江西是个多温柔懂事的好姑娘。

“宋少，那还要不要抓人？”

沉默了片刻，宋辞点点头，转身便离开了书房。

他回房的时候，便看到阮江西坐在床上，睡意全无的样子，许是故意在等他。

“事情谈完了吗？”她好似平常，眸光清澈如水。

“嗯。”宋辞仔细瞧着她的眼，那双眼黑白分明得很好看。

他站在床边，敛着眉，抿着唇，有些不知所措。这完全是一副等候发落的表情。

“要不要睡觉？”阮江西往床里侧挪了挪，空出大半的床，她凝神看宋辞，“我可以分你一半床。”

她分明听到了，却绝口不提。

“怎么不问？”

“问什么？”阮江西说得漫不经心，伸手拉着他的袖子，要他坐在旁边的位置，然后抓着他的手不放，放在手心里玩着。

宋辞乖乖坐在床边，任她把玩自己的手：“问你刚才听到的。”

“我不会干涉你。”阮江西凝眸浅笑，“即便是最亲密的关系，我也不会左右你的任何决定。”

她俯身，亲了亲他的指尖。

指尖有温软的触觉，痒痒的，微微灼热。她的一举一动，都能叫他心神全乱。

他几乎用最后的理智附在她耳边告诉她：“江西，你有资格左右我。”

只有她有，也只有她能。

她却摇头：“我不想。你是宋辞就好，不用为我做任何改变。”

似乎有些困倦，她靠着他，凑在他脖颈处蹭了蹭。如猫儿般，这样撩人，这样不经意便让宋辞弃械投降，然后患得患失。

他凑在她耳边：“我心狠手辣，也会不择手段，这样的我，你有勇气全部接受吗？”语气半点也强势不起来，带着不确定的慌张。

他将全部的自己都展现在阮江西面前，毫无保留。

“心狠手辣也好，不择手段也罢，你会对我心软就够了。”她的眸光是有些痴缠的，带着一种近乎灼热的贪恋，她说，“你是我的宋辞就够了。”

你是我的宋辞就够了……

一句话，攻心足矣。宋辞所有的防线都轰然倒塌：“江西。”

“嗯。”

“你这么聪明，我以后一定会很喜欢很喜欢你，比现在还要喜欢很多很多。”

“那要不要抱抱你很喜欢很喜欢的我？我手疼，有点失眠。”

宋辞笑了，眸中融了所有光影，温温柔柔的影子，是阮江西的模样。

他抱着她，一起入眠。今夜，似乎格外漫长。

次日，天空晴朗，万里无云。

可惜，秦特助脸上乌云密布。瞅着餐桌旁正给阮姑娘喂食的宋老板，他实在忍不住第三遍提醒：“宋少，都十点了，还有个会需要您出席。”

他都等了一个小时了，然而宋辞根本不为所动，完全沉浸在给阮江西喂食的满足感中。

宠女人也不能不务正业啊！秦江再次多嘴：“宋少，大家都等您一个小时了。”

阮江西拿着勺子的手顿了一下，宋辞夹了个水晶包递到她嘴边：“不用理他，你要多吃点，你太瘦了。”

她乖乖张嘴，因为秦江在场，有些赧然，宋辞倒是一副旁若无人的样子。

秦江无语问天。

一顿早饭，足足吃了四十分钟！可算等到宋老板给阮姑娘喂了半杯牛奶，又擦了擦嘴，秦江刚想给宋辞递上公文包，不想……宋辞跟着阮江西，一副她走到哪儿他就跟到哪儿的表情。秦江深深地吐了一口怨气，朝阮江西抛去求救的眼神。

走到门口的时候，阮江西对宋辞说：“我的经纪人和助手都过来了，你可以不用送我。”

宋辞却问：“助手可不可以换？”

三米之外的魏大青肩膀一抖，有点委屈地瘪嘴了，他不知道自己哪里得罪宋辞了。

阮江西摇头：“暂时不可以。”

魏大青感动得想去抱抱她，只是瞧见宋辞满眼敌意，他缩了缩脖子，还是选择了往陆千羊身后躲。

宋辞牵着阮江西走到车前，抓着她的手，并没有立刻放开。他拨了拨她耳边的发：“需要什么让他们去做，别碰到手上的伤口了。”

阮江西颔首说“好”。

“不要碰到水。”宋辞皱了皱眉，有些不放心。

“好。”

“中午不要吃乱七八糟的东西，要好好吃饭。”他的语气有点严肃。

陆千羊有些不悦。这大少爷这话说得好像她这个经纪人虐待艺人似的，就你宋大少会疼人是吧？！

阮江西笑道：“好。”

“如果工作太累就不要做了，我可以养你。”宋辞又补充，“我有很多钱。”

财大气粗！有钱了不起啊？！陆千羊翻直白眼。她家那“宋辞控”艺人居然还乖乖点头。

“晚上我去接你。”宋辞亲了亲阮江西右边脸颊，又亲了亲左边的，抱着她细细地看，似乎舍不得松手，眉头皱得十分厉害。

有完没完！陆千羊快要看不下去了，一个劲地给阮江西使眼色。然而，那姑娘完全不看别人一眼，满心满眼都是宋辞。

“如果很忙我可以自己回家。”

“不忙。”

不忙？秦江只能“呵呵”，他已经懒得去提醒他老板锡南国际到底有多少业务了。

“我走了。”宋辞吻了吻阮江西的嘴角才放手，陆千羊赶紧上前给阮江西开车门。

刚坐进车里，阮江西趴在车窗上：“宋辞，可不可以买部手机？”

宋辞微微俯身，说：“我不需要。”

连阮江西家那只胖狗都会抱着阮江西的手机玩切水果了，对于宋辞这番言辞，陆千羊只能大谈呵呵文化了。

阮江西似乎思考了一下，然后一本正经地跟宋辞说：“我需要。如果我想你的话，我希望听到你的声音。”温言细语，她拿捏得十分恰当。

“我会去买。”宋辞十分听话，还补充，“等一下就去。”

秦江目瞪口呆了。他劝了几年，宋辞也没买部手机。

阮江西这才笑了：“再见，宋辞。”

宋辞站在车外，眸光宠溺地看着她。

魏大青掩着嘴，对陆千羊嘀咕：“我第一次看见说情话还如此从容淡定的。”

陆千羊手撑着下巴深思道：“我第一次听见江西说情话。”她恍然大悟，“我们家江西原来这么闷骚。”

后座传来阮江西淡然的声音：“可以走了。”

静如水，止于礼，这才是阮江西的常态。宋辞是唯一的例外。

陆千羊顿悟了：“说情话的前提是，对象是宋辞。”

阮江西并未否认，只是侧着身子，看着车后宋辞渐渐模糊了轮廓的身影。许久，她才转过头来：“先去医院看顾白。”

陆千羊扭着头往后看，打趣阮江西：“看你春风满面，气色不错，拿下了？”

“我和宋辞在交往。”

交往？这个词用得很正式，看来她家艺人正名了。陆千羊好奇心爆棚了：“那在媒体面前也能这么说？”

“可以。”阮江西嘴角上扬，一层淡淡的愉悦融在眼里，亮晶晶的，十分好看。

陆千羊双手抱拳：“恭喜恭喜。”

“谢谢。”

“不谢不谢。”陆千羊嘴角在抽搐，有时候她真受不了她家艺人这好得过分的贵族教养。

“今天有什么通告没有？”

不知道为什么，陆千羊从阮江西的语气里听出了一股子归心似箭的味道。陆千羊赶紧打消这种让人沮丧的念头，一本正经道：“《定北侯》剧组把你的戏份都排到一个月后了，Oushernar 的广告代言也还没开始，你可以好好养伤。晚上有个综艺节目邀请你参加，你也可以拒绝。”

“什么类型的节目？”阮江西语气淡淡的，一贯对各种艺人活动都漫不经心。

“《星语访》，国内唯一现场直播的脱口秀节目。当然，收视也一直稳居脱口秀类节目榜首。主持人是凤凰娱乐的一姐熙姐，请的嘉宾也都是最近话题最热的艺人，是个很好的出镜机会。不过你的手好像伤得不轻。”想想宋辞方才那一番叮咛嘱咐，要是阮江西的手再磕着碰着了，宋辞八成能把她给大卸八块了。

“我没事，我会参加。”

陆千羊并不反对，她家艺人虽然话题度高，但名声不好，出镜机会并不多。她从来都不怀疑，她家江西离功成名就唯一差的便是让所有人都用眼睛看阮江西的机会，这个访谈节目也许是一个很好的突破口。

“剑术的课程，今天可以开始了。”

听阮江西忽然提及，陆千羊有些意外：“常青的戏份起码要在一个月之后，等你养好了伤再学也不急。”

“剧本里常青的剑术太好，一个月时间可能不够我学的。”

陆千羊调侃：“你这么拼宋辞知道吗？”转念一想，她扬扬得意了，“我觉得你没必要这么吹毛求疵，你完全可以靠演技吃饭，不靠招式也无伤大雅。”

阮江西但笑不语。

陆千羊从包里拿出一份报纸，递给阮江西：“看看吧，报道铺天盖地。看来你和宋大少都没有遮掩的意思，狗仔才敢这么猖狂，什么‘你侬我侬正是情浓’这种酸掉牙的话都搬出来了。不过好在媒体都忌惮宋辞，没胆子给你泼太黑的水，顶多隐晦地说了几句你名声比演技来得快。”陆千羊重点指了指报纸上最大版幅的照片，语气很遗憾，“可惜没有宋大少的正脸，不然媒体哪儿还敢质疑你正宫娘娘的地位。”

阮江西只是笑着看报纸上的照片，似乎很满意。

陆千羊却有点头疼了。照片只拍到了宋辞的侧脸，今早便有几家媒体打电话过来，旁敲侧击地问是不是炒作。

魏大青表示愤慨："那是他们都没看到江西演戏。"

不说还好，一提这茬陆千羊就来气："托你魏小少爷的福，江西出道三年出镜的次数一只手就数得过来。"陆千羊狐假虎威，"我看让宋大人把你换了算了。"

魏大青认错态度良好："我会时时刻刻忏悔的。"然后他认真开他的车，不想接话了。

阮江西盯着报纸上的照片，许久都没有翻页。

得，阮江西对社会言论完全不在乎，光在乎与宋辞的合照了。陆千羊有点恨铁不成钢："有宋少压着，媒体还不敢放肆，可是微博上就没那么令人安生了。宋辞的半张脸曝光后，成千上万的女性同胞排着队吐你呢。你一定没有看网上的帖子吧，嘴巴一个个毒得，简直勇超我当年的风范。"陆千羊将平板递给江西，"你看看就好，别当真，要是影响了你的食欲，宋老板得唯我是问。"

魏大青很愤慨，突然蹦出一句："这是嫉妒。"

"谁说不是呢？跳出来黑江西的多半是女人。"陆千羊叹气，"真是红颜祸水，宋少这个如花美眷还真不是什么人都能消受的。"

阮江西安安静静地看着网上的留言，冷静沉着得好像局外人。

网上恶帖泛滥，不到一天，阮江西黑粉无数，一个比一个能吐，一个赛一个嘴毒——

万里炮仗永不倒："宋少旁边的女人刺瞎本宝宝的眼了，好白菜都让猪拱了！"

穿了秋裤也凉爽："阮江西你快开门，你别躲在里面不出声，我知道你在家……"

陆千羊直接把阮江西手里的平板抢过来："你还是别看了，现在的黑粉都是专业级别，都上过骂人培训班的。不过没事，你等着，我给你骂回去。我几年没动嘴皮子了，正好拿来练练嘴。"

阮江西失笑，眉间的阴郁倒散了大半。

之后，她便听见陆千羊敲字的声音，不带一下停顿的，简直如有神助。对于陆千羊骂人的功夫，从来没有人敢质疑。

陆千羊手一顿，瞳孔突然放大："我眼花了吗？居然还有一位亲妈粉。"仔细看了一下马甲，陆千羊还是有些嫌弃，"阮江西的小跟班？谁这么没水准，取了这么个名字？"

魏大青冷不丁回上一句："羊羊，那是我早上刚注册的。"这马甲怎么没水准了？他对一只羊的水准才不敢苟同呢。

陆千羊一个栗暴砸过去："你找死啊，害老娘白开心一场。"

魏大青都不想跟她说话了，陆千羊又回头安慰一直沉默着的阮江西："别不开心，一群无关紧要的陌生人而已。"

阮江西神色淡然："不会，我会站到与宋辞一样的高度，早晚而已。"

早晚而已。陆千羊从来不怀疑，她家艺人终究会有一日站上演艺圈至高无上的位置，只是……她觉得她家艺人不是因为进取心，而是因为美人劫。

宋辞，真是阮江西的劫。

短信铃声突然响了，陆千羊看了一下自己的手机，不是自己的信息，也不是魏大青的。再回头看阮江西，她正对着手机，嘴角有轻微的笑意。

她就奇怪了，阮江西那部手机除了自己和魏大青会打电话之外，基本就是个摆设。

是宋辞的短信，内容只有一串电话号码和他的名字，像他平日的作风，言简意赅。

阮江西将号码设置成了1号键，拨了过去。刚接通，电话那头便传来宋辞的声音："江西。"

"嗯，是我。"阮江西的语气温柔如水。

"在哪儿？"

"车上，现在要去医院。"

电话那边忽然安静了。

"宋辞。"阮江西唤了一声，并未得到回应，眸中有些疑惑，"怎么不说话？"

隔了几秒，耳边传来宋辞有些沉闷的嗓音，只有简单明了的两个字："生气。"

阮江西笑出了声。宋辞似乎很喜欢吃醋。

"你知道我不喜欢那个姓顾的。"宋辞的声音提了几分，表明他真的恼了。

阮江西觉得好笑："宋辞，不要吃醋。"

主驾驶座上的两人表示，他们就竖起耳朵听听，不走心的，也不会告诉别人宋大少是个醋坛子。

宋辞纠正："不是吃醋，我只是生气。"

阮江西笑着问："我可以保留不同意见吗？"

宋辞似乎真的思考了一下，隔了几秒钟才回答："可以。"

"宋辞，你真可爱。"恐怕也只有阮江西敢用这样没有危险性质的词语来形容宋辞了。

宋辞言明："我不喜欢这个词。"

"你也可以保留不同意见，不过我比较喜欢。"

宋辞只迟疑了很短的时间便妥协了，语气有明显的缓和："你喜欢的话，也不是不可以容忍。"三言两语，他便服软了。

之后便是片刻的沉默，连呼吸都似乎有些缱绻。隔着冰冷的手机，宋辞突然说："江西，我想你了。"

随后，阮江西听到一声瓷器碎裂的声音，但听得并不是十分真切。她问："那边是什么声音？"

"有人摔碎了杯子。"宋辞语带怒气。

阮江西这才意识到一个问题："旁边有人？"

"在开会。"

阮江西想起方才的对话，有几分不自然的羞赧："下次我尽量不在上班时间给你打电话。"

"不要紧。"宋辞严肃地补充，"你想什么时候打就什么时候打。"

"我快到了，你先忙。"

"嗯。"宋辞特意嘱咐，"不要在医院待太久。"

他解释："我不喜欢消毒水的味道，你要快点出来。"

宋辞似乎对顾白一直耿耿于怀，才会编出这么蹩脚的借口。阮江西并不拆穿，乖巧听话地说了声"好"。

挂了电话，宋辞盯着屏幕看了好一会儿才开口："继续。"他依旧没有抬头，拿着手机把玩，神色很专注。

会议室里，一干高层这才收回自己的眼珠子，只有秦江完全见怪不怪了。

"那我、我继续了。"这位满头大汗支支吾吾的高管人士，正是刚才被大老板那句"我想你"吓得摔了茶杯的那位。

散会后，宋辞把秦江喊住了。

"我要把这个背景换成阮江西的照片，还有来电，也要是她的照片，怎么弄？"

"咚——"市场部经理的脑袋磕在了会议室的门上，肿了一个好大的包。

今天的太阳真的是从东边出来的吗？宋大少不仅开始玩手机，还痴迷某个叫阮江西的女人了！

反观秦特助，已经很淡定了："在手机设置里。"

能不淡定吗？从早上买完手机到现在，宋辞就一直问诸如此类的问题：

“怎么存阮江西的电话？”

“照片为什么下载不了？”

“我要一开机就看到她的照片，怎么弄？”

“为什么我的电话号码和阮江西的差这么多？”

前面几个问题也就算了，最后一个问题让秦江无言以对了。

为什么要发明手机这种东西？！让宋辞完全打开了阮江西的新世界。

秦江揉着隐隐作痛的脑袋，刚出会议室，几个高级经理就围了上来。

“秦特助，你看宋少今天是不是哪里不对劲啊？”

废话。

“宋少怎么买手机了？”

听女朋友的话呗。

“跟宋少通电话的那个女人是怎么回事？”

怎么回事？宋老板玩大了。

“是宋少的新宠吗？”

新宠？

秦江嘘了一声，意思很明白：别乱说话。

几个高级经理瞅着询问不出有用的信息，便换了种方式：“秦特助，好久没有出去喝一杯了，今天晚上我们去痛快痛快？”

秦江面不改色：“我老婆管得严。”

这个借口都用了几年了，还没用腻吗？

几位高管人士都有些讪讪的，气氛被搞得好尴尬。秦特助还很严肃地再次声明：“老板的私事不要随便打探。”

高管们很无语。

秦江走到半道上，良心发现，提点了一句：“不是新宠，是未来的老板娘。”

顿时，这群老奸巨猾的高管眼里精光乍现，拿出手机一番搜索过后，随即给家里的内人打电话：“那位可是锡南国际的贵人，以后见着了可千万伺候好了……”

唉，这趋炎附势的风吹得可真快。

第六章

那是她的命，所以她拼命

于氏医院。

住院部前台的两位小护士，正低着头聊八卦。

“三流小明星与豪门贵公子，八点档剧情，俗透了。”圆脸的小护士刷着微博头条，愤世嫉俗。

“就是，好白菜都让猪拱了，能不能玩点新鲜的？”

两颗戴着护士帽的脑袋正钻在桌子底下指点娱乐圈，忽然从头顶传来一道邪肆的嗓音：“我看也是，宋辞那头猪哪里配得上我家江西这颗白菜。”

分明宋辞才是白菜！

“你懂个毛——”圆脸的护士刚抬头，就心慌慌了，“顾、顾律师。”

顾律师笑得很春风和煦：“上班吹水，是犯罪哦。”

两个小护士不经吓：“我们再也不敢了。”

“知道怎么做了吗？”顾白的手指有一下没一下地敲着桌子。

两位小护士立刻会意：“我们立马去微博粉阮江西。”

顾律师颇为满意：“悟性不错。”

小护士们点头如捣蒜。

“顾白。”一道清凌凌的嗓音传来，十分好听。

顾白转身，笑意瞬间便融进了眼底：“来了。”

四月春风，温润如玉，顾白对阮江西果然不一样。护士们瞪大眼睛瞧八卦。

“你还不能下地。”阮江西有些不满，板着脸看顾白。

顾白十分好脾气地凑上前，语气熟稔中带了几分宠溺：“我这不是来迎接你嘛。”

阮江西看了看顾白打着石膏的手：“好点了吗？”

顾白摇头，抚着脑袋做头晕状：“没有，头晕得很，胳膊也疼得厉害。”他一本正经地告诫阮江西，“所以明天你要继续来探病，最好送点人参鸡汤之类的，这些不是探病必备之物吗？如果你能亲手做当然更好了。”

顾白无赖得十分有道理，头头是道。

阮江西有些为难：“明天我有训练。”

顾白一脸不爽：“那我明天出院。”

“顾白。”

每每阮江西这样一本正经地喊他，顾白便觉得无计可施。他乖乖举起双手，很郁闷：“我投降，全凭你安排。”

阮江西这才柔了眼神。

待到两人走远，前台的两位小护士才回过神来。

“他们俩是什么关系？”

“不同寻常的关系。”

“我看也是。”

阮江西只在医院里待了十五分钟，顾白表示出他的不满，阮江西却只说不喜欢消毒水的味道。她素来不擅长撒谎，哪里唬得住观察力绝佳的顾律师。

哼，不喜欢消毒水味道的恐怕另有其人吧。顾白也不点破，对宋辞的印象又差了一大截。

阮江西走后不到三分钟，顾白便办了出院手续。

“顾辩，你现在还不能出院。”助手张楚维非常义正词严地重申主治医师的话，“你胳膊接骨的地方有轻微的错位，而且脑震荡的情况也还需要留院观察几天。”

顾白置若罔闻：“阮江西没有空来探病，我哪有那个闲工夫在医院躺着，去把我的车开来。”

张助手犹豫：“医生说你的手还不能开车。”

顾白挑了挑妖艳的桃花眼：“所以？”

张助手十分坚持：“你不能出院。”

顾白直接脱了被他嫌弃了整整一天的土得掉渣的病号服，眼皮都没掀一下：“再啰唆一句，我就解雇你。”

官大一级压死人，有权有钱就是爷。张助手果断为了五斗米折腰：“我这就去把车开过来。”然后他十分迅速地开车去了。他有点后悔，早知道就把阮江西搬出来了，顾大爷最怕的就是那位了。

三分钟之后，“噌”的一声，顾律师那辆性能超赞的越野车就上路了，简直是用飞的。张楚维紧紧拽着安全带，脸被车窗漏进的风刮得都扭曲了。他这辈子最怕的就是坐顾白的车，那简直是不要命的开法。不仅如此，顾白居然还有工夫打电话！

电话刚拨通，一个中气十足的声音就传来：“臭小子，你嫌命太长了吗？居然敢给老子玩车祸，你缺胳膊断腿了，看老子鸟不鸟你。”

这满嘴“老子”的，正是顾律师的老子，一个已经漂白了二十多年却依旧让H市黑白两道都闻风丧胆的老流氓。

以上形容均出自顾白之口，可想而知，这对父子相处得并不是十分和谐。

"死小子，哑巴了？怎么没让车撞傻了！"

顾白揉揉脑袋："顾大海，你小声点，小爷的耳朵都快被你震聋了。"

顾大海发出一声振聋发聩的号叫："你叫老子什么？！"

辉宏酒业的顾辉宏，哪个不尊称一声"顾爷"，恐怕整个H市也只有顾家这小爷敢喊顾爷二十几年前的本名。

用顾爷的原话来说：谁敢喊老子这么㞞的名字，老子打爆他的头。

"顾大海。"顾白的声音低了好几度，"小声点，我刚出院，头还疼着。"

"出院？！"顾爷非但没有小声，嗓门直接飙高，"你个死小子，你敢回家看我不打断你的腿，老子要手下留情你就不是老子的种。"

这样的话顾爷都说了十几年了，早就没有了半点威慑力。顾白只觉好笑："都漂白这么多年了，还这么血腥。别忘了，你儿子可是律师，在律师面前，不要太肆无忌惮。"

顾爷十分不吃顾白这套官腔，一嗓子吼过来："老子混社会的时候你还在用尿不湿。"

这老流氓！

顾白讨饶，笑着说违心的话："得得得，顾老大雄风不减当年。"

电话那头，顾老大哼哼唧唧的，很是扬扬得意。

"我让你查的事有结果了吗？"顾白的语气没了刚才的戏谑。

"废话！你老子要查的事，有放空炮的吗？"

"我现在就回家。"

"你给我在医院待着，不听我就打断——"

顾白直接挂断了电话，把车停在路边："下车。"

张助手如获大赦："是是是。"他打开车门，赶紧溜号了。能被顾律师扔在大马路上，他求之不得。再坐一段路，他估计得吐出来。他才刚站稳，脚边一阵风，就见顾白的越野车一溜烟地开走了。

这位律师，把车开得跟飞机似的。

顾家依山而建，整个周舟山全都是顾家的地盘。

顾白一脚踢开大门，守卫的大哥完全见怪不怪，面不改色地喊了一声："少爷。"

顾白一脚刚踏进大厅的大门，一个青花瓷瓶便砸过来。他闪身，单手接住了，随即放在地上："清朝的青花瓷，顾老大你可真舍得。"

顾白的身手，便是如此被顾老大练出来的。

顾老大躺在意大利纯手工制的真皮沙发上，两只脚搭在茶几上，一身中山装，看着十分健朗，嗓音浑厚："死了没？"

顾白抬抬打了石膏的手，一副吊儿郎当的样子："断了一只手，还死不了。"

顾老大恨不得把茶几上的杯子砸顾白头上，瞅见他头上还绑着绷带，这才咬牙忍住了："是为了江西？"

顾白往沙发上一躺，倒了杯茶："你真了解你儿子。"

"没出息的东西，为了一个女人伤筋动骨，老子教你的东西都喂狗了吗？"顾老大一时没忍住，一个茶杯盖扔了过去。

顾白笑着接住，一脸的不以为意："不过是伤筋动骨，可比不上你当年为了我妈做的事。"

说起顾爷的当年勇，那也是好一出风流韵事。

顾老大狠狠地瞪过去："你能和老子比吗？老子是为了自己的女人，江西是你的女人吗？磨磨蹭蹭了十五年，要是你老子，孩子都弄出来了。"他板着脸教训，粗犷的方形脸与顾白没有半点相似。

顾白生得柔美，与他母亲像了七八分。兴许正是因此，顾辉宏打小就对这个儿子下不了棍子。

听到诸如此类的流氓话，顾白完全无动于衷，也懒得扯淡，拿起了茶几上的文件袋拆开来看。

"叶家？"顾白的神色意味深长。

"当年江西只剩半条命让你捡了回来，你捡着她的那条路是叶家墓地外的公路，那天刚好是叶家的夫人下葬。"顾辉宏咬牙切齿，鹰眸凶狠了几分，"隔天，叶宗信就发丧说女儿身亡了，连尸首都没有去找。"

顾白的脸越来越冷："叶家的夫人姓什么？"

"姓阮，是阮氏电子真正的当家人。叶宗信入赘阮家，叶夫人意外死后叶宗信才把阮氏电子改成了叶氏。"顾辉宏冷哼了一声，"如果我没有猜错，江西就是被叶宗信宣布逝世的女儿——阮氏真正的唯一继承人。"

当年，把阮江西从叶家墓地捡回来之后，她整整烧了七天，从鬼门关走了一遭回来，醒来拉着顾辉宏的手，只说了一句话：可不可以帮我伪造一具尸体……

可是，她的父亲从来没有去找过那具伪造的尸体。

"叶宗信这个禽兽！"想到江西当年因为受了刺激整整三年都没有开口说话，

顾辉宏真想打爆那个浑蛋的头。

顾白沉吟了许久："那宋家呢？"

"宋家和当年的阮家是世交。"顾辉宏瞟了一眼自家那臭小子一脸怅然若失的样子，觉得真没出息。

顾老大直接又一个茶杯盖砸过去："出息！"十五年也没把江西的女儿茶变成媳妇茶，顾老大真恨不得把这个没用的小子暴打一顿。

顾白一副死性不改的样子："我乐意。"

顾老大脱了鞋就往顾白身上招呼，顾白却枕着打了石膏的手，完全一副悉听尊便的模样。

顾辉宏咬咬牙，忍住了。真是造孽，他这都是养的什么种。

陆千羊帮阮江西预约了下午两点的剑术练习，因为《定北侯》中的常青耍了一手出神入化的剑术，阮江西并没有武术底子，如果要速成，基本也只能靠苦练。

阮江西太玩命了，陆千羊也很惆怅。更惆怅的是，十二点的时候，锡南国际那位派车来把她家艺人接走了。那位接人的司机大哥只说是送阮江西去吃饭，只是，一顿饭有必要吃两个小时吗？

又等了十分钟，陆千羊才盼星星盼月亮地把阮江西给盼来了。她趴在二楼的扶手上朝着天宇门口招手："江西，这里！"

阮江西似乎走得急了，撞上了迎面出去的人。

"苏姐，没事吧？"

阮江西刚抬头，便对上一张年轻女人气恼的脸，女人的语气十分尖锐："你走路没长眼吗？"

阮江西怔在原地。

"道歉都没有一句，哑巴了吗？"

女人还在不依不饶，阮江西却一言不发，脸色有些苍白。

"你这人怎么回事，眼睛瞎——"

女人尖酸的话语被打断，对方嗓音很温和："声张什么，我没事。"说话之人一身裙装，化了很精致的淡妆，辨不出真实年纪。只是她生得十分貌美，眼角有几不可见的纹路，却依旧不影响她眸中的风情。

十分美丽端庄的一张脸，阮江西并不陌生。

"抱歉，我的经纪人脾气有些不好。"女人十分友善，稍稍训斥了身边说话尖酸的经纪人，才微微打量着阮江西，“我没见过你，天宇的新人？”

阮江西并不作声，只是安静地站着，神色冷漠。

女人似乎没有预料到阮江西的态度会如此冷漠，倒是愣了一下，却是身边那位年轻的经纪人接了话：“什么新人，苏姐，她是天宇三年前签的艺人，风平浪静了几年，最近可是名声躁动。”言辞有些冷嘲热讽的意味。

女人笑了笑：“倒是我孤陋寡闻了。”她伸出手，指甲修剪得十分好看，她礼貌地问候，“你好，我是苏凤于。”

苏凤于……

阮江西微微抬头，看着女人的脸，这张姣好的容颜一如当年。阮江西嘴角微微上扬，露出一抹清冷的笑。她转身，不再多看一眼。

女人呆愣在原地，身边的经纪人立刻恼羞成怒：“诶，这人怎么回事，一点教养都没有。”

苏凤于无谓地笑笑：“算了。”她敛下眸中的不悦，推开门往外走，问身边的经纪人，“她叫什么名字？”

“阮江西。”

苏凤于突然顿住脚步，下意识地放大了瞳孔：“什么？！”

“阮江西啊，天宇最近话题度很高的女艺人。”只见苏凤于脸色骤变，经纪人十分困惑，“怎么了，苏姐？”

“真是个让人喜欢不起来的名字。”苏凤于笑了笑，笑意未达眼底，眼瞳深处尽是冷意。

陆千羊下楼梯的时候，阮江西正站在楼梯口发呆。她都走到跟前了，阮江西也没有反应，她问：“看什么呢？”

她回过神来，摇摇头：“进去吧。”紧握的拳头缓缓松开，她手心里全是冷汗。

“脸色怎么这么难看？”陆千羊顺着她刚才的视线看过去，“苏凤于，你认识她？”

阮江西垂下眸子：“不认识。”

陆千羊一脸意料之中的样子：“我就知道，你来自星星。”她一边上楼一边给阮江西讲述，“年不过五十，已经拿了三次戛纳影后，蝉联了两次百花奖最佳女演员，H 市的五大杰出女性之一，以前是天宇旗下的一姐，后来嫁给了叶氏的老总叶宗信，就自己当起了老板，现在是星皇娱乐的董事。她的女儿你还认识，《定北侯》的女二号叶以萱，并且也是今晚脱口秀的主角之一。”

阮江西微微低着头，瞧不见一丝情绪，安安静静的，似乎在听，又似乎在走神。

说到娱乐圈的各种小道消息，陆千羊就特来劲，她口若悬河，绘声绘色："我以前做狗仔的时候还专门挖过她的丑闻，虽然没有证据，不过我敢断定，这位苏影后绝对不是人前这副圣母的样子。虽然叶宗信给她洗白了，但还是没有逃过我的如来神掌。她啊，她是叶宗信的小三，叶家的夫人还没有去世之前，她就带着一双儿女进了叶家的门。当时还有不少人猜测，这叶夫人母女突然离世与这位影后脱不了干系。不过，叶宗信也是个人渣，妻女刚死没多久就把老丈人的公司改姓了叶，就是以前的阮氏电子，现在已经完全沦为叶宗信的囊中之物了。说起来这叶宗信与苏凤于还真相配，一对狼心狗肺的牲口，霸占阮家的财产就算了，还害得妻女惨——"

"够了！"阮江西失声大喊，整张脸惨白如纸。

陆千羊被阮江西这个样子吓到了："你、你怎么了？"她家艺人从来没有这样情绪激动过。

"对不起。"阮江西敛眸，"叶家的事情，我一点也不想知道。"

说完，阮江西加快了步子，消瘦的背脊挺得很直，像只浑身尖锐的小刺猬。

陆千羊不远不近地跟着，摇头失笑："阮江西，你欲盖弥彰得太明显了。"她深思着呢喃了一句，"叶家？"

阮江西是个出色的演员，表情管理与情绪控制她一向做得近乎完美。除了对上宋辞，这是她第一次情绪失控。前者，是极致喜欢；后者，则是极致厌恶。

她家艺人啊，藏了太多秘密。

虽然好奇心都快炸裂了，但陆千羊绝口不提，像没有发生过一样，给阮江西端茶倒水递毛巾。没办法，宋少不是下令了吗？阮江西这手金贵着，可不能再磕着碰着了。

阮江西很聪明，学什么都快，没有一点舞蹈和武术底子，却只花了两个小时，一套动作下来，基本就像模像样了。

"她怎么了？"剑术老师是天宇旗下的培训师，平日里与陆千羊也还算熟稔，便多说了几句，"要往死里练吗？都两个小时过去了，连口水都没喝。"

陆千羊趴在镜子面前，压压自己的老腿："我家江西傻呗。"

"确实傻，有宋辞那块金字招牌在，用得着为了一个女二号都排不上的小角色这么拼吗？不是我说，只要她家里那位一句话，《定北侯》立马就能换了言天雅。"

不得不说这位培训师火眼金睛啊，简直字字都戳进陆千羊的心坎，她十分苟同地说："谁说不是呢？"

"很多年没有见过像她这么努力的演员了，以前我还一直觉得江西是整个天宇最不争不抢的那一个。"

陆千羊纠正："不是努力。"又瞧了一眼阮江西，陆千羊下定论，"是拼命。"

阮江西说过，她会成为配得上宋辞的女人。从那时起陆千羊就知道，她不是不争，只不过是那个让她去争的人还没有出现罢了。

"我平时看人还挺准的，我觉得你家这位艺人不是追名逐利的人，演艺圈的浮华应该还蒙不了她的眼。"培训师笑了笑，"多少人为了那条红地毯争得头破血流，为了名，为了利，为了所有不为人知的目的。她呢？她又为了什么？"

"我今天早上在车上就问过她这个问题，你知道她怎么回答的吗？"陆千羊耸耸肩，开玩笑似的，"江西说，那是她的命，所以她拼命。"

"谁？"

陆千羊笑得十分不走心，似真似假地神秘道："呵，是有那么一个人。"

人嘛，一辈子总要为了另一个人或者一件事拼命一次。阮江西养精蓄锐了这么多年，也许只是为了等宋辞，为她的宋辞披荆斩棘一次。

"不会是宋辞吧？"

陆千羊但笑不语，拿了杯水过去："江西，歇一会儿。"

阮江西并没有停下。

陆千羊已经摸到阮江西的门道了，便说："你赶紧歇着，不然叫你家宋辞来查岗。"

阮江西停下了。果然，宋辞是阮江西的万用良药，比什么都管用。

陆千羊想，阮江西是有多喜欢宋辞呢？

在她还没遇见宋辞的时候，她做了艺人，就只是为了将她的照片挂上锡南国际的顶层。她梦着的时候会喊宋辞，醉的时候会喊，就连欢喜的时候也会抱着家里那只狗，温柔地一遍遍喊宋辞的名字。在她遇见宋辞之后，她会笑了，会哭了，会像活着一样说话和动作了。

那个叫宋辞的人，是阮江西的命。其实，这话并没有夸张。

锡南国际，顶楼总裁室。

秦江第三次提醒："宋少，叶氏的董事长已经到会客室了。"四十分钟之前就到了。

宋辞低着头，对着手机，没有一点反应。

秦江耐着性子："宋少。"

"啪嗒——"宋辞把手机往桌上一扔。

老板生气了！秦江立马闭嘴，噤若寒蝉。

宋辞抬头，指着桌上的手机，冷声对秦江吩咐："把这些立马删了。"

秦江赶紧凑上去，看到宋辞手机上显示的都是阮江西的黑帖，立刻明白了，耐心给老板解释："宋少，这您就不知道了，黑帖这种东西是'野火烧不尽，春风吹又生'的，要赶尽杀绝实在是为难……"怕宋辞把手机砸他脸上，他自动往后缩了缩，"为难我呀。"

宋辞沉着脸，唇越抿越紧，显然怒意喧嚣。

秦江实在顶不住这低气压："宋少不用理会，这种网络言论越压就越膨胀，等过了一段时间自然就热不起来了。也就是一群无所事事的无聊之人在大放厥词，不会成什么气候。"捡起被宋辞扔在一边的手机，秦江惊喜地发现，"宋少，你看，这儿还有一个阮小姐的支持者。"

热帖留言里，有个马甲叫"阮江西的男人"的网友发了这么一条评论："再敢说阮江西一句不好，我不客气。"

这口吻，居然还有点像宋辞。

秦江很是好奇，看得起劲。那条留言发出来还不到一分钟，下面的回复就泛滥了。

宋哥哥的小棉袄："哪里来的傻帽，滚犊子！"

黑粉甲乙丙："傻帽，请收下我的膝盖。"

灭了阮江西："闭嘴，阮江西的小狗腿！"

秦江很不厚道地笑了，一时间脑袋发热，脱口而出："真是个胆大包天的家伙，居然取了这么个名字，也不知道是——"哪个没格调的。

宋辞冷冷地道："是我。"

秦江立刻竖起大拇指，很由衷地夸赞："宋少明智，这用户名贴切又写实，非常适合宋少！"

宋辞冷睨了一眼，又拿起手机，一条一条往下刷，越刷脸色越难看。秦江猜测八成是宋辞的马甲又被人黑了："我这就让公司上下每人注册一个用户名。"

宋辞哼了一声，恩准了。

秦江立马鞍前马后去，走到门口，就听见宋辞又在给阮江西打电话，为什么是“又”？秦江扳手指头都已经数不过来是第几次了，电话内容嘛，基本都没什么营养。

“江西。”宋辞嗓音低沉，慵懒，性感得一塌糊涂。

“你以后别看手机了。”

“没有为什么，我不喜欢。”

“我给你买那种只能接电话的手机好不好？”半是哄骗，半是蛊惑。

“嗯，我学会了，晚上回去给你做相册。”

“江西，你穿着婚纱的那张照片很好看。”宋辞想了想，对着电话里再补充了一句，“其他的也好看，但是那张最好看。”

“晚上回去你要把我的照片设置成屏保。”

“我给你拍。”

“我们一起拍。”

“嗯，在工作。”语气散漫又慵懒，宋辞对着电话温言细语，“有点想你，不想工作。”

“等会儿我去接你。”

宋辞肯定又有早退的想法了，秦江默默地翻白眼。

“秦江。”音调骤变，瞬间冷下来。

秦江上前听吩咐。

宋辞摆出一张冰山脸：“你去把这张照片洗出来，要洗三张，一张摆在办公室，一张摆在休息室，还有一张……”他想了想，心情颇为愉悦，眸子里的冰消融了几分，“放在会议室。”

这一股子居家男人的气息，实在是违和感太强了。

秦江有些犹豫，委婉进言：“宋少，放在会议室的话，影响不太好吧。”

公司高层会议，天天进进出出的都是锡南国际的各部门经理。这老板娘的照片摆在会议室里，不瞻仰吧，宋辞可能会不高兴；瞻仰吧，宋辞肯定不高兴。以后谁还有心思开会？尤其是宋辞，肯定第一个开小差。

综合考虑后，秦江建议：“宋少，我觉得您不如都摆在休息室里，左边一张，右边一张，您朝哪边睡，都看得到阮小姐的脸。”

秦江觉得他简直聪明绝顶。

“还不滚？”宋辞冷不丁扔了这一句，百转千回的冷简直从四面八方袭来。

秦江缩了缩脖子：“我这就滚。”刚走几步，他身后又是一股寒意。

宋辞说："四张。"

得了，办公室一张，会议室一张，休息室左边一张、右边一张。

秦江回："明白了。"走到门口，他才想起正事，"那叶氏的董事长？"被宋少这么一耽误，叶董事长估计茶都喝了几壶了。

宋辞心不在焉："让叶宗信进来。"

"是。"秦江又走了一步，顿住，回头欲言又止，挣扎了好一会儿，"宋少，有句话不知道当说不当说。"

"说。"

秦江想了一下措辞，然后很慎重地建议："宋少，我觉得你不玩手机比较好。"

墨玉的眸一凛，宋辞轻勾嘴角："滚。"

秦江遵从："是。"

自古，忠言逆耳；自古，忠臣无用。

宋辞暴政惯了，别以为他对阮江西赦免，就会大赦天下。不，他依旧是那个让人咬牙切齿的暴君。

叶氏的董事长一张猪肝脸直到进了宋辞的办公室才有所收敛，端着满脸的假笑，一副十分熟稔的口吻："宋世侄，许久不见。"

宋辞头都没有抬："我和你不熟。"

叶宗信和善的笑僵住了，只能干笑："世侄真会开玩笑。"话锋一转，他满脸感慨，"那时候你才是个半大的孩子，如今已经独当一面。我倒是老了。"

叶氏电子的前身是阮氏电子，本部原本在Y市。阮家和宋家是世交，叶宗信掌权之后慢慢把重心转移到了H市。近几年来，叶宗信与远在Y市的宋家也断了联系。

这一上来就攀亲带故，打感情牌。

宋辞面无表情："我记性不好，不用提以前，我不记得。"

场子又被宋辞说得冷死了。

叶宗信的脸已经不能用臭来形容了，嘴角抖动得厉害，皮笑肉不笑："宋少说笑了。"

终于学乖了，喊什么世侄，自讨没趣。

"我只说利益。"宋辞看了看手表上的时间，"不用耽误彼此的时间，我只给你十分钟时间，直说。"

十分钟……

叶董事长足足预约了两个月，就给十分钟，打发叫花子吗？叶宗信一张老脸很不好看，却还是直入主题：“关于锡南国际与叶氏的合作案，宋少是不是再考虑一下？盈利的十个百分点对于叶氏来说，连新产品的前期投入都不够。”

这个案子秦江也略有所知，叶氏新季度的主打电子产品要在锡南国际的酒店上市，当时宋辞连叶氏送来的合同都没有看一眼，只提了一条：十个百分点。

不要误会，不是锡南国际抽成十个百分点，是只分给叶氏电子十个百分点。当时秦江也觉得宋辞完全是狮子大开口，分明是人家的产品，被宋辞这么一倒手，立刻就被锡南国际占为己有了。

宋辞做生意一向如此，基本都是强取豪夺。

“宋少，如果只给十个百分点，我们叶氏的产品很难投产，根本没有利润可言，我也很难向董事会交代。”叶宗信晓之以理动之以情。

宋辞又看了一眼时间，依旧是漫不经心的散漫：“所以？”

“新产品由叶氏投产，但由锡南国际全权控股，叶氏只是以十个百分点融资盈利，叶氏的新产品回收期预计会超过五年。”叶宗信上前，将合同书放在宋辞的办公桌上，“这是叶氏拟定的新合同，关于合作案希望锡南国际再考虑考虑，目前的投资回报期对于叶氏来说实在太长了。”

宋辞抬起手，纤长白皙的手指有一下没一下地敲着桌面。片刻后，他手指一顿：“二十个百分点？”

叶氏讨价还价，也只敢要这点价码。秦江估算了一下，二十个百分点差不多就是叶氏投产的成本，这单生意下来，叶氏估计还是没得赚。

叶宗信再次申明：“这确实是我们股东大会最后的退步，还请宋少再考虑考虑。”

宋辞合上合同，随手扔在了一边：“如果我不同意的话……”

叶宗信沉吟须臾，一脸遗憾的表情：“那叶氏就只好考虑与其他公司合作了。”

威胁？真不是个聪明的办法。

宋辞冷然：“你不用考虑，即便是五十个百分点，这份合同也会有别的公司抢着签。”

当然！叶氏这个案子基本稳赚不赔，还倒给百分之五十的盈利，傻子才会不抢。

叶宗信试探：“那宋少觉得？”

宋辞直接撕了合同，动作慢条斯理，十分优雅。

叶宗信不敢相信：“宋少，你这是什么意思？”

宋辞将一堆碎片丢进垃圾桶，面无波澜：“你可以去找下家了。”

和他宋辞讨价还价，从来没有人占到过半点甜头。

叶宗信一张老脸转了几个颜色，都快紫了：“宋少，你要不要再考虑一下？如果觉得二十个百分点太高了，产品利润我们可以再商量商量。”

叶宗信当然不想找下家，笑话，亚洲服务业十分市场，锡南国际占了六分，试问哪个下家有锡南国际诱人。

宋辞的耐心似乎所剩无几：“我从来不讨价还价。”

叶宗信哪里会死心，还要垂死挣扎：“宋少——”

宋辞冷冷截断：“你叶氏的新产品想打开亚洲的市场，只能靠锡南国际上市。给你十个百分点，我已经很仁慈了。”宋辞第三次看手表，完全没了耐心，“合同拟好了就会送去叶氏，给你三天时间考虑，现在我很忙。”

叶宗信的老脸彻底龟裂了，心里大骂奸商，一番权衡之后，嘴上还是妥协了：“如果合作案敲定，叶氏有一个很小的要求。”

很小的要求？一般就没有人敢对宋辞提要求。哦，除了阮江西。

宋辞抬头：“说。”

“新产品我希望由我女儿来代言。”

这应该算是很小很小的要求，只不过锡南国际的代言人是随便什么人都能当的吗？

“谁？”语调懒懒，宋辞显然没什么兴趣。

“叶以萱。”见对方没什么反应，叶宗信又补充，“宋少您和以萱小时候还是玩伴呢，宋少还记得吧。”

“不记得。”

场子又冷了，叶宗信的脸跟糊了屎一样难看。

“宋少觉得以萱如何呢？”他对自己女儿的名气与容貌显然很有自信。

宋辞在商言商：“叶氏让出三个百分点的利润，我没有意见。”

三个百分点？简直是狮子大开口！奸商！奸商！

叶宗信铁青着一张脸，已经无话可说了。

“送客。”宋辞懒得再看叶宗信，直接对秦江说，“去准备车，我要出去一趟。”

秦江看了看手表，明白了。今天中午阮江西在电话里说，晚上有个直播节目。

“我这就去备车。”秦江顺便把表情像被雷劈焦了的叶宗信请出去。

刚出办公室，叶氏电子的市场经理便跑过来询问情况：“叶董，怎么样？您亲自出马，这宋少总该给几分面子吧？”

叶宗信揉了揉眉头，只说了一句：“吃人不吐骨头的家伙。”

秦江听了，笑开了。这句话形容得确实贴切，他家老板做生意一向如此。

将近七点，电视台正是黄金档，后台忙碌的工作人员路过休息室时，都不免多看几眼。

阮江西这样的嘉宾阵容，确实很有看点，今晚的收视率绝对要创新高。

陆千羊第三次拿起杯子灌水，抬头眨巴着眼看阮江西：“离开录还有十五分钟，紧张吗？”

阮江西摇头，神色如常。

陆千羊又灌了一口矿泉水，声儿都有点抖了：“我很紧张，《星语访》可是直播的脱口秀节目，你第一次上电视台就来直播，我真担心你会语出惊人。”

阮江西拍拍她的肩，安抚道：“不用担心。”

怎么可能不担心！

忽然，女人娇柔的嗓音传来：“看来我们很有缘。”

陆千羊瞟了一眼门口，只叹：孽缘！

叶以萱微微拂了拂长及脚踝的裙子，端坐在沙发的另一端，摆出一副名媛的姿态：“不过这种缘分还真让人不舒服。”

言行举止显然是有意刁难，这位叶大明星，莫名其妙便与阮江西不对盘。

陆千羊哪里是软柿子，也坐在沙发上，双腿往茶几上一搭，整个一女流氓的做派，对着叶以萱吹了声口哨，夹枪带棍地说：“哟，这是在哪儿受了气，语气怎么这么酸。”她作势对着空气扇了扇风，“能酸死个人哟。”

叶以萱哪里见过这样没脸没皮的女流氓，对陆千羊无语凝噎，转头便瞪脾气好、不开口的阮江西：“因为你一个人，《定北侯》整个剧组的档期都要重排。你要当空降兵那是你的事情，只是你既然是个演员，就请你敬业一点，这个圈子可不是你用来攀高傍富的地方。”

阮江西缓缓抬头，眸光轻转，是不疾不徐的语气：“与你有关？”

四个字，云淡风轻的态度，毫不张狂的犀利。阮江西从不与人结怨，却也从不示软一分。

叶以萱恼羞成怒：“哼，有人撑腰，自然少不了猖狂。也对，趁着宋少还有几分兴趣的时候，你尽管耀武扬威。不过，”她趾高气扬，“阮江西，以后少出现在我的视线里，我觉得太碍眼。”

似乎从一开始，叶以萱便不能容忍阮江西，毫无理由地排斥与敌对。

阮江西只轻勾嘴角，莞尔道："彼此。"淡淡轻狂，即便尖锐，她也永远如贵族般不动声色。

叶以萱气急败坏："你算什么——"

不待叶以萱发飙完，陆千羊不厚道地打断，持了一脸痞痞的坏笑："不好意思，我们还要化妆，请挪一下，呃……尊臀。"

叶大美人一张娇媚的笑脸登时成了调色盘，一会儿青一会儿紫，好不精彩。

唉，遇到陆千羊这种纯种女流氓，自然只有吃瘪的份。

叶名媛再也装不下去了，蹬了一脚高跟鞋，站起身来，眼一横："别太得意，有你哭的时候。"甩完脸色，她重重地踢开凳子就出了化妆间，闹出好大一阵声响。

就这样还叶家名媛？哪个瞎了眼的造的谣。陆千羊非常纳闷，很认真地问阮江西："这人有病吗？"

阮江西似笑非笑，梨窝浅浅："因为《定北侯》的档期推后了，叶氏有几个代言她都没有排期。"

陆千羊深思了一会儿，摇摇头："好像也不全是因为这个。江西，你和她有仇吗？我总觉得从你们第一次见面开始，磁场就不对。"

阮江西素来脾气好，极少与人为难，叶以萱是个例外。陆千羊看得出来，阮江西对叶以萱同样抱有敌意，"陆尔摩斯"揣测："你和叶以萱那朵白莲花是不是有什么前情提要啊？"

不得不说，当过狗仔就是不一样，这敏锐的嗅觉，简直一闻一个准。

阮江西眼神飘远："也许吧。"

也许吧……

这样含糊的回答，有种避而不谈的淡漠。陆千羊闭嘴不问了，生怕牵出来的又是一段不能言说的惆怅。她家艺人啊，一身的谜。

十五分钟后，《星语访》准时直播。灯光、摄像机、观众就位，一段开场舞之后，主持人走到舞台中央，顿时掌声雷动。

"现场的来宾和电视机前的各位观众晚上好，欢迎收看每周六晚的《星语访》，我是主持人袁熙。"

一期节目的时长是六十分钟，两个主持人配合很默契，尤其会……下套。叶以萱情商不够，几轮下来就被套进了话题里，话圆不回来了，支支吾吾地说了一堆也没解释清她与某男星酒店夜会的事，最后只得卖乖，用五音不全的嗓子唱了一首《定北侯》的主题曲才作罢。

陆千羊在台下一边幸灾乐祸，一边心惊胆战，就怕阮江西也被套进去。

果然，躲不掉。

“江西最近在微博热搜上很活跃呢。”袁熙笑得人畜无害，“锡南国际那位给你买热搜了吗？”

陆千羊：要不要这么狠？

她汗都出来了。

阮江西倒淡定，摇摇头：“没有。”

另一位男主持立马接话了：“如果你非要，那他会给你买吗？”

阮江西毫不扭捏：“会的。”

陆千羊：好累，又要上热搜了。

后面的访谈内容有惊无险，陆千羊发现了，只要不问到宋辞，她家艺人就能应对得很好。

六十分钟直播一结束，陆千羊就把阮江西拉到了一边。

“以后再也别来这个节目了，我心脏不好，你摸摸，全是冷汗。”

阮江西乖乖点头：“嗯。”

手机铃声响了。是阮江西的手机，在陆千羊包里放着。她看了一眼来电显示：“你家宋辞。”

阮江西接过电话，轻唤了一声：“宋辞。”

透过电话，传来宋辞低沉的声线：“我在电视台的停车场。”

阮江西诧异片刻后问：“你等了多久？”

“一个小时。”宋辞的语调有些怨尤，兴许是等太久了。

阮江西边往外走边说：“你怎么不进来？”

“怕打扰你。”虽然有久等的抱怨，但他语气很乖，乖得都不像他了，“节目录得顺利吗？”

“嗯，主持人还问到你了。”

“问了什么？”

她眼里笑意清浅：“问你会不会给我买热搜。”

“你怎么回答的？”

“说你会。”

宋辞笑道：“嗯，我会。”

心里像揣了蜜，甜滋滋的，阮江西笑得眉眼弯弯。

被塞了一嘴狗粮的陆千羊心情也不错，因为很少见阮江西笑得这样开心。

电话那边，突然传来一声巨响：“砰——”

阮江西有些急促地问：“怎么了？什么声音？”

片刻后宋辞才回：“追尾。”他语气很冷，“后面有个愚蠢的女人。”语气里还有毫不掩饰的嫌弃。

“你有没有受伤？”

细听，她的声音有轻微的颤意。她嘴角抿得紧紧的，关心则乱。

宋辞轻声安抚：“我没事，你不要担心。”

她不作声，还是有些担忧。

“担心我就快点下来。”宋辞有些幽怨，语气里带了不由分说的独断，“我等了你很久，要快点见你。”

阮江西乖巧地说“好”。

魏大青的车也在停车场里等，阮江西只是对他微微点头，并没有上车。

“你和小青先回去。”说着，她朝里侧的车道走去。

陆千羊想得很周到：“我和你一起去，到时太晚了可以送你回家。”宋辞应该不会太早放人。

阮江西婉拒：“不用。”

陆千羊立刻领悟：“你不回家？”不怪她大惊小怪，她家艺人从来不会夜不归宿的。

阮江西看了看手表，并没有正面回答：“十一点我没有回去的话，帮我喂狗狗。”

这侧面回答根本就是用的肯定语气！

陪正牌宋辞也就算了，还要托付那只冒牌胖狗。陆千羊觉得，阮江西的世界里只剩宋辞和宋胖狗了。她有点不爽：“夜不归宿不是什么好习惯，别嫌我啰唆，千万别闹出人命。”她很严肃，“江西，你还不满二十五岁，要慎重啊。”

阮江西很慎重地想了想：“如果那样的话，我隐退怎么样？”

她完全不是开玩笑的语气，似乎经过深思熟虑。隐退之事，之于阮江西，显然次于宋辞。

陆千羊被吓得蒙了一下：“你开玩笑的吧？”

阮江西笑了笑，点点头：“嗯，开玩笑。”

她脸上的神色哪里有半点开玩笑的戏谑，言辞中竟全都是隐隐期待，她的脚步又轻快了几分。

那么结论是：对于和宋辞闹出人命这事，阮江西并不抗拒。

陆千羊被这个结论吓傻了，愣在原地，问魏大青："小青，我怎么觉得江西像来真的？"

魏大青肯定地道："嗯，不像开玩笑。"

她家艺人才二十五岁，居然有了隐退的想法！她绝不能眼睁睁看着。陆千羊拔腿就去追阮江西，边跑边絮絮叨叨："江西，我觉得我们还是直接回家比较好。你想想家里的宋胖狗多可怜啊，一个人吃狗粮，睡冷被窝，要多凄惨有多凄惨。江西，你不能有了宋大少就忘了家里的宋小少——"

陆千羊的话才说了一半，一道矫揉造作的声音就恶心到了她。

"宋辞哥哥。"这一声"哥哥"喊得，简直柔媚得山路十八弯。

陆千羊打了个寒战，抖掉一身鸡皮疙瘩，跟在阮江西后面瞧情况："这姑娘，怎么叫得比你家隔壁那只母狗还媚呀。春天早过了，这荷尔蒙分泌得也太旺盛了。"

阮江西的眉头皱了。

魏大青从车里探出脑袋："那姑娘好像是叶以萱。"

阮江西的眉头皱得更紧了。

这白莲花都到宋辞跟前来绽放了，真是冤家路窄！陆千羊环抱着手臂损人："我就说这清纯小天后是装出来的吧？瞧她那样，看见宋辞眼都直了，跟八辈子没见过男人似的。"

阮江西眼中的光影沉了沉，娟秀的侧脸绷得很紧，话语带了些命令的口吻："你们先回去。"

陆千羊想了想，钻进魏大青的车里面，然后钻出一颗脑袋瞧外面的情况。

魏大青不放心，要开车跟上去："咱江西不会吃亏吧？"

陆千羊大手一摆，十分肯定："怎么会？你看江西家里那只宋小少，上次江西牵着它溜公园，隔壁小区的一小伙子只是冲江西咧了一下嘴，就被宋小少追得屁滚尿流的，连内裤都给咬破了，宋小少护犊子得很哪。"

怎么说到宋胖狗了？现在它又不能来咬叶以萱的内裤。魏大青还是很担忧："远水救不了近火。"

陆千羊十分不以为然："不是还有宋大少嘛，同为宋氏一门，还能差到哪儿去？"

魏大青无言以对。

车道最里头，叶以萱站在宋辞的车前，一双眼睛泛着莹莹水光，惹人怜爱：“宋辞哥哥，你不记得我吗？我是以萱，小时候我们在叶家见过的。”

车窗摇下，宋辞目光微凉，漫不经心地一瞥，眉头拧起。

叶以萱丝毫不介意宋辞的疏远，拨了拨长发：“你应该不记得我的样子了，我们都十五年没见了。”她有些羞涩，又有些欢喜，“不过，我还是一眼就认得出来你的样子。”

叙旧的口吻，熟稔的语调，叶以萱的殷殷期盼表露无遗，眸光更是痴迷到忘了收敛。

宋辞懒懒地抬头，冷冷一眼而已，便转开：“你挡着车道了。”

语气陌生，毫无情绪的冷漠，毫不遮掩他的不耐与厌烦。

叶以萱一脸的期待瞬间僵在了脸上，眼中凝水，波光粼粼：“宋辞哥哥，你是不是还怨恨我们叶家，所以不想见到我？我知道，当年是阮家那对母女不好，才害得宋伯父——”

不待话落，一道有些急促的声音传来：“宋辞。”

叶以萱猛然回头，只见微暗的路口尽头，阮江西缓缓走来，一双眼如夜里的星子。

叶以萱回头，就见宋辞的视线里只剩了阮江西的容颜。

“江西。”没有半点冷硬，宋辞唤阮江西的时候是那么温柔，丝毫没有掩饰他的欣喜。

传闻有言：从不纵容绯闻的宋辞，独独对阮江西例外。

叶以萱顿时僵住，怔怔地看着走近的阮江西，花容失色。

“宋辞。”阮江西走到车窗前，微微俯身，与宋辞对视，“我不喜欢她，所以可不可以不要看她，不要理她，不要听她讲话？”

放肆、任性，甚至有些蛮不讲理的霸道。

叶以萱颤着手直指阮江西：“阮江西，这是叶、宋两家的事，你算什么东西？我说什么还轮不到你一个外人来自以为是。”

叶以萱总以为，她和任何女人都不一样，至少在年少时，在宋辞还没有站上那个顶端的位置时，她就认识了他，他惊艳了她所有的年少时光。

宋辞没有看叶以萱一眼：“我不认识她。”他如是对阮江西说，带了几分讨好。

叶以萱脸色微白：“宋辞——”

“让开。”宋辞抬头，泼墨的眼冷若冰霜，“让开，你挡住我家江西的路了。”

叶以萱几乎趔趄地后退，小脸惨白惨白的。

阮江西却笑了，笑得清风朗月。

宋辞推开车门，站到阮江西旁边，是有些不满的口吻：“怎么这么久才下来？我一直在等你。”

他抬手，拉起阮江西的手，放在手里拽着。言行举止卸了满身冷漠，甚至毫无身段，亲昵到宠溺的地步。

叶以萱咬着唇，脸上的颜色一分分褪去。

“公司不忙吗？”阮江西任宋辞抓着她的手，浅笑嫣然。

“不忙，陪你吃饭比较有意思。”他理了理她额前的发，揽着她坐到车里，又在她微微有些短的裙摆处盖上他的外套，然后坐到她身边，很自然地将手放在了她腰间，这才转头看向车外，神色骤冷。

“把维修费送到锡南国际。”

说完，他吩咐主驾驶座的秦江：“开车。”

秦江全程不说话，只办事，当然，顺带吃点狗粮。他瞄了一眼车窗边儿上，叶家名媛委委屈屈，都快哭红眼了：“宋辞哥哥。”

秦江直接踩油门，噌的一声开远了，把那梨花带雨的人扔在了后面。

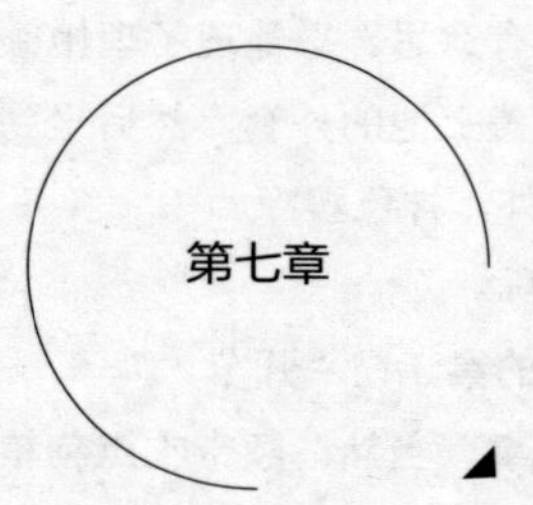

第七章

是，我吃醋了

“我不喜欢她这么喊你。”阮江西说，不看宋辞的眼。

宋辞捧着她的脸，仔细地看着：“生气了吗？”

她不说话，手覆在他的手背上，用脸轻轻地蹭，如猫儿般，似懒散，又似撒娇。

宋辞轻笑出声：“吃醋了？”

他笑起来，眼角会微微扬起，满眼都是细碎的黑色琉璃，好看得乱了阮江西的心神。她并没有回答，只是仔细地看着他，眸光痴缠。

宋辞心情极好，嘴角又上扬几分：“你吃醋了。”他语气笃定，还有几分扬扬得意的满足。

阮江西沉默了片刻，乖乖点头：“是，我吃醋了，我不喜欢你和任何别的女人说话。”

宋辞笑得眸光温柔，凑上去，欢喜地舔着她的嘴角。

秦江有点不忍直视，觉得老板这副样子很像邀宠成功后扬扬得意的宠物狗，还是那种贵宾犬。

“我没有理她。”亲昵完，宋辞才解释，“我完全不认识她。”

阮江西温婉地笑了笑：“那以后也不要理她。”

“好，都听你的。”宋辞亲了亲她还打着绷带的手腕，“还疼不疼？”

“不疼。”她抬头，将下巴搁在他的脖颈处蹭了蹭，“宋辞。”

宋辞扶着她的腰：“怎么了？”

“我好像太任性了，我不喜欢她和你叙旧，不喜欢她和你说任何有关叶、宋两家的事，我是故意打断的。”她稍稍沉吟，“叶以萱没有说完的话，也许你想听。”

宋辞有一下没一下地亲吻她的脖子，漫不经心地回：“不想听，也没有必要，我记不住。我只记得你，所以不管是我想听到的、不想听到的，都要由你来告诉我，别人说的都不作数。更何况，”他吻了吻阮江西的嘴角，“你是我的人，你有资格处理任何不相干的女人，任性又怎么样。”

宋辞似乎太惯她了。

阮江西笑道：“还好，你只记得我。”她双手勾住他的脖子，“那我是不是可以肆无忌惮地恃宠而骄？”

“嗯，你可以。”

阮江西眸子闪闪发亮，里面蓄了两汪小期待：“宋辞，我们去吃火锅吧。”

宋辞不作声，似乎在思考。

阮江西凑过去，跟他软磨硬泡：“从我进演艺圈起，千羊就再没让我碰过，我想吃。”

她极少这样温柔讨巧。

宋辞不看她带了蛊惑的眼，严词拒绝：“不可以。”

她佯装委屈，抿着唇看他，目光凄婉：“你刚才还说我可以肆无忌惮的。”

如此示弱，宋辞最是受不了。他抓着她的手腕，在受伤的地方亲了亲，像哄骗，更似蛊惑：“现在不准逞口腹之欲，等你的手好了，我就由着你肆无忌惮。听话，不然你的手会留疤。”

阮江西忍不住笑出了声，乖巧地点头：“遵命，宋大人。”她下意识地摸了摸宋辞的头，就像无数次摸宋胖狗一样，满脸宠爱，“真乖。”

这语气，分明是哄宠物。

宋辞非但不恼，还把脸也凑上去，追着阮江西的手亲。

秦江实在没忍住，笑出了声。他觉得老板越来越像阮江西的贵宾犬，阮江西招招手，老板就摇摇尾巴。

“宋贵宾”回头，眸光一转，冷声道：“不准看。”

真是只坏脾气的贵宾。

秦江立马收敛了。

阮江西侧头看宋辞，他直接封住了她的唇，攻城略地，急切得有些暴烈。方才的浅尝辄止怎么够，他早就想这样吻她了。

他最近非常喜欢这种亲昵，似乎有点不知餍足。他学得很快，会拉着阮江西痴缠很久，她却似乎一直都不得其法，总是憋红了脸。

“张嘴呼吸。”

宋辞稍稍离开阮江西的唇，她眸中水汽氤氲，双颊通红，闻言才张嘴，大口大口地呼吸。只是她刚一张嘴，他又吻了上来。

她十分乖巧，抱着他的腰，仰着头，微微张嘴，任他予取予求。

直到她双唇染了绯色，微微红肿，宋辞才放开呼吸有些急促的她，有一下没一下地舔着她绯色的嘴角：“两天后有没有工作？”他的声音有些沙哑，低沉似饮了醇香的烈酒，十分性感。

阮江西的眸中水汽还未散去：“Oushernar 的广告应该会提前拍。怎么了？”

“A 市有个收购案，我要在那边待三天。把广告推后，你和我一起去。”完全是命令的语气。

阮江西失笑，有些无奈：“我还没红，不可以耍大牌。”

宋辞很理所当然："宋辞的女人可以。"

"能不能拒绝？"

宋辞沉了沉眸，别开脸不看她，很直白地表示他的不满。

他不说话，阮江西便凑上去亲他的下巴，软着声音央求："可不可以等我成为配得上你宋辞的女人？我会努力，然后站得和你一样高。"

宋辞冷着脸，十分独裁："你不需要努力，你要什么我都可以给你。"

阮江西又亲了亲他冷硬的侧脸："宋辞。"语气讨好，却坚决。

她啊，乖巧，却从来不软弱，是非分明得太过理智，哪里有宋辞这样一头扎进情爱里的慌张盲目。

宋辞有些不悦，因为知道自己终究要对她心软。他带着赌气的心态说："我喜欢你，谁敢说你配不上？"

阮江西笑笑，并不否认。她配得上他，只不过早晚而已。

"依你就是了。"对阮江西，宋辞真是半点办法也没有，舍不得，忍不得，不敢轻一分重一分。

他抱着她蹭，语气沉闷："会有三天见不到你，今天晚上去我那里，明天晚上还有后天晚上，你都要陪我。"

阮江西脾气极好："好。"

两人去了锡南国际旗下的酒店吃晚饭。

"宋少。"酒店经理是个五十岁左右的中年男人，大腹便便，对宋辞十分恭敬。

宋辞没抬头，俯身牵出车里的女人。

女人的容貌并非倾国倾城，只是，这个女人是宋辞第一次带来酒店的女人，酒店经理不禁多看了一眼，带了几分探究："这位小姐是？"

宋辞没作答，是秦江代为回答的："老板娘。"

宋辞听了，嘴角上扬。

酒店经理赶紧记住老板娘的脸！

大概酒店特意安排过了，来用餐的客人并不多，整个三楼全部清空，客服经理、餐饮经理、大堂经理全部在三楼门口待命。这阵仗还真有古代皇帝屈尊降贵微服私访的架势，尤其是今儿个还带来了正宫娘娘。

"正宫娘娘"走着走着突然顿住，候在一旁的几位经理心都跳到嗓子眼了。

宋辞停下："怎么了？"

宋辞的言辞神色温柔如水，惊呆了一众酒店经理：这还是那个暴君宋少吗？

视线从远处收回，阮江西摇头："没事。"

宋辞用手指点了点她眉间："不要皱眉，不好看。"他望了一眼她方才所看之处，"他们惹你不高兴了？"

二楼，一行四人，其中有刚才还在电视台见过的叶以萱。宋辞记忆缺失，并不认识叶家一家四口。

阮江西也并不提及，只是摇头："没有，不相干的人而已。"

她分明皱眉了，宋辞看到了，她的每一个表情他都不会懈怠。他直接吩咐身后的秦江："把他们赶走。"

秦江面不改色："是。"

他立马"清理"去了。

"你这样会让我习惯无理取闹的。"阮江西眨了眨眼，灵动的眼里带了几分玩味，"我怕我以后会有恃无恐横着走。"

"那又怎样。"宋辞的语气很理所当然，"我惯的，谁敢说三道四。"

她轻笑，温柔相视。

旁人目瞪口呆。

锡南国际酒店的白金 VIP 客人都有专门的贵宾厢房，叶家的包厢便在二楼最靠里的一间。厢房装潢奢华却不失雅致，一室一厅，餐桌靠落地窗摆放，可观赏窗外风景。

正是夜浓，香槟牛排，这叶家四口倒是兴致好，只是餐桌上的氛围却不是那么祥和。

"你之前分明答应过我的，跟锡南国际合作的那个项目让我当代言人。"

锡南国际与叶氏电子的合作案已敲定一月有余，叶氏投产开发，却只得了十个百分点的利润，其余全部被锡南国际收入囊中。宋辞就连新产品代言人都不肯让步，简直无商不奸！

提起此事叶宗信便来气，对叶以萱冷脸训斥："别胡闹，让你当代言人，锡南国际另外还要三个百分点，根本就是狮子大开口。这件事不要再提了。"

再吐出三个百分点，叶氏电子老本都得倒贴出去。分明是个稳赚不赔的案子，就为了锡南国际的市场，被宋辞一口吞了。

叶以萱直接摔了筷子："我不管，就是抢我也要抢来。"

叶宗信脸一沉，开口训斥："宋辞早就内定了他女人当代言人，连唐易都要让位，你想都别想了。”

宋辞的女人，传言满城风雨，也只有一个阮江西了。

“阮江西吗？她算什么东西——”

刻薄尖锐的话还未完，突然被打断：“抱歉，打扰一下。”

叶以萱当场怒目而视：“什么事？”

秦江笑得官方，十分绅士：“麻烦各位现在自行离开。”

苏凤于女士面露尴尬：“你说什么？”

秦江走进 VIP 白金包厢里：“麻烦各位自行离开。”

“你知道我们是谁吗？”开口的是叶宗信的儿子叶竞轩，平日里仗着叶家的权势嚣张跋扈惯了，开口闭口就是“你知道老子是谁吗”的二世祖风范。

秦江不跟不懂事的小辈计较，直接对视叶宗信：“叶先生，从上一秒开始，你已经被我们锡南国际酒店列为拒绝招待户，对此我表示很遗憾。”

拒绝招待户？毫无缘由说撵人就撵人？叶宗信忍住怒火，强颜欢笑：“秦特助是吧，我们在锡南国际见过，我和宋少还是合作伙伴，我想这中间是不是有什么误会？”

秦江继续保持官方假笑：“可能吧，但不重要。”

叶家四口傻了。

“处理了。”三个字，秦江说得相当言简意赅。

后面几个保安和保安的领导一起出动，上前“处理”。

“你们要干什么？我们是花钱来消费的，最好放客气一点。”苏凤于拍案而起，高贵的架子终于端不稳了。

保安大哥们面无表情，直接上去扔人。

几声惊天动地的叫声，响彻了整栋酒店大楼。

几分钟过后，锡南国际门口堵满了过往的行人。只见几个穿着光鲜亮丽的男人女人被扔出了酒店，细看，嗬，都是熟面孔。顿时路人说闲话的说闲话，掏手机的掏手机，发微博的发微博。

不到片刻，叶家洋相出尽，成了满城笑柄。

“在看什么？”宋辞把牛排切好，端到阮江西面前。

她用纤纤玉手指了指落地窗下的大楼外：“保安太不会怜香惜玉了。”

语气中带了几分笑意，并不明显，却不难看出她心情很好。

“很开心？”

阮江西诚实地点头，笑容婉约，梨窝浅浅。

宋辞见她欢喜，心情越发好，嘴角勾起好看的弧度，开口是邀宠似的语气："既然你开心，下次我们见他们一次扔一次。"

她笑出了声，她的宋辞真乖。

晚饭过后，阮江西去了宋辞的住处。

她洗过澡，穿着宋辞的睡衣趴在地毯上玩宋辞的平板电脑，刚打开便笑了。桌面上是她的照片，宋辞似乎很钟爱这张她穿着婚纱的广告照，因为他洗了很多张。

她笑了笑，打开了网页，随即眉头便皱了起来。

《星语访》官方微博的评论从节目播出到现在，一刻都没有消停。

阮江西的黑粉："阮江西滚出娱乐圈！"

我得意地笑呵呵："靠金主上位，也好意思拿出来说。"

天天爱洗澡："叶以萱这情商是充话费送的吧。"

名媛董小姐："唱歌没一个音在调上，演戏又没演技，真不知道叶是怎么火的！"

衣冠楚楚的秦兽："我们以萱小姐姐肤白貌美大长腿，别太嫉妒。"

乌龟和王八的后裔："阮江西，放开宋辞让我来，这样我就原谅你。"

一双绣花鞋："我竟想站阮宋 CP。"

我很豪："站 CP+1。"

我比 6S 多 1S："站 CP+2。"

留言刷得很快，几乎让人眼花缭乱，阮江西的眉头越拧越紧。手上的平板电脑突然被抽走，随即闻到淡淡的栀子花香，她的嘴角不由自主地扬起。

她的百科资料上说，她喜欢栀子花，香而不烈，温而清雅。

宋辞什么时候换的沐浴露？

他凑过来一张俊逸无双的脸，却皱着眉："以后别看网上乱七八糟的东西。"

阮江西只是笑笑，玩味地看着他："宋辞，好像我的黑粉都慢慢变成了你的亲妈粉。"

宋辞理了理她还有些潮湿的发："你不喜欢我就让人删了。"他拿着自己擦头发的毛巾，细细给她擦，动作很笨，偶尔会扯到她的发梢。

她乖乖地挨着他坐着："不用删，你的亲妈粉正在对我嘴下留情。因为你的美色。"说完，她凑上去轻轻咬了一口，在宋辞脸上留了个淡淡的牙印，然后，她笑得眯了眼。

天下女人何其多，惦念觊觎宋辞的那么多，却只有她阮江西可以这样肆无忌惮地在他身上留下痕迹，别的任何人都不可以。就凭这一点，也足以令阮江西无所畏惧。宋辞的美色，是她阮江西的。

宋辞倒不介意阮江西在他脸上留下痕迹，只是有些痒，闹得他有些心猿意马。他扔了手里的毛巾，直接把不安分的她抱起来："地上凉，以后不准坐在地上。"

她听话地点头，双手乖乖地搂着他的脖子："我睡哪儿？"

宋辞没有立刻回答，而是将她放在了他那张黑色的大床上，俯身亲了亲她的眼睛："睡这里。"

"那你睡哪儿？"

"睡你旁边。"

阮江西轻笑，往里躺了些，将身边的位置留给宋辞。她侧着身，手撑着下巴静静地看他，不知餍足般，目光痴缠。

许是宋辞的睡衣太大了，怎么也遮不住她消瘦的肩，露出纤细白皙的锁骨。

宋辞的脸微微潮红，他撇开眼，扯了扯她滑下肩头的衣服："别乱动。"他不看她，只觉得灼热感从耳根一直蔓延到了心口，滚烫得难受，他还是舍不得不看她，转过头，灼热的视线落在她眼里，"你穿我的衣服很好看，会让我想吻你。"

他也许不只是想吻她。

阮江西笑意盈盈，将他拉近："如果你想的话，我没意见。"

真是胆大又可爱的女人。宋辞躺在她身侧，反手覆了被子，吻住了她的唇。他啊，早就中了她的蛊，除了对她投降，无药可救。

"江西。"他蹭着她的唇，并不急着攻城略地。

"嗯。"

细细碎碎的轻吻落在阮江西耳边，温柔的嗓音缠缠绕绕，宋辞呢喃："我好像越来越喜欢你了。"

喜欢到想占有，想吞噬，想揉进骨血里。

"太喜欢你了，不知道拿你怎么办。"

她笑着去亲他的眼睛，猫儿般缩进他怀里："我却越来越贪心了，总觉得还不够。宋辞，你说要怎么做才能让你一直一直都离不开我？"

宋辞将她受伤的那只手放在自己手里，只是亲了亲她的额头："睡吧。"

"嗯？"她不懂，也不愿就此罢休，"你还没告诉我答案。"

"乖，闭上眼睡觉，你什么都不用做。"

她什么都不用做，他也必然会乖乖束手交付所有。

次日上午九点，阳光从窗户里漏进来，铺了一床金黄，在阮江西的眼睑下落了一层暗影。长睫轻颤，她并没有睁眼，而是呢喃了一句："宋辞，别闹。"

"你说的是哪只宋辞？"是那只狗吧。

阮江西一睁眼，便见陆千羊趴在床边："宋辞呢？"

陆千羊往被子里拱："你问的是哪一个？"是宋大少吧。

"你怎么来了？"阮江西掀开被子起床，拿起床头柜上倒好的水小口地喝着。水还是温的，宋辞应该才走一会儿。

"我看见宋辞出门了，"陆千羊丝毫不做贼心虚，坦荡荡地指着窗户，"然后我就从那里爬进来了。"

阮江西失笑。陆千羊以前做狗仔的时候为了方便挖头条，跟踪、潜伏、攀爬的技术早练就得炉火纯青。

"你家宋辞也太不近人情了，分明看到我了，居然视而不见。"陆千羊一边埋怨，一边扯着阮江西的睡衣拱着鼻子嗅。

"你在嗅什么？"

陆千羊抬头，十分认真："奸情的味道。"埋头，她继续嗅。

阮江西忍俊不禁："那闻到了什么？"

陆千羊鼻子一皱，瞧了瞧床上，又瞟了瞟阮江西，十分挫败："现场处理得太干净了，没有留下证据。"

阮江西笑了，拿起杯子压着的纸张。纸上是很潦草的字迹，张扬又随性，是宋辞的字。他只留了一句话：多睡一会儿，早饭在楼下。

阮江西洗漱完，便看见陆千羊一脸郁闷地坐在餐桌旁大快朵颐。她咬了一口荷包蛋，还没嚼两口，直接吐了，拉长着脸："宋辞家的厨师该换了，居然把盐当成糖放了。还有，这卖相也太差了，我好像吃到蛋壳了。"

阮江西微微沉吟，然后坐在餐桌旁，安安静静地吃。

"不咸吗？"

她小口小口咬着荷包蛋，只是笑笑，继续吃。

陆千羊默默地给自己又倒了一杯水，欲言又止一番后还是没忍住："你坦白告诉我，你和你们家宋大少昨晚有没有干什么少儿不宜的事？"

阮江西笑而不语。

“你这是默认了？”

阮江西继续沉默，哦不，是默认。

“那有没有做防护措施？”

阮江西又喝了一口牛奶，依旧笑而不语。

还不否认！那就是默认！陆千羊一嗓子号过去：“阮江西！你这样真的会闹出人命的！”

阮江西平静无澜：“我不介意。”

陆千羊哑口无言了，咬得勺子咯咯响。从这一刻起，她觉得自己这个经纪人必须做好危机公关准备。因为她觉得，就算明天阮江西告诉她自己怀孕了，她都不会惊讶了。

阮江西真是打得一手好预防针。陆千羊躺尸了，看着自家艺人一边收拾盘子一边给宋辞打电话，还是忍不住竖起耳朵偷听。

“早饭很好吃。”

陆千羊完全不敢苟同，尤其是荷包蛋。

宋辞显然很受用，心情很好：“嗯。”

阮江西迟疑了一下，用商量的语气说：“下次可以不用放那么多盐。”她开了水龙头。

哦，原来荷包蛋是宋辞的大作，这就难怪了。

宋辞在电话里吩咐：“不要碰水，让那个姓陆的洗盘子。”

姓陆的此刻恨不得一口把还沾了荷包蛋的盐水喷过去。姓陆的？她没名字吗？没身份吗？

阮江西十分礼貌地问：“千羊，能不能帮忙？”

姓陆的：“太子妃娘娘，您去歇着吧，小的来就好。”

“太子妃娘娘”一边去更衣室，一边和宋太子通电话：“今天要和 Oushernar 的广告商签约。”

“你安排就好。”

“嗯，会想你的。”

“好，我会早点回来。”

“路上小心。”

陆千羊忍不住吐槽，她家艺人真是太宠着宋辞了，简直到了百依百顺的地步。

车上，宋辞刚挂了电话，抬起头来，就冷冰冰地说了句：“盐放多了。”

秦江仔细想了想：“宋少，你是不是把盐认成糖了？”

荷包蛋是宋老板煎的，一点卖相都没有。宋老板还是做生意比较有天赋，做饭嘛……呵呵。

宋辞突然吩咐：“停车。”他命令，“你去买几本菜谱。”

秦江真想直接告诉宋老板他做菜没天分，但还是委婉地表达了一下：“宋少，大家还等着你开会呢。”

宋少言简意赅：“滚下去。”

好吧，他滚下去。

等陆千羊洗完碗，阮江西一行人到公司门口时已经十点了，天宇楼下人山人海，挤得水泄不通。这种情形是意料之中的。昨晚阮江西说出那一番近似公布恋情的话，哪家媒体还坐得住？阮江西这个移动头条，走哪儿哪儿就会引起轰动。

陆千羊躲在车上，刺探车外的战况：“我就知道会是这种情况，你和宋辞的恋情既然已经公之于众，这还算小巫见大巫，以后多得是这样的场面。闪光灯、记者、狗仔、舆论和话题，这些日后你甩都甩不掉，隐私、自由什么的，应该会越来越奢侈，我们可要做好准备。不过也不用太悲观，你家宋辞的影响力不用怀疑，记者还不敢太猖狂。当然也有不怕死的，所以，你依然臭名昭著。虽然假以时日，你一定可以凭借你的实力让所有黑子闭嘴，但是——”

“直说。”阮江西一副处之泰然的样子，十分淡定从容。

陆千羊凑过去，笑嘻嘻地说：“江西，你要不要考虑用一下宋大少的金字招牌？枕边风什么的，多好的捷径呀，一个电话过去，灭了这群狂蜂浪蝶还不是分分钟的事情。”

走后门这种为人所不齿的事情，陆千羊真心喜欢得不能再喜欢了。如果她家艺人能走走宋辞的后门，她这个经纪人还不得横着走？

阮江西脸上却没多少表情：“如果我束手无策，我会紧紧抓住他。只是，现在还不需要。”

不需要吗？那现在要怎么应付这群媒体记者？陆千羊就笑笑，不想说话了，双手抱臂，对魏大青吼：“小青，放首哀伤的歌来听听。”

魏大青懒得理她，问江西：“我们怎么进去？好多记者，你手还没好，碰到了伤口怎么办？”

阮江西拿出手机，陆千羊立马来劲了：“江西，你终于开窍了。”

结果只听到阮江西说：“魏总，我是江西。”

算了，阮江西这个最大关系户，却从来没有走关系的觉悟，她走的，是天宇的 VIP 通道。

电梯直接通向二十一层——天宇的高管办公室层。电梯门刚开，就看见魏明丽正抱着手静候于此。

“你是第五个从这个通道上来的艺人。”魏明丽笑着补充，“当然，也是第一个没有摘得桂冠就享用特级 VIP 通道的。”

阮江西走出电梯，只是淡淡地回话：“提前预支。”

分明是不可一世的狂妄话，可是从阮江西嘴里说出来，就没有半点口出狂言的无理，依旧是春风拂面，优雅贵气。

魏明丽细细地打量，毫不掩饰眼里的赞赏：“很自信。我喜欢自信的人，就不知道你的自信是别人给的，还是你自己的。”

“以后你会知道。”

“那我拭目以待喽。”魏明丽穿着一身职业装，黑白搭配，更显商业女性的干练强势，“广告公司的负责人和 Oushernar 的另一位代言人十点半会过来拟定代言的细节和具体排期，你跟我一起过去。”

阮江西点点头，不言。

陆千羊赶紧凑上去问：“魏总，和我们家江西搭档的是谁啊？”

“于景言。”

陆千羊大吃一惊：“怎么是他？！”

显然，又碰到陆千羊做狗仔时经常光顾的客户了。

魏明丽有些好笑：“难道 AE 模特公司的首席男模还配不起你家阮江西的身段？”

确实，于景言在模特界，简直呼风唤雨，耀武扬威。

这个广告女主角换人后，广告商才换了男主角，这是为了配得上阮江西的身份。这原本只是个三流广告，因为阮江西而声名大噪，让赞助商瞧见了商机，这才摇身一变，成了一流广告，所以说锡南国际就是块金字招牌嘛。

只是，这 AE 的首席男模……

陆千羊颇有顾虑：“魏总，你有所不知，那家伙三天两头上绯闻头条，花名在外，名声简直臭得不要不要的。”

魏明丽挑了挑眉毛：“你觉得你家艺人的名声很好？”

陆千羊无言以对了。阮江西倒是好脾气，只是笑笑，权当默认了。陆千羊不服气，继续诟病那位于大首席男模：“而且于大牌仗着有个开广告公司的姐姐，眼睛都长在了头顶，架子比谁都端得高，耍大牌耍得人神共愤啊！”

魏明丽一副了然于心的样子：“我知道，所以，十一点去会议室就可以了，半个小时给他耍大牌应该够了。”

陆千羊已经没话可说了，魏明丽这副董真不是随便混的，三两句话，尽显深谋远虑之奸诈。

等魏明丽走远，陆千羊才感叹：“果然，姜还是老的辣。”

她又瞧了瞧魏大青，一脸的嫌弃：“你们是一家人，差别怎么就这么大？”

魏大青如实地回答：“我像我妈。”

陆千羊想，魏大青的妈一定是个小家碧玉，可惜，把女儿生作了男儿身。

“阮江西，不错哟。”说话之人抱着手倚在楼梯口，是天宇的一姐，方菲，她和阮江西关系还算不错。

阮江西谦虚礼貌地回：“不及前辈。”

方菲大笑，瞥了一眼楼下扎堆的记者，开玩笑地调侃阮江西：“哪里哪里，天宇一姐的宝座，我早晚得给你让贤。”

阮江西似乎想了一下，颔首：“是的，那一天不会太久。”

语气认真，她不是在开玩笑，而是很认真地告知方菲，天宇那个最高的位置，她势在必得。

坦白自信得一点也不显张狂，温文有礼。阮江西这一身常人难及的气度，实在让方菲讨厌不起来。

方菲笑着上前，招了招手：“过来，让我摸摸。”她纤细的手指作势探上阮江西的后背，反复摸了几把，“确实，你翅膀长硬了。”

阮江西只是笑笑，并没有像往常一般推开，却是伸出了手，很自然地放在方菲腰间，微微凑近了：“我之前说过的，我不太喜欢肢体接触，会让人误会。”

方菲不知所云，完全愣住。

阮江西十分平淡地说：“不关我的事，她性子霸道你是知道的。”

方菲转头看过去，见乔彦庭正黑着脸站在身后，一副要吃了她的样子。

“阮江西，你给我下套！”

方菲立刻从阮江西身边弹开，一脸讨好地面对乔彦庭，十分乖巧柔顺地说：“亲爱的，相信我，我的性取向绝对正常。”立正站好，敬礼后，她大声喊道，“忠诚！”

乔彦庭像召唤小狗一样，招了招手：“过来，我们谈谈。”

方菲立刻屁颠屁颠地过去，被乔彦庭提溜着就进了休息室。关门前，她朝阮江西投去一个怨念十足的眼神。

陆千羊不厚道地大笑。

曾经有传闻说，天宇的一姐方菲性取向不明；也有传闻道，乔彦庭进入影视圈十年，洁身自好，也许身体有疾。

后来，阮江西在天台撞见了这传闻中的两人险些擦枪走火，她丝毫不显尴尬，淡定提醒：“这里隔音效果不好，可不可以声音小点？”

阮江西很自觉，提醒完，帮忙关上了天台的门。

后来，方菲对阮江西就莫名地熟稔起来。只是后来陆千羊知道了这件事，十分惊讶，想不到霸气十足的方菲居然是个“夫奴”，更想不到乔彦庭拈酸吃醋的程度着实变态。

这会儿撞见了方菲与阮江西举止亲昵，他恐怕必定要“家暴”了。

怎么办？陆千羊职业病犯了，好想爆料。

到了休息室，阮江西走到一边，和宋辞煲电话粥，等到陆千羊把一盘提子都吃完了，那边阮江西才依依不舍地挂电话，满脸温柔，简直闪瞎陆千羊的老眼。

天天这么虐狗不太好吧？陆千羊莫名有点忧伤。

阮江西问：“合同准备好了吗？”

陆千羊的心情瞬间阴转晴了：“不用准备，你家宋大少刚才让人送过来了。我看了一下，我们很占优势。广告公司驳回也不要紧，锡南国际多的是谈判高手。”她感慨，“江西，你家男人真的是护短得面面俱到啊。”

宋辞这护犊的性子，实在是深得陆千羊的心。

“魏总看过了？”

说起此事，陆千羊有种翻身农奴把歌唱之感：“魏总说，她不是信得过你，是信得过你家宋大少，这次的广告她打算全权放手。魏明丽那只老狐狸，从来没有这么好说话过。”说来说去，还不是笃定宋辞不会让阮江西吃亏？天宇自然也渔翁得利喽。

阮江西看了看时间，起身。

陆千羊拉住她，十分肯定地说：“不用那么早，放心，于大牌肯定不止迟到半个小时。”她又寻思着，“小青去道具组还赞助服装，怎么还没过来？肯定又在偷懒。”

十分钟之后，道具组的小陈打电话过来，说魏大青摊上大事了。陆千羊惊呆了，小青那样老实的性格，加上又有魏明丽那样的靠山，谁还敢给他找事？

得，还真有人敢，不是别人，正是那位耍大牌耍得人神共愤的首席男模大人。

“对不起有用，警察都可以回家吃软饭了。”

男模一身绅士风打扮，衬衫，休闲裤，白色板鞋，脖子上挂了一把迷你吉他的小挂饰。一双很精致的双眼皮，唇红齿白，长相十分中性秀美。

不过，陆千羊还是第一次见有男人把粉色这么骚气的颜色穿得这么暖。可惜，于大名模嘴里吐出的话简直堪比流氓话。

魏大青脾气很好，语气也很好：“我可以赔偿。”

于景言一副“你蠢毙了”的模样，高傲地抬着一张帅脸：“赔？”他直接把手里的围巾扔魏大青脑袋上，“意大利 Catherina Diana 的手工作品，全球不超过五件，你觉得你赔得起？”

如此看来，正如道具室的小陈所言，魏大青推着比人高的服装架，一不小心碰到了这位金贵少爷的、意大利 Catherina Diana 的、手工制作的、全球不超过五件的——围巾。

服装架上的衣服倒了一地，魏大青的侧脸也微微有点青紫，一向好脾气的人也被于景言搞得有脾气了：“那你想怎么样？”

毕竟出身豪门，魏大青什么样的金贵人没见过，什么样的围巾没见过。

于景言却是个嚣张跋扈的，端了一身的大少爷脾气：“如果你现在滚出我面前，我可以暂时不让你滚出天宇。”

听他这一副大赦天下的语气，还能更像二世祖吗？果然传闻一点都没错，AE 的首席男模脾气比名声还大。

连魏大青这种软性子的人都被惹得恼羞成怒了，他咬咬牙，一副要骂人的样子，半天才憋出一句：“你欺人太甚。”

“我的时间都是出场费，你浪费不起，现在立刻马上把天宇的负责人叫来。”于景言一副得理不饶人的桀骜样子，很大爷，很嚣张，“我要你现在就滚。”

“他是我的助手，解雇他的人事权只有我有。”

于景言乍然回头，见阮江西缓缓走来。她穿着白色雪纺的裙子，没有上妆的脸素雅白皙。她拂着裙摆，拾起地上的围巾，起身对上于景言的眼：“我了解过，是双方失误。全球只有五件的围巾我们赔不起，那么，”阮江西指了指魏大青脸上的瘀痕，“这个，你怎么赔？”

淡然处之，她不疾不徐地回击。

于景言从来没见过这么端着温柔却步步紧逼的女人，竟一时不知所措，便恶劣地大吼道：“你是哪根葱？！”

刚吼完，一个文件袋横空飞过来，正好砸在于景言脑袋上。他捂着头，暴怒：“哪个不长眼的？！”

随即，一道阴森森的声音不疾不徐地扔过来：“于景言，你想造反吗？”

道具室里一众人转头望去，只见门口的女人靠着门，短发梳得干练，英气的眉挑起，穿着偏中性的西装，唯独唇形薄削，添了一份女性的柔美。

好个精干强势的女人！样貌有着介于男女之间的英气，与站在一旁的于景言有几分相似。

于景言立刻收敛了刚才的跋扈，捂着脑袋恶人先告状，十分委屈：“姐，不是我。”他指魏大青，又指阮江西，“是他们以多欺少。”

哦，原来这位就是于大少爷那个开广告公司的姐姐啊，听说也是闻名业界，不是个好惹的角色。

于景安瞥了于景言一眼，哼笑道：“别以为我不知道你什么德行。”

她看了看手表，对阮江西笑：“晚了半个小时，江西，你可一向没有迟到的习惯。”

“我也没有等人的习惯。”

于景言愣了一下，不敢相信地瞪大眼：“你们认识？”

猛地看向阮江西，他恍然大悟：“阮江西？哦，那个被宋辞潜规则的三流小明星啊，久仰大名。”

听这不屑一顾的语气，显然，这位于大名模瞧不上即将合作的阮江西。

阮江西并不恼怒，淡淡地回视：“除了颜值，一无所有的教养收割机，于景言先生，久仰大名。”

除了颜值，一无所有的教养收割机——这句话是媒体记者对于景言的高度总结。

模特界谁都知道，于景言这位AE首席名模靠的是脸——一张极度上镜的脸，一张极度会迷惑女人的脸，一张让摄影师丝毫不用考虑角度和灯光的脸。除此之外，为人所知的，便是他那不可一世的坏脾气。“教养收割机”是媒体给于景言的称号，倒也贴切，只是至今也没几个人敢在于景言面前这么放肆地明言出来。

于景言气急败坏："你——"

于景安一个冷眼过去："还不闭嘴？"

他不服："姐，你也听到了，她骂我没教养。"

听得出来，这位于大少爷对于景安是又敬又怕。

"她说的不是实话吗？"于景安说完，直接一脚踹过去，"还不快进去，少给我丢脸。"

于景言黑着脸，恶狠狠地瞪了阮江西一眼，才心不甘情不愿地进了会议室。

"这小子，别和他计较。"

阮江西十分大度："我没有他那么无理取闹。"

还真是坦白，于景安失笑。

这个广告合约会议，因为耍大牌的某位，足足推迟了一个小时，魏明丽还是低估了AE这位首席男模的明星架子。

"如果没有问题，现在就可以签字生效了。"魏明丽坐在主位，两边分别是阮江西和于景安。

"我有一个问题。"于景安翻着合约书，笔尖停下，并没有签字。

这份合约明眼人都看得出来，完全是阮江西得利。于景安有意见，这是在魏明丽的意料之中的："于总请问。"

于景安看向阮江西："合同是锡南国际的人拟的？"

"是。"

难怪，所有条约全部偏向阮江西。但投资金额却是个天文数字，锡南国际的手笔一向粗暴又豪气。

于景安了然："那即便有异议也会被驳回了，我没意见。"她说完，抬手准备签字。

于景言一把扯过合约书，直接扔在会议桌上："我不同意！"

魏明丽坐得十分端正："于先生有什么不满意？"

于景言指着阮江西，语气不容商量："我不满意她。"下巴一抬，他高傲地横了阮江西一眼，"我要求换人。"

魏明丽摊摊手，一副无能为力的样子："不好意思，代言人选是Oushernar的决定，我没权力更换。当然，你也没有。如果你不满意，我们可以和Oushernar提出，不过，我觉得被换掉的很有可能是你。"

于景言帅脸一垮，看向一直不作声的于景安，软着语气央求："姐。"

于景言不懂这中间的弯弯绕绕，于景安却懂。别说广告公司和经纪公司没有权力换掉阮江西，恐怕就算 Oushernar 也不敢换人。毕竟，握着经济命脉的可是锡南国际。

于景安直接一个冷眼扔给于景言：“少给我丢人现眼。”

她看都不看怨气冲天的某位，直接拿过合同签了字，然后看向阮江西：“江西，泰禾路新开了一家甜品店，要不要一起去？”

阮江西迟疑了一下，问：“和他一起吗？”语气有点嫌弃。难得，阮江西这么直接地表示出她的喜恶。

于景言简直想上去教训人。

旁边的于景安直接一个眼刀子丢过去，又对阮江西十分熟稔地说：“不带他。”

考虑了一下，阮江西说：“等我十分钟。”随后，她拿出手机，拨了个号码，便走出了会议室。

仔细听，阮江西刚才对着电话喊了一句“宋辞”。

于景言装了满眼的鄙夷，十分秀气的脸又冷又臭，对于景安抱怨：“姐，你怎么会认识那种女人？我一点都不想跟那种女人合作。”

“哪种女人？”

“为了名利，出卖身体。”

于景言那点小心思全摆在脸上，十足摆明了对阮江西不喜。他自然是不喜，阮江西是他姐之外唯一一个敢给他甩脸色他还无力还嘴的女人，这口恶气他怎么也咽不下。

于景安觉得好笑：“为了名利，出卖身体？”

“就是！”于景言咬牙，十分确定。

“我第一次见阮江西是在一个慈善晚会上，那时候她刚出道，空有演技没有机会，跟现在一模一样，只有满身气度与优雅。最一穷二白的时候，天马的老总看上她，三千万买她一夜，还许诺给她一个炙手可热的角色。然后，”于景安笑了笑，“她看都没看马正东一眼。阮江西如果想要出卖身体，就她那一身气质，你知道有多少人等着排队吗？哪里需要等到现在。”

于景言不以为然：“那怎么能一样？！马正东那个老色鬼，浑身上下除了那点铜臭味就只剩下恶心了，那个老色鬼怎么能和宋辞比。”宋辞那张脸，就连身为模特的他也有点嫉妒。

“就是那个老色鬼，趁我多喝了几杯就贼胆包天，居然把主意打到我身上来了。”

于景言听到这里，心都提到嗓子眼了：“那个浑蛋他竟敢——”

“然后阮江西狠狠地教训了他，那老色鬼脑袋上的疤到现在还在。”

当时，阮江西救下她后，面无表情地走了，连名字都没有留下。

于景安收了笑意：“阮江西是我见过最聪明又最大胆的女人。”出乎意料地符合她的胃口。后来，两人便顺其自然地成了半生不熟的朋友。阮江西待人不冷不热，却好相处。

于景言听完，完全惊呆了，想不到那个表面温和的女人居然这么暴力粗鲁，他从鼻腔里哼出一声：“哼，我就是看她不顺眼。”

“不需要你看顺眼，有人看得顺眼就行了。”

于景言把俊脸凑过去：“你是说宋辞吗？”

于景安懒得理会他，走出了会议室。于景言没有跟上去，手撑着下巴深思。对于宋辞，于景言只有两个印象：漂亮精致得不可思议，心狠手辣得不可思议。

此时此刻，锡南国际的顶楼总裁办公室里，宋辞那张漂亮精致得不可思议的脸上毫无表情，冷冽得有些慑人。

他对面的叶宗信不敢相信：“中断合作？”

宋辞懒得解释：“违约金我会让律师去叶氏清算，现在你可以出去了。”

“宋少，叶氏的新产品上个月已经投产了，所有资金和货源都就位了，如果就这么贸然中断，叶氏最少会损失一半的净利润。”

“那和我有什么关系？”

叶宗信傻了眼。

“宋少，我希望你再考虑考虑。”叶宗信忍住心急，一脸便秘的表情，“在商言商，现在中断合作，不止对叶氏，对锡南国际也没有半点好处。不止利润，光是违约金锡南国际就得不偿失。”

宋辞懒懒地抬眼：“我有钱，赔得起。”

叶宗信再一次无言以对，整张脸涨成猪肝色。

好说歹说宋辞都一副兴致缺缺、懒懒散散的表情，叶宗信只得退步：“如果是锡南国际对之前的合同不满意，我们可以再——”

“我没兴趣。”宋辞半靠着椅背，语气不耐，“出去。”

心狠手辣，油盐不进！

叶宗信一口老血上涌，如鲠在喉，不死心地问道：“理由是什么？宋少您为什么突然中断合作，还请给我一个合理的解释。”

在叶宗信看来，这完全不可思议，合作案板上钉钉，宋辞基本只要坐收渔翁之利。送到嘴的肥肉，哪有吐出来的道理？

叶宗信不由得想起之前在锡南国际酒店发生的不愉快：“宋少突然改变主意，是因为——”

“阮江西”三个字还没来得及吐出口，宋辞就冷冷地打断：“我高兴。”

叶宗信彻底哑口无言了。

高兴？就因为你一个人高兴，就整得整个叶氏血本无归、鸡犬不宁？

宋辞睫毛轻掀，秦江立马会意，上前逐客：“请吧，叶董。”

叶宗信咬牙切齿，不甘不愿地出去了。他一出总裁室，叶氏的项目部许经理便迎上来问情况：“叶董，怎么样？”

叶宗信铁青着脸：“完了。”

“完了？怎么会？宋辞他疯了吗？几个亿的合作案他说中断就中断，他不怕亏死吗？”

撵走了叶宗信，秦特助过去汇报工作：“宋少，资料已经传给陈律师了。叶宗信不蠢，一定知道要怎么做。”

说到此处，秦江是有点同情叶氏的。合作案被中断，损失就不用说了。锡南国际不要的烂摊子恐怕也没几个敢接的，这个合作案叶氏应该很难再找到合伙人。更何况，陈律师那边……叶宗信这次得吐好大一口血了。

宋辞不痛不痒：“嗯。”

有件事令秦江很不解。

“阮小姐好像对叶家人很不喜欢，像她那么和善温良的人，偏偏对叶家不待见，这中间是不是有什么我们不知道的隐情？”秦江总觉得，阮江西一身的秘密与叶家绝对有渊源，“宋少，要不要我去查一下？”

有理有据，秦江没道理不怀疑。

可是宋辞不满了：“你不要对我女朋友好奇，她想告诉我，自然会说。”

秦江无语。

罢了，不管阮江西是个什么来头，又带着什么不可告人的居心，都不重要了。只要宋辞甘愿，其他人能置喙什么呢？宋辞为了阮江西，早就把理智与防备丢了个干净，全凭处置就是了。

秦江在一边感慨着，那边，宋辞转过椅子，给阮江西打电话。

“江西，结束了吗？

“我想见你。”

这语气，怎么开始闺怨上了？

“你在哪儿？”

“今天你要早点回家陪我。”

秦江明白了，今晚八点，宋辞肯定有得缠人了。

电话那边，阮江西微微侧着身子坐着，对着电话轻声细语：“好，我工作完就回去。”她又道，“我现在在外面，和景安在喝咖啡。”

电话并没有打很久，多半是阮江西回应。她非常温顺，嘴角自始至终都微微扬起。

于景安诧异极了，认识这么久，她到今天才发现淡然如水的阮江西也会波涛汹涌。

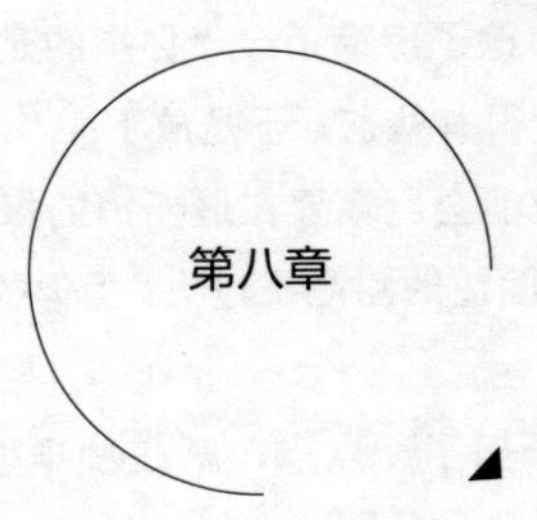

第八章

江西，我只记得你

阮江西挂了电话，于景安随口问了一句：“是宋辞？”

“嗯。”她没有继续这个话题，“这家的甜品很棒，要不要尝尝？”

于景安却之不恭。

阮江西喜欢吃甜品，在和她认识的第二个月于景安便发现了。这种甜腻腻的东西，阮江西却十分偏爱。于景安总觉得，像甜品这种小女生追捧的东西，与阮江西这一身似乎与生俱来的贵族气质不相符。

阮江西点了三份不同口味的甜品，每份都是浅尝辄止，餐桌礼仪连从小受到英国礼教的于景安都自愧不如。她搅动着手里的咖啡：“还适应吗？”

阮江西放下勺子，用方巾擦了擦嘴角：“你指的是？”

于景安抿了一口咖啡，觉得有些苦，于是放下：“一举一动都在镜头里放大，一不小心掉了一块甜点，都可能会巨幅登在最畅销的报刊上。”

“应该不会。”阮江西将面前的甜品推过去，“你的咖啡太苦，可以掺一点点，味道应该会好很多。”

于景安闻言笑了，用勺子舀了一点点，融在咖啡里，细细品了一口，果然味道正好。

阮江西的洞察力有时候让人瞠目结舌。

“你说得也对，哪家媒体不仰着宋辞说话。”于景安语气平缓，“那你有没有想过，在你最风光的时候，那些被粉饰住的镜头有多平静，等到你风光不再的时候就会有多喧嚣。”

没有语重心长，只是平铺直叙，好似在论述。

确实，于景安的话丝毫不差。媒体也好，世人也罢，多半是擅长粉饰太平又擅长落井下石的，捧高踩低，多得是这样的人。

阮江西切了一小块甜品，小口品尝：“你也觉得我会风光不再？”

于景安笑着摇头：“不，宋辞舍不得。”

“景安，你从来不作没有凭据的判断。”

“就凭你只用了三天就攻克了于景致十年都没有解开丝毫的医学难题。”她的语气稍稍玩味好奇，更多的是不可思议。

阮江西清澈如水的眸子里带了些探究：“你好像知道很多。”

于景安不置可否：“景致是我堂妹，听家里长辈说，抓阄的时候她抓了白大褂，我抓了人民币。我自问不是当医生的料，就不去为祸人间了。”

这是阮江西第一次听于景安说起私事：“景安，我突然觉得我好像对你一无所知。”

于景安忍俊不禁：“认识三年，到现在才有点自觉了。我的身家背景、银行卡数字、公司股票，如果你有一点兴趣的话……”

不待于景安说完，阮江西接了话：“你会开一张支票感谢我当初援手之恩，然后与我不相往来。”

她的假设丝毫不差，于景安向来容不得丁点居心不良。

“都说不要和聪明的女人成为敌人，还好我们是朋友。”笑意尽收，于景安脸上多了一丝严肃，“作为朋友，我给你一句忠告，不要小看了于景致。她从来没有得不到的东西，除非她不想要。”

似乎，这对堂姐妹之间，并没有那么亲密无间。

“谢谢。”阮江西依旧是淡然无痕，“你和宋辞认识了很久？”

于景安有些吃惊：“我好像没有说过我认识宋辞。”

“你每次都喊我家宋辞‘胖狗’。”

对于阮江西家里那只胖得实在非同一般的狗，于景安很难顺溜地喊出那个与之很有违和感的名字。

于景安低声轻笑：“难道它不是一只胖狗吗？你的嗜好我没办法迎合，我认识宋辞好几年，想起那两张天壤之别的脸，就没办法把两个宋辞画上等号。现在想想，我真够天真的，居然没有看出来你对宋辞早就居心不良。也对，美色这种东西，总会让人蠢蠢欲动，宋辞那张脸，应该没有多少女人能够抵抗。”

那样的美色，却生成了男人，他便注定是女人的劫数。于景安并不讶异，爱上宋辞那样的人太轻而易举了。

“景安，我喜欢宋辞的时候，还不知道他现在的模样。”

于景安握着杯子的手微微一颤，满眼惊愕，却在片刻之后归于平静：“你们之间的故事应该不需要观众，我不会过问。只不过，江西，我建议你给你家那只胖狗换个名字。”

阮江西浅笑不言。

罢了，她太宠那只狗了。于景安轻抿了一口咖啡，咖啡有些冷了，十分苦涩。

再说锡南国际和叶氏的合作案中断之后，下午三点半，锡南国际的律师驾临叶氏。

锡南国际的律师架子就是大，往叶氏董事长办公室里一坐，跷起腿，扔了一份文件在桌上：“叶董你看看吧。”

叶宗信原本还想找律师与锡南国际商谈违约金的事，不想锡南国际动作这么快，大有一种先发制人的势头，叶宗信不由得警觉了。他拿起桌上的文件，才看了一眼脸就青了：“你们想怎样？”

这句话，是妥协的意思。

这才是宋辞惯用的手段，蛇打七寸，置之于死地。

陈律师撑了撑鼻梁上的无框眼镜：“我喜欢和聪明人说话。我们宋少只有一个条件，利润照旧，违约金你们赔。”

利润照旧倒贴，违约金还要倒赔！叶宗信当场吼出了声：“这跟抢劫有什么分别！”

陈律师不否认：“确实没什么分别。”

锡南国际的人，一个两个都被宋辞教得这么粗暴恶劣！

陈律师非常淡定，拿起他带过来的资料，慢条斯理地前后翻了翻：“如果叶董有不同意见，不如我们上法庭说说理？”

上法庭？依照宋辞的惯用手段，那叶宗信得把牢底坐穿了！

他敢上法庭吗？那份文件里记录了叶氏在这个项目上背后搞的动作，涉及的人员几乎可以掀翻整个 H 市的天了。

他满脸惨色，无计可施。

陈律师起身，整了整西装：“那就预祝叶氏合作案能财源滚滚了。别忘了，把分红和违约金送到锡南国际，你也知道我们宋少的耐心不是很好。”说完，他走人。

锡南国际不投资，不合作，却分了好大一杯羹去。打家劫舍，吃人不吐骨头，莫过于此！

“宋辞！”叶宗信反手就掀翻了办公桌，文件资料落了满地。

不到一个小时，便有金融新闻报道，锡南国际与叶氏合作中断，叶氏另觅合伙人。

只是锡南国际扔出去的摊子，敢接的人寥寥无几。可想而知，叶氏这个原本稳赚不赔的季度新产品项目必然是惨淡收场，光是投产损失就够叶氏萎靡一阵子了。

陆千羊听到消息后，第一反应是：该不会是宋辞冲冠一怒为红颜吧？她是知道阮江西有多讨厌叶家的。

阮江西两耳不闻窗外事，正在经纪公司的茶水间里冲下午茶的咖啡。陆千羊跑过去聊八卦："江西，刚刚有报道说，锡南国际和叶氏的合作案谈崩了，宋辞这么耍叶氏，不会和你有关吧？"

阮江西低着头冲咖啡："宋辞生意上的事，我不过问。"

"可我听说，宋辞终止合作属于违约，要赔好多钱的。"

阮江西但笑不语。

陆千羊无话可说了："你们钱多，任性花。"

不过仔细想想，陆千羊觉得宋辞不像是乖乖赔钱的人。锡南国际做生意的手腕，她以前当狗仔的时候也是有所耳闻的，锡南国际向来吃人不吐骨头，怎么可能自己吐血？

阮江西看了一眼时间："等会儿有什么活动？"

她家艺人又开始归心似箭了，陆千羊调侃："宋辞来催了？"

"我想早点回家。"

"你个夫管严！刚刚接到《青花》剧组的邀请，希望你六点能去宣传节目上当临时嘉宾。"

"可不可以推了？"

陆千羊摊摊手："颜编出面了，我也不好回绝。"

颜编与阮江西还算交好，她是《青花》的编剧，阮江西的角色还是她推荐过去的。剧组太心机，打人情牌。

阮江西皱了眉，拿出电话走到一边，跟宋辞汇报行程。

陆千羊叹气：唉，真的是个十足的夫管严呀。

下午六点，《青花》剧组临时特邀阮江西宣传助阵，采访的媒体一批接着一批，节目结束的时候已过了九点。

阮江西刚走出录影棚，便见陆千羊一脸天塌下来了的表情，在门口处走来走去。

"怎么了？"

陆千羊一脸生无可恋地拉着阮江西："我也没料到剧组这么坑，居然搞到这么晚。江西，出大事了。"

"嗯？"

"你手机落休息室了，宋辞来过电话了，我接过一次，然后说你在工作，可是，后面电话就一直没停过，我也不敢再接了。"陆千羊看了一眼手机，简直惊呆她了，"共计八十六个未接电话。"

一个小时里，加上陆千羊接的那个，宋辞大人总共给阮江西打了八十七个电话，平均不到一分钟一个，中间未曾间断。这等坚持不懈的毅力，让陆千羊佩服得五体投地。

阮江西皱着眉翻完十几页的未接来电，拨了电话，那边几乎立刻接通。

“江西？”对方的语气有些不确定，有些急切，还有些慌张。

阮江西走到一边，说：“是我。”

陆千羊不动声色地跟上去。

“你在哪儿？”声音很大，有种慌不择言的急促，宋辞显然恼了，更是急了，不待阮江西说话，又说，“你和谁在一起？”他在质问。

“你为什么不接我的电话？”他在控诉。

“我给你打了那么多电话你都不接，是不是不想理我了？”暴怒的指控过后，是慌张无措、有些如履薄冰的小心。

宋辞今晚不对劲，很不对劲，像、像……陆千羊搜肠刮肚一番：哦，像濒临失宠患得患失的闺中怨妇。

阮江西完全怔住，她从未见过宋辞如此毫无章法的慌张失措。

许是因为她没有说话，电话那头宋辞暴怒的声音又传来：“阮江西，你不可以不理我！”

宋辞这是怎么了？这一副没安全感到幼稚的样子实在前所未见。

阮江西转头，静静睨了陆千羊一眼，她乖乖举手投降：“OK，我不偷听。”说着，她乖乖向后退。

阮江西对着电话说：“宋辞，把电话给秦江。”

宋辞似乎极其不情愿，声音软软地一直喊阮江西的名字。

“宋辞，听话。”口吻有几分严肃，阮江西此时的神态与平日里教训宋胖狗不准偷吃时一模一样。

宋辞听话了，把电话递给身旁的秦江，顺带阴森森地瞪了他好几眼。

秦江一碰到电话，立马说：“阮小姐，我们已经到天宇楼下了，你快来啊。”俨然是求救的口吻。

“宋辞怎么了？”

“宋少记忆清空了，只记得你，从八点钟开始就吼着要见你。阮小姐你电话打不通，我顶不住了才带他来了天宇。你赶紧过来吧，宋少不记得我了，非得把我赶走……”还用冷死人的眼神瞪他，一副要打人的样子。

不等秦江吐完满肚子苦水——

“把电话给我！”

仗着身高与身手优势，宋辞直接用抢的，然后把秦江晾在一边，走到门口的喷泉边上：“江西，你怎么还不来找我？”是有点委屈的口吻，“你再不来我就上去。”

没有记忆的宋辞，单纯幼稚得像孩童，防备所有事物，唯独阮江西例外。他又极度没有安全感，小心翼翼的。

宋辞蹲在喷泉旁的石堆边上，任水雾打湿了一侧的头发。他一动不动，十分专注地拿着电话，语气里带着点央求：“阮江西，我只记得你，你快过来。”

他只记得她，所以，只要她，别人都不行。他想告诉她，他记得她的样子，记得她的脸，记得她说过的话，记得她的经纪人姓陆，记得她的身份是演员，记得他抱过她、吻过她，记得他非常非常喜欢她。

这一刻，他还未来得及接受这个世界的任何音信，他的整个记忆里、整个世界里，单调空白得只有一个阮江西。那么浓墨重彩，占据了他所有理智和意识。

“阮江西，你怎么还不来找我？”

“我现在就去找你。”眼眶似乎有些红了，阮江西百般哄着，“宋辞，乖乖站在那里等我好不好？”

他十分听话：“好。”

挂了电话，阮江西垂下有些潮湿的眼睫，敛了所有翻天覆地的情绪，连身上的赞助服装都来不及换下，便径直走去了楼梯口。

陆千羊胡乱给她收拾了一下包，然后追上去。

天宇楼下，秦江一看见阮江西就跟见了救星一样，赶紧迎上去：“阮小姐，你可算来了。”

阮江西礼貌性地点点头，凝墨的眼四处张望。

“宋少在喷泉那边。”秦江一边带人过去，一边嘱咐，“宋少和以前有点不一样，这次特别、特别……”他仔细想了一下措辞，“特别没有安全感，但应该很快就会恢复。这段时间，请阮小姐你尽量依着他。”

也不知道阮江西听没听进去，她看着一处，眼睛一下子亮了：“我来了，宋辞。”

蹲在石堆边的宋辞猛地抬起头，被夜染凉了的眸光瞬间暖了。他一把抓住阮江西的手，握在手心里，不满地抱怨：“你怎么才来，我等你好久了。”

阮江西笑着握住他冰凉的手，放在脸上蹭了蹭：“是我不好。”

宋辞这才扬起了嘴角，用指尖去触碰她的脸，满眼都是愉悦的光影：“我还以为你不想理我了。”

“我给你打电话，一个女人接了，她说你在工作。”

阮江西解释：“我在录影。”

宋辞立马反驳她：“工作比我重要吗？”语气十分不满。

这时的宋辞，固执得像个幼稚的小孩，会攀比，会抱怨，会把所有喜怒都摆在脸上，这样强烈地表达他对阮江西的独占欲。

阮江西笑着摇头：“不，你最重要。”她讨好地凑近他，“对不起，让你等了这么久，都是我不对。”

宋辞搂着她的腰：“我不怪你，江西，我只记得你。那家伙说他是我的助手，一直跟着我，我不相信他，我只相信你。”

秦江真心觉得他老板太厚此薄彼了，对他一个兢兢业业伺候了七年有余的特助暴躁得像头狮子，这会儿对着阮江西就温顺得像只小绵羊，区别对待得简直让人心寒。

阮江西笑着解释：“他确实是你的助手。”

宋辞没兴趣，直接表达不耐烦：“我管他是谁，不相干的人我才不记。”

秦江一口老血差点喷出来。

宋辞抱着阮江西，因为心情好，小幅度地摇晃着她的手：“我只记得你，记得你的脸，记得你说过的话，记得你说过你很喜欢我。”他抬头，深邃沉凝的眸只剩漂亮的碎影，“那你只喜欢我一个好不好？”没有半分往日的强势与专制，他像个讨要糖果的小孩。

记忆这东西，当太过深刻、太过独有，便主宰了意识。这个时候，他不再是那个居高临下的宋辞，他寄生于阮江西给予的记忆，依赖得模糊了对这个世界的认知与判断。

阮江西不知道宋辞这样的状态会持续多久，她只是觉得心疼，心疼他这样毫无防备的依赖。

“好，我只喜欢你一个。”

这个世界上，便只有一个宋辞，只有一个让她心疼得恨不得将整颗心都奉上的宋辞。除了他，她还能喜欢谁呢？

宋辞这才笑了，将所有欢喜的情绪都装进眸里。

笑靥倾人，倾国倾城，是他，是阮江西的宋辞。

“鞋子怎么湿了？”

宋辞毫不在意：“喷泉水打湿的。”

夜里有风，染了几分凉意，温度是很低的。阮江西担心他沾染了寒气，拉着他离开喷泉下的一片水汽，又踮起脚去抱他：“怎么不躲开？”

他任她抱着：“你让我乖乖站着等你。”

阮江西哑然失笑，今晚的宋辞，听话得让她措手不及。

说到此处，宋辞脾气又不好了，板着脸抱怨：“可是你这么久都不下来。”

没有棱角，不会防备，毫无半点攻击力的宋辞格外斤斤计较。

阮江西道歉：“是我不好。”

宋辞立刻拉着她的手，语气又放软了：“没关系，不过以后别让我等太久。”

这句话，终于有了几分平日里的强势。

“好。”她拉着宋辞的手，十指相扣，“我们回家。”

宋辞双眼骤亮，有点迫不及待：“你跟我一起回去吗？”

“嗯。”

“晚上你也会陪我睡吗？”他的语气十分期待。

阮江西点头：“会。”

宋辞立刻得寸进尺：“那我要抱着你睡。”他见阮江西点头，嘴角又上扬几分，拉着她就走，“我们现在就回去。”

秦江立马快步跟上，还没走几步，宋辞回头：“你跟着我们做什么？我又不认识你。”

秦江深吸一口气，压下怨念，好脾气地再次申明：“宋少，我已经说了七遍了，我是您的助手。”

宋辞看都懒得看一眼：“你回去吧，我不需要你了。”

口气跟赶苍蝇一样不耐烦。

阮江西是唯一理智的人，很平静地和宋辞解释：“你不舒服不能开车，他要帮我们开车。”

宋辞态度恶劣地吩咐：“秦司机，快去开车。”

秦江真想甩手不干了，但还是揣着满肚子的愤慨去开车了。

一路上，宋辞丝毫没有对这个未知世界表示一点好奇，不问自己的身份，不问家产背景，不问家中还有谁，只是抱着阮江西的腰，对着她如数家珍地一件一件道来——

“我记得你喜欢甜品，我可以陪你去吃。

“我记得你喜欢穿白色的裙子，我很喜欢。

“我记得你有一张穿着婚纱的照片，很好看。

“我记得你的经纪人很没用，居然还不让你接我的电话。

“还有，你的助手是个男人！”

从头到尾，除了阮江西，宋辞没有提及任何事。

秦江记得，以前的宋辞对外界感知是多么精准，一点记忆都没有照样能一眼瞧出一堆商业报表里的一丁点错处，然后随时随地指点江山，睥睨天下。而现在……

“江西，我有没有忘了什么？

“我不确定你说过的话我都记得。

“不过我确定，我不记得其他任何人说过的话。”

阮江西揉了揉宋辞紧皱的眉头：“不想了，会头疼的。你不记得我就告诉你，现在休息一会儿。”

“好。”他听话地将头靠在她的肩膀上，并没有闭上眼，而是目不转睛地盯着她看。

将近十点他们才回到宋辞的别墅。

秦江给两位开了车门，又走到阮江西那边：“阮小姐，能不能耽误几分钟，借一步说话？”

宋辞立刻满脸防备：“你想干什么？”他的言辞十分霸道不讲理，“不准，我要和她在一起。”

宋辞的反应太激烈了，一副害怕阮江西被人拐走的样子。

秦江耐着性子解释：“宋少，就三分钟，不走远，我们就在这里说。”其实他的意思表达得很明确，就是想让宋辞回避。

宋辞丝毫不通情理：“不准。”

秦江觉得他对宋辞已经无话可说了，便转头看阮江西。

“宋辞，你去屋里等我。”阮江西这话并不是带着商量的口吻，而是有点命令的感觉。

宋辞拧了拧眉头：“好。”

秦江十分欣慰。老板真听老板娘的话。

只走了几步，宋辞回头冷冷地瞥了秦江一眼，对阮江西吩咐：“别和这个司机聊太久。”

阮江西哭笑不得：“好。”

“秦司机”已经快七窍流血气绝身亡了。

“秦特助。”阮江西有些不放心，满眼的担忧，“他之前也这样吗？”

“不是，以前看完我给他整理的资料，顶多半个小时，他就恢复了，连过渡期都没有。这次，还有上次，别说资料和人物关系图了，他连我都不看一眼。尤其是这次，他跟走丢了的狗一样，闻着你的味儿就去了。”

这比喻，虽然俗，但是恰当。搁以前，宋辞记忆一清空，就像刚睡醒的狮子，快速捕捉周边的一举一动。这次嘛，谁敢说宋辞不像狗？闻阮江西的味儿一闻一个准！

“我要怎么办？要不要叫医生？”还是平平静静的语气，只是阮江西的眸光却乱得一塌糊涂。

这时候，秦江这个局外人倒显得镇定多了：“阮小姐不要太紧张，我已经打过电话给主治医生了，宋少并没有其他异常，只不过对外界的感知与自身意识恢复得慢了些。如果我猜得没错，这是阮小姐你引起的连锁反应，阮小姐你大可放心。我保证，你不在宋少身边，宋少立马又是精明的奸商，适应力和高智商绝对很快上线。主要还是这会儿宋少依赖你，不去对周边的人或事产生反应。阮小姐你不用紧张，很快就会恢复的。”秦江郑重强调，“我建议阮小姐不要太依着他、惯着他，更不能什么都听他的。宋少绝对会得寸进尺，尝到了甜头肯定更不想恢复了。所以，阮小姐你回去就晾着他、冷着他吧。”

秦江绝对不承认他是在恶意报复。

阮江西似乎有些半信半疑：“谢谢。”

“如果真想谢我的话，我拜托阮小姐一件事。”

她点头。

“因为宋少只记得住你的话，所以请你务必告诉宋少我是他的特助，伺候了他七年的特助，让他不要再怀疑我了。”秦江也是有脾气的，“更不要再叫我‘秦司机’，我不是什么司机！”

阮江西对秦江也有点内疚，连忙点头应好：“我会把你的身份告诉宋辞的。”

秦江了悟，从此以后，需要让宋辞记住的事情，只要经由阮江西转达就万无一失了。看来阮江西的出现也并不是只有坏处。

晚上，阮江西带宋辞去洗澡。他不让她走，她就在门外守着，递衣服，擦水，吹头发，提供了整套服务。好不容易把人哄到床上睡觉，他拉着她又不肯撒手。

“江西，你躺进来，睡我旁边。”

阮江西只迟疑了一下子，连睡衣都没有换，就和宋辞躺在了一个枕头上。

宋辞心情不错，侧着身子看阮江西："江西，你抱着我睡。"

"脖子还是腰？"

宋辞似乎很难抉择："你抱着我的脖子，我抱着你的腰。"

阮江西很听话，双手绕上他的脖子，整个人都窝进他怀里。

宋辞似乎尝到甜头了，他把唇凑过去："江西，你要不要亲亲我？"

阮江西亲了亲他的脸，他似乎不满意，继续凑着脸，阮江西便又亲了亲他的唇，等到他好一番舔咬方罢休。然后，只是安静了一小会儿，宋辞又问："江西，你要不要摸摸我？"

她愣了，当然，不是不愿意，她只是不知道如何下手。

宋辞哼了一声，不太高兴，她立刻把手放在了他的腰间。她完全不得其法，挠痒痒一般，他却哼哼唧唧，似乎很舒服。

片刻后。

"江西，我有点热。"他声音暗哑，眸子微微暗红，连带着耳根到脖子都覆了一层淡淡的绯色。

阮江西迟疑了一下，收回手，从他的怀里退出来，离远了半个人的距离。

宋辞有些不满意："江西，你为什么不抱着我？"

"不热吗？"

他直接将她裹进了怀里，嗅着她的脖子蹭。还是不满意，他又捧着她的脸玩亲亲，完全不知餍足，折腾了好一番才抱着她睡觉。只是不到片刻——

"江西，我很热。"

"那要不要抱着？"

宋辞毫不犹豫："要。"他说，"你再亲亲我。"

"好。"阮江西没有迟疑，照做。

宋辞："你再摸摸我。"

"好。"

她依旧照做了，最后的直接结果是，宋辞喊了半晚上的热，阮江西亲了他半晚上，又摸了他半晚上。

房间里的灯一直亮到了后半夜，她睡得不太安稳，眉头皱着。感觉脸上有些痒，她迷迷糊糊地睁开眼，有些惺忪地看着近在眼前的脸。

她揉了揉眼睛，捧着宋辞的脸，探探他脸上的热度："怎么了？还热吗？"

“以后，晚上八点，一定要回家，不准晚归。”语气一如往常的独断桀骜，十分强势偏执。

这才是宋辞，君临天下的他。

“好。”阮江西搂着他的脖子，“我的宋辞终于恢复正常了。”

宋辞理所当然道：“当然，我又不蠢。”说完，他又有些不放心，“刚才的我是不是很幼稚？”

阮江西轻笑，并不作答，眼底染了一片欢喜。

他凑上去，咬了笑得开怀的她，咬完之后，又心疼地舔了舔：“很幼稚也不许嫌弃我。”

他竟然用了“嫌弃”这个词，这大概是他这辈子第一次将这个词语用在自己身上，用这样战战兢兢的语气，对阮江西强求，更像央求。

阮江西收了笑，一点玩笑的神色都没有：“我不嫌弃，我很喜欢。”

“既然你这么喜欢我，那你吻我。”

她笑着亲吻了他。

第二天早上八点，秦江准时出现在宋辞家客厅。宋辞八点半的飞机，飞Y市，出差三天。

宋辞出房间门的时候已经是八点一刻了。

秦江走过去：“宋少——”

“别吵醒她。”

宋辞洗漱完，没有收拾行李，而是去了厨房，挽起袖子。

他这是要做早饭？秦江赶紧上前催促：“宋少，飞机还有一刻钟就要起飞了，从这里到机场不堵车最快也要十五分钟。”

宋辞打开冰箱门，看了一眼：“你去帮我买鸡蛋。”

秦江无语。等他买完鸡蛋回来，已经八点三十六分了。

等宋辞做完第一个荷包蛋又倒进垃圾桶的时候，已经八点五十分了。

秦江掏出手机，默默地改了航班。突然，宋辞问：“这一勺盐是多少克？”

秦江算得上比较聪明的脑袋都被宋辞问蒙了，他想了想，猜测道：“一克？两克？”鬼知道是几克，“难道有三克？”

宋辞的眼神冷了。

秦江十分肯定：“绝对不超过五克。”

宋辞斟酌了片刻，往锅里倒了小半勺盐。

然后，这个荷包蛋又被他倒进了垃圾桶。

秦江再一次改了航班。

最后，十点半的时候，宋辞才满意地脱下了那条印着一只贵宾犬的围裙，把煎好的荷包蛋放在了餐桌上。

阮江西醒来的时候，已经近中午了。

她眯着惺忪的眼喊了一声："宋辞。"

没有人应，她伸手触到枕边一片冰凉，坐起身，睡意全无，怔怔着发呆，有些怅然若失。

习惯是一种很可怕的东西，一旦生出，便会有瘾。

突然，响起几声轻轻的敲门声，随后传来一个女人的声音："阮小姐你醒了，请问我可以进去吗？"

阮江西微微整理了一下睡衣，掀开被子起身："请进。"

进来的女人很年轻，头发盘着，穿着中规中矩的套装，相貌并不是十分出色，只是看着沉稳干练。她微微躬身，并不拘谨，只是十分恭敬："你好，我是锡南国际行政部的张晓，宋少不在的这几天，阮小姐如果有什么需要可以找我。"

阮江西微微颔首："谢谢。"她拿起床头柜上宋辞的杯子，就着喝了几口水，"他走了吗？"

"十一点的飞机，宋少兴许是见你睡得熟，就没有吵醒你。早餐和服饰已经准备好了，你的经纪人和助手半个小时前就来了，现在在会客厅，需要先同他们一起用餐吗？稍后你若有活动我会安排司机送你过去。"微微停顿，她补充，"除了煎鸡蛋是宋少为您准备的，其他都是酒店餐饮部送过来的。"

张晓面面俱到，看得出心思十分缜密。

"谢谢。"阮江西礼貌以待，教养十分好。

张晓对这位未来的老板娘印象很好："这都是我的分内之事。"

"可以让我的经纪人和助手过来吗？"

"当然。"张晓思索之后，加上了后面一句，"不过，您的助手不方便进房间。"

阮江西微微笑了笑，不置可否。

老板娘的脾气很好，张晓想。然后她打开门，只让老板娘的经纪人进来，自己出了房间，将门带上。

陆千羊一进来就双手抱拳，不太正经地行了个蹩脚的参见礼，高呼："小的参见女王陛下。”

阮江西被她逗笑了：“别闹。”

陆千羊立刻露出一副“小的惶恐”的表情：“小的不敢。”不正经完，她开始很正经地抱怨，“江西，现在要见你一面，难度应该不亚于面见英国女皇。我有种预感，你有了宋辞这一个，我将面临下岗危机。刚刚出去的那个张晓，据说是美国哈佛大学行政管理专业毕业的博士，同时还兼修了财政学和空手道。”

隔着门，陆千羊问门外的魏大青：“小青，你跆拳道到哪一级了？”

魏大青看了一眼旁边兼修了财政学和空手道的面无表情的张晓，回答：“蓝带。”

别看小青打架不顶事，不过，这跆拳道的考试还真过了，这也是奇事一件。

陆千羊趴在门上跟魏大青传话：“就你这段数，恐怕要失业了，回去让你姑妈再给你物色几个新人。”

闻言，魏大青很认真地考虑了一下。没办法，锡南国际人才济济，他确实有危机感了。宋辞一直想换了他，魏大青是十分了解的。

对于陆千羊的一番打趣，阮江西也不接腔：“渴不渴？”

“有点。”

“你可以去楼下先喝杯咖啡。”

陆千羊听完顿时情绪激动起来：“你嫌弃我啰唆！江西你变了，你不爱我了，你只爱宋辞了。”刚跟着阮江西进了衣帽间，她就傻了，看着满目琳琅的衣柜，“我再也不用担心你的演出服了，宋辞真是个大方的赞助商，太给力了。”她一头扎进衣柜里，“江西，我要是你，我也只爱宋哥哥一个。”

阮江西微微皱了眉，走到陆千羊跟前，伸手推了推她：“不要压到宋辞的衣服。”

陆千羊当场僵化了。她，败给了宋辞的一件衣服。

下午没有通告，阮江西练了一会儿剑术，陆千羊便送她回了她的小屋。大老远的，宋胖狗闻着味就出来迎接了，一个飞毛腿就蹿到了阮江西脚边。

“汪汪汪！”宋胖狗很激动，用胖乎乎的爪子去挠江西的裙摆。

阮江西半蹲下，将它抱起来：“这几天过得好吗？”

“汪汪汪！”

阮江西抱着它掂了掂，然后惊奇地发现：“宋辞，你轻了。”

“汪汪汪！”

“节食了几天，能不瘦吗？”陆千羊戳着宋胖狗的肚子，“我家胖狗可是个有气节的，不吃嗟来之食，是不是啊？瞧瞧，我家胖狗现在多苗条。”

胖狗哼哼唧唧，脑袋扎进阮江西怀里，可劲儿地撒欢。

阮江西亲了亲它的脑袋。

“汪汪汪！”

陆千羊戳着某胖狗的脑袋，鄙视道：“狗腿。”

从包里掏出剧本，她说正事：“这是明天的广告的剧本，广告在明成大学选景，只有几个镜头。因为是化妆品广告，你基本没有什么台词，但是第一个镜头就要下水。你的手还没有完全愈合，我会和广告导演商议看能不能把这个镜头挪后。”

阮江西将宋胖狗放在了餐桌上，转身去厨房拿狗粮：“不用，已经没什么大碍，早就不疼了，过两天就能拆绷带了。”

“小碍也不行，你家宋辞要问起罪来，小的担不起呀。”

“不用担心，拍摄照常。”别看阮江西脾性好，但太固执己见。

陆千羊哼哼：“你就固执吧！”说着又从包里掏出一袋东西，一股脑倒在茶几上，“消炎药已经给你准备好了，还有防水绷带和药贴，明天别忘了带去片场。别太谢谢我，是你家宋辞让张晓准备的。”真没看出来，宋辞居然是这种居家型男人。

阮江西笑了笑，给宋胖狗倒了半碗狗粮。

宋胖狗一边拱着鼻子吃，一边冲着阮江西摇尾巴，狗粮被它洒了一桌。

阮江西板着脸：“宋辞，不要洒在桌子上了。”

宋胖狗乖乖地趴在桌子上，规规矩矩地吃狗粮。

阮江西顺了顺它的毛：“我家宋辞真听话。”

陆千羊全程听下来，只觉得鸡皮疙瘩掉了一地：“江西，能不能给你家宋小少换个接‘兽气’的名字？‘旺财’呀，‘来福’呀，‘招喜’啊，‘小花’‘小翠’什么的，不然叫‘小圆’‘小胖’也好啊，多喜庆、多吉利、多写实啊。”

“叫‘宋辞’挺好。”阮江西把宋胖狗抱进怀里，轻轻地揉它的肚子，“我习惯了。”

“汪汪汪！”对于“宋辞”这个名字，宋胖狗显然很满意。

陆千羊无力道：“我怕你家宋辞不习惯。”

不知道宋辞大少看到宋辞小少这么受宠会是什么感受。

“今晚睡个好觉，于大牌铁定会迟到，你明天可以起晚点。我走了，晚安。”陆千羊拿了包，回家。

阮江西细心地嘱咐：“路上小心。”

陆千羊走后，她先去锁好门，又去厨房再给狗狗添了些狗粮。

电话响了，是宋辞打过来的。

“宋辞。”

“在做什么？”宋辞的嗓音有些喑哑，似乎很倦怠。

阮江西有些心疼：“很累吗？我在喂狗狗。”

宋辞不太放心她：“明天拍摄我让张晓一起过去，你有任何要求都可以跟她说。”

夜里很静，她的声音从电话里绕进他耳中，很好听：“不用担心，我自己可以。”

怎么会不担心，从上飞机到现在，宋辞一颗心便没有安放过。

“如果太累，可以不拍，违约金不用管。还有你的手，还没有痊愈，不要碰到水。”

阮江西失笑：“宋辞，你不用担心我，我不是小孩子。”

“我是你的家属。”宋辞沉声，强势又不讲理，“你的家长。”

她并不否认，只是笑出了声，对着电话开玩笑：“宋辞大人，你这么由着我，不怕我会变得骄纵任性？”

她本不是骄纵的人，只是一个宋辞，竟让她有了恣意任性的想法。爱情啊，果然会让人变得骄纵又贪心。

“你大可以这样，如果你喜欢的话。”

阮江西轻笑，并没有继续这个话题：“吃过饭了吗？”

“没有。”

“怎么这么晚了还不吃饭？对胃不好。”阮江西不像平时那样温婉，她叮嘱，“宋辞，你要按时吃饭。”

“不想吃，有点想你。”隔着电话，宋辞的声音有些无力，“江西，我想见你。”相思入骨，宋辞第一次尝到这样的滋味，这让他无能为力。

她又何尝不是？

“要视频吗？”

宋辞直接拒绝：“不要，要是看到了你，我会更想抱你。

“江西，我很想你。”

“嗯。”她的嘴角勾起温柔好看的弧度，眸中泛起涟漪。

宋辞沉了沉声音：“你还没说。”

“说什么？”

“说你想我。”

宋辞用了命令的口吻，不由分说，很是霸道。

阮江西不禁莞尔，对着电话小声地呢喃：“宋辞，我想你了。”

“嗯，我也想你。”

宋辞这才心满意足地挂了电话。

隔天，秋高气爽，气温正好。

明成大学是H市数一数二的综合院校，坐落于H市的最西边，南临润西湖，环渠山而建，风景宜人。这季节，明成大学的枫叶正红，慕名而来的游客数之不尽。

早上八点，路上有三三两两的学子结伴同行，聊得欢畅。今儿个，学校里头似乎格外热闹，尤其是女学生，化了精致的妆，各个容光焕发。相反，主教学楼里冷冷清清。

“把随堂作业签上名字交过来，下课。”

讲台上的教授十分年轻，不过二十岁出头的样子，一身白衣白裤，穿着休闲，样子斯文俊秀，眉眼精致，看气质容貌，倒更像学生。

这便是明成大学史上最年轻的数学教授——柳是。作为H市最年轻的数学专家，他不过二十五岁，已经是数学领域不可或缺的人物。

平日里只要是这位教授的课，即便是最无聊的函数理论课，教室里也是座无虚席。今日却有些反常了，一眼望去，容纳三百人有余的教室里，只坐了一位学生。

这位学生坐在第一排，举手示意：“柳教授，今天就我一个人交了作业，可以额外加分吗？”

那是位年轻漂亮的女学生，一笑，嘴角有若隐若现的酒窝，气质恬静，充满书卷气，容貌十分出众。

讲台上的教授缓缓抬眸，扫了一眼空荡荡的教室，年轻英俊的脸上有些呆板：“没有。”他拿出笔，在点名册上划了几笔，“没到的同学扣分。”说完，他收拾了课本，走出教室。

林灿立马胡乱将桌上的纸笔扫进包里，小跑着跟上去：“平时上课的人多得都挤到走廊了，难得也让柳教授尝尝寂寞空庭的空虚感。”跟着柳是一路走到走廊，林灿指了指楼下广场，“托了那两位的福，我们柳教授的魅力都被折损了。”

柳是没有抬头，直视前方，脚下的步伐很快。

“柳是，你走那么快干什么，欺负我腿短吗？”

此时，楼下正人山人海，里三层外三层，都是明成大学的学生，将正气广场围了个水泄不通。陆千羊摇下车窗，取下墨镜，瞟了一眼扎堆的人群，惊呆了：“这些熊孩子都不用上课吗？学费都喂狗了！”陆千羊揣测一番，了然了，“我猜有一半是来粉于景言，一半是来黑你的。”

魏大青坐在副驾驶座上：“你猜错了，全都是于超模的铁粉。”

随即，乍起一片惊呼尖叫——

“景言！景言！”

“景言，我爱你！”

“景言……”

广场上，分贝飙高的多半是年轻的女学生，她们手举着于景言的大幅海报，疯狂涌动。

只见于景言走下保姆车，戴着巨大的反光蓝色墨镜，只露出半张帅气的脸。他上身穿着红色衬衫，下身搭配绿色休闲裤，脖子上挂着一串金属吊坠。他取下墨镜，对着拥堵的人群飞了个吻。瞬间，尖叫声再次惊天动地。

陆千羊简直看不下去：“这个烧包，用得着这么招摇过市吗？瞧他那一呼百应的嘚瑟样，以为他是信号灯啊，穿得跟个红绿红似的。”

天底下还有哪个小子能比于景言这个家伙张扬骚气？

魏大青接话：“这你就不懂了，这是今年米兰时装周的主打配色，首秀还是于超模去走的。”

时尚圈的审美，陆千羊向来不敢恭维，她一脚朝魏大青踢过去：“就你懂！还不下去开路。”

好粗鲁啊。魏大青躲开陆千羊的无影腿，推开车门去开路。

阮江西刚踏出车门，惊呼声骤停，全场一片寂静。

柳是手里的书顿时落了一地……

“很像她是吗？”

林灿抬头看柳是，他精致的脸上所有的宁静破裂，他怔怔地看着人群中央的女子，恍然若梦。

“我第一次在屏幕里看见她就觉得像，没想到真人更像，尤其是眼睛，好看得不像话。”

“她是谁？”声音有些颤抖，呆板的柳教授终于有了正常人的情绪波动。

林灿双手抱臂，取笑道：“我就知道你是山顶洞人。她叫阮江西。不只人长得像，连名字都一样。”

江西，阮江西。曾经，有个女孩，也叫江西。这个名字，能牵动柳是所有的喜怒。

眸光深远，飘去了远处，他呢喃："江西。"

放任一地洒落的书本，他突然朝着楼梯口跑去。

身后，林灿大喊："柳是，她不是江西。"

脚步忽然停下，柳是恍惚失神。

林灿走近他，仰着微微苍白的小脸，一字一字沉声而语："她不是江西，叶江西在十五年前就死了。"

柳是身子一晃，趔趄地撞在了楼梯的扶手上。久久不语之后，他走回来，蹲下将地上的书本拾起，眸光无神，有些空洞："我去上课，别跟过来。"

他转身，背脊挺直，藏好了所有慌张与狼狈，好似刚才的一切都不曾发生。只是他脚下的步子越来越快，似乎急着逃离。

林灿看着地上被遗漏下的《现代数学概论》，捡起来抱在手里，叹气："老娘都跟十五年了，你跑得掉吗？"她不慌不忙地追上去，"柳教授，你走错教室了。"

楼下，正气广场周围枫叶火红，广场上拉了几条黄线。这一处便是Oushernar的广告拍摄现场。

此时，于大名模火气正盛，砸了手里的剧本，整出一片响动。

"滚，给老子滚！"

阮江西被于景言暴怒的声音惊扰，取下遮住半张脸的草帽，懒洋洋地睁开眼，眸中还有些惺忪的睡意："他怎么了？"

陆千羊撑着下巴，正幸灾乐祸地看热闹："统筹刚刚说换场地，先拍教室里的镜头。"

阮江西面露疑惑。

"是王导自觉，非要给你换档期。"

阮江西的手还没有痊愈，能不下水最好，延期一天算一天。对此，陆千羊显然乐见其成。

阮江西心平气和："以后不准敲边鼓。"语气不怒而威。

陆千羊很冤枉，她大吐苦水，为自己鸣不平："我什么也没说！没看见吗？打从张晓一来，王导就对她点头哈腰的。宋辞手下的人往那儿一搁，啥也不用说，哪个会不长眼？王导自然看得出你是锡南国际的正宫娘娘，哪里用得着我去敲边鼓，宋辞的淫威，挡都挡不住。"

阮江西失笑。电话响了，是于景安。她把手机放在耳边，礼貌地说了一声："你好。”

“开拍了吗？”

“我的部分延后，正在换场地。”

于景安听了，笑出声：“那小子在发脾气吧。”

正在这时，一声巨响直接传到电话那头。于景安十分好奇：“那边是什么响声？”

“于景言先生刚刚砸了一台摄像机。”

于景安大笑出声，不知道是为了那台摄像机，还是为阮江西那一声“于景言先生”。她在电话那头调侃戏谑：“这死小子，无法无天了。”

“我要先过去了。”

“不要被他欺负了。我家臭小子很顽劣，很记仇，而且非常幼稚。”

阮江西莞尔：“景安，我并不是软柿子。”

“我当然知道。”于景安笑了，语气玩味，“从你对付马正东的时候我就看出来了。”

阮江西怎么会是软柿子，她是一只最优雅贵气的刺猬，一身的刺，猝不及防就能给人致命的一击，马正东就是个典型例子。连宋辞都甘拜下风的女人，谁敢说是软柿子呢。

阮江西挂了电话，抬头便见于景言一脸怒容。他居高临下地说：“阮江西，别被我抓到机会，我会连本带息地让你不好过的。”

于景言这样的天之骄子，哪里尝过低人一等的滋味。现在要给阮江西让行，自然是叫他火冒三丈。新仇加旧恨，他对她就更张牙舞爪了。

阮江西淡淡地回视，端起桌子上的咖啡。咖啡有些烫，她又放回去了：“谢谢提醒。”

气度教养好得该死！这让于景言更加恼怒了：“臭女人！”随即他一脚踹翻了阮江西旁边的桌子，桌上一杯滚烫的咖啡全部泼出，正好洒在他的腿上。顿时，一声惨叫响起，惊天动地——

“啊！”

于景言抱着腿，一张帅气的脸疼得狰狞。

阮江西有些抱歉，递了一张纸过去：“咖啡很烫，不好意思，我不知道你有踢桌子的习惯。”

表情、动作、言语，完全看不出来一点幸灾乐祸，气度满分，姿态完美。

这个女人，怎能如此淡然地处理这一场由她引发的“血案”？！

于景言狠狠瞪着她，疼得脸发白，半天才从喉咙里磨出一句脏话。

阮江西并不生气，而是收回手，用纸巾擦了擦手上沾到的咖啡渍，然后将纸巾扔到垃圾桶里：“我建议你现在去换衣服，可能要快一点，很快就是你的镜头了。你出汗了，最好再补一下妆。”说完，她转身离开，步伐十分娴静优雅。

于景言完全呆住。

旁边，看热闹的人全都掩着嘴憋笑，唯独阮江西的经纪人躺在休息躺椅上，笑得大声，笑着打滚，笑到岔气。

众人皆有所领悟：阮江西，段数高啊。

“笑什么笑！”于景言对着现场的工作人员发飙，一副又要踢桌子的样子。似乎想到什么，他又收住了脚。

一朝被蛇咬，十年怕井绳，于大名模大概以后都不会随便踢桌子了。

众人散开，辗转到下一个片场——教室。

第九章

她叫叶江西，是我的妹妹

此刻，十点，正是学生们上课的时间。

广告统筹站在中央教室门口询问道：“不好意思，柳教授，能不能暂停一下？我们需要借用一下你们的教室。”

教室里的学生个个抻长了脖子，掩不住心中的兴奋，唯独台上的教授不为所动：“你打扰我上课了，请出去。”

统筹为难地迟疑了一下，继续协商：“我们广告方已经和校长商谈过了，柳教授，我们不会占用太长时间。”

柳教授完全没有反应，继续对着黑板板书：“请出去。”

他沉声对学生说：“继续。”

这位年轻英俊的教授果然不好相与，年轻归年轻，性子却古板守旧得厉害。

统筹正要继续谈判，教室外面于大名模的声音穿墙而来：“阮江西，你给我站住！”

柳是握着粉笔的手突然顿住，坐在第一排的林灿笑了，瞧瞧外面，再瞧瞧柳是的脸，心道：柳教授这堂数学课，恐怕很难继续了。

教室里，女学生们乍一听外面的声音，立刻便躁动了。

讲台上的教授放下粉笔，转身冷冷地道：“都听不进去了？”

柳教授虽然年轻，却是明成大学里最不通情达理的老师，挂科在他手里的学子数不胜数。

顿时，教室里鸦雀无声。三三两两的女生捂着嘴，不敢再放肆。不想，柳教授却收拾了讲桌上的书本：“先下课，两个小时后缺堂的，可以不用来参加期末考了。”

林灿失笑：柳是啊柳是，“江西”两个字，还真是你的死穴。

霎时间，学生们欢呼一片，高喊：“柳教授万岁！”

统筹十分感激地连连道谢：“谢谢柳教授，谢谢柳教授。”

她转头吩咐广告拍摄的工作人员：“所有机位准备，第二场开拍，服装师、造型师，都速度点。”

机台就位，满教室的学生欢呼声更高了。统筹一看，大叫糟糕，立马站上讲台大喊：“场务哪儿去了，还不快来清场。”

三个场务全部进来清场，奈何于大名模魅力太大，学生们哪里肯走。场务正头疼的时候，讲台上的教授抬眸：“再不出去就继续上课。”

一句话落，不到十秒钟，几百号学生全部作鸟兽散，速度快得令人咋舌。

这位数学教授好威武！统筹连连送去几个膜拜的眼神之后，才对着门外喊：“江西、于少，可以开始了。”

柳是猛地抬头，便见阮江西从远处走近了。鬼使神差般，他一把抓住她的手。

阮江西转头：“请问有什么事？”

声音微颤，他问她：“你是谁？”

阮江西轻蹙眉头：“我们不认识，请你放手。”手腕稍稍用力，却挣不脱男人的桎梏。

柳是几乎用吼的：“你到底是谁？”

陆千羊惊觉不对，立马一把推开柳是，将阮江西护在身后：“你干什么呢？”因为太过用力，对方趔趄了好几步，撞在了讲台的桌角，陆千羊似乎意识到自己的粗鲁，立刻做出官方反应，“你是我家江西的粉丝吗？是要签名还是要合影？”

对陆千羊的话，柳是置若罔闻。他望着阮江西失神，许久许久之后，才转身一言不发地离开。

好奇怪的男人！

陆千羊仔仔细细一番打量后道：“长得端端正正，还是个为人师表的，居然是个登徒子。”

阮江西望着门口的方向，怔怔出神。

陆千羊注意到阮江西的异常：“你怎么了？”她怎么觉得那位教授和她家艺人之间的磁场不太寻常？

阮江西恍若初醒，摇头道：“没什么。”她走到教室的第一排坐下，“化妆师来了吗？”

“正在给于大牌上妆，马上就过来。不过我猜那个烧包光换身衣服也有得折腾，应该没那么快开拍，你可以先去放松一下。休息室在隔壁教室，你先过去，我得去盯着，省得于大牌搞什么幺蛾子。”

阮江西点点头，陆千羊这才跑去临时化妆间盯梢于景言。

黑板上的数学公式还没有被擦掉，阮江西失神地看着，耳边突然响起女生清脆的声音：“叶江西。”

阮江西安放于两旁的手指轻轻颤动。

“叶江西。”

她微微低下头，并没有反应，余光中忽然出现一双白色的帆布鞋。她缓缓转头，见帆布鞋的主人正凝眸相望，微微对她浅笑。对方露出尖尖的小虎牙：“不好意思，我认错人了。”

阮江西神色自若：“没关系。”她并不与女孩对视，显然有着拒人千里的距离感。

女孩也不生气，看起来性格十分开朗。她解释：“她叫叶江西，是我的妹妹，你和她很像，眼睛，还有名字，特别像。”

阮江西眼中无波无澜：“世上相像的人很多。”

女孩接过话，似乎难以置信：“我竟不知道，世上还能有两双一模一样的眼睛。”

阮江西并不接话，淡然处之。

女孩收回视线，略微抱歉地说：“所以我家柳教授才会失礼，只是因为你和我们的故人太相似了，我代他道歉。”她伸出手，“你好，我是林灿。”

“我是阮江西。”

两手相握，停顿片刻，林灿突然翻过阮江西的手，视线落在她的手心，摩挲一番后，笑着自言自语：“连掌心的纹路都这么像。”

阮江西皱眉，不动声色地抽回手：“不好意思，我还有事。”微微颔首后，她起身离开了教室。

林灿沉眸相望，思绪飘忽。

犹记当年，她们还年少，一个叫叶江西，一个叫林灿。

那时候年纪小，惹了祸，林灿便喜欢往她那儿躲。

“江西、江西，快让我躲躲。”满头大汗的林灿直接钻进了叶江西的课桌底下。

“林灿，你又闯祸了。”

叶江西的眼睛很大，很亮，是林灿见过的最好看的眼睛。

“才不是我，是柳是那臭小子，他老子居然怂恿我妈去过什么结婚纪念日。”

那时候，柳是是林灿继父带来的拖油瓶，是林灿最讨厌的人。

才九岁的叶江西就像个小大人一样，理智又明事理：“又不是柳是的错。”

林灿立刻回嘴，十分不服气：“就是他，就是他！谁让他亲爹是我继父，我和他不共戴天。”

“江西。”门外，林灿的母亲喊了一声。

叶江西立刻将林灿的头按到书桌下，然后捧着书本，看门口的女人：“姑姑。”

叶宗芝打量了一眼房间：“看到林灿了吗？”

叶江西惊讶地皱着小脸：“小灿又离家出走了吗？”

“走了才好，省心。”叶宗芝揉了揉眉头，似乎十分头疼，“你看书，不打扰你了。”说完，她转身出了房间，并关上了门。

林灿这才从书桌下爬出来，瞪了一眼门口：“她一定不是我亲妈。”她又转头瞪阮江西，“难怪我们从小就不合，我们也一定不是表姐妹。我是捡来的，柳是才是亲生的！”她莫名其妙地恼了，当时年纪小，那么幼稚又天真。

“江西。”

阮江西没有反应，眼神空落落的，没有焦点。

陆千羊推了推她：“江西，江西！”

她猛然回神：“嗯？怎么了？”

陆千羊仔细查看她的神色，也看不出什么端倪：“你怎么了？从刚才开始就魂不守舍的，我喊了你好久都没有反应。要开始拍你了。”

“我在看剧本。”她放下手里的剧本，整了整广告赞助的裙子，起身去准备。

陆千羊低头一看，阮江西的剧本都拿反了，根本一页也没动。她托着下巴思考，道：“当我眼瞎吗？不对劲儿，太不对劲儿了。”那位柳教授，还有那位林小姐，没一个正常的，这中间有什么猫腻呢？陆千羊一头雾水，赶紧跟上前。

广告情节的初始设定很俗很少女，基本是现代灰姑娘的翻版。平凡的女大学生与贵公子于酒会相识，卸去华丽妆容之后，接着是一场异常梦幻的寻爱之旅。

广告只有两幕镜头，第一幕是阮江西的水下镜头，已经延期到后面去拍了。现在拍的是第二幕戏，贵公子邂逅惊鸿一瞥的心上人。

心上人？瞧于大少爷这恨不得在阮江西身上戳个洞出来的愤恨眼神，简直与见到杀父之人无二，这状态……

导演反复调了几次镜头，才给摄像师打手势：“三号机准备。”

他问好脾气的阮江西：“江西，可以开始了吗？”

阮江西戴了一副很大的黑框眼镜，走进镜头里：“可以了。”

她抬头，立马进入角色，气场浑然天成。

导演呆愣了一下，才喊：“Action！”

两位演员走位，灯光镜头定格，于景言一把拉住阮江西的手，侧身挡住了镜头：“阮江西，我们慢慢玩。”

“请你放手。”这句是阮江西的台词，没有过渡，她直接入戏，快得简直让于景言猝不及防。

导演与摄影师都惊呆了，他们很少见到镜头感这么强的演员，即便是十几年的老戏骨，也没几个这么快入戏的。

然而，广告的男主角——

导演大喊："Cut！"

"景言，你出镜头了，不要太靠左。"

之后，于景言出现了各种层出不穷的失误。

"抱歉，我忘词了。"

"导演，我妆脱了。"

"抱歉，我又忘词了。"

陆千羊摩拳擦掌，咬牙切齿："这臭小子一定是故意的。"

于景言也不多做解释，一副爱信不信的表情。

阮江西却性子很好，脸上没有丁点不耐烦与生气："导演，可不可以给他五分钟记台词？"

于景言刚要发作，就听导演说："休息五分钟。"

陆千羊立刻跑到阮江西跟前，一脸焦急："没事吧？刚才我看到你的手撑到地面了，你的手还没有完全恢复，我担心动作太大会扯到伤口。"

广告里有女主角跌倒的镜头，托了于景言的福，那一幕重拍了四次。

阮江西抬起手腕，轻微地动了动："没事。"

陆千羊这才放下心来，恶狠狠地朝于景言瞪了一眼："于景言一定是故意的，太明显了，睚眦必报的小人！"

阮江西也不抱怨："你去给我倒杯水。"

"哦。"

待到陆千羊走开，阮江西才捋起袖子，扯了扯腕上的绷带。见绷带里侧染了些许红色，她有点无奈："还是裂开了。"

伤筋动骨一百天，这旧伤难养，又添新伤。

一直静观其变的张晓走过来："要不要推迟拍？你的手需要立刻处理。"

比起陆千羊的粗线条，张晓显然细心多了。

阮江西摇摇头，上了妆的脸微微有些苍白："不用，换药就可以了，我会注意的。"

"你不满意于景言可以让宋少换了他。"

阮江西失笑："我是个演员，仅此而已。"

"我知道了。"张晓并不多言。

"我的手，"阮江西抬起手腕，动了动，"不要告诉宋辞。"

“如果他没有问起，我不会主动说。”如果问起的话……她自然没有胆子隐瞒。

“江西，可以开始了吗？”导演过来问。

阮江西点点头，转头问于景言：“台词记住了吗？”

于景言立刻青了脸，怒目相视：“你在鄙视我。”她的眼神放肆得让他觉得心头像有只爪子在挠，十分不舒服，“不就是几句台词。”

“我只是在提醒你，请你敬业一点。”

她在拐弯抹角说他不敬业！

于景安说阮江西从来不予人言语攻击，于景言只觉得她总能三言两语就把人惹爆了！

他当场发作：“你——”

阮江西转过身去：“导演，可以开始了。”之后，她连一眼都没瞧于景言。

好放肆的女人！于景言暴怒，抬起脚对着道具台就是一脚——

“啊！”

于大名模那只刚刚被烫到的脚，又伤上加伤了。

“哈！哈！哈！”陆千羊仰头大笑了三声。

于景言抱着脚，涨红了脖子，大吼：“把所有桌子都给老子砸了！”

导演都快哭了。这位小祖宗，还能不能好好拍广告了？

陆千羊哼着小曲儿：“江西，你再歇会儿，于少爷的腿可能要缓缓。”

于景言又是一脚踢过去，所幸桌子被撤得快，他踢空了。

大概于大少爷的脚伤得太严重了，再开拍已经是半个小时之后，只见于大少爷脸上的粉涂得更厚了。据化妆师说，于大少爷的脸色太苍白，不够……不够容光焕发。

“Action。”导演有气无力，已经没有激情了。

然而，阮江西瞬间入戏，不带入半点私人情绪，真不是个简单的演员。

导演立刻像打了鸡血，凑到摄像机前，目不转睛地看着。

“请你放手。”

“很美的眼睛，为什么要藏起来？”于景言微微一笑，“我还是找到你了。”

女演员的状态、情绪、表情、动作，全部完美！

男演员嘛，侧脸漂亮得不像话，就是有点白。

导演大手一扬：“Cut！”

他对着阮江西竖起大拇指：“非常好！”然后跑去处理后期，连一眼都没看于大名模。

于景言一张化得很白的脸黑了，阴阳怪气地说："你倒适合吃演员这碗饭。"

这一点他不得不承认，阮江西是个演技极好的家伙。就在刚才，她居然只用一个眼神，瞬间把他带入戏中。

阮江西也不谦虚，略微点头，然后云淡风轻地回了一句："你还是更适合吃模特那碗饭。"

言外之意，他没演技！

"阮江西！"

"导演，"阮江西没看于景言，"可以开始下一个镜头了。"

于景言铁青着脸，快气炸了。

他从来没有遇见过这样的女人，能优雅平静又毫无章法地将人击溃。聪明，又狡诈！

"你——"

他才说了一个字，导演很不耐烦的话就丢过来："景言，没有你的镜头了，你先让开，别挡住江西的脸！"语气真的好嫌弃。

于景言的脸已经彻底黑得不能看了。

之后阮江西还有两个镜头，全都是一条过。导演简直合不拢嘴，一时高兴就口无遮拦了："要不是景言，咱江西一个人拍完这条广告都不要多少胶卷。"

要不是……咱江西……

这反差极大的两个措辞，彻底点炸了于景言的一腔火气："阮江西，我跟你没完！"放了句狠话，撞到了几个工作人员后，他怒气冲冲地走了。

结束后，天已经灰黑，下了课的学生来来往往，围住了片场，一时间人山人海。只是，阮江西没看见陆千羊。

"千羊呢？"

张晓给阮江西递上外套："我让她先回去了。"她看了看阮江西的手腕，"我建议你去医院。"

"我没事。"

张晓坚持："我更相信医生说的。"

阮江西忽然转头，眉微微挑起，似笑非笑："你老板有没有吩咐你要听从我？"

张晓没有思考，下意识点头。

"我不去医院。"

张晓回：“是。”

“我有点累，送我回去。”

“是。”回答均属本能，张晓终于后知后觉，宋少看上的女人，气场怎么会弱，只是太不动声色了。

学校外面还守了一些景言粉，于景言已经离开，这些粉丝们留下来，显然来者不善。

于景言的粉丝以女性居多，其中又以年轻女性居多，特点只有两个：脑残和很脑残。

“咚！”矿泉水瓶子直接砸在了阮江西脚边，溅出一地的水。

张晓挡在阮江西前面，冷着脸目视前方，双脚迈开，双手护于胸前——这是柔道里进攻的姿势。

“靠身体上位的女人，抢了别人的广告还这么堂而皇之，真不要脸。”

众所周知，Oushernar 最初选定的广告女主角是秦沛沛，阮江西是后来居上横插一脚。

“没演技还跑来混演艺圈，简直是拉低演员的羞耻线。”开口说话的女生还穿着校服，十七八岁的模样，正是青春张扬的年纪，说话无所顾忌，肆意又大胆。

张晓沉了脸，上前一步：“你再说一遍。”

女孩倒是胆大得很，扬起下巴，一副得理不饶人的模样：“以为我不敢吗？”她乌黑的眼珠瞪向阮江西，“没演技还——”

“请问你看过我的影视作品吗？”阮江西打断了女孩的话。

清丽高雅，这是阮江西给人的第一印象，好似没有一点攻击性。

女孩莫名其妙没了底气：“又不是眼睛有病，谁看你这路人甲乙丙。”

“路人甲乙丙”，这么定位阮江西之前饰演的角色，似乎也没有什么错。

的确，阮江西红得太快，红得莫名其妙。她又倚上宋辞那样一个“如花美眷”，谁还会摘下有色眼镜去看阮江西的作品？

世人多半是说的比听的多，听的比看的多。

阮江西微抬眸，眼底是一摊黑墨：“那么请你看完我演的戏之后再来评判我的演技。”

之前还趾高气扬的女孩完全愣住了。

对着人群，阮江西的嗓音依旧柔和而清冽，她说：“我是演员，不是戏子。”

说完她转身离开。不像其他艺人珠光宝气、华裳加身，她穿着一身很简单的衣裤，灰白色的搭配，单调朴素得令人咋舌。偏偏是这样一身清淡似水的气度，却让人半分都移不开眼睛。

待到人离去几米远，几个女孩才回神。

“林晚，她说的什么鬼话啊？什么是演员不是戏子？”

“听不懂，不过听着怎么像在骂我们？”

两人边走边聊，声音越来越远。

林灿笑笑，收了视线，托着下巴问柳是：“对于那个不是戏子的演员，柳教授有何高见？”

柳教授表情很呆萌，语气很高冷：“不要跟着我。”他推着自行车，绕开林灿往前走。

林灿跟上去，在柳是耳边絮絮叨叨：“又是这句，你能不能换句台词？老娘都听腻了。”见前面的人一点反应都没有，埋着头越走越快，林灿无奈，“算了，我举白旗，你还是接着说那句台词吧。”

柳是一言不发，一副完全不想开口的样子，推着车走得更快了。林灿一米六的个儿，腿短，跟不上，在后面大喊：“柳是，柳是！”

柳是垂头直走，没有任何要回头的意思。

林灿突然喊：“柳柳。”

话落，她顿住步子，等前面的男人回头。

果然，柳是停下了，背脊几不可察地颤了一下，然后猛地回头，两眼冰冷。

柳柳……

那是他留给叶江西的称呼，只允她一个人如此喊他。

林灿摊摊手，一副无奈又无谓的模样：“非要每次喊你‘柳柳’才能看到你不一样的表情。”她笑，“很生动的表情。”

柳是垂眸，眼里雾霭沉沉。

“柳是。”林灿走近，字字像带了针芒，咄咄逼人，“你还是忘不了江西是吗？”

他猛地抬眸，眼底卷起天翻地覆的汹涌浪潮。

“我也忘不了，尤其是她用那双好看的眼睛哭着看我的模样，简直是噩梦。”她的眼睛微微红了。

沉默，久久的沉默。

林灿轻叹：“十五年了，她都死了十五年了。”

“她没有死！”柳是几乎吼出声，平日里连话都不愿意多说一句的人，一遍又一遍重复，“她没有死，她没有死。”

吼完，他转身，步子快得近乎狼狈。

每每说起这个话题，总能挑起这样的战火。也只有这个时候，柳是会这样摆正了眼神瞪林灿，像只爹了毛的火鸡，哪里还有平日里严肃呆愣又刻板的教授样子。

林灿摇摇头：“傻子，固执的傻子。”

谁说不是呢？警察局的死亡证明都下了十五年了，整个叶家，只有柳是自始至终不相信。

柳是啊，就是叶江西的忠臣。十五年前是，事到如今还是。

林灿苦笑了一声，对着前头走得飞快的人喊：“柳教授。”

柳教授置若罔闻。

“柳教授。”

柳教授直接上了自行车。

林灿气得跺脚：“柳教授，你再不等我，明天老娘戳爆你的轮胎！”

汽车缓缓驶过，掠起一阵风，卷乱了路边一地火红的枫叶。

阮江西看着车外，歪着头，嘴角似带笑，思绪也似乎飘到了远处，久久失神。

“在看什么？”张晓顺着阮江西的视线，隐隐看见远处两个模糊的身影，一男一女，看不真切。

“看戏。”她微微眯起了眼睛，“应该是一场闹剧，或者悲剧。”

她一身清冷，仿若有种防备。

锡南国际未来的老板娘，似乎是个有故事的人。张晓不禁忘了身份之别：“你好像很悲观。”

阮江西看向车窗外，初上的华灯洒下斑驳璀璨的光影，在她眼里，却黯然失色。

“是吗？”她在笑，眼底却没有丝毫欢愉。

张晓并不擅长说安慰的话，实话实说：“不必如此。至少你还有宋少，宋少是你的。”

某种意义上来看，张晓觉得阮江西是幸运的。能让宋少这样宠爱的人，命运对她必定是眷顾的。

张晓不禁多言了一句：“我从未见过宋少这样认真地对待一个人，你不会被辜负的。”

阮江西轻笑：“是，我很幸运。”

说完她拿出手机，熟练地按了几个键，放在耳边，喊了一声：“宋辞。”

张晓侧过身子，礼貌地回避，只是注意力不由得集中，实在好奇老板与老板娘之间是如何相处的。

只听阮江西轻轻柔柔地回答：“我现在回家。”

“嗯，吃过了。”

“你也要吃饭。”

“不累，广告拍得很顺利，导演还夸我了。就是广告的男主角有点幼稚，不太懂事。”

听到这样认真严肃的抱怨，张晓实在忍俊不禁：老板娘真是诚实正经得不像话。

“不用换，我不跟他计较。”

张晓猜测，计较的那个人是宋老板。

“好，我不说他。”

果然，宋老板计较了。

“宋辞，不要吃醋。”

哦，电话那边的宋老板不仅计较，还吃醋了。

张晓从来不知道高高在上、不苟言笑的宋老板，居然还是个如此斤斤计较、拈酸吃醋的人。

“不用太赶，我等你回来。”

“好，不工作，陪你。”

“我没听清楚，你再说一遍。”阮江西坐正了身体，神情非常专注。

阮江西安静了片刻，张晓估计宋辞又说了什么。

“开了窗，可能风太大，我听不太清楚，宋辞，你再说一遍。”

张晓不解：哪里开窗了？哪儿来的风？

那头的宋辞又说了一遍。

阮江西眸光忽亮，笑了：“嗯，听到了，我也想你。”

哦，宋辞重复了三遍的那句话是：我想你。

好聪明的女人，风月里的计谋玩得这么漂亮。张晓觉得这样聪明灵慧又坦诚剔透的女人，宋辞会一头扎进去也不无道理。

“好，再见。”

“记得吃饭。”

阮江西刚挂断电话，嘴角还扬着，手机再一次响了。她略微看了一眼，靠在椅背上，有些倦怠，半合着眼，按下了免提。

显然，不是宋辞。

“到家了吗？”是阮江西的那位经纪人。

“快了。”

“我不在的那段时间是不是发生了什么大事件？”

阮江西懒懒地垂眸，倦容难掩：“怎么了？”

“你以前的戏，无论镜头多少，被人串接剪辑成了一段视频，正在网上疯传，转发量都破万了。这速度，快得有点恐怖。也不像有人恶意抹黑你，我看了一下网友评论，难得没有人身攻击，说的都是你的演技，情况还是挺乐观的。毕竟你的演技摆在那里，除非人眼瞎。不过事实证明，群众的眼睛还是雪亮的。”

阮江西不太在意：“不用理会。”

“是不是你家宋辞的手笔？”

阮江西沉默片刻，道：“很晚了，你休息吧。”

随后她挂了电话，靠着椅背，合上眸子闭目养神。

张晓略微思索后了然：“于景言的那个脑残粉，虽然不太理智，不过手速很快，觉悟也不错。”

阮江西并不否认。

不到一个小时，这个视频就被转发了十多万次，“阮江西”三个字再一次霸占了话题与热搜。世人终于“哦”了一声——原来她是个演员，是个演技很好的演员。

秋夜，星子点点，月光正好，叶家别墅门前泊了一辆白色的法拉利。车窗半开，昏暗的路灯光下，依稀可见车里一男一女正吻得难舍难分，忘我得完全没有注意到有人靠近。

咔嚓！手机快门的声音立刻惊动了车里紧紧相缠的男女。

“你在干什么？”叶以萱对着车外的人大喊，全然一副惊弓之鸟的样子，将身边的男人往里推了推。

哟，现在知道藏男人了？晚了！林灿耸耸肩：“看不出来吗？拍照咯。”

车里的男人，不正是最近风头正盛的男团主唱？

叶以萱青了脸，转头对车里的男人说：“你先回去。”

她下了车，重重地关上车门，走到林灿跟前，伸手就推：“滚开！”

林灿跳开一步，把玩着手里的手机：“你最好对我客气一点，万一惹得我心情不好，”她晃了晃手上的手机，“这就是证据。”

叶以萱伸手就要去抢，却被林灿灵活躲开。她大恼，吼道："你想干什么？"

把柄在手，没有比这更让人心情愉悦的了。林灿绽开一个大大的笑容："清纯玉女背后的故事，我猜各大媒体报刊一定很感兴趣。"

叶以萱爹毛，抓着林灿的衣服就抢手机："还我！"

林灿一闪身绕到叶以萱身后，回头扔了个挑衅的眼神："有本事你来咬我呀。"

叶以萱尖叫："林灿！"

林灿拔腿就跑进了别墅。

"站住！"

一道苍老的声音训斥道："一家人吵吵闹闹的，成什么样子！"

客厅餐桌旁，叶家一家正在用餐。开口的老人坐在主位上，显然是叶家的一家之主——叶明远。他的一左一右分别是他的一双儿女，叶宗信与叶宗芝。叶宗信身边的人，正是那位蝉联了几届金钟影后的苏凤于。而叶宗芝身侧的男人，是她的第二任丈夫柳绍华。最外侧的年轻男人是叶家单传的长孙叶竞轩，与叶以萱同为苏凤于所生。

叶家曾经也是个名流之家，只是到了叶明远这一代落败了。直到叶宗信娶了阮延卿的掌上明珠，叶家才再一次跻身商贾豪门。

见叶家老人发话了，叶以萱立刻乖巧温顺地叫人："爷爷。"

她半大时才进的叶家大门，对叶明远这位长辈不太亲疏，只有惧怕。

倒是林灿一贯不服管教，十分放肆："外公，你老糊涂了吧，什么一家人？"

她挑着眉看左边位子上的叶宗信："舅舅，我怎么记得，你为了阮氏电子，哦不对，应该是叶氏电子的股份，现在配偶栏上还写着阮清的名字。她，"她指着叶宗信身边的苏凤于，"算哪根葱啊？"

阮清是叶宗信曾经的妻子，阮家的千金。

叶以萱怒瞪："你——"

林灿手指一横，指向叶以萱："你，"轻蔑的视线落在一直低头吃饭的叶竞轩身上，"还有你，你们又是哪根葱上发的芽？"

苏氏母子三人后来居上，住进了曾经的阮家，与林灿向来水火不容。

叶宗信沉声怒喊："林灿！"他恼羞成怒，分明是被戳中了痛处。

林灿完全不怕叶宗信这位长辈，半点收敛的势头都没有，笑着讥讽："舅舅，难道我说错了？"她用余光瞟了一眼自始至终都保持高贵优雅气质的苏凤于，"她到现在也不过是个没名没分的狐狸精。"

尽管苏凤于是万人羡慕的叶夫人，但这个屋子里的人都心知肚明，阮家一日没有彻底改朝换代，苏凤于便不可能被扶正。

叶宗信被噎得一时无语，苏氏母子三人各个脸上难看。

“混账东西！”叶明远一掌拍在餐桌上，“你还不给我住嘴！”

林灿耸耸肩，一脸满不在乎的表情。

老爷子气红了眼：“你——”

叶宗芝连忙给他顺气：“爸，小灿心直口快不懂事，您别动气，气坏了身体不值当。”

她狠狠瞪了林灿一眼：“说什么混账话呢！”

林灿一副无辜的样子，摊了摊手：“诚实人不打诳语，怪我咯。”

叶明远气得一时说不出话，拄着拐杖就去了书房。好好的一顿饭，便不欢而散。留在餐桌旁的几个人，眼神一个比一个犀利，恨不得在林灿身上挖个洞。她熟视无睹，哼着小调就往楼上去。

半道上，柳绍华喊住她：“后天你妈生日，让柳是回来一趟。”

林灿一副受宠若惊的表情：“亲爱的后爹，你才是他的亲生老子，你的话他都不听，我这个继妹的话他会听吗？”

一口一个“后爹”，一口一个“继妹”，林灿的话能噎死个人。

柳绍华却不气，无奈地笑着：“这小子大概忘了还有我这个亲生父亲。”

“大概是你忘了柳是为什么不肯回来。需要我提醒你吗？”

柳绍华沉默了，眼底一片深沉。

林灿靠着楼梯扶手，笑意尽收，神色骤冷：“这个屋子里的人，包括你，包括我妈，更不用说叶宗信那只喂不饱的白眼狼，哪一个不想把阮家吞进肚子里。只不过叶宗信狼子野心路人皆知，我妈坐山观虎斗风平浪静，而你，渔翁得利，黄雀在后。”不待柳绍华出声，林灿冷哼一声，“所以当年在阮清的坟墓前，我和柳是那样央求你们，你们还是冷眼旁观放任叶宗信做了刽子手，对江西痛下狠手。现在知道为什么柳是不回来了吗？他啊，才不想和你们这群豺狼虎豹蛇鼠一窝！”

柳绍华在片刻怔忡之后失笑：“不愧是名编剧，你的想象力很丰富。”

他笑得温润如风，端的是大度有礼。不得不说，林灿的这位继父，表面功夫简直天衣无缝。

怎么会有这么衣冠楚楚的禽兽呢？

林灿讥诮一笑：“你让我想象力丰富的大脑联想到了四个字——斯文败类。”

柳绍华那张粉饰得非常斯文的脸还是彻底僵硬了。

随之，一声暴怒传来：“林灿！”

林灿立马闪到楼梯扶手的另一边：“妈，别瞪眼，眼角的皱纹很明显。”

“你这家伙，欠收拾！”

林灿见势不妙，立马脚下生风溜之大吉。叶宗芝正要去追，柳绍华拉住她，摇摇头：“别生气，当年的事对她打击很大，对我极端也情有可原。”

叶宗芝十分抱歉：“这么多年，委屈你了。”

“一家人不用说这种话。”

柳绍华的话刚说完，远远地传来一声重重的嗤笑：“嘁，真够斯文败类的！”

“林灿！”叶宗芝大吼，林灿遁走。

三楼最里侧是叶宗信夫妇的卧室，被掩饰了整晚的惊涛骇浪，终于被掀起。

“叶宗信，你什么意思？你还是不肯跟我去登记！”女人大喊大叫，剑拔弩张，哪里还是刚才餐桌旁端庄得体的贵妇人形象。

演员嘛，最擅长的就是一个字——装！脱下戏服，她就歇斯底里了：“叶宗信，今天你非要给我一个理由不可。”

叶宗信坐在沙发上，眼神闪躲：“现在还不是时候。”

苏凤于一听，脸便沉了：“那什么时候才是时候？阮清那对母女已经死了十五年，我没名没分地跟着你，外面的人都叫了我十五年的‘叶太太’，你却连那一纸婚书都不肯给我。你在怕什么？怕我和孩子分你叶氏的财产吗？”

此话一出，叶宗信顿时有些恼火：“苏凤于，你胡说八道些什么？！”

“那你为什么到现在都还不肯给我一个名分？家里连个小辈都能随意侮辱我。”

“不是我不肯，是不能。”

苏凤于愣了一下，随即质问：“叶宗信，你别和我玩文字游戏，什么叫‘不能’？”

“当年阮延卿将自己名下百分之五十的股份全部留给了江西，即便我用来做了融资，叶氏百分之三十的股份持有人到现在还是江西。而且不仅如此，公司的持有法人也是她。即便我名下持有阮清百分之四十的股份，叶氏现在真正的主人都还是姓阮。”

苏凤于不敢相信：“那小丫头不是死了十五年吗？你是她的父亲，她名下的股份理应由你这个监护人继承，怎么还会在一个死人名下？”

不只苏凤于这样以为，外界所有人都以为叶宗信早就给阮氏改朝换代了。谁能想到，叶氏真正的主人竟是死了十五年的叶江西。

“江西的尸体没找出来，法律上判定的是失踪，不是意外身亡，所以叶氏的股份，还有阮家所有不动产的拥有权都不是我，是江西。”说到此处，叶宗信眼底一片阴鸷，“尤其是，叶氏的持有法人还是写的叶江西的名字。”

“失踪了这么多年，不是可以申报死亡了吗？”

叶宗信冷哼，阴狠之色尽显脸上：“阮家老头子死之前就立了遗嘱，他的顺位继承人若发生任何意外，阮氏和他名下的财产将全由社会福利基金经营。如果去法院申报叶江西死亡，我们一分钱都拿不到。”

“那怎么办？难道那对母女都死了，我们到头来还是什么都拿不到？”

精心谋划多年，竟让阮延卿那只老狐狸摆了一道，叶宗信哪里甘心：“我自有办法，所以你再忍忍。阮清名下的股份我已经接手，阮延卿留给江西的股份我也早就开始融资。现在公司由我掌管，就算公司的持有法人是江西，顶多一年，叶氏就会完完全全属于我。”他转头安抚苏凤于，“你再等等，过不了多久，等叶氏成了我们的，你自然就是叶氏真正的女主人。”

苏凤于眼中乍现一抹精光：“最好不要再有什么变故。”

“人都死了十五年，还能有什么变故？”

“人真的死了吗？不是没有打捞到尸体吗？”

“在法院判定她失踪的一个星期之后，有人在江里打捞出了一具尸体，年纪和外貌都与江西相仿，而且在尸体身上找到了江西的长命锁。即便没有去认尸，也不会有错。”叶宗信神色阴鸷，“她死了。”

一句话，毫无温度，血脉亲情不存丝毫。

次日，秋高气爽，万里无云。

Oushernar 广告的第一幕镜头选址定在了明成大学正气广场旁的润溪湖。人工湖水并不深，湖底铺了一层稀碎的鹅卵石，水波清清，浮了几朵洁白如雪的水莲，秋风偶尔吹起一湖涟漪。如此意境，倒衬阮江西的气质。

这一幕镜头阮江西需要下水，不像昨日素颜上镜，这场戏，阮江西需要化很精致的妆，华衣出镜。她饰演的是一个一举一动都撩人心弦的“妖精”。

妖精？刚开始陆千羊还有点担心，她家艺人骨子里都带着一股贵族的清雅，“妖精”一词，实在难以与其对号入座。直到看见上完妆的阮江西，陆千羊手上拿着啃的苹果直接滚到了地上。

随意卷曲的黑发凌乱地铺在裸露的肩头，更衬得肤色如雪，偏偏一身长裙却红得张扬。她一笑，眉眼弯弯，梨窝浅浅，举手投足间妖艳得肆意。陆千羊从未见过哪个女人能像此刻的阮江西，将妖冶与清雅契合得如此天衣无缝。

陆千羊擦了擦眼，惊叹："哪个不长眼的说我家江西没看头！这颜值，都爆表了好吗？"

平日里的阮江西并不爱涂脂抹粉，别说日常了，即便是上镜，也总是素颜，不施一点粉黛。第一眼看着，会因她满身淡雅的气质而忽略了容颜，如今几笔勾画，精致了妆容后，她竟叫人移不开眼。

陆千羊再一次感叹："江西，你美呆了！"

一旁的张晓点头附和。

兴许是平时素净惯了，阮江西有点不太适应："不会怪吗？"

陆千羊上下打量阮江西："怪你太美。"

阮江西轻笑。这一笑，极度妖娆里带着丝丝脱尘。

原来，阮江西竟是这样美丽。陆千羊被这个发现冲击到："江西，咱以后别总素颜出镜成吗？看哪个眼瞎的还敢拿咱江西的脸来胡说八道。"

尤其是最近，媒体不知道从哪里整来几张宋辞的侧脸照，自打万千女网友瞧见了宋辞惊为天人的脸，就更加肆无忌惮地黑阮江西，总拿她的脸说事，说什么"清粥小菜"。放屁，全都瞎了眼好吗？！

陆千羊顿时觉得扬眉吐气："江西，咱以后就这么出去，闪瞎他们的眼。"

"化妆师化了两个小时。"

"所以呢？"

"太麻烦。"

陆千羊无言以对。还能说什么呢？她好难。

休息室外，统筹过来问："千羊，准备得怎么样了？可以开拍吗？"

陆千羊打了个手势："OK，马上来。"

她回头嘱咐阮江西："我先去准备，你马上过来。"

阮江西颔首，细细凝视手腕上的绷带。

张晓还是不太放心："你的手下水没事吗？如果伤口还疼，可以延期，不用担心广告方，宋少会处理。"

阮江西摇头："没事。"

张晓觉得未来老板娘太独立要强了。

“我想我需要一条丝巾。”

张晓给她选了一条白色的丝巾，绑在了她的手腕上。红色礼服，配上一点素色，倒添了几分别样的风情。

阮江西进入片场，顿时惊掉了众人的眼珠子。想不到她这朵优雅清贵的芙蓉，更胜牡丹的美艳，广告商好眼光啊。确切地说，是宋辞好眼光啊。

当然，除了工作人员，愣在当场的还有广告的男主角于景言。

陆千羊立马凑过去，非常“好意”地提醒：“于少，你眼珠子掉了。”于景言受了惊似的，立刻收回眼，朝陆千羊瞪过去，她一脸骄傲的神情，“我家江西是不是美呆了？美爆了？”

于景言冷哼一声，别开头。

人工湖对面，统筹试了试水温，又探了探水深，有点小小的忧心：“江西，湖水有点冷，你没关系吗？”

不等阮江西说话，她身边那个看起来像保镖的女人便面无表情地说：“换成温水。”

统筹有点为难：“我可能要请示一下导演和广告商，还有这里的校长。”

实在是难办，这人工湖说小也不小，如果把这一湖的冷水换成温水，不知道湖面漂的那几朵花还能不能活到明天。

然后，一道阴阳怪气的声音传过来：“麻烦的女人，这么娇生惯养怎么不去当阔太太。”

整个拍摄现场，也就数这位于大少爷架子大，没眼色，敢对锡南国际的老板娘横眉竖眼。

于大少摆了满脸的不耐烦：“我很忙，你的富贵病留着回家养，别耽误我的时间。”

阮江西也不恼怒：“我不忙，只不过水有点冷，请不要让我下水太久。”

这话统筹听着很开心，因为不用换水了。

于景言闻言，果然怒了：“你在质疑我的演技？”

阮江西实话实说：“上一条你NG了九次。”

“阮江西！”

比起于景言的气急败坏，阮江西更显得不慌不乱：“今天的台词记住了？如果没有，我可以等一下再下水。”

这时，许多人都在偷笑，除了阮江西的经纪人——她在大笑、嘲笑：“于少，今天的台词背熟了吗？”

于景言今天的台词只有一句，总计三个字。

他的脸完全黑了，瞪着阮江西咬牙切齿：“你给我等着！”

他转头对工作人员号了一句：“现在就开拍！”

见于大少爷被刺激狠了，工作人员各就各位，准备看好戏咯。

陆千羊凑到阮江西跟前，十分不放心：“江西，你干吗要激怒这个小霸王？”

“我不想在水里待太久。”话落，阮江西下了水。

陆千羊恍然大悟：“哦，激将法呀。”她瞧了一眼怒气冲冲却全身心投入的于景言，“这小魔头，道行还差得远呢。”

“Action！”导演声落，镜头移动，现场所有人都看向人工湖。只见阮江西缓缓从湖面的白莲中钻出来，露出一张精致美丽的小脸，抬头间，拂乱一湖的碧波，一双秋水翦瞳看向湖边的男人。

出水芙蓉，美若惊华。

男人手里一杯红酒倾洒而出，整个人怔住。

陆千羊瞧了一眼进入状态的于景言，回头问张晓：“我家江西很美吧？”

“是很美，不仅脸，气质更美。”张晓由衷地赞美。

陆千羊更得意了，眼角都翘起来了：“配宋辞的美色够了吧？”

“宋少并不好美色。”

“宋辞当然不用好美色，对着镜子赏自个儿的脸就行了。他们小两口，自然是宋辞负责貌美如花。”

张晓并不回话，也无从否认。确实，宋辞的脸摆在那里。

陆千羊又补充：“当然，还要负责赚钱养家。”她的尾巴都要翘上天了，“我家艺人啊，当真是极好的。我跟你说——”

导演突然喊：“Cut！景言，你怎么一直傻愣着不动？台词还没记熟？就三个字，需要我提醒吗？”

于景言摇头，破天荒地有些羞耻。

导演的脸色十分不好看，碍于于景言的身份，只好隐忍不发，对摄影师说：“重来一遍。”

陆千羊在躺椅上一个鲤鱼打挺：“那小魔头怎么回事？又开始折腾我家江西吗？”

张晓眼神高深莫测，没有说话。

那头，阮江西接过工作人员递过来的毛巾自顾自地擦脸，不恼不怒，情绪没什么波动。

“刚才是失误。”于景言有些别扭地解释，目光看着别处。这个女人的脸不能细看，就像刚才，只不过一眼，居然让他手足无措了。

“是吗？”

于景言愣了一下，故意将下巴抬得很高：“我不需要和你解释。”

“那为什么要告诉我你是失误了？”阮江西好似漫不经心地问。

“那是因为——”

“不用解释，我不在意。”说完，阮江西直接走进镜头里，除了后脑勺，没有给任何反应。

于景言再一次被刺激到了，他真是有病才会来跟这个女人解释。

“Action！”

镜头衔接于景言酒洒之后，他伫立于湖面，被湖中的女人夺去了所有注意力。

她笑靥如花，缓缓游到岸边，抬头，眼波比湖水更清澈几分：“先生，你的酒洒了。”

湖面轻荡，女人在圈圈层层的涟漪中静静地凝眸而视，眼神灵动又妖娆。

“你是谁？”于景言看着阮江西，怔怔出神。

表情、神色、台词都没问题，导演舒了一口气：“OK！”

他转头就夸赞阮江西：“镜头很美，江西你太棒了。”

“谢谢。”

导演很兴奋，又是对她一番称赞，说些什么有她在广告一定会火之类的话，从头到尾完全忽视了于景言这个广告男主角。

于景言只觉得胸口堵了一口气，上不来也下不去，十分难受，让他有种想踢桌子的冲动。

阮江西从水中起来，他想了想，伸出了手。

她迟疑，有些不解地看他。

“我只是不想你耽误我的时间，还不快上来。”

她说了声“谢谢”，伸出一截皓腕，握住了于景言的手，用缠绕着丝巾的那只手攀住岸边的扶手。

于景言却突然一笑，然后，撒手——

“江西！”

“阮小姐！”

陆千羊、张晓等人直接跑过去，只是，相隔十多米，哪里来得及，阮江西直接躺到了水里。水花溅起，她侧身落在了湖里，单手撑在了湖底的鹅卵石上。

湖对面，静立许久的人终于有了动作，下意识就要跳进湖里。

这时，一只手拉住了他。

林灿笑着问：“你会游泳吗？”

柳是顿了一下，她又说：“这湖水只有一米深，你也要跳下去。柳是，爱屋及乌也不要这么明显。”

整整一个半小时，他没有换一个动作，就站在湖的另一边，看了阮江西一个半小时。

柳是沉默不言，看着那边已经有人下水了，这才松开了眉头。

林灿好笑又无奈，看了看手表，提醒道：“柳教授，您已经在这儿站了两堂课，是不是该去传道授业解惑了？旷课可不是什么优良美德。”

柳是又深深地看了对面几眼，这才收回视线，恢复到平日上课时的严肃刻板。

张晓将阮江西扶上岸，陆千羊赶紧去找毛巾和热水。在场的其他工作人员个个心惊胆战，嘘寒问暖。

阮江西神色镇定：“我没事，水很浅，只喝了一口水。”

大家这才松了一口气。要是出了什么岔子，锡南国际那位追究起来，谁都得脱一层皮不可，还好阮江西是个脾气好的，不多做计较。工作人员放心了，这才各自散开。

张晓给阮江西递了杯热水：“怎么样？”

“没事。”她嘴角微微抿起，脸色有些发白。

张晓很担心：“你脸色很难看，我看到你这只手撑地了，你的手还没有完全好。”

阮江西手腕上的丝巾上渗出了丝丝血红，显得十分扎眼。

她轻微地动了动手腕，眉头拧得更紧了：“伤口可能裂开了。”

张晓不再迟疑：“我送你去医院。”

“麻烦了。”

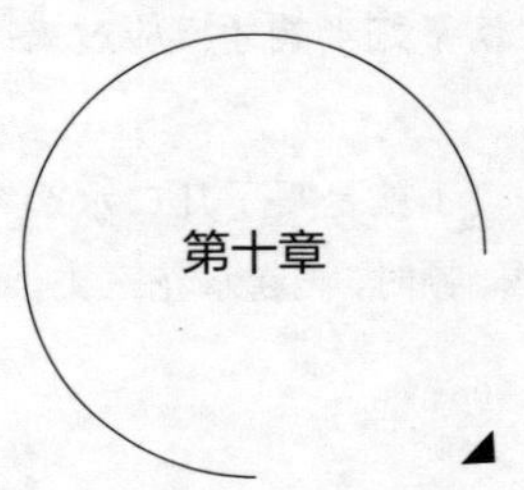

第十章

宋辞是我的，现在和将来都是

陆千羊将应急药扔给张晓，随即怒气冲冲地跑到于景言跟前，张嘴就发飙：“你丫的是故意的！”她早看于景言不爽了，这会儿简直火气全被点燃了。

于景言幸灾乐祸：“我会有那么好心吗？是她自己笨。”

“我只是不知道，你会这么幼稚。”阮江西站在一旁，身上披着白色的毯子，更显脸色苍白。她没有恼怒，只是看着于景言的眼神有些许刺骨的寒。

于景言怒目而视：“你说谁幼稚？”他最受不了阮江西这副从容镇定的样子，对着他的时候，就像看路边的猫猫狗狗。

“于先生，你的觉悟好像也不高。”她不再看于景言，错身走开。

这位觉悟不太高的于先生愣了好半晌才反应过来：“阮江西！你站住，不就是喝了几口水，有必要——”

陆千羊阴森森地接过话：“不就是喝了几口水？”她咧嘴，对着于景言扯出一个大大的笑，随即一脚踹过去。顿时，溅起水花三丈，于景言砸进水里，四仰八叉。

“于少！”

“于少！”

于景言的经纪人和助手全部慌了手脚。头次遇到这样的突发事件，平日里谁敢对于大少爷动脚啊？

动脚的那位却双手抱臂站在岸边，看着在人工湖里狼狈扑腾的人，笑得十分扎眼：“不就喝几口水？”陆千羊大笑三声，“哈哈哈，那大少爷您也喝几口。”

阮江西这位经纪人，真是……无赖得让人没有办法。于景言的助手与经纪人自知不是对手，愣在一边。

于景言扑腾了好一会儿才站稳：“你找死吗？”

他额前的头发耷拉在脑袋上，完全没有了型，鼻孔下还挂着几滴水，哪里还有平常帅得天下无敌的样子。

陆千羊看着十分解气：“我家江西不计较是她大度，不代表你不找揍。要是我家江西的手怎么着了，狠的还在后头呢。宋辞可没那么大度。”说完，陆千羊从鼻腔里哼出一声，一甩头，走人。

于景言傻了半天：“她手怎么了？”

“哼！”魏大青也甩了个后脑勺。虽然他平时看不惯陆千羊的粗鲁，但不代表他不护短。

“到底怎么回事？”于景言一拳打在水面，“还不快滚过来把我拉上去！”

于景言的经纪人眼皮一抖，赶紧下水捞这位小祖宗。

“到底怎么回事？阮江西的手怎么了？这水才一米，难不成老子还怎么着了她？”他不过是想戏弄一下她。

经纪人解释：“阮小姐的手之前受伤了，刚才好像又伤到了。”

于景言满眼的火星突然熄了：“那你怎么不告诉我？”

如果知道那个女人的手受伤了，他才不会捉弄她。他还没有这么幼稚。

经纪人缩了缩脖子，表情很无辜：“我以为你知道。”

“她的事情老子为什么要知道？”

“不想知道，那你还要我告诉你？”

于景言愣了一下，随后从牙缝里挤出一个字：“滚！”

这时辰，将近深夜，明成大学校外却堵了一批人。里三层是记者，外三层是粉丝，完全水泄不通。

张晓立刻严阵以待：“怎么这么多记者？”

陆千羊没好气地说：“不用说，一定是那个于烧包耍大牌，一出门就摆出走红毯的架势。看来我们不能走正门了，江西的手受了伤，被记者拍到又不知道会怎么天花乱坠地编排。”

“我安排人过来。”

张晓的话刚说完，一个女人的声音传过来：“要搭顺风车吗？”林灿从后面走过来，指了指小路拐角的方向，“那边有条教师通道。”

与林灿一起过来的，还有那位据说很出名也很古怪的年轻教授。只是，他看阮江西的眼神太炙热了。

张晓正要拒绝，阮江西却道了一声：“谢谢。”

“那我先去医院安排。”

张晓坐魏大青的车先行一步，陆千羊陪同阮江西坐柳是的车。

这位柳教授想来不是多话的人，从头到尾一言不发。只是刚坐进主驾驶座时问了句“去哪儿”，之后他便沉默地开车，车速很慢，开得很平稳。

“医院。”陆千羊说，“第五医院。”

“受伤了吗？严不严重？”坐在副驾驶座上的林灿回头，打量阮江西的伤势。

“不严重，谢谢。”不亲不疏的语气，阮江西似乎刻意拉开了距离，并不多做交谈。

林灿笑了笑：“这程度还不严重？演员这饭碗真不好端。阮小姐怎么蹚了演艺圈这趟浑水，你的家人呢？他们不反对吗？看阮小姐的气质，一定是大家出身吧。”

阮江西淡淡地回答：“不是。”

“哦，是吗？还没问阮小姐是哪里人呢？”

阮江西只是迟疑了片刻，陆千羊立刻会意，笑着接过话：“林小姐你问题太多了吧，搞得像人口普查啊。”

“这不是看着阮小姐亲切嘛。”林灿抬头，视线正好对上后视镜里阮江西的目光，“我有个表妹和你很像，更巧的是，她也叫江西。”

阮江西沉默不语，垂着眼，眉宇间没有任何痕迹。

好老套的搭讪方式！陆千羊完全不相信，很客套地说：“有机会可以认识一下。”

“没有机会，她不在了。”

平缓行驶的车骤然刹住。

“她在。”一直没有开口的柳是只说了两个字，字字灼灼。

随后，气氛冷下来，没有半点声响。

陆千羊的眸子滴溜溜地转着，左看看驾驶座，右看看副驾驶座，觉得这位柳教授和这位研究生林小姐，以及林小姐的表妹之间，一定有什么不为人知的故事。以狗仔的嗅觉，她认为这个故事必定牵扯几代人的恩怨，关乎生死大爱。

安静了好一会儿，林灿才出来打圆场，将话题扯到了车上：“这车的性能还真不错，我们柳教授天天宠幸那辆破自行车，这么好的座驾居然被打入冷宫，今天难得重见天日。阮小姐，这都是托了你的福。”

阮江西语气客气：“麻烦了。”

“不麻烦。”回话的不是林灿，是柳是。他直视前方，嗓音有些轻软。

“难得我们教授舍得开尊口了。”林灿笑道。

“我们教授”……好恶寒啊。陆千羊觉得气氛好古怪：“林小姐是柳先生的学生？”

“不是，我研三。”

如果陆千羊没记错的话，这位柳教授教的是研一。陆千羊又笑：“我好像偶尔在柳教授的课上见到你啊。”

“陆小姐可能搞错了。”

“怎么会？”

“柳教授的每堂课我都去的，怎么可能才偶尔见到。”

这话陆千羊没办法接了，这也太赤裸裸了。

“那柳教授和林小姐是？”她纯八卦，没别的意思，反正无聊嘛。

一直不怎么开口的柳教授惜字如金道：“亲戚。”

“亲戚？”陆千羊好好奇啊，“什么亲戚？”

林灿回：“我是柳教授的继妹。”

陆千羊又被惊呆了，柳教授和继妹女学生，还有继妹的表妹……关系好乱啊。

陆千羊非常不走心地感叹了一句：“真是有缘啊。”然后结束了这场很诡异的搭讪。

随后一路无话，车开到了医院，陆千羊看了一眼外面，并没有发现记者，这才放心地给阮江西开车门：“张晓已经安排好了，我去办手续。”

“嗯。”

阮江西对柳是说：“谢谢。”她微微颔首，然后转身。

“等等。”阮江西回头，柳是推开车门，走到她跟前，指了指她手腕上的绷带，“这个，需要解开。”他似乎迟疑了一下，还是伸手，隔着半个人的距离，替她解开了丝巾，非常绅士地没有碰到她的手，动作小心又认真，“你的手，最好不要沾水。”

“谢谢。”似乎不习惯这样的距离，她微微向后退了一步。

不远不近的距离，阮江西刻意疏远。

柳是站得笔直：“你不用和我说谢谢。”

车里的林灿看着，失笑。柳是啊柳是，你将她当作了叶江西吗？

片刻迟疑之后，阮江西说了一声：“再见。”

再见——很客套的两个字，只是出于礼貌。

她走远后，柳是还站在原地，目光痴怔，灵魂都似乎出了窍。

“叶江西也好，阮江西也罢，是不是随便拉个叫‘江西’的来，你就移不动脚？”林灿推开车门，“如果你不舍得走，大可以追上去。”

柳是没说什么，将车钥匙扔给她：“停在学校停车场。”留下这么一句，他走进人行横道。

医院VIP诊室，这是阮江西第二次走进这里，也是第二次与于景致打照面。只是，似乎每一次都不是那么自在。

给阮江西处理好伤口后，于景致取下口罩：“伤口如果再裂开，要想恢复得完好如初就只能做去疤手术了。”语气无关痛痒，就好像对待一般的病患。

阮江西只说："我会注意的。"

"宋辞知道吗？"

阮江西皱了皱眉："他出差了。"

"难怪，定期检查他没有来。"于景致取下手套，双手抱臂看阮江西，"你应该不知道吧，他停了所有治疗。"

阮江西敛下的眸猝然抬起："你不会平白无故告诉我这些。"

"你真的很聪明。"她的语气忽而转冷，"既然你这么聪明，就应该知道宋辞为了你，让自己陷进了多么危险的境地。"

她试图以宋辞之名，攻阮江西之弱，拿捏得倒是精准。

阮江西却不疾不徐，话语一直平淡无澜："你可以明说。"

"你若只是求财，就不要玩这么大。你玩不起。"于景致微微倾身，用只有两人才听得到的声音说，"若宋辞有任何意外，唐家不会放过你，宋家更不会放过你。"

恐怕不肯放过阮江西的，第一个便是她于景致。

这个女人，一定钟爱宋辞如生命，这样严阵以待，这样攻心攻计。

她的宋辞啊，为何这样招人觊觎？她微微锁紧眉宇："唐家、宋家如何，我无权过问，也没有兴趣过问。至于我要不要玩这么大，于小姐，你更无权过问。"

一字一句，暗含警戒。

谁说阮江西性子软没有攻击性？她分明是只刺猬，谈及宋辞，便竖起一身的刺，一分不退，步步紧逼。

于景致冷冷一笑："我言尽于此。"

阮江西起身，整了整起了褶子的裙摆："你可以喜欢他，但仅此而已。"她抬眸，眼中尽是挑衅，"宋辞是我的，现在和将来都是。"

于景致哑然。

"今天麻烦了，谢谢。"她扬着下巴，优雅而缓慢地错身走过。

分明是挑衅，是宣战，她却始终维持着贵族般的温和与优雅。

于景致失笑："真是狂妄。"

阮江西与于景致才第二次见面，便开诚布公。宋辞，就是她们之间的战争。这场战争没有硝烟，只有暗涌。

陆千羊等在诊室外面，见阮江西出来，立刻上前："怎么这么快？手没事吗？"

"没事。"

阮江西看向张晓：“以后如果还要来医院，请给我换个医生。”

张晓不太明白：“于医生的医术很好。”

“我不喜欢她。”

这是第一次，阮江西这么直白地表现出自己的厌恶。她这样良善的性格，从来没有这样与人针锋相对过，除非……哦，一定和宋辞有关。只有遇上宋辞的事情，阮江西才会如此披荆斩棘。

陆千羊了然：“好久没有过这种火花四溅的感觉了。”

回到阮江西的小屋时已经是半夜，车开不进小巷子，路口除了魏大青的车，还停了一辆看起来便价格不菲的轿车。车旁靠了一个人，走近了才看清，是于景安，她似乎等了许久。

阮江西对车里的几人说：“你们先回去。”

她走到另一辆车旁：“你怎么过来了？这个点，你应该很忙。”

夜里这个点，于景安通常忙着参加各种商业饭局，她并非闲来无聊之人。

“是和于景言有关还是于景致？”阮江西挨着于景安靠着，精致的眼看着远处。

真是个聪明的女人。于景安忍不住笑了：“景致给我打过电话了，手怎么样？”

“没有大碍。”

于景安挑眉：“不请我进去坐坐？”

“不用了。”阮江西拒绝得很干脆，似乎有些疲倦。

于景安有些好笑：“你恨屋及乌吗？”

阮江西并不回答，脸上没有什么表情。

似乎她们之间的相处便一直是这种模式，阮江西不冷不淡，不亲不疏，说是朋友，却总隔着几分疏远，还有几分淡漠。于景安突然很好奇，阮江西面对宋辞时，又是如何模样。

于景安也不介意，而是对着车里吼了一句：“还不滚出来！”

这时，车里才传出男人不太耐烦的声音：“姐，我忙着呢，说完了赶紧回去。”不见其人，只闻于景言十分大牌地抱怨，“你再不走，我先走了。”

阮江西轻笑，原来，于景安是带着于景言负荆请罪来了。

“抱歉，江西，是我没教育好，你小子真是越看越——”于景安一只手直接伸进车里，揪住于景言的耳朵，“欠揍！”

这对姐弟，想来平日里相处便是打打闹闹。于景安大概经常使用暴力教育，于景言有些怕，又不敢躲，捂着脸讨饶：“姐，轻点，轻点。”

轻点？于景安一个栗暴砸在于景言头上：“我平时是怎么教你的，你的绅士风度都学到狗肚子里去了吗？跟女人过不去，你还要不要脸？再说了，江西可是我罩着的人，你活腻歪了是不是？”

于景言抱头逃窜：“姐，姐，别打了，万一被记者拍到，你让我面子往哪儿搁？”

那肯定会上头条的，就这么写：超模于景言，惧姐！

“面子？嗯？”最后一个字拖长了尾音，是危险的信号。

于景言举手投降，一副壮士断腕的决然表情：“我说！我说！”

于景安双手抱臂：“说啊。”

于景言理了理完全没造型的头发，对着车里的后视镜又照了照，这才探出一张仍旧很欠揍的脸来。他也不看阮江西：“对不起。”他说得很快，声音跟蚊子叫一般。

阮江西只是听着，一点表示都没有。

于景言顶不住他老姐剜人的眼神，不服地吭声：“我又不知道你的手受伤了，反正我道歉了，要杀要剐随你！”

看来这个小霸王平时极少对人道歉，蹩脚得很。

阮江西缓缓转过头，这才看向于景言：“如果不是诚心的，可以不用委屈自己。”

于景言一噎：“你！”

顾忌着于景安还在，他赶紧收住恼怒，转头对于景安抱怨：“姐，你也看到了，她嚣张得很！”他恶狠狠地瞪阮江西，“我都道歉了，是她自己不接受。”

诚心？开什么玩笑，要不是被于景安架着，鬼才会来道歉。

“再来一次。”于景安言简意赅，“诚心诚意的。”

“姐——”

“我还有两个饭局、一个酒会。”于景安看看手表，“我的时间很宝贵，别浪费我的钱，赶紧的。”

于景安说这句话时的神情与于景言如出一辙。阮江西的嘴角不禁勾起，终于知道于景言的臭脾气和谁学的了。

于景言哼哼唧唧，就是不说话。于景安直接上手，他立马就乖了，很大声地说：“对不起。”他低下头，将道歉的礼仪做足了，“都是我的错。”

阮江西正色，看向他：“我接受你的道歉。”

于景言直接趴在方向盘上。太没面子了，脸都不知道往哪里搁。

阮江西笑着问于景安：“要不要进去坐坐？”她想了想，指着于景言，“他就算了，我怕被记者拍到。”

她刚说完，于景言就从方向盘上抬起头，横了一眼：“谁稀罕！”随即把车窗摇上来了。

这个女人，简直是他的灾难。他惹不起，躲总行了吧。

于景言对车里某个幼稚的人很无语：“别跟他计较，是我没管好。”

阮江西很大度地点点头。

车里的某人快听不下去了，摇下车窗探出脑袋催促：“姐你快点，我还有通告。”

于景安直接把他的头按进去，又对阮江西说：“我不进去了，我很忙，时间都是钱。”

阮江西失笑，这对姐弟的时间金钱观简直一模一样。

“景致没有为难你吧？”于景言状似不经意地问。

“有点不愉快。”

走到一旁离车几米远的距离，于景安才又道：“料到了，就算景致修养再好，情敌见面也是会眼红的。”

于家兄妹几人，于景安爽朗干练，于景致骄傲矜贵，于景言……可能被惯坏了。

“你是来给我忠告的吗？”阮江西微微抬头，“于景致，她惦记着我家宋辞。”

我家宋辞……

多霸道，又多幼稚。于景安从未见过这样的阮江西，不食人间烟火的人儿，终于有了这种近乎小女人的性子。她不由得发笑：“我应该不需要担心你。”

阮江西没说话，可能想到了宋辞，有点走神。

“我还是要提醒你，你小心点，我家老头子钦定的继位人可不是普通的角色。而且，宋辞的母亲你还没见过吧？”

阮江西的眼神猝然冷下去：“唐夫人啊。”她似乎叹了一声，没有多言。

她说的是“唐夫人”，不是“宋夫人”。但于景安并没有注意到，继续说着：“我敢保证，她不会喜欢你。不过你也不要太担心，这个世界上能左右宋辞的人，除了你应该不会再有第二个了。”

这么多年，宋辞身边来来往往这么多人，他却只记得阮江西，哪里还会有第二个能左右他的。不难料想，宋辞的母亲一定斗不过阮江西，更斗不过宋辞。

“我家景致这次可能要栽了。至于宋夫人，”于景安笑了笑，“宋辞应该不记得他还有个母亲。”

“谢谢你的忠告。于景致是你堂妹，你为什么要偏袒我？”

于景安笑得爽朗："因为我看你顺眼。"

于家这对姐妹，也许感情不睦。阮江西并没有多问，只是很认真地回了一句："我看你也顺眼。"

于景安被她一本正经的模样逗笑了："我也不全是偏袒你，只不过是不看好宋辞与景致。她花了十年都没能入宋辞的眼，我觉得她没有必要蹉跎年华再来一个十年。你不一样，你只用十天时间就搞定了宋辞这个让景致十年都拿不下来的医学难题。相比较她，我更看好你。"

都传于家大小姐一无是处，最为于家所不齿，阮江西却觉得于家数她最聪慧。

"我也这么觉得，谢谢。"十分的客气，阮江西从来不会失礼。

"该说的和不该说的，我都说了。很晚了，我走了，你不用送了。"于景安对着阮江西摆摆手，走了几步，又回头，很无奈地说了句，"我觉得我家老头子看我不顺眼也不是没有道理的，我的胳膊肘可能真的是向外拐的。"

阮江西笑了，温婉的眸子里流光溢彩。

"走了。"于景安打开车门，才刚坐进去，又将车窗摇下，"江西，我家臭小子你多担待点，他有点幼稚。"

阮江西笑着点头："我知道。"

车里的于景言恼怒道："姐，你乱说什么！"

"还不给我坐好！"

"我哪里幼稚了！是阮江西那个女人老是来招惹我。"

"还不闭嘴是吗？"

阮江西摇头笑了笑，转身走进巷子里。路灯将人影拉得很长，身后的声音渐行渐远。

屋外，秋风习习，月色正好。

车窗相对，于景安微怔之后道："宋辞，好久不见。"

小巷外的路很窄，隔着半米的距离，宋辞偏头，昏暗的光线模糊了侧影和他黑沉的眸子。

他不言语，仿若没有听见。

"上次我对你说'好久不见'，你还说了一句'我不认识你'。"

宋辞抬眸，低沉的嗓音与夜色一般凉："你是谁？"

毫无情绪，言辞没有半点温度。

于景安苦笑，十分无奈。每次都是这样，他对她视同陌路，然后她不厌其烦，一遍一遍地问候与介绍。

大概除了阮江西，认识了宋辞都是劫，尤其是女人，多半在劫难逃。

于景安不在意地耸了耸肩：“说了你也记不住，我懒得做多余的事了。”她直接挂了挡，将车开走。.

“她是谁？”问得轻描淡写，宋辞兴趣不大。

秦江解释：“于家的大女儿，宋少你见过很多次了。”

宋辞兴致缺缺，推开车门：“你回去。”

卸磨杀驴，用完就丢！秦江不和这祖宗计较：“宋少，你不是要外宿吧？”

宋辞理都不理，直接走进巷子里。站到阮江西家门前，他连门铃都不按，直接拍门。

得！真猴急！

秦江开车走人。

门开了，一缕暖色的灯光漏出，落进宋辞眼里，柔和了所有冷峻。

阮江西愣怔了许久，才道：“宋辞。”眼神缠绵，全是沉溺的笑意。

宋辞反手关上门，将她拉进怀里，低头吻住了她。

要有多想念，才会这样抱着都觉得心疼，恨不得揉进骨血里。

许久，他放开怀里的人，拂了拂她沾染绯色的脸，忍不住俯身又在她的嘴角咬了一口，惩罚似的用了几分力，直到在她唇上留下牙印才罢休。他冷着脸训她：“以后晚上不要随便给人开门。”他俯身又亲了亲她嘴角通红的地方，“万一是坏人怎么办？”

她听话极了：“好。”

宋辞却还是不放心：“以后不让你一个人住了。”

“不是说最快也要三天才能回来吗？”

“两天已经很久了。”

他没有告诉她，这两天，他几乎什么也干不了，没有一刻心头不在喧嚣，简直相思成灾。他觉得，他得了病，一种叫“阮江西”的病，药石无医。

阮江西拉着他的手，握在手心里：“是的，很久。”她将脸贴在他的手上，蹭了蹭，乖巧又安静地看着他，“宋辞，好久不见。”

宋辞的手拂过她的眉宇，指腹一寸一寸流连在她脸上：“我不喜欢太久见不到你，下次我绝对不会由着你，一定会把你带在身边。”

“好。”她静静地站在他面前，清冷的眼里似缀了琉璃的光，“宋辞，我想抱抱你。”

宋辞抬起她的脸：“我想吻你。”

他才不只是想抱她，他几乎想对她做所有亲密的事。他俯身，重重地吻住她的唇，双手用力抱着她，几乎要把她嵌进身体里。

她很乖，张着嘴，任由他在唇齿间为所欲为。她没有闭眼，眸中含着些许水雾，就那样媚眼如丝地看着他。

手渐渐抬起，环在他的脖子上，似乎扯到了伤口，她眉头微微一拧。

宋辞立刻察觉到了，一把捉住她的手，微微染红的绷带立刻便染红了他的眼：“怎么回事？”

“没事。”

她总是这样，听话乖巧却独立得让宋辞无奈。

宋辞握着她的手，心疼坏了，亲了亲她的手腕，也不多问，直接拿起电话拨给张晓。

阮江西抓着他的手：“做什么？”

“你的手，总要有人负责。”冷峻的容颜沉得厉害，宋辞似乎动怒了。

她用脸去蹭他的手背，乖巧得像只猫儿，带着讨好的语气：“你别生气，是我自己弄的。”指腹落在宋辞的眉间，她轻轻地揉了揉，“我可以自己负责吗？”

“不可以。”宋辞抓过她的手，放在唇边轻啄，“他们知道我舍不得怪你，还敢出纰漏，该罚。”

他们，指的大概是阮江西身边那些一直不得宋辞喜欢的某某和某某吧。

若是要罚，依照宋辞的性子，阮江西有些担心。微微思索之后，她踮起脚，凑到他唇边亲了一下，又凑过去细细地啄吻。

她的吻一下重一下轻，完全没有章法，像猫儿挠似的。宋辞的心都痒了，手绕开她受伤的手，扶着她的腰：“你做什么？”

阮江西停了一下，踮着脚，手环在他的腰间：“千羊说男人都喜欢美人计。”

他稍稍收紧了手上的力道，将她整个环在怀里，脸上扬起浅笑：“我不喜欢美人计，但如果是你，我可以接受。”他微微倾身，将唇凑近了几分，“你继续。”他目光灼灼，满眼古墨般的黑，十分好看。

宋辞，真是个美人。

阮江西失了神，一时忘了自己的美人计。

宋辞却没什么耐心等她回神，他直接捧着她的脸亲了下去，在她的唇舌间攻城略地，为所欲为。

“汪汪汪。”胖乎乎的贵宾犬用软乎乎的爪子去抓阮江西的裤脚。

“宋辞，别闹。”唇还落在宋辞唇边，阮江西忽然轻吐气息，道了这么一句。

宋辞抬起头，目染疑惑，盯着阮江西的脸看。

她眸中潮热还未褪去，满眼水汽朦胧地看着他，指了指脚边：“我说它。”

宋辞低头只看见一个白乎乎的肉团，满脸的肉，看不清是个什么动物。他对那一坨东西没什么兴趣，只是脸骤然沉下来：“它叫什么？”

阮江西莫名有些心虚，头微微向后倾，小声地回答：“它叫宋辞。”

“那两个字怎么写？”怒意一点一点染上他的眉眼。

阮江西再往后倾了一分，声音越来越小：“宋辞的宋，宋辞的辞。”

宋辞的宋，宋辞的辞，完完全全重名。他竟与一只狗重名！一只又蠢又丑的胖狗，阮江西的狗，狗……

宋辞的脸彻底沉下来：“阮江西！”

阮江西往后缩了缩。

汪汪汪！宋胖狗立刻上前去护主，一口咬住宋辞的裤腿，汪汪汪！

宋辞的脸黑得不像话：“我要炖了它。”

一瞬间，雪染冰寒。

宋胖狗一阵哆嗦，抖了抖浑身的肉，松了牙齿，赶紧蜷到阮江西腿边。

宋辞瞪着阮江西脚边那一坨：“滚！”

阮江西觉得他可能真的会炖了她的狗狗，便用拖鞋踢了踢狗狗，哄着：“宋辞，快走开。”

“汪汪汪！”宋胖狗就不撒爪。

“宋辞，乖！”阮江西说好话哄着。

开口闭口都是“宋辞”，温柔得一塌糊涂，宋辞的脸也难看得一塌糊涂。

他怎么能容忍自己的女人这样柔软地唤别人“宋辞”？即便是狗，也绝对不行。

“阮江西。”眸中像风雨来临时的天际，乌云密布，宋辞下命令，“立刻给它换名字。”语气里全是危险的信息。

“汪汪汪。”宋胖狗继续打哆嗦，怕怕的。

阮江西想了想，上前搂着宋辞的胳膊，声音软软地央求：“能不能不换？我很喜欢宋辞，很喜欢这个名字。”

她刻意讨好。

宋辞对她心软，舍不得。他似乎有些颓败，重重地用力，将她按在怀里：“那你只能喜欢我。”看了看地上那一坨，他一脸嫌弃，“绝对不准喜欢它。”

这么丑的一坨，他家江西居然管它叫“宋辞”。宋辞心里有个好大的疙瘩，卡得他十分不舒服。他觉得，这只狗，太蠢，太胖，太丑。

宋胖狗又是个没眼力见的，趴在阮江西脚上：“汪汪汪。”

宋辞刚被抚平的怒气又卷土重来：“江西，让它滚，不然我怕我会忍不住煮了它。”

醋酸味好浓。

阮江西赶紧把狗狗抱去了厕所，并关上门，回来后，她扯了扯宋辞的袖子：“生气了？”

宋辞撇开眼：“没有。”

他才不会跟一只又蠢又胖又丑的狗生气，有失身份。

阮江西轻笑：“口是心非。”他如此冷着脸，甚至都不看她，分明是恼了。

宋辞手捧着她的脸，再次申明：“我没生气。”

紧抿的唇、深拧的眉头，语气强硬、理由蹩脚，他斤斤计较得像个不明事理的孩子。

阮江西笑出了声：“你在吃醋。”

“是。”他有些别扭地别开眼，不看笑意生辉的女人，直接把她搂进怀里，凑在她耳边，轻轻咬着她的脖子，“为什么要给那只又蠢又丑的胖狗取我的名字？”

宋辞着重强调了“又蠢又丑的胖狗”，可见他对那只与他重名的狗有多耿耿于怀。

阮江西偏着头，细细地看他的侧脸：“千羊也问过我为什么给狗狗取那样的名字。”

宋辞眼里似乎浸了一汪四月的水，微暖。

“宋辞。”她唤着宋辞的名字，柔软又缠绵，“因为我喜欢你的时候你还不知道，我叫你名字的时候，没有人应我。”

于是，她给她的狗狗取名叫宋辞。

三言两语，动听得要命。

宋辞抚着她的肩，眉间所有沉闷全部散去：“我可以允许它叫‘宋辞’，这样的话如果你以后经常说给我听，我可以不宰了那只又蠢又丑的胖狗。”

阮江西笑吟吟地答复：“我替我家那只胖狗谢宋大少不杀之恩。”

“不要口头的。”他放软了语调，音色微哑，“江西，你陪我睡一会儿。”他将下巴搁在她的肩上，眉眼松懈之后尽是疲倦。

阮江西拉着他躺在沙发上，给他脱了鞋，又脱了他的外套。他很配合地抬手，枕着她的腿，抱着她的腰：“别动，让我睡一会儿。”

阮江西不动，任他抱着：“很累？”

“嗯。”分明很累很累，宋辞却舍不得合上眼睛，就那样躺着看她，他伸出手，轻抚她的脸，“好像瘦了。”

阮江西笑着摇头：“明天没有通告，你要不要带我去吃好吃的？”

其实明天有通告，她只不过是想陪陪他。

她可能并不擅长撒谎，睫毛颤动得厉害。宋辞也不揭穿她：“你想吃什么？”

“火锅。”

“我们明天去吃意大利面。”他亲了亲她绑着绷带的手腕，眉头又蹙起。

阮江西抿着唇，不太愿意。

“你的手还没有好，要忌口。”

她想了想，还是乖巧地点头。灯光落在他眼里，隐隐看得见红血丝。她柔声道：“宋辞，不要在这里睡，去床上睡。”

宋辞翻身，侧过身子搂着她的腰，半合着眸子：“睡在你床上，我会失眠，尤其是你还在旁边，我不敢保证还能只是睡觉。”

阮江西的脸微微发烫，在暖黄的灯光下透着淡淡的红色。她安安静静的，并不说话。

见她羞赧，宋辞便不再逗她，在她怀里翻了个身：“等我睡着之后你再去睡。”

“那我陪你睡沙发。”她躺在了沙发里侧，搂着他的脖子，找了个舒适的姿势偎着他。

她似乎很累，比他还先睡着。

宋辞却失眠了，她在身边，他有些心神难宁。

沙发太小，后半夜，宋辞还是抱阮江西去了房间。如他所预料的，这两日来累积了太多念想，他一夜无眠。

深秋的天很善变，第二天，天空乌云密布，似乎大雨将至。

阮江西早上从自己的小床上醒来，枕边还存留了温度。她笑了笑，揉揉凌乱的头发，起床，然后便看见自己的屋子里到处都是宋辞的私人用品。书桌上的电脑，床头柜上的杯子，就连不算太大的衣柜也被宋辞征用了一半。

阮江西有些愣怔，这时，宋辞从浴室里走出来，裸露着上身，十分自然地走到衣柜前，拿了件灰黑色的衬衫递给她："你给我穿。"

阮江西傻愣愣地接过质地柔软的衬衫，抬头看见宋辞有些白皙却健硕的上身，立刻无措地低头，眼睛都不知道该看哪里："你怎么把你的东西都搬过来了？"也不抬头看他，她笨手笨脚地给他套上衣服。

他微微俯身，乖乖配合她不太顺畅的动作："我说了，以后不让你一个人住，以后我会经常来，这样方便。"

"经常"之外的时间，自然是阮江西去他那里。总之，宋辞就这样单方面地宣布了同居。

雷厉风行，先下手为强，是宋辞惯用的行事手腕。

阮江西很听话，很听宋辞的话，根本完全不反抗，欣然接受了如此暴君的行径。

后来，陆千羊知道了，只叹她家艺人没出息。

是啊，没出息，一件衬衫穿了五分钟，扣子都没扣上。阮江西低着头，红着脸，不怎么敢看宋辞。

当第四粒扣子再次扣错的时候，宋辞抓住她的手："不要这么害羞，你要习惯，以后，你看得会更多。"

她脸更红了，却没有躲，直直地看着他，然后点点头。

她啊，还是很听话，很听宋辞的话。

宋辞这才满意，低头在她唇上亲了一下，然后张开手："继续。"

阮江西乖乖地继续，手指偶尔擦过他的肌肤，她也没有躲，任耳垂红得滚烫。

之后，宋辞穿着那件质地非常之好、价格非常之昂贵的衬衫去了厨房，打开冰箱，拿出鸡蛋。

他似乎在厨艺方面没有什么造诣，看了几本菜谱，唯一能拿得出手的，也就是煎鸡蛋了。只是他的动作还是很笨拙，有点手忙脚乱，鸡蛋煳了一个。宋辞把煳了的鸡蛋倒进垃圾桶，面无表情十分自在地继续。这时候，他说了一句："你的沙发太小，我让人换了。"还有就是，阮江西房间里宋胖狗的那个小窝，被他用脚踢到了阳台。

最后，鸡蛋还是放多了盐，宋辞直接打电话到锡南国际旗下的酒店叫了餐。

来送早餐的是万能的秦特助。

一顿早餐，确切地说是宋辞喂食，花掉了一个小时。

早餐终于吃完了，宋辞又非得要阮江西给他打领带，手把手地教她，磨磨蹭蹭，卿卿我我，秦江再也看不下去：“宋少，现在已经九点四十分了，上午十点林氏银行的刘董预约了您商谈融资的项目，下午一点江奇建材请了您去剪彩，三点还有董事会，四点半——”

行程还没有报完，便被宋辞打断：“都推了。”

推了和老板娘去约会吗？秦江不敢问。

“宋辞，不穿这件好不好？约会的话穿衬衫不适合。”

秦江：果然。

宋辞只道：“那你给我挑。”

随后两人一起进了更衣室，关了门，上了锁。

秦江将平板收了起来，走到一边，拨了总裁办的内线：“今天宋少所有的行程全部取消。”

房间里，阮江西给宋辞整了整风衣的衣领，再上上下下打量了一番。兴许是宋辞平日里极少穿得如此随性休闲，此刻褪掉了西装革履下的冷峻深沉，更加显得赏心悦目。

阮江西踮着脚，理了理他额前的发，笑着称赞：“我的宋美人，真好看。”

宋辞的脸即便是在俊男美女扎堆的演艺圈，也绝对是最得天独厚的。

“宋美人”这一称谓倒是贴切。

宋辞却不怎么喜欢：“美人？”他皱眉，“我不喜欢这个词。”太女气了。

她深深地看他，有些固执地表明：“我很喜欢。我遇见了那么多那么多的人，只有一个宋辞，一个这样的美人，我很喜欢。”她眉眼弯弯，“我的宋美人。”

我的宋美人……

从此，宋辞只怕也是愿意为了阮江西貌美如花。

果然，他嘴角轻扬：“谁教你的？甜言蜜语。”

一句“美人”溺掉了宋辞所有的理智判断，他反倒觉得，美人一说，甚好。

“那你喜欢听吗？”她将手腕搭在他的肩上，踮着脚，歪着头，娇俏又有些妩媚。

他的女人，真是个小妖精。

他点头：“不许和别人说。”他双手扶着她的腰，轻轻摇晃着。

每每他心情好的时候，便会有如此孩子气的动作。

阮江西笑得梨窝深深：“遵命，我的美人。”

“江西，我现在不太想出门。”

“为什么？”不是要约会吗？

他说：“想在家。”

“在家做什么？”

宋辞直接搂住她的腰，将她放在了半人高的柜子上：“想抱你。”他的唇落在她的唇边，“想亲你。”

他有一下没一下地亲吻，似乎很喜欢这样亲昵。

阮江西伸手抱住他的脖子，深深地吻下去，学着他的样子。

难得，他的江西如此主动。只是宋辞才刚尝到了甜头，她却松手，往后倾了几分，红着脸颊，笑得扬扬得意：“抱也抱了，亲也亲了，宋辞，我们去做所有情侣都会做的事情吧。”

轰隆隆！天空一个响雷，不过没下雨。此时的天气，真是陆千羊的心情写照。

因为，她家艺人第一次放了她的鸽子。

陆千羊对着电话干号：“你来不了？！”

就在十点，H市文化艺术中心有一场商演，出席的都是演艺圈数一数二的导演与艺术家，媒体就更不用说了，阵仗大得令人咋舌。《定北侯》剧组就四个名额，她好不容易才争取来的，结果她家艺人刚刚在电话里那么轻描淡写地说：“今天，我有事。”

有事？当她傻吗？阮江西的事，哪件不是绕着宋辞打转！

陆千羊走来走去，急得快要奓毛：“不行不行，这个商演你一定得上。我好不容易跟导演争取才让你和唐天王搭档的。”

“你老实说，是不是宋辞缠着你？是不是宋辞？”不等阮江西坦白从宽，陆千羊一时忍不住暴脾气，“是不是宋辞那个暴君强迫你？”

一瞬间，电话里安静了，陆千羊蒙了一下。然后，一道低沉冷冽的声音砸过来：“不要再打来。”

这男声，是宋辞，宋辞！

陆千羊就愣了三秒，随即立正站好：“是！”

以上纯属条件反射，陆千羊发誓，她没走心，真没走心。

电话被挂断，陆千羊再也没有胆子拨回去了。她脖子一缩，弯着腰，回头笑眯眯地道：“嘿嘿，唐天王，我家艺人突然不舒服，可能不能出演了。”

就差点头哈腰土下座了，她现在就是整个一个大写的“怂”字。

唐易靠着墙："哦，不舒服啊。"他拖着懒懒的语调，手里拿着手机把玩着。

陆千羊连忙赔笑脸："是是是。"

唐天王兴致很好："哪里不舒服？"

陆千羊愣了一下，脑袋瓜子高速运转，眼珠子一转，然后她编，编得很顺溜，舌头都不打结的："低血糖，是低血糖。你知道的嘛，艺人都要节食的，我家艺人为了今天的商演可是下了苦功夫，都几天没吃顿好的。这不，把身体折腾坏了。"

将手里转动的手机一收，唐易一本正经道："是被宋辞折腾坏了吧。"

陆千羊口是心非："怎么可能呢？你家表兄是那样的人，我家艺人也不是啊。"她打包票，"我家江西真的是低血糖，千真万确！"

看她，一脸真诚，哪里像撒谎了。

唐易晃了晃手里的手机，勾唇一笑，一脸人畜无害的表情："刚刚秦江打电话过来，让我推荐几家好的西餐厅，说他老板要带老板娘去吃。"

真是个不合时宜的电话。

陆千羊装傻，傻笑，再傻笑："是吗？呵呵，好巧，好巧啊。"

人生中最重要的一门必修课就是——装。装死，装纯，装傻白甜。陆千羊快修炼成精了，脸不红心不跳："既然这样，那我打个电话过去确认一下我家艺人的行程？"

不用说，她想借机遁了。

不等陆千羊装模作样地拨电话，唐易言简意赅道："既然阮江西来不了，那你上吧。"

"我？！"陆千羊装傻充愣，"唐天王，你别开玩笑，你是和《定北侯》剧组一起来的，当然要和剧组里的女演员搭档了。"她掩着嘴，笑得很娇羞，"人家是幕后，是幕后啦。"

"我觉得你在台前也不错。"唐易意味深长道，"《定北侯》里有个角色挺适合你的。"

陆千羊被他搞蒙了："什么？"

难不成还要她去演戏？她连连摆手："我哪有什么演技，唐天王不要开我的玩笑了。"

唐易笑得如二月春风："演我的洗脚婢，不需要演技，会端茶倒水洗脚捶背就够了。"

陆千羊一脸假笑僵在脸上。

唐大爷立刻起范儿了，抬起他金贵的大手：“羊儿，还不伺候爷进场？”

陆千羊没胆子喷唐天王一脸唾沫星子，眼珠子一转，一咬唇，气若游丝道：“我肚子疼。”她弯腰抱腹，“人有三急嘛，要不唐天王你先进去，我断后？”

这戏说来就来，这只羊，倒也有做演员的天赋。

唐易笑着，二话不说，直接提着陆千羊的衣领进了场。

陆千羊一路撕心裂肺地叫：“唐天王，注意形象啊，这里都是记者。

“男女授受不亲，唐天王，人家还是黄花闺女。

“唐易，你丫的放我下来！

“再不松手，我喊非礼了！

“非礼啊！”

唐易大笑出声，心情愉悦极了。这头羊，真是有意思极了。

乌云笼着天，雨将下不下，风吹得树叶簌簌作响，偶尔雷声滚滚。这样的天气，确实不太适合约会。

阮江西的心情却很好，满脸笑意。天昏昏暗暗的，她的眸却明亮璀璨。牵着宋辞的手，她说不想坐车，宋辞便由着她，两人踩着满地的落叶，穿过一条又一条巷子。

忽然，相机的快门声十分不识趣地传来。阮江西轻快的步子顿了顿，嘴角笑意敛了敛。

宋辞将她揽进怀里：“不喜欢？”

她是艺人，这样毫无伪装地走在大街上，被偷拍其实是意料之中的。阮江西有些气馁：“我们应该乔装的。”她对他抱怨，“我不喜欢他们把你的名字写在娱乐新闻里，更不喜欢成群结队的女人盯着你的照片，觊觎你的美色。”她的语气很烦躁，有些酸。

平时的阮江西云淡风轻惯了，这副锱铢必较的模样，令宋辞喜欢得不得了：“第二个理由十分好。”

没有多做解释，他牵着她往回走，停在街边的绿化带前。

“她不喜欢你拍我，我也不喜欢见报。”宋辞突然开口，只说了一句话，不怒自威。

半人高的灌木丛后面缓缓露出一个脑袋，男人戴着鸭舌帽、黑框眼镜，脖子上挂着一台相机，战战兢兢地从绿化带里走出来，颤着手取下相机：“我、我、我这……这就删了。”

狗仔君发誓，他真的是凑巧拍到的，绝对没胆子跟踪。

然后，狗仔君很自觉地删了照片，别提心里多肉疼了。他刚才拍到了好多亲热照，还拍到了宋少的正脸照，绝对张张都是头条。删的时候，他心疼得手都在抖。

“等等。”

狗仔君手一顿，抬头看这位最近频频出现在报纸上的女艺人。她真的和传闻中的很不像，清雅温和，很好相处的样子。

阮江西问：“可以给我看一下你拍的照片吗？”她的语气很礼貌，很温软。

演艺圈好久都没有这么有气度的艺人了，狗仔君连忙递上手里的相机，然后不敢多看，只觉得阮江西身边那位威慑力太强了。

“你拍了很多。”

阮江西说完，狗仔君冷汗淋漓，有点悔不当初。不想，阮江西又道了谢，狗仔君震惊了。

她看得很仔细，一张一张看过去，嘴角一直挂着轻浅的笑：“镜头可以再拉进一点，可能因为离得有点远，有一点点模糊。”她抬头，笑得清雅，“不过最后一张拍得很好看，谢谢。”

狗仔君被这一番客气有礼的话搞蒙了，十分无地自容，连连摆手：“不谢，不谢。”他背后一直在冒冷汗。虽然阮江西脾气好，不过她身边那位一看就是个心狠手辣的。

“宋辞，我忘了带相机。”阮江西笑着摇了摇手里的相机，“这个不错。”

“你喜欢就好。”

然后，宋辞就搂着阮江西走了，阮江西搂着相机走了，留狗仔君待在原地，风中凌乱了。

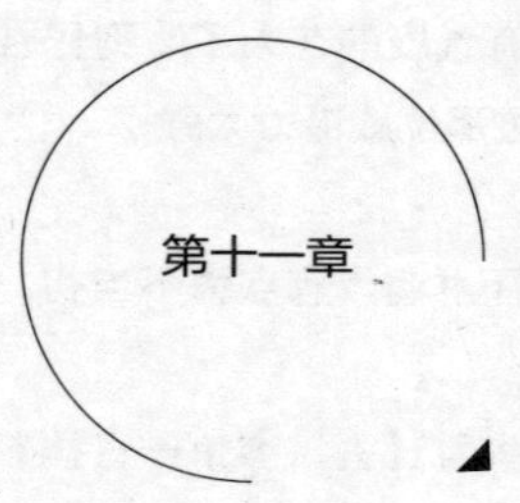

第十一章

顾白，我把他弄丢了

小路上，阮江西走到宋辞前面，倒退着走，举着相机对着宋辞，笑着逗他："宋辞，你笑一个。"

宋辞没有笑，看着笑靥如花的阮江西，只想把她抱到怀里亲。他盯着阮江西的唇，视线灼热。

阮江西对着相机调了几下："宋辞，要看镜头，不要盯着我。"

宋辞很听话，看着镜头，嘴角扬起浅浅笑意，眸中满满都是阮江西的倒影。

咔嚓！画面定格，阮江西笑吟吟地看着宋辞："宋辞，你真好看。"

她又道："宋辞，你给我拍。

"宋辞，我们一起拍吧。

"宋辞，我抱着你，你拿相机。"

美人如斯，谁说阮江西配不上宋辞？那是他们没见过宋辞眸中倒映出的阮江西有多美。

这一对，还真是赏心悦目。狗仔君怔了许久，直到一个男人走过来。

"这是相机的钱。"秦江扔下一张支票，上了小路旁边车道上的轿车，然后以龟速前行，跟在宋家那对任性的小情侣后面。

狗仔君接着支票傻了好一会儿，然后低头瞄了眼，数了一遍，再数一遍。随后，狗仔君握着这张上面写了好多个零的支票在风中凌乱了。半晌，他掏出手机，拨了个电话："主编主编，有大新闻。阮江西不是情人，是正宫娘娘，绝对是正宫！

"宋少可宠她了，还带着她出来轧马路。"

"什么？照片？"狗仔君心虚了，摸了摸鼻子，"拍是拍到了，不过被宋少发现了。"

然后，电话那头一顿轰炸，狗仔君反抗，只辩解了一句："阮江西比电视里漂亮多了，才不是花瓶。人家教养可好了，有礼貌脾气好，是个好姑娘。"

电话那边又是一顿更猛烈的轰炸。

二十分钟之后，宋辞与阮江西走出了阮江西家外环绕的巷子，所幸一路上人烟稀少，他们没有惹来旁人围观。

阮江西走在前面，回身正对着宋辞："我们去看电影吧。"

宋辞点点头，阮江西的要求，他从来不会拒绝。

在后面走着的秦江听到了，立刻默默地掉转方向，先行一步。只听见身后阮江西半真半假的一句玩笑话："秦特助终于意识到自己是个电灯泡了。"

某个"电灯泡"实在忍不住回头："阮小姐，我只是先一步去电影院清场。"

阮江西听了，似乎有些不好意思："抱歉，今天辛苦你了。"

这话秦江就受用多了，正要客套几句，就听宋辞说："我给了他工资，这是他该做的。"

秦江甩脸就走了。

然后，他就去电影院清场了。然后，他孤家寡人地在电影院等了两个小时，宋辞才带着阮江西来了电影院。这时他才知道，宋辞带阮江西吃饭去了。

他是有多蠢，才会在电影院候驾两个小时！

阮江西有良心，人好，给他打包了一份午饭，结果还惹得宋辞一阵冷眼。

阮江西指着几部新上映的片子，问宋辞："你喜欢哪一部？"

"你喜欢就好。"

"那看这个，秦一路是我很喜欢的男演员。"阮江西特意挑了一部商战片，她觉得她家宋辞是商人，应该会喜欢。

只是，宋辞的脸却莫名其妙就沉了，他随意指了一块宣传牌："看这个。"

那是一部国产 2D 科教片，阮江西有些吃惊："你喜欢科教片？我以为你会喜欢商战片。"

宋辞一言不发，揽着她就往影厅里走。他绝对不会告诉她，他只是不想看到任何男演员，尤其是那个叫秦一路的。

电影开场之前，宋辞突然问阮江西："你喜欢他什么？"

"嗯？"阮江西一时没反应过来。

"秦一路，你喜欢他什么？"

她想了想，丝毫不敷衍又认真地回答："演技好，相貌好。听演艺圈的前辈说，秦一路是演艺圈最后一株没有被污染的莲花。"

评价很客观，很中肯，当然，评价也非常高。阮江西很少这样夸人，对宋辞也顶多说过他容貌好之类的夸赞话。

宋辞转头看向屏幕，慵懒又漫不经心地说："靠脸吃饭的奶油小生。"语气非常不屑一顾。

阮江西似乎明白了什么，不说话，笑了笑。

电影画面很美，制作精良，但镜头切换很快，阮江西看得有些出神。旁边的宋辞盯着她的脸，也有些出神。

只是，不到二十分钟，候在影厅外面的服务员便看见宋少抱着阮江西出了影厅。他用风衣裹着怀里的女人，动作小心翼翼的，声音压得很低，只对外面的特助说了句：“去准备房间。”

似乎惊扰了怀里的人，宋辞低头安抚地说着什么，然后亲了亲她的额头，满眼都是浓得化不开的温柔。

入口处的两个服务员面面相觑。然后，其中一个女服务员拿出手机，发了一条微博：“宋辞带阮江西来电影院包场了！”

不到一分钟，微博留言就刷出了几百条——

“楼主，求照片，求宋少高清无码真人照！”

“宋辞居然被阮江西承包了，生无可恋！”

“生无可恋 +1。”

“生无可恋 +10086。”

阮江西醒来时，天已擦黑，房间里很暗。睫毛颤了颤，她睁开眼看着陌生的环境，还有些迷糊，下意识喊了声“宋辞”。

“嗯。”宋辞应了一声，走到床头，开了一盏光线微弱的台灯，揉了揉她散乱的发，非常宠溺地问，“睡够了吗？”

刚睡醒，阮江西还有几分惺忪：“这是哪里？”

“酒店。”

看了看窗外，斑斓的街灯漏进几缕光线，华灯已上，似乎有些晚了，阮江西问：“现在几点了？”

“七点。”

两点开场的电影，现在七点，她整整睡了五个小时。阮江西十分懊恼：“电影我才看了十几分钟，怎么不叫醒我？”

他怎么舍得叫醒她，五个小时，他看她还嫌不够。他亲了亲她的额头：“下回再看一次。”他俯身直接将她抱起来，“现在该去吃晚饭了。”

“意大利面吗？”

宋辞摇了摇头：“中餐。”他将她放在沙发上，又拿过她的外套给她穿好。

阮江西乖乖地任他摆弄：“你怎么知道我不喜欢西餐？”

“你的经纪人很啰唆。”语气还是嫌弃得很明显。对于阮江西那位不太靠谱的经纪人，宋辞一直都是不大满意的。

“她还说了什么？”

“太多，没记住。”宋辞补充了一句，“不过和你相关的另当别论。”

那个姓陆的确实说了很多，比如旁敲侧击地表示她的忠心耿耿、肝胆涂地，比如直截了当地表示看上了某某某导演的剧本。不过，宋辞只记住了与阮江西有关的。宋辞一边给她扣着外套的扣子，一边一一告知：“她说你不喜欢西餐，唯独喜欢甜食。喜欢白色，最不喜欢紫色，因为你会觉得太忧郁。喜欢栀子花，不喜欢所有气味浓烈的花。喜欢旗袍和唐装，喜欢Judy Collins，喜欢钢琴协奏曲，喜欢橘子花茶。”停顿了许久，宋辞才又补充，“还喜欢那只叫宋辞的胖狗。”

陆千羊的原话是：“我家江西喜欢的东西很多，不过她最最喜欢的，就是家里那只狗，不然怎么会取宋少您这么威武的名讳？不说别的，您看那只狗的体重，就知道我家艺人对它爱得有多深沉了。”

当时听到这话的时候，宋辞便挂了电话，一点都不想再听下去。

阮江西忍不住轻笑：“千羊很了解我。不过，以后你想知道什么就问我，我都告诉你。”

“嗯。”宋辞整了整她的外套，才将自己的衣服递给她，张开双臂要她替他穿，“以后我会比那个啰唆的女人更了解你。目前她还有点用，我可以暂时不换了她。”

阮江西失笑：“我替那个啰唆的女人谢主隆恩。”

这模样，像只狡猾又有灵气的猫儿。

宋辞将脸凑近了些：“如果你真想谢我的话，可以亲我一下。”

她踮脚吻了吻他的嘴角。

宋辞一路上心情都很好，连一向不太喜欢吃的甜品也吃了不少。不过吃的方式嘛，咯咯，有点与众不同——

饭后甜点，是阮江西最喜欢的慕斯蛋糕。她的餐桌礼仪很好，小口小口地吃着，姿态闲适又斯文。

宋辞目不转睛地看着她，阮江西拿着勺子的手顿了一下：“怎么了？”

“味道很好？”宋辞盯着她的嘴角，似乎很感兴趣。

“还不错。”她用自己的勺子舀了一点，递到他嘴边，“要不要尝尝？”

宋辞点点头，站起来，身子前倾，隔着桌子含住了她的唇。

咣——阮江西的勺子掉在餐桌上，她有些怔愣，睁大眼睛看着他。

宋辞直接用手覆住她的眼，深深地亲吻她。罢了，他舔了舔她嘴角沾染到的奶油，说了句：“太甜了。”然后，他拾起她的勺子，放在红酒杯里浸了一下，又舀了一勺蛋糕，喂到她的嘴边，“不过味道还可以接受。”

阮江西傻傻地张嘴，不等她吞咽，宋辞又欺身过来。

如此反复，一份甜品吃了半个小时。阮江西第一次觉得，宋辞他太不克制了。

阮江西脸上的绯色一直到出了酒店都没有退却，她偎在宋辞怀里，也不抬头。

他拢了拢她的围巾："外面很冷，去里面等我，我去开车。"

"秦特助呢？"

"你不喜欢电灯泡，我把他赶走了。"他将她安置在大厅等候室的座位上，又将她的围巾往上扯了扯，遮住了她半张脸，有些不放心地嘱咐，"不要走动，我怕找不到你。"

"好。"

宋辞又亲了亲她微凉的手，这才去开车。

车停在离酒店三十米远的VIP停车区，宋辞刚坐上驾驶座，秦江的电话就打了过来。宋辞戴上耳机："什么事？"

秦江委婉地表示："宋少，用不用我过去接你？"

"不用。"

"宋少，您千万别忘了，还有半个小时就八点了。阮小姐在不在您旁边？您一定要寸步不离地跟着阮小姐，不要单独一个人。"秦特助几番叮嘱，"万一记忆没了，阮小姐又不在您身边，会出大事的。还是我过去接您吧。宋少，让阮小姐——"

宋辞直接就挂了电话。

酒店门外几米的地方，泊了一辆灰黑色的越野车。车窗降下，车里的人趴在车窗边，盯着酒店门口看了许久。

"看什么呢？"后座的美人顺着顾白的视线看过去，她红唇黑裙，十分性感美丽。

"美人。"顾白答得漫不经心。

后座的美人儿撩动发梢，伏在椅背上，双手攀上顾白的背："她有我好看吗？"

顾白微侧着脸，眸光不转，扔了两个字："下去。"

女人身子一僵，妆容有些失色："顾少，你说什么？"

顾白指了指车门，依旧笑得邪肆："自己打开车门下去，游戏玩完了。"

"顾少，我做错了什么？"她眼波盈盈，楚楚动人。

"我不太喜欢愚蠢的女人。"顾白起身，直接开了车门，"下去。"

女人泪眼汪汪，泫然欲泣，楚楚动人地看着顾白。

哐当！车门关上，顾白直接踩了油门。

女人的眼泪都留在眼眶里，好半晌，她才踢了一下脚下的高跟鞋："顾白，你浑蛋！"骂完她猛地回头，看向酒店门口。那里坐了个安安静静的女人。

原来顾白那些逢场作戏的女伴说得对，顾白的禁区是个女人。他从来不玩真的，不碰任何一个女人，皆因一人。

不想这样无情的人，竟会如此情深。

夜里突然起了风，阮江西扬着下巴，频频望向门外。片刻，她将围巾拉高了些，走出了酒店。风刮得很猛，带着深秋的寒气。她拢了拢外套，捂着脸，静静地倚着玻璃橱窗，看着路口。电话铃响，她接通，喊了一声："顾白。"

"在哪儿？"

"在等宋辞。"她轻声回答，语气里透着淡淡的欢愉，心情似乎很好。

电话那头，顾白笑了一声："你可以不用这么诚实。"

"我不喜欢撒谎。"

电话那头沉默了须臾，顾白略微喑哑的嗓音响起："站在外面很冷，进去等吧。"

阮江西张望四周："你在附近吗？"她并没有看到顾白的身影。

顾白却轻笑起来，语气玩世不恭："我那么闲吗？当然在女人堆里风流快活。"

阮江西不语，并不擅长闲聊顾白的风流史。

"别站在风里傻等，找个暖和的地方待着。听话点，快进去。"

"你也在酒店附近是吗？"想了想，阮江西收了笑，突然严肃起来，"顾白，不要随便带女人去酒店，会闹出人命的。"

语气与顾白家的老头简直如出一辙。

顾白顿时哭笑不得："好好好，听你的。"不再玩笑，他说，"别操心我了，外面风大，你去里面等着，听话。"语气像小时候他哄着她吃饭睡觉一样。

阮江西回答："好。"

挂了电话，她却依旧靠着有些冰冷的玻璃窗，安静地等在外面，等着她的宋辞。

顾白苦笑了一声，将车窗摇下。他家江西啊，居然学会了阳奉阴违。

半晌，一个陌生的年轻女人走近，唤了声："阮小姐。"

阮江西抬眸，看着眼前陌生的女人，目光带着些探究。

女人递上一件深蓝色的风衣："小姐，这是一位先生让我转交给你的。"

迟疑了一下，阮江西接过外套，对着女人道了谢，然后问："请问他还说了什么？”衣服上有顾白惯用的古龙水香味，她并不陌生。

“那位先生说，”女人有些语塞似的，许久，学着漫不经心的语气复述顾白的话，“他说他比某人体贴多了，请你货比三家。”转达完，女人便匆匆跑进了黑夜里。

顾白的话总是这样，一分玩笑，九分不正经。这“某人”，说的是宋辞。

阮江西笑了笑，拿着顾白的衣服，并没有穿上。她垂着眸子等在门口，任夜里的风吹红了脸。她往衣领里缩了缩，感觉有些冷。

又等了一会儿，她看了看时间，眸中浮出些许不安和慌张。她抬脚便要离去，身后一个女人喊住了她：“阮江西。”

阮江西回头，眉头锁紧了。

叶以萱从酒店门口走出来，身披黑色的女士西装，环抱着手臂站在台阶上睥睨她：“真是冤家路窄。”

冤家路窄，何尝不是呢？

阮江西不太想理睬：“我不想和你发生任何不愉快，我会无视你，也请你无视我。”

叶以萱不但不离开，反倒走近了一步，抬起有些尖瘦的下巴，语气嘲讽：“你这么让人讨厌，碍着我的眼了，我没办法无视。”

“让开。”阮江西凝眸相视，冷了神色。

叶以萱不让反进，发出一声轻蔑的嗤笑：“奉劝一句，嚣张跋扈也要有个度。等宋辞的恩宠不再的时候，我不会对你客气。”

“那你就等那个时候再出现在我面前。现在，”阮江西言简意赅，“请你滚开。”

这大概是阮江西生平第一次放下了她的修养，这么堂而皇之地表达自己的厌恶。

叶以萱气绝失语，抬起手就往阮江西脸上扇。

一只皓腕截住了她的手，冷冷的眸像冬夜的星子。阮江西道：“我不愿同你争执，但也不会容忍你的无理取闹。这是宋氏名下的酒店，保安应该很快就会过来，如果你不想太难堪的话，现在就请你离开。”

叶以萱所有精心伪装的平静全部被打破，她尖叫：“阮江西——”

此时阮江西的手机响了，她直接背过身去接听电话：“有什么事吗？”

“阮小姐，宋少在不在你身边？”是秦特助的电话，语气听起来十分焦急。

“他去取车了。怎么了？”不知是不是风太大，阮江西的睫毛都有些颤动，投射在眸中，一片慌乱。

秦江尽量镇定下来："阮小姐，我想宋少的记忆可能提前清零了，电话不通，可能是出事了。"

她握着手机的指腹很用力，指尖泛白，久久沉默后才开口，连声音都在颤抖："秦特助，我需要你的帮助。"

她慌了神，所有的冷静与从容全部被击垮。

"阮小姐，你先不要慌，我已经让人过去了，宋少应该还在附近，很快就会有消息的。而且你和宋少的手机里都安装了定位，他只记得你，一定会去找你。你冷静下来，站在那里不要——"

电话里的声音还未落音，叶以萱一把扯过阮江西的手："阮江西！"

"啪——"手机砸在地上，滚到路中间，屏幕瞬间暗下去了。

阮江西猛地抬头，眸中满覆冰凌，尽是摄人心魄的冷。

叶以萱被她的眸光惊到了，怔了一下才喊道："我在和你说话，你算什么东西？居然敢无视我！"

"滚！"阮江西吼了一句，褪去所有温和，暴戾得像头发怒的狮子。吼完，她便跑到路中间，颤着手在地上摸索。路灯光很暗，路面上照不到多少光线，隐约可见她白皙的手指抖动得厉害。

嘀！十字路口处拐进来一辆重型货车，阮江西抬头，一抹强光猛然撞进眼底，她忘了所有动作。

"江西！"被一股大力拉扯，她重重地跌进一个宽厚的胸膛。只听"咔嚓"一声，货车碾过手机，手机顿时粉碎。

她还在失魂落魄，空洞的眼盯着马路中间那一堆金属碎片。

"你不要命了？！"顾白失声大吼，摇着她的肩，暴怒到理智全无，"你蠢啊，不会看路吗？你这该死的女人想找死是不是？"

顾白的话字字都骂得很难听，他与阮江西朝夕相处十五年，还从来没有对她发过这么大的脾气。刚才他真的快要被她吓死了，关心则乱，哪里还顾得上风度。

骂完，他又于心不忍，扶起还在发愣的她，声音放软了几分："怎么不说话？是不是被骂傻了？"

"手机。"她喃喃了一句，推开他就往马路中间跑。

车来车往，她几乎是横冲直撞。顾白一把紧紧扣住她的腰，将她往路边带，嘴上抱怨："老子管你一个已经够累了，谁还有空管你的手机。"

她很慌乱，抓着顾白的衣服："怎么办？手机碎了。"声音竟有些哽咽。

顾白捡起掉在地上的他的那件深蓝色外套，披在她有点瑟瑟发抖的肩上，好声好气地安慰她："碎了就碎了，我给你买一卡车这样的同款。"

阮江西却用力地摇头，眼眶忽然红了，她紧紧抓着顾白的手："宋辞一定在找我。"

宋辞，又是宋辞，只有他才能让阮江西这样方寸大乱。

她心慌意乱极了，一双染了墨的眸子迎着风，光影凌乱破碎得一塌糊涂。几乎手足无措，她只是紧紧地拽着顾白的袖子："顾白，怎么办？他找不到我怎么办？他只记得我的号码，什么都不记得，他要怎么办？"

对于宋辞的病，顾白并非一无所知。只是，动用了顾家所有的人脉，他却也只查到了冰山一角。

顾白曾想过，宋辞那样的病患，怎么配得上他顾家的江西。只是亲眼所见之后，他才大彻大悟，原来不是宋辞非阮江西不可，是他家江西非宋辞不可。

他苦叹一声，拍着她轻微颤抖的肩："别慌，我打电话试试。"

然而电话根本打不通，宋辞的手机处于关机状态。

他安慰阮江西："不会有事的，宋辞的智商没有那么低。"

她抬头，拉开与他的距离："谢谢。"说完她转身，深蓝色的外套滑落在地。

这个倔强又冷漠的女人！顾白苦笑，捡起外套，跟在她身后。

她走向叶以萱，隔着三步远的距离，就那么冷冷地看着，一双眸似覆了冰，冷得刺骨。

叶以萱心惊，下意识便退了一步："你想干什么？不就是部手机嘛。"

阮江西一言不发，走近两步，抬起白皙的手。

啪！这一巴掌很重，也很响，她几乎用了所有力气。月色下，甚至隐隐可见她掌心泛红。

顾白惊呆了。十五年来，他这是第一次见到教养堪比欧洲贵族的阮江西对人动粗。

叶以萱更没想到阮江西会直接动手，整个人都蒙了。火辣辣的疼痛感灼了整个侧脸，半晌她才回过神："你敢打我！"

她抬手就往阮江西脸上掴，手却被截住了，是阮江西身边的男人。他满眼慑人的冷傲："你敢动她一下试试。"

这个男人，叶以萱并不陌生，她知道自己得罪不起。

顾白狠狠地甩开她的手："赶紧滚！要是等我动手，我就不会像我家江西那么温柔了。”

好一个阮江西，居然有这样的靠山。叶以萱淬火的眸光落在阮江西身上，她哼了一声，甩头离去。这笔账，她记下了。

不待叶以萱走远，阮江西转身就往车道上走。顾白拉住她：“你别去，你在这儿等着，我去找。”

阮江西回头，眸光冷冽：“别管我。”

顾白非但没有松手，手上的力道还大了几分，他一把将她拉到跟前：“如果你能冷静一点，能不要浑身颤抖得连路都走不稳，我可以不管你。”

她怒目相视，像只浑身是刺的小兽，身体越发颤抖得厉害。此时的阮江西，毫无理智可言。

顾白一只手抓着她，一只手将她消瘦的身体整个裹在深蓝色的外套里，竖起衣领，遮住她近乎苍白的脸：“待着别动，你先在原地冷静一下，什么都不要做。你别让我分心，也别让我担心，我会帮你把他找回来。”他看着她的眼睛，“江西，相信我。”

阮江西摇头：“顾白，我没有办法什么都不做。”宋辞一定在某个地方等着她。

她挣开顾白的手，转身就走，毫不犹豫，带着不顾一切的决然。那消瘦的背影，越走越远。

顾白呆在原地，喃喃了一句：“这个固执的蠢女人。”他摇头苦笑，朝着前面的人大喊，“老子最讨厌愚蠢的女人。”骂完，他快步跟了上去，走在阮江西身后。

夜色更深了，月隐云层，天际毫无半点星子。

地下车库，人行横道，阮江西毫无头绪地寻觅，像个傻子一样地喊着宋辞的名字。

顾白呢？他也像个傻子一样，不敢离她一米远。

顾白想，自己真蠢，不然怎么会被这么一个蠢女人支配得不知道东南西北呢？

“嘀嘀嘀——”车道上，阵阵车鸣尖锐刺耳，震耳欲聋，一片混乱。只见车道正中间，一男一女毫无方向地横冲直撞。

车鸣声振聋发聩，来往车辆拥堵，完全乱了套。

阮江西却熟视无睹，毫无章法地寻觅每一处。

顾白一把拉住她：“江西！”他终于忍无可忍，“够了！”

她眼眶通红，凝了雾气的眸子里是怅然若失。

顾白终是心软，苦苦央求：“够了，江西，不要再找了。”

她一动不动，声音干涩得嘶哑："车太多了，我找不到他。顾白，我把他弄丢了。"

她的泪湿了眼眶。

顾白怔在原地，顿时手足无措。这是阮江西第二次在他面前哭，每次都是因为宋辞。

"别哭了。"顾白低下头，轻声哄着，"就算翻了这条路我也帮你把他找出来，别哭了。"他就着袖子给她擦眼泪，动作很轻，又笨拙，"你继续哭的话，我会方寸大乱。"

大概也就只有一个阮江西，能让顾白这样方寸大乱。

半个小时后，环国道停了十几辆警车，沿江整条街道全被封住，这样的阵仗，前所未见。

整个警察局都出动了，连警犬都没放过一只，然而只找到了车，没找到人。

除了警方，路对面还有统一穿着黑色西装的男人，几十个人进行地毯式搜寻，这些是锡南国际的人。

"怎么样了？"张晓满头大汗地跑过来。

秦江指了指路边的空车："宋少不在车里，车灯被撞坏了，从旁边的绿化树来看，撞击力应该不是很大。"

"本家和唐家那边都来过电话了，应该是听到什么风吹草动了。"

张晓刚说完，唐易就从街对面赶过来，行色匆匆，显然是刚到。看了一眼车里的状况，他随即吩咐："让宋老三出面，宋家那边不能漏一点风声。"

秦江思索道："三小姐？三小姐还在Y市。"

唐易想也不想地说："不管用什么法子都得让她去兜着。宋家的人，没几个会盼着宋辞好，尤其是宋唐氏。"

宋唐氏指的是宋辞的母亲，也就是唐易的姑姑。

秦江点头，表示明白。

"听够了？"唐易回头，扔了这么一句。

车后面的绿化树下探出一个脑袋来，毛茸茸的齐耳短发，乌溜溜的眼珠转呀转。这听墙根的，正是阮江西那位不着调的经纪人。

陆千羊嘿嘿笑着："风大，闪了耳朵，没怎么听清楚。"她凑过去，弯着腰仰视唐易，"有几个问题没搞清楚，唐天王，求科普。"

绿化树后又凑出来一个脑袋，是阮江西的助手。他跟在陆千羊后面，重复道：

"求科普。"

听完墙根还要八卦，果然是狗仔出身，鼻子比狗还灵。

唐易挑了挑眉："比如？"

陆千羊立马眼巴巴地凑近，不带喘气地问："比如宋老三是谁啊？宋家那个巾帼女政客吗？那岂不是宋辞的姑姑？宋唐氏怎么回事，天底下还有不盼着自己儿子好的母亲？"

唐易伸出一根手指，抵着陆千羊的脑袋往后一推："你问题太多了。"

陆千羊揉揉脑门，想了想，道："那我只问一个问题——宋辞是怎么回事？那样的一个人物，出了什么问题才会连回去的路都找不到？"

今晚整出这么大动静，锡南国际与警方给出了统一口径：宋少迷路了。

迷路了？除非宋辞脑子抽风！陆千羊才不会信这种骗鬼的话。

唐易好笑地道："小狗仔，阮江西的男人可不归你管。"

转移话题，有猫腻！

魏大青接话接得很快："阮江西归我们管。"

陆千羊点头附和，一脸"你奈我何"的无赖样："你不说也没有关系，大不了我重操旧业。天底下还有狗仔挖不出的事吗？等着，我会把你唐家的祖坟都挖出来瞧瞧。尤其是那个宋唐氏，她的风流史我都给她掘地三尺挖出来！"

放完狠话，陆千羊拖着魏大青雄赳赳气昂昂地掉头就走。

"等等。"唐易很无奈。

陆千羊掉头，笑得一脸痞气："乖乖，从实招来。"

怎么会有这么流氓的女人，唐易投降了："借一步说话。"

"走走走，找个隐秘的地方，咱俩偷偷地说！"大手一挥，推开魏大青，陆千羊屁颠屁颠地跟着唐易。

魏大青连白眼都懒得翻了。

整整四个小时，警方将沿江路掘地三尺，只是除了宋辞那辆被撞坏的座驾，仍一无所获。这事儿难办了。

"马上就快一点了，是你自己回去，还是我把你扛回去？"

阮江西安静地坐在驾驶座上，对顾白的话仿若未闻，空洞的眸毫无生气。

她如此失魂落魄，整整四个小时。

顾白二话不说，打开车门直接把她抱出来。她却一动不动，乖顺得让人心疼。

白皙的脸毫无血色，她自言自语，似呢喃：“方向盘上有血。

“那一定是宋辞的血。

“他受伤了。”

苍白的唇被她咬出丝丝血红，她的眸光毫无焦距，连同魂魄都被宋辞抽空了似的。

这时的她，像极了十五年前顾白第一次见她时的样子。抱着她的手紧了又紧，顾白轻声哄道：“江西，就这一小会儿，别去想宋辞，让自己歇一下。”

“放我下来。”她的嗓音决然至极。

顾白将她放下，可抓着她的手并没有松开：“你要去哪儿？”眉宇间尽是担忧。

“我去等他，既然找不到他，我就在原地等他来找我。”她挣开顾白的手，平静地与他相视，“顾白，你回去吧，我已经冷静下来了，你不用担心我，今天谢谢你。”

冷静吗？那为何声音在抖，连同整个身子都在轻颤？

顾白松手：“我陪你。”

“不用。”没有再多话语，阮江西转身便走进夜色中。冷风习习，她挺直的背脊那么消瘦，那么决绝。

顾白摇头，除了苦笑，只剩叹息。

陆千羊上前：“顾律师，你还是回去吧，江西有我看着，不会出什么事。”

顾白置若罔闻，朝着阮江西的方向小跑过去，喊：“阮江西，快把风衣穿上，要是感冒了，我不心疼，心疼的是你家宋辞，你舍得？”

“唉！”陆千羊重重地叹了一口气。她觉得吧，男女之间那点事，真受罪，感情这玩意儿太危险了。

路灯昏黄，在路面洒下点点斑驳光影。

已是夜深，酒店门口空空荡荡，唯有一个男人抱膝坐在台阶上。他侧着头，玻璃橱窗里倒映出绝美容颜。

只一眼，阮江西便红了眼眶。

宋辞，是宋辞呢。

“江西，他在等你。”

阮江西笑着，眼角水光粼粼。

顾白走到她身侧，拢了拢她肩上披着的外套：“你那颗悬着的心现在可以放下了。”只是他那颗悬着的心，空落落的。

他用手背蹭了蹭她冰凉的小脸：“去吧，到他身边去，不要再哭了。江西，再也不要哭了。”

阮江西看着顾白，轻轻点头。

顾白说：“我走了。”然后笑了笑，转身。

“顾白。”

顾白站定，转头：“怎么了？”

阮江西走近，将外套脱下来：“夜里很冷，不要生病了。”

她将外套递还给了他，随后转身朝宋辞走去。她穿得很单薄，看着很消瘦。

她啊，总是这样让他心疼，光是如此看着，心头便疼得翻天覆地。顾白眼眶有些灼热，他垂下头，敛了暗淡的眸光，朝着相反的方向离开。

不远不近处，陆千羊抱臂看着，对着顾白投去赞赏的眼神，语气带了点讨好：“顾大律师，你功成身退不带走一片云彩，我佩服你。”

她是真心佩服。阮江西毕竟不姓顾，顾白这样毫无保留地相待，必定是情根深种。陆千羊第一次觉得，顾白虽然不是个好律师，但是个好男人。

顾白一贯地玩世不恭：“我离开只是不想看见他们俩亲热，碍着本律师的眼。”

顾白律师这张嘴，总是不太讨喜。

他将外套搭在肩头，迈开修长的腿，影子拉得斜长。不一会儿，他扔过来一句：“不要在我家江西面前破坏本律师的形象。”

陆千羊除了点头还能说什么？除了一根筋系在宋辞身上的阮江西，明眼人哪个看不出来顾白这一腔情深？何必呢？这样战战兢兢，欲盖弥彰。

顾白迈开长腿，消失在夜色里。

“这个世界果然是公平的，顾律师克了那么多人，遇上江西这个克星，还不是乖乖认输？”陆千羊有感而发。

魏大青点头，补充道：“嗯，咱江西遇上宋辞，同样要乖乖认输。”

万生万物，一物降一物啊！

“宋辞。”声音很轻很轻，还有些颤抖，阮江西微微倾着身子，凑向坐在台阶上的宋辞。

宋辞抬头，恍然迷茫的眼猝不及防瞧进阮江西的眸中，平日里深不见底的眸子此时清澈如孩童的眼神。他手指处，有些许干涸了的血渍。

“阮江西？”他有些迟疑，又有些迫切，往前凑近，仔细又专注地看她。

阮江西点头：“嗯，是我。”她伸出手，轻轻拂了拂宋辞的手指，“是不是很疼？”

宋辞一动不动，褪去了平日的一身强势，柔软又听话，摇头说：“不疼，只是刮到了。”

“我疼。”她俯身，唇落在他的额头上，声音涩涩的，“心疼得难受。”

宋辞的身子僵了一下，没有任何动作，只是一双灼灼有神的黑瞳似乎要看进她眼底，那样痴缠。

“不要心疼，我不疼。”他似乎有些手足无措，伸出手去触摸她的脸，“我记得你，你是阮江西。我记得你的话，也记得你的样子。”

阮江西抓着他的手腕，紧紧地握着：“嗯，我是阮江西，我来找你了。”

宋辞反手将她的手抓住，完全不顾手指的伤：“你怎么那么慢？我都等了你五个小时了。”

她红着眼眶，坐在他身边的台阶上：“是我不好，这么久才找到你。”

宋辞抬头看她，有点埋怨：“当然是你不好，我给你打了那么多电话，你居然一个都没有接。”说着，他将手机掏出来给她看，“手机都没电了，我还借了别人的给你打，可是你为什么不接？”

没了记忆，又不曾接触人群，宋辞显得十分偏执。

阮江西耐心地解释：“手机摔坏了，我不是故意不接的。”

他板着脸，还是不开心：“你要是再不来，我就去你家找你。”他有些得意，“我记得你家在哪儿，记得你的公司在哪儿，也记得你说过你经纪人家的地址。如果你一直不来找我，我就去找你。”

她侧着头，笑着看他：“那你记不记得我们是恋人？”

“当然，我记得我亲吻过你。”隔了几秒，他很认真地补充，“我们还睡在一起过。”

不知想到了什么，他的脖颈突然有些泛红，他转过头去，不看阮江西。

没有记忆的宋辞，真像个孩子。

“别的呢？”

“除了你，什么都不记得。想了好多你说过的话，我才想起来我叫宋辞。”

他啊，记得所有与阮江西相关的细枝末节，却连自己的名字也是因她而记住的。到底是什么样的精神意识，这样不可思议，让宋辞连自己都忘却得一干二净，却对阮江西记得这么丝毫不差。

“没关系，想不起来也没关系。你只要记得，我是阮江西，是你宋辞的女朋友就够了。”阮江西起身，整了整裙摆，伸出手递到宋辞跟前，“我们回家吧。”

宋辞稍稍思考了一下，然后说：“我只记下了你家的地址，我要去你那里。”

“好。”

他伸手牵住她的手，起身靠在她身侧，十分依赖她。

阮江西避开他受伤的手指：“手还痛吗？”

宋辞摇头：“已经不痛了。刚开始脑子好像空了，然后好多场景闪出来，都是你的脸，你说过的话，你去过的地方，一时理不顺我才不小心撞到了树上。”

她侧过身子，眸中尽是心疼：“对不起。”

“不准说对不起。”他用力将她抱进怀里，蹭着她的耳朵，“我就知道你会来找我，所以，我哪儿也没去。不过下次你要早点找到我。”

“下次我不会再把你弄丢。”

宋辞满意了，嘴角勾起浅浅的笑，十分好看。

“宋少。”

秦江忍了许久才过去，后面的陆千羊直翻白眼：“真不识趣，没看到他们俩正亲热吗？”

不识趣的秦江一副公事公办、恭恭敬敬的样子：“宋少，我这就让医院准备，您要不要先去做个检查？”

秦江向来小心谨慎，尤其是这次宋辞的记忆提前清空，又许久没有恢复到平时的状态，他越发战战兢兢。

不想，宋辞只问：“你是谁？”

秦江真想吐血。这个问题，七年间，他每隔三天问一次，简直如魔音绕耳。

阮江西解释：“他是秦江。”

宋辞沉吟了一下：“我记得你以前说过他，我的助手。”他的态度很坚决，“不过我现在不认识他，我要跟你回家。”

秦江苦口婆心道：“我建议先去医院。”

宋辞转头：“再多嘴，我解雇你。”

秦江不想说话了。

阮江西说：“先去医院。”

宋辞要求：“我要和你在一起。”

阮江西解释：“我陪你去。”

“好。”这个时候，宋辞很听话，非常听阮江西的话。

“呵呵，真是大开眼界。”忽然，一道男声传过来，只见几米外，唐易双手插在口袋里，懒懒散散地走过来。

这人，也不知听了多久的墙根。陆千羊鄙视他。

唐易走近，对阮江西笑了笑：“江西，若不是亲眼所见，我不会相信这个目中无人、不可一世的家伙在你面前会这么幼稚。”

阮江西并不回话，身侧的宋辞却将她往身后藏了藏，一脸防备：“你是谁？为什么一直盯着她看？”

二十几年的兄弟，如此开场白，以前唐易并没有觉得有什么，毕竟宋辞一视同仁。如今有了阮江西的存在，如此鲜明的对比，让唐易心里极度不平衡。他没好气地冷哼：“是谁说的‘女人如衣服，兄弟如手足’？那一定是没见过某种为了衣服砍手足的人。”唐易自我唾弃，“大半夜不睡觉跑来管你这档子破事，我真是找虐。”

宋辞看向阮江西，眼神柔和了：“他是谁？我不记得我有兄弟，你没有和我说过。”

得，要得宋辞一星半点的记忆，全由阮江西说了算。

“他是你表哥。”

解释完，阮江西对唐易报以歉意：“不好意思，没有和他说起过你。”

唐易无言以对，心理阴影面积太大了。比起以前谁也不记得，宋辞现在这样被阮江西主宰，实在是更让人不爽。

宋辞直接把阮江西拉到怀里，用侧脸对着唐易：“你为什么要和他道歉？他是谁我又不关心。”

陆千羊没忍住，笑出了声。

唐易咬牙切齿：“宋辞！”

宋辞看都不看他一眼，拉着阮江西就走：“你陪我去医院。”

“好。”

然后，宋辞将阮江西整个裹在怀里，心情十分好。

唐易快要气绝身亡了，陆千羊火上浇油：“唐天王，息怒，以后这样的情况还多着呢。每次都这么大动肝火，那你可有得受。”

“宋少。”秦江跟上去，“宋少，您还是先看看这个。”他将平板递过去，滑出了一张张人物关系图。

宋辞抬抬眼，心不在焉。

忽然，滑到某一页的时候，他眸子一凝，秦江立刻顿住手，赶紧瞧了一眼平板。

宋辞冷声问："顾白是谁？"

秦江觉得他不好解释，因为平板上顾白的照片旁边就备注了两个字：情敌。

他发誓，这个备注不是他添加的。秦江看向阮江西，想让她解释。

阮江西说："是很好很好的朋友，像家人一样。"这解释非常规矩，坦坦荡荡，没有一丁点歧义。

宋辞却问："是他重要还是我重要？"

陆千羊和秦江傻了眼，唐易很失礼地笑出了声。

阮江西一时愣住。

"你还要想？"宋辞的脸沉下来。

阮江西不想了："你。"

宋辞这才抱着她继续走："江西，晚上回去给我做饭，然后陪我一起睡。"

阮江西笑："好。"

"啧啧啧，宋辞真是完了。"唐易直接往自己车里钻。吃了一晚上冷风，又被宋辞灌了一肚子怨气，他的心情很不爽。

陆千羊跟着她家艺人走，故意放慢了脚步，凑到秦江跟前："秦特助，你家宋少会这样多久？"

秦江一时没反应过来："什么这样？"

"就是这么，"陆千羊想了一下措辞，"嗯，这么……这么缠人。"

秦江也很郁闷："在遇到阮小姐之前，宋少不会这样。"

陆千羊想了想，总结："确实，我家艺人比较有爱。"

秦江不想说话，也不想苟同。

"嘿嘿，宋辞不会一直这样吧？"陆千羊心里打着小算盘，觉得这样也不错。宋辞刚才多乖顺、多黏人、多呆萌、多唯江西是从，又会邀宠又会撒娇，和江西家里那只宋胖狗一个属性，听话又好养。

"很快就会正常。如果阮小姐不在宋少身边，他会更快进入状态。今天可能是伤了脑子，又没人在身边，宋少一股脑想了阮小姐几个小时，一时抽离不出来。要是平时，完全不用转换。不过现在，宋少的状态完全由阮小姐说了算。"

平时就算宋辞没有记忆，要捋顺所有关系、人物，甚至是公司的财务报表，那也是分分钟的事情，秦江这点自信还是有的。阮江西完全是个意外。

“这样啊。”陆千羊有点遗憾，要是宋辞一直跟宋胖狗一个样就好了。

“当然了，也不看看宋少是什么人。”

于氏医院，顶楼VIP候诊室。

于景致远远走来，许是有些匆忙，还未来得及换下无菌的手术衣，袖口处沾了点点血渍。她取下口罩，似笑非笑：“你们最近来医院来得很频繁啊。”

宋辞将阮江西安置在病床上，给她披了条毯子，并未抬头：“换个医生过来。”

秦江想了想，悟了。在宋少的人物关系图里，于景致医生以前的备注是“主治医师”，自从遇上了阮江西，便改成了“阮江西不喜欢的人”。

于景致取下手套，用医用绷带擦了擦手，动作不疾不徐：“我医治了你这么多年，没有人比我更了解你的情况，你确定要换医生？我不建议你这么做。”

宋辞眸光一寒，阮江西拉了拉他的手，他立刻偃旗息鼓。

阮江西对于景致微微颔首：“有劳了。”

秦江不理会老板的脸色，上前解释：“于医生，这次时间提早了将近半个小时，有些反常。”

于景致沉吟片刻，看着阮江西：“你可以先出去，我需要给他检查一下。”

不待阮江西有所动作，宋辞一把拽住阮江西的手：“她留下。”

患得患失，没有安全感，似乎这次宋辞的所有病症全部折射在了阮江西身上。

于景致走近几步，微微俯身，看了看宋辞的手：“手最好不要太用力。”她细细地端详，“食指和中指脱节，可能是骨折了。手背上的只是皮外伤，包扎一下就没事了。一直抓着她不疼吗？你真能忍。”

阮江西立马将手抽回，却不敢用力，有些慌了。

宋辞却抓着她的手不愿松开：“我不疼。”

骨节脱落怎么会不疼？只不过是舍不得放手罢了。想不到宋辞对阮江西竟痴迷到了这般境地。

于景致敛了满眼灰暗，转头吩咐身后的护士：“让骨科的刘教授过来给宋少接骨，安排头部CT与脑电图检测。”

接骨过程中，宋辞一直紧紧拽着阮江西，明明疼得脸色发白，却一声声告诉阮江西他不疼。阮江西不说话，只是红着眼看他。

却是陆千羊不忍再看，撇过头去，有点伤感，只觉得自己心头都在发紧。

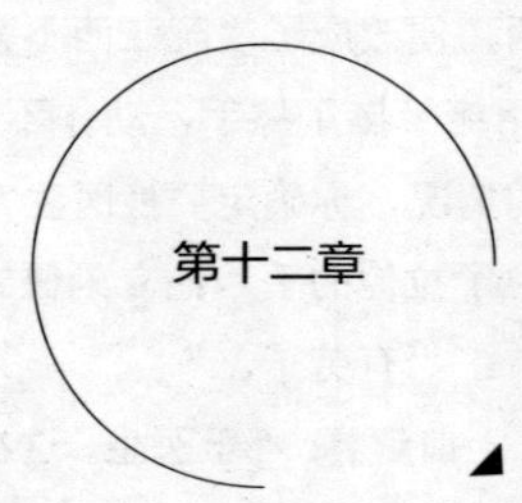

第十二章

我怎么会舍得忘了你

宋辞并没有让阮江西一起进心理疗室。

心理疗室里，于景致已经换了一身白袍。她戴着无框眼镜，将检查结果翻开："记忆清空提前了近半小时，这是第一次出现这样的情况。"她抬头看向宋辞，"当时有没有什么不适或者异常？"

"很多很多片段。"宋辞半靠着沙发，有些漫不经心。

"是什么？"

他抬头，灯光暖了眸中一汪黑沉："阮江西。"

似乎，他只要念及阮江西，便能褪去一身的冷傲，如此温柔。

于景致抿了抿唇，提起笔写了几句，又问："还有呢？"

"只有她。所有片段都是她，她说的话、她的脸、她的一举一动，都很清楚。"

于景致的笔顿住，许久才写下：三天记忆清空，十年无一例外，独阮江西存了记忆。

"如何？"宋辞问。

以前他并不关心自己的病情，如此询问倒是第一次。于景致似笑非笑："你都支开阮江西了，不就是预计到情况不容乐观吗？"她不疾不徐道，"神经元联系弱化，记忆整合功能在下降，人格意识不强，唯独——"话突然顿住，于景致的笔掉落在地。

"唯独什么？"

于景致的声音有些紧涩："控制情感的中枢神经元突触在增多。"

"我听不懂这些专业术语，你只要告诉我最坏的结果是什么。"

于景致收了所有笑意，眼底一片冷沉的黑色："记忆时间缩短，可能变成两天、一天，甚至是瞬时记忆。环境感知与本能意识也会下降，逐渐被情感意识主导。也就是说，"她停顿许久，"阮江西也许在弱化你的记忆、人格意识，甚至是本能感知。"

显而易见，阮江西正在主宰宋辞，包括他的感情、他的意识和他所有的本能反应。要怎样强烈的情感，才会这样独占鳌头，弱化了宋辞所有的感知。

换句话说，阮江西成了他最大的病症。如此病症，在精神史上前所未见。

"你说的是'也许'。"

于景致放下手中的检测报告："医学史上并未出现过这样的例子，我做的这些假设不能被完全否定。"

宋辞沉思，未语。

于景致起身，走到沙发前：“你的治疗若继续停止的话，情况很有可能会变得更糟，你必须立刻接受治疗。”她权衡之后道，“我会尽量采用副作用小的物理疗法。”

“我拒绝。”只回了三个字，不由分说的强硬，宋辞起身就走。

他啊，是舍不得拿阮江西冒险，所以才会容忍任何不可控的变数。

宋辞简直是在豪赌，为了不输掉阮江西。

“宋辞。”于景致喊住他，还是没有办法无动于衷，所有急切的情绪全摆在脸上，“我没有危言耸听，阮江西是个太大的变数，如果这样放任下去，如果没有任何治疗措施，我不敢保证以后你的独立人格还会存在。宋辞，你的病赌不起。”

“赌不赌得起，你说了不算。”

是啊，除了阮江西，还有谁能左右得了宋辞呢？

于景致有些无力：“宋辞，你终究是个患者。”

“我是患者，所以，不要对我存有任何私心，我不接受。”宋辞没有回头，话语如此冷漠，毫无半点温存。

他分明清楚她的所有心思，却这样视而不见。于景致猜想，大概，宋辞是将满腹的温柔耗尽给了阮江西，所以才会对旁人这样无情无义。

遇上这样的宋辞，大概是她的劫数。

诊疗室外是长长的走廊，阮江西一个人坐在椅子上，微微低垂着头，手指有些不安地动着。

秦江轻咳一声：“宋少。”

阮江西猛地抬头，散了眉间所有的阴郁：“宋辞。”

宋辞俯身，蹲在她前面，仰头看她：“累不累？”

她摇了摇头：“不打算告诉我吗？”

他拂了拂她的脸：“我没事，不用担心。”

“那你告诉我，你很好。”她的语气有些孩子气的偏执。

宋辞握着她有些凉的手，亲了亲：“不准胡思乱想。”声音柔软，似蛊惑，他却不看她的眼。

他啊，有事瞒着她。

“我能和她单独说句话吗？”诊疗室的门被打开，于景致的话突然打破了安静。

阮江西抬头看去，宋辞却扳正她的脸：“我困了，现在就回家。”

阮江西迟疑了一下，说：“你等我一下。”

宋辞的脸立刻冷了，眼神却有些慌张："她说什么你都不要相信。"

于景致失笑。

"好。"答应他后，阮江西进了诊疗室。

宋辞看着于景致，目光森冷至极，危险又暴戾。她笑了笑，关上了诊疗室的门。

"宋少。"秦江上前，"有句话不知当不当说？"

"说。"

秦江斟酌了一番，才说："女人之间总是无话不谈的，再说于医生对您……喀喀，"宋辞的感情问题他也不敢过问，直戳重点，"您不用担心于医生会说一些危言耸听的话。"

宋辞盯着诊疗室的门："她现在应该只相信那个女人的话，而且，我没办法对她撒谎。"

秦江心想，后面一句才是重点吧。

宋辞起身，走到诊疗室门口："去查一下 Holland 的行程。"

Holland 是在宋辞人物关系图里最角落里的人，是于医生的精神科博士导师，美国精神研究所的泰斗人物。

秦江还以为宋辞刚刚色令智昏了，没想到他居然还是这么火眼金睛地瞧出了这一层。宋辞就是宋辞，别看他对阮江西撒娇黏人，骨子里终归是金字塔顶端的猎人。

"宋少是想？"照理说，于医生的医术早就青出于蓝了，何必多此一举。

"里面那个女人，我信不过。"

说实话，秦江挺同情于景致的。

十多分钟后，阮江西便出了诊疗室，宋辞立刻上前，牵起她的手："我们回家。"

她小心地避开他的手，搂住他的胳膊："困吗？"

"嗯。"她并没有提及于景致说了什么，他也不问，"我有点累，你陪我睡。"

这话，真容易让人想歪。

想歪了的秦江："阮小姐的经纪人回公司处理公关事务去了，我开车送宋少和阮小姐回去。"

"谢谢。"阮江西又说，"秦特助，今天麻烦你了。"她的口吻很礼貌，而且客气。

"阮小姐客气了。"秦江先走一步，去把车开来。

"宋辞。"

“嗯。”宋辞凑过去，隔得很近地看她，“怎么了？”

两人走得很慢，她侧着头对上宋辞的眼：“可不可以答应我两件事？”

宋辞揽着她的手微微一紧：“我不会对你说‘不’。”

“好好配合治疗，我想要你健健康康的。”她的声音轻轻软软的，像江南水乡的吴侬软语。

宋辞的心竟有些疼得发紧，他点头，将她微瘦的身子往怀里拢了拢：“还有呢？”

“还有以后，很久很久以后，都不要轻易把我忘了。”

宋辞将她紧紧搂进怀里，俯身在她耳边说：“不会忘，江西，我怎么会舍得忘了你。”

低沉的声音萦绕不散，从她耳边，到心尖，一遍一遍横冲直撞。

“就算你忘了也没关系。”眸子里清光徐徐，她看着宋辞，“因为从见到你的第一眼起我就下定了决心，在你漫长的后半生里，‘阮江西’三个字会缠着你直到老去。”

“记住你说过的话。”他带着笑意地命令，“不准反悔。”

“好。”

“作为条件，你也要答应我两件事。”

“好。”阮江西歪着头看他。

宋辞托着她的脸，深深地凝视着，一字一字咬得很重：“你要一直都喜欢我。”

“好。”

“不管我变成什么样都喜欢我。”当然，他特别强调，“只喜欢我一个。”

阮江西点点头，说“好”。

她伸手抱住他，耳中传来他微快的心跳声，还有于景致刚刚的话：“如果继续放任，会有那么一天，世界上再没有宋辞，只有一个依附于阮江西而活着的傻子，一个连自己的思想都没有的傻子。”

阮江西想，于医生的话错了，如果世上没有宋辞了，又怎么会有阮江西呢？

她小声地呢喃：“不管你变成什么样，你都是宋辞，是我一直喜欢着的宋辞。”

宋辞笑了。

“秦特助还在等我们。”

宋辞理所当然道：“让他等，我会按分钟算他服务费。”

然后，秦特助等了二十分钟。

他将两位主子送到阮江西家的巷子外，再掉头回家时，已经是凌晨两点了。

阮江西看着秦特助特别沧桑的背影，有点于心不忍：“秦特助好像很累的样子。听张晓说，秦特助的妻子怀了双胞胎，已经四个月了。”

她还听说，秦特助的太太孕吐反应太强，脾气很大。想来秦特助肯定特别辛苦。

进了屋，宋辞给她拿了拖鞋，蹲下给她脱鞋时，随口回了句：“我给了他足够的奶粉钱，暂时也没有解雇他的打算。”

阮江西似乎想到了什么，嘴角勾起浅浅的笑：“他很幸福。”

“当然，我还给他发加班工资。”宋辞给她换好鞋，将她抱到沙发上。

阮江西失笑：“我是说双胞胎。”

宋辞把她往里抱了一点，坐在她身边，手很自然地落在她的腰间：“你喜欢，我们也可以生。”

阮江西笑而不语。

双胞胎。

大概宋辞再有钱，也不能随心所欲吧。

他还说：“生多少个都可以，我养得起。”

“你喜欢孩子？”

宋辞直截了当道：“不喜欢。”

阮江西皱了皱眉头，不说话。宋辞不喜欢，可是她喜欢呢。

宋辞用手指点了点她的眉头：“不用皱眉，我虽然不喜欢，但如果是你生的，我可以接受。”这语气，似乎有些勉强。

阮江西抱着他的手，又问：“男孩女孩都无所谓吗？”

“最好是女孩。”当然，最好长得像阮江西。

阮江西点点头，记下了。

“如果你喜欢男孩的话，也可以，男孩我也不是很介意。”这语气，就不只是勉强了，简直就是退而求其次的委曲求全。

宋辞不太喜欢男孩，原因嘛，多半是嫉妒心作祟。

不过阮江西倒不这么想。宋辞这样的容貌，她若是生个像他的男孩，必然是最好看的孩子。这么想着，她笑了：“宋辞，我们好像说得有点远。”

“不远。”宋辞侧头看阮江西，语气中没有半点玩笑，“只要你想要，我们现在就可以生。”

兴许在宋辞看来，生宝宝就像给秦特助甩加班工资，他钱多，随意，完全随阮江西的意。

嗯，阮江西当真了。她思考了许久，说：“由你决定。”她认认真真地看着宋辞，语气里却有些揶揄，“总之，我不会拒绝我的宋美人。”

宋美人愉悦了，扬起大大的笑容，平时冷峻的俊脸美得惑人。他将她抱到腿上，轻轻摇晃着：“那等以后。”

“为什么？”

“现在你是我一个人的。”

只是宋辞忽略了，这世间，阮江西纵容宠溺的宋辞不止他一个。

第二天，宋辞醒来，枕边已凉，阮江西不在。

他连衣服都没换便出了卧室，在阮江西并不大的屋子里找她。

“宋辞，过来。”声音从厨房传来，宋辞扬起嘴角，以为阮江西是叫他，偏偏——

“不要舔我的手，很痒。”阮江西笑出了声，似乎十分开心。

显然，阮江西叫的不是他，是某只胖狗。

宋辞的脸，如深秋雨季的天，立刻转阴。

“江西。”他的语气有很明显的不满。

蹲在地上逗弄胖狗的阮江西这才抬头：“你起来了？我做了早饭，你先去洗漱。”

宋辞说了句“好”，然后穿着拖鞋，踢开了躺在阮江西脚边撒欢的胖狗。他正要出去，却看见阮江西拿了个小小的碟子，倒了一些狗狗专用的奶放在地上：“宋辞，先喝点奶。”

“汪汪汪！”

宋辞一张俊脸彻底阴了。

秋雨淅淅沥沥，突然下起来。可能是淋了点雨的缘故，打从秦江进阮江西家大门之后，就冷得汗毛直立的。

宋辞和阮江西正在进餐，哦，一起进餐的还有阮江西家那只尊贵的胖狗。它不仅与宋辞同桌吃饭，居然还趴在桌上，占了餐桌的半壁江山。

秦江想到了一句老话，觉得特别贴切：一人得道，鸡犬升天。

狗祖宗不知道闹啥子，躺在桌上打滚，就是不吃。

阮江西就哄它：“乖，别闹，好好吃饭。”

狗祖宗不听，用爪子去挠碟子，一小碟奶全部洒出来了，顺着桌子流到餐桌对面，沾到了宋辞的文件上。

阮江西没有注意到宋辞的文件，抱狗祖宗去洗爪子。秦江觉得屋子里的温度又低了几分，他缩了缩脖子，将手提电脑打开，放到宋辞前面：“宋少，CFT 的会议时间到了。”

莫名其妙的，气压似乎有点低，隔着屏幕，视频会议那头的一群高管似乎也意识到了气氛不对，都大气不敢乱喘。宋辞这端尤其安静，众人只听见隐隐约约的女人的声音和犬吠声。

“宋辞，你自己洗。”

“汪汪汪！”

“宋辞，你又弄得到处都是水。”

“汪汪汪！”

“宋辞，你弄湿我的裙子了。”

“汪汪汪！”

“宋辞，听话，不准闹。”

“汪汪汪！”

这对话，让锡南国际一干高级经理深思了，宋老板却靠着椅子，敛着眸，喜怒难测。

“谭经理的方案已经说完了。”秦江示意宋辞，“宋少。”您倒是给那头一点反应啊！

宋辞睫毛轻抬：“重做。”

秦江觉得有必要提醒一下：“宋少，这是之前您签过字的投资方案。”

宋辞冷冰冰地重复：“重做。”他说完，直接关了电脑，迈开修长的腿，去了浴室。

不一会儿，秦江听见浴室里传来宋辞的抱怨：“阮江西，你也太惯着这只蠢狗了。”

“宋辞不准闹。”阮江西又无奈，又有点恼。

“汪汪汪！”

“阮江西！”宋辞直接用吼的。

“我说的不是你。”阮江西指着在浴缸里翻腾的胖狗，“是它。”

“不准喊它‘宋辞’。”宋辞严词命令。

阮江西很听话，立刻改口：“宋小辞，去阳台待着。”宋胖狗哼哼唧唧，从宋辞脚边一溜烟地跑了，抖了一身水在宋辞的裤脚上。

宋辞厌恶地踢了踢，很嫌弃。

秦江上前提醒：“宋少，上午还有三个会议需要您出席。”

宋辞把手举到阮江西眼前：“我手疼，你要喂我。”

宋辞伤的是左手，拿筷子的是右手，这理由好蹩脚。这邀宠撒娇的手段，比宋胖狗也高明不到哪里去。

阮江西当真了，立刻抓着宋辞的手，十分心疼：“好。”

秦江再次不识趣地提醒：“宋少，那上午的会议？”

“你怎么还不走？”

“我这就走。”走到门口，秦江忍不住回头，很诚挚地劝了一句，“宋少，您已经好几天没有去公司了。”

然而，宋辞置若罔闻。

秦特助点到为止：“我懂了，您今天的行程我会帮您都空出来。”

打开门，他走人。一张美人脸凑过来，骤然放大，秦江脚下猛地一个趔趄。

“小辞，就算你老婆本再多，也不能这样败啊。”

女人生得三分妖娆，七分妩媚，一笑勾人心魂。

宋家的人真的各个是妖精，单看长相，简直要命。秦江稳了稳心神，站正了，道一句：“三小姐。”

这位，便是宋家老三宋应容，宋老爷的老来得女，年不过二十五，已经是江北三省最年轻的女政客。

宋应容笑着拍了拍秦江的肩：“秦江啊，怎么，又被你老板虐待了？”

秦江心里说“是”，嘴上却说：“宋少，人不是我请来的。”他顶多是报上了阮江西家的地址、门牌号、电话什么的，其他的话是唐易说的。

宋辞揽着阮江西走出厨房，似在宣布主权。

宋老三最先注意的反而是阮江西脚边那只毛茸茸的肉团子，这肉墩子，简直让宋老三为数不多的母爱泛滥了，她的眼神很慈爱：“哟，好漂亮的小狗，它叫什么名字？”说着，也不顾宋胖狗挣扎，她一把将其拽到怀里爱抚。

阮江西回答：“宋辞。”

宋应容顺着宋胖狗那一身白毛，实在是肉墩子太重，她换了只手抱：“谁问他了，我是问它。”

对于这位不请自来的美人，阮江西态度十分友好，又回道：“它也叫宋辞。”

为了证实她的话，她还刻意唤了一句：“宋辞。”

宋辞冷着脸，没反应。

宋应容怀里那只狗对着阮江西挥舞胖爪："汪汪汪！"

宋应容愣了一下，随即大笑，笑得花枝乱颤。

"笑完了就滚。"宋辞一脸冷漠。

宋应容抹了一把笑出来的眼泪，整了整衣服，嘴角的弧度收敛了几分，摆出一副长辈的慈爱模样："难怪我瞅着它亲切，原来是一家人。"盯着宋胖狗分明都胖得找不到五官的脸，宋应容满心感慨，"这么细看，与我家小辞小时候长得相差无几啊。"

宋辞与宋应容虽隔了一个辈分，年纪却一般大。宋应容总喜欢如此摆一副家长的架势，拿捏着辈分装老。

"宋老三。"宋辞恼了。

宋应容摆摆手，板着脸，一副倚老卖老的口吻："什么'宋老三'？没大没小，叫姑姑。"

说起来都是泪，分明是嫡亲的姑侄，过去二十五年，宋辞从来没有喊过她一声"姑姑"，这一直都是宋应容的一块心病啊。

"出去。"宋辞耐心不好，直接逐客。阮江西却拉了拉他的袖子，摇摇头，转头对宋应容颔首，态度不亲不疏。

宋应容若有所思了片刻，非常熟络地走到餐桌旁，对阮江西笑得如四月春风："侄媳妇是吧？我是宋应容，宋辞的姑姑，你可以随小辞喊我姑姑，不过我更希望你直接喊我的名字，我也不想在一枝花的年纪被叫得那么老。"

这声"侄媳妇"，宋辞听得颇为顺耳。

这位宋家三小姐名动Y市，即便阮江西再不谙世事，也少不得在各大新闻里看到这张容貌极其出色的脸。阮江西点点头："你好。"斟酌了一下后，她喊，"宋小姐。"

没有刻意亲近，也不乏礼貌亲和，一看便知是大家教出来的淑女。这气度仪态，即便是在名流圈里耳濡目染多年的宋老三也自叹不如。

宋应容越看越喜欢，看着阮江西的眼神慈爱得能掐出水来："真乖巧。"对着阮江西细细端详一番后，宋应容恍然大悟，"原来我家小辞口味这么清淡啊，难怪以前我给他塞了那么多火辣辣的美女，他都不瞧一眼，原来是基本方针错了。"

阮江西安安静静地听着，不喜不怒。可宋辞不是个好脾气的，恼了："宋应容。"

宋应容抱着宋胖狗后退一步，嘟嘴表示不满："喊这么大声，好像你记得住我的名字似的。”

宋辞看了秦江一眼：“现在就把她收拾走。”

秦江上前恭请。

宋应容视若无睹，将宋胖狗放在桌子上，戳着它胖乎乎的肚子逗弄：“在收拾我之前，我建议你先收拾一下外面那一位。”

天好像阴了，秦江突然有种不好的预感，总觉得暴风雨要来了，就连餐桌上的胖狗也叫唤个不停。

外面那位，恐怕来者不善。

宋辞走到门口，又折返回来，搂着阮江西的腰就亲了下去：“乖乖待在家里。”

她点头说“好”，眉头始终轻蹙着。

阮江西知道，那个女人来了，她终于来了。

“不准皱眉。”宋辞用指腹摩挲她眉间的褶皱，“有我在，谁都不能欺负你。”

宋应容傻了眼。难道她说了外面那位是来欺负阮江西的？宋辞也太草木皆兵了。

阮江西有些担忧：“注意你的手，不要碰水。”

“嗯，晚上我如果没有回来，就会让秦江来接你去我那儿，在家里乖乖等着。”

“好，晚上我给你熬粥。”

宋辞一步三回头，一副恨不得将阮江西缩小了放进口袋里带走的模样。

宋应容惊呆了，这只忠心耿耿的黏人犬是哪个啊？是她家那个暴戾冷傲、不可一世的宋辞吗？宋应容陷入深思许久，摇头感慨：“那小子，这一头栽得可真深。”

感慨完，她看了一眼还守在门口的阮江西，走过去道：“我有个问题想问侄媳妇。”

这一口一个“侄媳妇”，宋应容倒叫得顺口。

阮江西温柔婉约的眸轻转，神色恢复清冷，她以礼相待：“请问。”

真是个优雅的姑娘，一身名媛气度。

宋应容抱着臂，问：“江西是你的本名，还是化名？”

“是我母亲给我取的名字。”她并没有多做解释，眸光坦然清澈。

宋应容托着下巴端详着，似笑非笑：“那可真巧，以前也有个女孩叫江西，也是我家小辞心尖上的人。”

阮江西只是听着，脸上毫无情绪。她将桌上的狗狗抱进怀里：“宋辞，困了吗？要不要去睡觉？”

“汪汪汪！”那一坨白茸茸的肉团子钻进了阮江西怀里。

“乖。”阮江西看着那只狗，眼神温柔得能滴出水来。

宋应容突然觉得，像阮江西这样剔透温婉的女子，得多喜欢宋辞，才会这样疼爱这只狗。阮江西，似乎有点深不可测。

黑色的迈巴赫沿江停靠，车里的女人并未出来，只是摇下了车窗。女人长发绾起，穿着杏黄色的旗袍，盘扣扣到顶端，只露出一小截白皙的脖颈，侧脸轮廓精致。她是个很美丽的女人，只是眼角淡淡的纹路显现出她的真实年纪。

这位便是宋辞的母亲，江城唐家的女儿。

唐婉微微转过头来，脸上化了精致的淡妆，显得十分年轻，只是言辞语调里有着浸淫商场多年的果敢与沉稳：“你不想让我见她？”

她，自然是指小巷深处被宋辞护着的阮江西了。

宋辞站在车外，隔着半米的距离，一身的冷傲：“没有必要。”

宋辞对唐婉的态度，冷漠疏远得好似路人。

唐婉似乎习惯了宋辞如此拒人千里的模样，倒也不介意：“让你这么紧张的女人，我想应该有见面的必要。”

“我的事，不用你来干涉。”

宋辞与唐婉，虽说是亲人，却不曾亲近。说白了，唐婉不过是宋辞电脑里那张人物关系图中的一个备注为“母亲”的存在，仅此而已。

“我是你的母亲。”唐婉刻意强调，眼角上扬，有些威严。

母亲？宋辞冷睨她，语气里毫无情绪：“我不记得你是我的母亲。”

宋辞的眼神陌生而冰冷，唐婉脸上所有的端庄沉静全部破裂，她几乎吼出声来：“那你如何记得住你藏在屋子里的那个女人？”

“与你无关。”

唐婉笑出了声，嘴角勾出一抹讥讽：“我只是很好奇。听说那个女人叫阮江西，是个三流艺人。”

宋辞的眼神微微一动，尽是森然：“你调查她？”

“不需要调查，她的新闻很多。”

宋辞沉默了，眼中有防备，还有一种随时要将敌人撕裂般的暴戾。

他从未如此如履薄冰过，一个阮江西引发了他体内所有的杀伐之意和冷肃感，那是近乎毁灭的独占欲。

这样的宋辞，太危险了。

唐婉不再多言，开门见山："宋辞，她不适合你。"这样暴烈又冷傲的性子，偏偏他又毫无记忆，这样情深入骨，简直是在玩火。

唐婉重申："她不适合你，更不适合宋家。"

"我的事由我自己说了算。"宋辞警告道，"不要动她，不然，我不会顾念母子之情。"

何来的母子之情？宋辞年少离家，自此便再没踏进过宋家的门槛。

他这样的人，没有记忆，不沾染半点人世的烟火，若是没有遇到阮江西，便注定无情无爱。这样的人，也必定绝情心狠。母子之情，他何惧，何畏，何来顾念？若是唐婉动阮江西一分，他恐怕要讨回十分。

"你在威胁我？"

宋辞纠正："是警告。"

"宋辞——"

不待唐婉怒吼，他直接冷冷地打断："记住我的警告，不要动我的人。"

留下一句杀气凛凛的话，他抬脚便走，甚至没有多给一个表情。

这便是她唐婉的好儿子，两年未见，为了一个女人，如此不留情面。

她把车窗摇下，嵌着古典玉石的戒指随着滑动屏幕的动作闪着微微蓝光。她盯着屏幕里女孩的照片。

阮江西。

戴着戒指的手指摩挲着屏幕上的照片，唐婉似深思，眼神缥缈而阴寒。她突然发笑："姓阮，名江西，巧合真多。"

她拿起电话，拨了个号码，只说："去查一下阮江西。"

宋应容走后，阮江西将狗狗放到阳台上的小窝里。她站在窗户前，望着小巷深处。深秋阴冷的风灌进来，吹乱了她眸中的清波，她拨了个电话："顾白。"

顾家，顾白挂了电话，窝在沙发里，若有所思。

顾辉宏沏茶的动作一顿，看向顾白："江西的电话？"

顾白一副失魂落魄的模样，有气无力地回："嗯。"

顾辉宏鄙视道："出息！"

顾白横着一张俊脸，他一贯没上没下，吼过去："老子乐意。"

"什么'老子'！你个兔崽子，在你老子面前再开口闭口'老子'，老子就打断你的腿。”

顾白甩了个不满的眼神，撑着下巴，沉吟了许久：“老头，有人在查当年叶江西的死亡证明。”

“谁？”

“唐婉。”顾白的语气没了玩世不恭，“宋辞的母亲。”

“当老子死了啊！”怎么说阮江西也是半个顾家人，养了十五年，哪有不护着的道理，顾爷自然护短。

顾白还是不放心：“我担心她会有麻烦，你多盯着点。”

顾辉宏沏了杯茶，自顾自地品着，冷哼：“你看上的女人你自己操心。”

“我要操太多的心，阮江西那个傻女人会有负担。”顾白倒了杯茶，只是在手里晃着，却不饮。

提及阮江西，顾白便总是如此瞻前顾后，半点能耐都没有。顾辉宏鄙视得不得了：“没出息的东西！”他的种，怎么会这么没魄力！

顾白懒得理会他老子嫌弃的眼神，端了茶杯凑过去：“当年江西的事你处理干净没有？”

“你敢质疑你老子的办事能力？当年伪造的那具尸体，叶宗信那个禽兽根本没去认领。即便他认定了那是他女儿的尸体，他也不敢明目张胆地做亲子鉴定。为了阮家的财产，就是给叶宗信十个胆子他也不敢去申报江西死亡。骨灰早就被我下葬了，就算叶家现在想来认尸也得看我答不答应。想顺藤摸瓜查到江西身上，做他的春秋大梦。”顾辉宏恶声恶气，“你少操心，我顾家的人，还能让人欺负了不成？”

阮江西的事，顾白怎么会不操心。他的俊脸上满是担心，眉头都拧一块儿了：“宋家、叶家，我都不放心。”他的语气难得严肃了，“老头，你把放我身边的那几个保镖放到江西身边，没人盯着我不放心。”

顾辉宏想也不想，严词喝止：“她身边有人看着，其他的心思你想也别想。那都是老子亲自操练的人，给你保命用的。”

H 市谁不知道，顾家这位小爷是顾爷的命根子。

顾家腥风血雨了十几年，仇家数之不尽，再加上顾白平日里没少送人进监狱，明里暗里想整死他的人绝对不在少数。阮江西不同，有宋辞在，敢让她伤筋动骨的人屈指可数。不是顾辉宏不疼阮江西，手心手背都是肉，是顾白神魂颠倒，分不清轻重！

“不是你操练的我才看不上。”

得！顾爷的命根子，把阮江西当成命根子了。

顾辉宏将茶盖一扣，手已经摸到拐杖了，他横眉竖眼瞪过去：“不想挨揍，现在就给老子滚。”

顾白撑着沙发一个回旋转，离远了几步，抱着手臂：“不放人？”他勾了勾唇，似漫不经心，“那只好我亲自出马了。”他的话，绝对不是说着玩的。

顾辉宏直接一个茶盖扔过去：“你他妈的现在就滚，老子看到你那窝囊样就窝火，滚犊子！”

顾白耸耸肩，整了整发型，大大方方地走人，临到门口，说了句：“我家江西很聪明，叫你手下的人小心点。”

顾辉宏眼睛一翻，险些没被气晕过去。管家见状，立刻重新沏了一杯茶，连忙给他顺气：“顾爷，喝杯茶，消消火。”

顾辉宏大灌了一口，压下火气：“这个兔崽子！”他想了想，还是不放心，“让人给我多盯着点，就怕早晚有一天这不争气的东西要狠狠地栽个跟头。”

“顾爷放心，少爷像顾爷，可不是个没手段的。”

“屁！什么手段，还不是被江西迷了魂道。”顾辉宏恨铁不成钢，“这会儿指不定又为了别人的女人鞍前马后去了。”

阮江西可不就是别人的女人？

陆千羊忙到上午十一点才来接阮江西。托了她家艺人的福，公司公关部的电话都被打爆了，更别提她的手机，从今早五点到现在就没歇过，手机到现在还是热的。

这般情形，原因无他——她家艺人又上头条了，而且又是负面新闻。就在昨晚，记者拍到阮江西掌掴叶以萱，叶以萱所在的星皇经纪公司得理不饶人，将这件事闹得满城风雨，阮江西再一次被推到了风口浪尖。

陆千羊瘫在副驾驶座上，心好累，身体也好累。她叮嘱魏大青走小道避开记者，回头看阮江西，分析形势：“目前舆论一边倒，完全偏向叶以萱，形势很不容乐观。之前因为你的作品剪辑，多多少少增加了一些欣赏你演技的理智粉。可是就这一篇报道，再加上叶以萱微博上那张脸有点肿又梨花带雨的照片，你的形象又全被毁了。”

阮江西听完以后，似乎早意料到，处之泰然：“叶以萱的电影快上映了，她确实需要炒作。”

叶以萱此举，显然是踩着阮江西在造势，一箭双雕。

陆千羊在心里问候了叶以萱几百遍，不解地看阮江西：“你都知道那小贱人的算盘了，为什么要打她一巴掌？”

魏大青边开车边插话：“打人是不对的。”

陆千羊一眼横过去，抱怨道：“你至少要背着狗仔队再下手啊。只要没拍到你的脸，你想怎么抽就怎么抽！”

魏大青嘴角狂抽。他现在觉得，江西是被这只羊带坏了，所以才会打人。以前的江西，别说打人了，跟人红脸都没有过，别提多善良多温顺了。可是现在，江西居然会和人动手。魏大青觉得，他的道德观都受到了冲击。

阮江西笑了，却是不太在意：“当时没想那么多，只是想打她而已。”

只是想打她而已……阮江西居然能说出这样没有淑女气度的话！不仅道德观，魏大青的三观都颠覆了。

陆千羊也惊了，凑过去八卦：“你这不温不火的性子，我就从来没见你红过脸。她怎么惹你了？居然能逼你动手，那也是个人才。”

“因为她摔坏了我的手机，我才很久都找不到宋辞。”

果然，只有宋辞才能让她家艺人方寸大乱，甚至动手打人。

陆千羊完全不惊讶：“难怪，原来是触到逆鳞了。”

阮江西并不否认。

魏大青内心很感慨，他觉得宋辞太能左右阮江西了。

八卦完，陆千羊又正经起来，满脸愁绪：“公司已经做了危机公关处理，再加上锡南国际的压力，应该没有媒体会乱嚷嚷了。但是网上的恶评还是跟滚雪球一样，尤其是叶以萱的粉丝，公开在公司官博上要求你道歉，甚至扬言要你滚出娱乐圈。公司的意思是想大事化小，小事化了。”

阮江西头都没抬，语气淡淡：“我不会道歉。”

陆千羊就知道会是这个结果。别看阮江西性子温和，但脾气倔得很，尤其是碰上宋辞的事情，她从来不退让半分。

陆千羊正头疼，手机铃声适时响起。她接了个电话，五分钟后，原本愁云惨淡的小脸瞬间变得晴朗了：“不用道歉了。”

“嗯？”

陆千羊乐滋滋地说：“顾大律师直接把叶以萱和那几家炒作的新闻社送上了

法庭。”她扬扬得意，俏皮地对着阮江西眨了眨眼睛，“顾白律师有时候简直帅毙了，这护短的劲头儿……”她竖起大拇指，“有前途。”

顾白律师对她家艺人，简直是掏心窝子的好。

阮江西沉默了一会儿，问：“他给他们安了什么罪名？”

严格意义上来说，她动手在前，再怎么强词夺理，要脱罪也很难，那么只有一条路可走——颠倒黑白，反咬一口。

陆千羊冷哼一声，幸灾乐祸：“告叶以萱诽谤罪，告新闻社侵犯肖像权。”

诽谤罪还好说，听到后面，阮江西眸中有些疑惑：“肖像权？”艺人何来肖像权一说。

陆千羊将手机递过去，指了指照片的最角落：“你仔细看，这是什么？”

阮江西仔细看过去。

“脸，顾白的侧脸。”陆千羊忍俊不禁，“照片拍到了顾律师金贵的脸。”

阮江西浅笑：“这家新闻社的名字很眼熟。”

“当然眼熟了，每一次你的负面新闻爆出来都没少过这冤家。不过，刚刚张晓打来电话跟我说，锡南国际的手已经伸了过去，收购是分分钟的事。”陆千羊眨巴着眼，“你猜这家新闻社背后的人是谁？”

阮江西心平气和，轻启菱唇：“叶氏。”

神机妙算，阮江西也！

“我就知道什么都瞒不过你。”转念一想，陆千羊惆怅了，“不过就算媒体都不敢吭声了，还有网络啊。”她把手机递给阮江西看，“你看看，这恶评太嚣张了。更可恨的是叶以萱，跑到微博上去装可怜，她也不怕遭雷劈。”

阮江西只瞧了一眼，并不太关心。

得，皇帝不急急死太监！陆千羊讪讪地低着头继续刷手机。

就在今早，阮江西掌掴叶以萱的报道曝光不到半个小时，叶以萱发了一条微博，内容如下——

叶以萱 V：“我本清心，何苦为难。对不起蚂蚁们，因为我的脸，大家要一个星期见不到我了，别担心，我很好。”

这条微博下还附一张梨花带雨的素颜照，她侧着左脸，微微上扬四十五度，眸子莹润，角度、轮廓、肤色，堪称完美，美中不足的便是左侧脸上有隐约可见的指痕。

楚楚可怜的语气，我见犹怜的伤痕。一时间，掌掴暴行坐实，阮江西百口莫辩。

微博一出，叶以萱所在的星皇娱乐公司便在官博上要求阮江西公开道歉。顿时，所有矛头全部指向阮江西。网上骂声一片，舆论完全一边倒，网友留言分分钟刷出新三观。

之后，更有网友甩出阮江西掌掴叶以萱的照片，下面足足刷了几页评论。

然而，正当舆论将阮江西推到风口浪尖时，叶以萱的微博下面却出现几条画风格格不入的留言——

方菲 V：“师妹，哭戏有待加强 @ 叶以萱 V。”

众所周知，方菲与叶以萱师出同门，只是……方影后是在揭叶以萱的短？还是在嘲讽叶以萱装可怜？

不待网友摸清方影后的言外之意，天宇的乔彦庭就着方菲的留言回复了一条——

乔彦庭 V 回复 @ 方菲 V：“是庞潇云老师教的。”

乔影帝这又是闹哪样？谁不知道帝京戏剧学院的庞潇云老师是教形体的。

乔影帝回复没三分钟，又炸出一位天宇的歌手。

关琳 V 回复 @ 乔彦庭 V：“庞潇云老师形体教得好，哭戏嘛，是硬伤。”

这几位名人有考虑过庞潇云老师此刻心里的阴影面积吗？

显然，天宇这三位艺人是来护短的，明显偏帮阮江西。同是天宇的艺人，矛头一致对外也说得过去。只是，下面这位微博三分钟被顶上热搜的唐天王是在整什么幺蛾子？

唐易只发了一句话，直接让网站的服务器崩溃——

“弟妹，挺住！”

众所周知，唐天王出身江城唐家，与锡南国际的宋少是表兄弟，能让唐天王称一声“弟妹”的人……

网上又炸开了锅。

天宇娱乐门口，里三层外三层全是蹲点的记者，简直将方圆十米堵了个水泄不通。方菲笑了，想当年她摘夺戛纳影后之时，也没惹出这样的声势。阮江西倒好，旁若无人地煮了一壶咖啡，喝起了上午茶。

方菲笑着将桌上的杂志扔过去：“这娱乐杂志上百分之八十的篇幅是你，百分之二十是叶以萱的新电影，遣词造句委婉得像外交洽谈，不敢单刀直入又要无痕迹植入，也真是难为这帮娱乐记者了。”

无疑，媒体对锡南国际有着七分畏惧，三分忌惮，并不敢明面上诟病阮江西一言半句。

阮江西这个当事人，也置若罔闻。

方菲啼笑皆非，开玩笑道："江西，你占尽了头条不炒作，太浪费资源了，而且还便宜了叶以萱，她的电影光预售票房就创了新高。"方菲半真半假地调侃，"叶以萱有这票房，你可是头号功臣啊。江西，下次我电影上映宣传就指着你了。"

毫无疑问，阮江西这个话题女王简直比任何宣传手段都管用，基本只要跟阮江西扯上关系，就一定能上头条。

乔彦庭说："她开玩笑呢。"

阮江西却十分认真："好，下次我帮你宣传。"

方菲笑弯了腰。阮江西这姑娘，有时候耿直得让人瞠目结舌。

"你应该拦着她。"阮江西拧眉说道。

乔彦庭饮了一口咖啡，问："你指的是？"咖啡的味道很好，有些偏甜，是阮江西一贯的喜好。

"微博。"阮江西说，"粉丝反应很大，你们会受牵连。"

毋庸置疑，阮江西招黑，太招黑了。因为一个宋辞，她基本得罪了万千女性。

乔彦庭不禁笑道："是有点出乎意料，你的黑粉超出了我的预想。不过，我拦不住她，只能舍命陪君子了。"

方菲的性子向来我行我素，她丝毫不以为意："怕什么？江西，放心，有宋辞在，媒体磨碎了牙也不敢咬你。不过，你能不能开个微博号？从今天早上到现在已经有一百万人关注了我，就为了跑到我的微博上来黑你，简直就是团伙作案啊！"

一百多万人啊，多么强大的黑粉阵营，这像话吗？还有，阮江西入行三年有余，连个微博号都没有，这像话吗？

"我不建议你开微博，"关琳双手插在口袋里，闲庭信步地走过来，"现在的黑粉，嘴都跟泡过孔雀胆似的。"

阮江西不置可否，认认真真地浏览方菲的微博，偶尔品一口咖啡，神色淡然。

关琳与方菲面面相觑之后失笑。面对几百万的黑粉，这当事人未免太不当回事了。

陆千羊进来的时候，阮江西正盯着平板，姿势、表情与她平时看时政报纸时如出一辙。

网上那群黑粉个个骂人跟上了发条似的，她家艺人倒是气度好，一条一条看下去，还能这么面不改色。当然，除了看到与宋辞相关的话题时。

滑动屏幕的手指突然停顿，阮江西皱着眉，凑近了看。

陆千羊也凑过去。果然，又看到宋辞被女网友提到了："宋哥哥，昨天我梦见你了，是春梦哟。"

这位姑娘肯定是寂寞了，真露骨。陆千羊直接接过阮江西手里的平板："看这些东西做什么？这不是添堵吗？"

阮江西微微抿着唇。

难得她家总是云淡风轻的艺人有这样的独占欲，陆千羊笑了笑："不过你也没什么好犯堵的，这帮花痴顶多就做做春梦，你却可以真刀实枪地把宋辞就地正法！"

阮江西认真地想了想，似乎觉得有理，这才松了眉头。

陆千羊笑不出来了，她真的只是扯了个黄段子，真的没有怂恿她家艺人纵情声色。陆千羊立刻严肃起来："江西，你和宋辞千万要悠着点，别那什么什么太随性了，那什么什么也得做足了。"

阮江西但笑不语。

陆千羊觉得她家艺人肯定会惯着宋辞，不管在哪方面。她正要再苦口婆心一番，就听阮江西问："今天还有没有通告？如果没有我想早点回去。"

陆千羊的表情很复杂："江西，不用这么急吧，现在艳阳高照，怎么着也得等到夜黑风高呀。"

得，这只羊脑子里荡漾的全是有色颜料。

阮江西有些哭笑不得，解释道："我要回去给宋辞熬粥。"

熬粥？熬粥好啊。陆千羊脸色阴转晴了，调侃道："没看出来，我家江西还有做贤妻良母的潜质。"

"嗯。"阮江西轻描淡写地回了这么一个字。

"江西，你不会有隐退的想法吧。"

见阮江西笑而不语，陆千羊有种恨不得抽自己一嘴巴的冲动，她这是哪壶不开提哪壶！她赶紧说正事："于大牌的部分今天拍完了，广告算是全部杀青了。Oushernar 在千叶会所办了个庆功宴，广告商特邀你出席，大概也想趁着新产品预售之前，借着你的话题度再炒一把。"陆千羊想了想，"不过如果你不想去也没关系，锡南国际的老板娘可以任性。"

其实陆千羊是希望她家艺人去的，一来可以积累圈中人脉，二来也晾晾宋辞。她总觉得阮江西对宋辞太千依百顺了。

阮江西看了一下时间，问："几点结束？"

"晚上六点开始，你想几点结束都可以，就算只露个脸都可以。"

结果，阮江西就真的只露了个脸。

只是陆千羊千算万算也算不到，就只露了个脸，还是出事了。

在去千叶会所的途中，阮江西在车上给宋辞打了个电话。宋辞可能是不满阮江西冷着他，语气金贵傲娇得不得了。阮江西性子好，软着语气哄，这才消了大少爷的气。他缠着阮江西却是怎么也不挂电话，于是乎，阮江西姗姗来迟了。

当然，投资方和广告商都得等着阮江西到场了才开始。笑话，锡南国际老板娘的面子，谁敢拂了？

哦，还有位大牌敢。于大超模不爽，打从阮江西一进来就不爽，喝了三杯红酒，骂了四个服务员。

陆千羊给阮江西要了杯果汁："江西，你是不是又得罪那位祖宗了？"她挑衅地朝于景言睨了一眼，"于大牌的眼里有一把火，就像那冬天里的一把火。"

阮江西懒懒地窝在会所的沙发上，小口喝着果汁，安安静静地垂眸，没有看于景言。

"我已经尽量不招惹他了。"

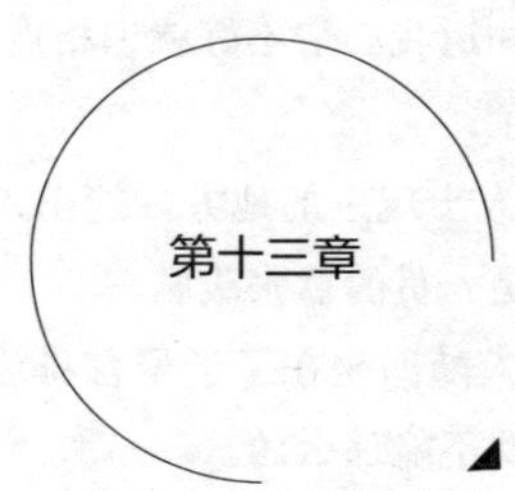

第十三章

我们去登记好不好

于大牌正在刁难第五个服务员。

陆千羊摇晃了几下红酒杯，抿了一小口，不得劲，又灌了一大口。她咧嘴一笑："无视，永远是孔雀男的禁区。"

吧台那边，于景言眼里烧了一把火。他举起杯子猛灌了几口，喝得急，呛得两眼通红，咳嗽不断，俊脸瞬间烧得火红。

一只葱白纤细的手递过来一块手绢，于景言看了一眼，没有给一点反应。

手绢的主人是个十分漂亮的女人，身段纤细苗条，不难看出是模特出身。

"一杯 Whiskey。"美丽的女人在于景言身边落座，笑着问，"心情不好？"

于景言抬头冷冷一睃："知道我心情不好就识相点。滚。"

女人妆容精致的脸顿时僵了。

千叶会所是专供上流社会人士玩乐的地方，能出入于此的，都是H市有头有脸的人，于景言倒是在哪儿都是一贯的嚣张跋扈。

待女人走后，一个年轻男人随即坐在了于景言身边的位子上，他随手拿了杯红酒，调侃道："景言，对美女不能那么凶。"

男人二十岁出头，五官生得端正，身形偏瘦，若非双眼浮肿、眸光无神，倒也相貌堂堂。这个年轻男人，便是千叶会所的少东家叶竞轩，叶氏电子董事长叶宗信的独子。

名流圈里谁不知道，叶氏的少爷是个玩得狠、玩得开的，是个十足的风流大少。

叶家与于家有生意往来，两家又交好，于景言与叶竞轩虽不是一丘之貉，却也彼此熟稔。

于景言丝毫不给叶竞轩面子，也没个好眼色："你以为谁都像你，躺在床上的就是美女。"

叶竞轩一口酒险些喷出来，憋红了脸："说话能不能留点口德？"

这两人向来不对盘，都是惯坏了的大少，一个嚣张跋扈，一个我行我素。

于景言冷嘲热讽："你带着女人去酒店的时候也没留点德行，现在让我留口德？"他伸出小拇指，拨了拨叶竞轩的衣领，满脸嫌恶，"擦干净这玩意儿，也不嫌脏。"

叶竞轩衣领上是女人留下的口红印，于景言似乎嫌脏，掏出方巾使劲擦了几下手。

叶竞轩冷嗤了一声："得，你心情不好，我懒得撞枪口。"他顺着于景言的视线望过去，"是不是那个女人让你吃瘪了？火气这么大。"

于景言狠狠地瞪过去："滚你丫的！她算什么东西。"

虚张声势，此地无银三百两。

叶竞轩眯了眯斜长的眼：“果然是她。”他肆意打量着，“还算有几分姿色。”

他眼中有显而易见的兴趣。

于景言一脚踢在叶竞轩的高脚椅上，吼道：“管好你的眼睛！她可是宋辞的女朋友，出了什么事别怪我没提醒你。”

叶竞轩面露鄙夷：“不过是个想攀高枝的女人。”

于景言直接撂了酒杯：“看来你不仅管不住你的下半身，连你的脑子也管不住。”他一分面子不留，十分恶劣毒舌。

平日里哪个对叶家少爷不是毕恭毕敬，叶竞轩哪里受过这样的气，当场红了眼：“你说谁没脑子？！”

“说你。”于景言不温不火地丢了两个字，抬脚就走人，完全一副不屑与之为伍的姿态。

叶竞轩捏紧了手中的杯子，暗沉的眸子阴鸷不明：“我倒要看看你管不管得住！”

约莫半刻钟后，一人行色匆匆地进了会所的高级包厢。里面灯光调得很暗，隐约能看清沙发上的男人半敞着衬衫，裸露的肌肤上有几道抓痕。想来刚纵情声色，男人的嗓音还有些嘶哑：“办妥了没有？”

来人穿着西装，打着领结，正是会所的酒保：“于少已经在包厢了。老板，于少可不是个讲情面的，这要是得罪了他，万一他发难的话？”

叶竞轩冷哼：“于家和叶家十几年交情，傻子才会为了个女人和我叶家交恶。”他并没有多少耐心，“那个女人呢？”

“Oushernar 的人一直都在，根本不好下手，何况，”酒保反复权衡，有些瞻前顾后，“听说那个女人和宋少关系不浅，贸然动作恐怕会得罪锡南国际。”

“宋辞玩玩而已，还能动真格的？”叶竞轩嘲弄，“不就是个女人，还能掀起什么风浪？”

阮江西喜静，一个人窝在角落的沙发里，抱着手机和宋辞发短信。

“阮小姐，我们老板有事相请。”

平白被扰，阮江西蹙了蹙眉：“你们老板是哪位？”

“叶家二少。”男人身材高大健硕，挡住了照进角落里的微微光线。

阮江西看不清男人的样貌，只认得他穿着会所酒保的衣服。她微微退开几步，眸中有几分冷漠和防备：“我不认识他。”

“不认识没关系，等会儿就认识了。而且于少也在，阮小姐还是给我们老板一个面子为好。”男人的语气已经带了几分威胁。

“我为什么要给他面子？”她嗓音微冷，“让开。”

男人一动不动，只是眸光微移。

悠扬的铃声突然响起，阮江西看了一眼手机，清秀的侧脸瞬间柔和。她避过身去，喊了一声：“宋辞。”

几步之外的男人陷入思忖，表情晦暗不明。

“什么时候回来？你早上说了会给我熬粥。”电话里，宋辞的语气有些不满。

阮江西笑着轻言：“我现在就回去，不要等我，你先吃饭——”

话音骤停，宋辞只听见一声手机砸落的声响。

掉落在地的手机，屏幕依旧还亮着白光，隐约还传来一声声急切到暴烈的喊叫。

“江西！江西，你怎么了？

“你说话！阮江西！江西——”

会所的回廊里沉寂无声，没有半点回应。

不到十五分钟，秦江就赶到了千叶会所。只见他家老板疯了似的一间一间包厢的门踹过去，脸色阴沉得一塌糊涂。秦江伺候宋辞七年，还是第一次见宋辞如此心慌暴怒，敛不住一身的杀气。

秦江不敢靠太近：“宋少，整个会所都封了，楚队长的人也全部出动了，只要人还在会所，最多三十分钟就能找到阮小姐。”

千叶会所整整十三层，即便是出动整个刑侦大队，三十分钟也已是极限。

“十分钟。”声音刺骨，杀气凛凛，宋辞下的是死命令，即便秦江再想反驳，也没有那个胆。会所里面行踪不明的人可是阮江西，是锡南国际未来的老板娘，是宋辞藏在心尖上的人。

宋辞背着光，眸中没有一点光亮，一片黑沉喧嚣乱涌：“如果她出了什么差池，今晚这个会所的人谁也别想好过。”

秦江不敢再耽误，将宋少的原话传达给刑侦大队的楚队长。

楚大队长当场就咆哮了：“十分钟？当老子是哮天犬啊！”一张年轻的国字脸臭得不得了。

楚队名楚立人，和宋辞有点交情——塑料情。

就十分钟时间，差点没要了楚立人的老命！整整十三楼，他带着一帮兄弟光撞门都撞得快要吐血了。

“队长，人找到了，在十二楼！”

楚立人正要通知，身侧一阵冷风过去，已经看不见宋辞的身影了。

这真是宋辞？秦特助嘴里那个女人到底是何方神圣，居然降住了宋辞。料想，这位锡南国际未来的老板娘肯定是宋辞心尖上的宝贝，楚立人只盼着不要出什么岔子才好。

只是当楚立人赶到十二楼的包厢时，他再一次傻眼了。他的兄弟们一个一个全部四仰八叉，躺地哀号。

楚立人一脚迈出去，还没反应过来，脚下一滑，咚的一声，五体投地了。屁股先着地，他本能地号了一句：“嗷！”他正要起身，手刚触及地板，掌心顿时传来钻心的疼，“嗷嗷嗷——”

鬼哭狼嚎，人仰马翻，正是如此。

刚赶来的秦江傻了：“什么情况？”

楚立人龇牙咧嘴，抬起手一看，立马有几滴血珠子从掌心冒出来。他疼得声都颤了：“怎么会有玻璃？”除了血，手心还有一片黏腻滑溜的不明物，不仅要忍疼，还要忍住恶心，楚立人一脸无法形容的表情，“这是什么鬼？”

满地的玻璃，满地黏糊糊的液体，满地东倒西歪的刑警，如此狼狈。只是，隔着不到三米远的距离，女人坐在沙发上，随意而靠，身上披着黑色的绒毯，肤色白皙，轮廓秀丽，眸光淡淡，如此闲适而处。

这位便是宋辞心尖上的人，好个处变不惊的人儿。楚立人抬头看去，就见宋辞将外套脱了，铺在地上。

他踩在那价格不菲的西装外套上，满眼都是三米外的人影。他跨过去的步子很大，很慌乱，视线密密麻麻笼着他的女人，看都没看躺一地的哥们儿。

除了阮江西，宋辞才不管别人的死活！

走近了，宋辞半跪在阮江西跟前，抬起手，似乎不太敢碰她，手有些不知所措地悬在空中：“有没有哪里伤到？”

宋辞从未这么胆战心惊过。

阮江西抓着他的手，放在脖子上蹭了蹭：“没有受伤，我很好。”她将他拉到身边坐下，指了指躺在最里侧已经没了声响的几个男人，“不过我伤了人。”

那几人穿着统一的黑色西装，摔在了玻璃碴最多的那一片，淌了一地的血。这几人并非楚立人的人，想必是意图不轨之人。

七八个大男人，被一个手无缚鸡之力的女人整成这副德行。宋辞的女人，攻击力果然不容小觑！

宋辞侧眸，满眼森然。

“叶竞轩。”阮江西偎在他怀里，说了个名字。

“交给我处理就好。”

宋辞转头，看着一地东倒西歪的人：“都出去。”

楚立人翻白眼。以为他不想吗？可这一地的玻璃碴，是要他飞出去吗？啊！

宋辞说：“拖出去。”

“是。”秦江忍着笑。

楚立人当场僵化。

秦江走过去，很慎重地表示：“我会轻点。”

“嗷嗷嗷——”随着一阵鬼哭狼嚎，刑侦队的人，还有那几个意图不轨的人，都被一并拖出去了。

宋辞把阮江西抱进怀里。

“你吓死我了。”他心有余悸，“以后不准这样吓我。”

“不要那么担心，我头脑还不错，不会那么容易出事。”阮江西面露歉意，“只是他们好像摔得不轻。”

哪里是不轻，楚立人半边身子几乎废了，要不是秦江拖着，他非得在这里躺尸不可。

不过，宋辞是这样回复他女人的：“死不了。”

刚被拖到门口的楚立人冲阮江西吆喝：“快摔残老子了，你往地上倒了什么？滑滑的、黏黏的。”

宋辞他女人的声音轻轻软软的：“沐浴露。”

“那这些玻璃是怎么回事？”

“是我故意摔碎的红酒杯。”阮江西稍显愧疚，“不好意思，误伤了你。”

先用沐浴露把人放倒，再用碎玻璃给人放血，手无缚鸡之力还不是照样先发制人？宋辞的女人跟他一样，都不是好惹的。

楚立人好不容易站起身来，扶着墙，整个一伤残人士。他的脸很臭：“误伤？”

他一眼睃过去，他的哥们儿没几个能直起腰来的：“宋少，我的兄弟都见血了，这笔账你打算怎么算？”

宋辞不冷不热道：“要多少住院费你开个价。”

资本家一贯的处事手法——砸钱，用钱狠狠地砸！

楚立人竟无语凝噎了。他拿出平时审要犯的那一套：“阮小姐，这个案子疑点很多，警方会尽快调查叶竞轩，也请你跟我回去协助调查。”

阮江西迟疑了一下，还未开口，她身边的宋辞就直接将人抱了起来。他踩着地板上的西装走出包厢，路过楚立人身侧时给了个不耐烦的眼神：“我女朋友累了。”

扔下这一句，他抱着人走了。

楚立人瞪着他：“老子想骂人。”

“楚队长忍住。”秦江好心劝说，“住院费的支票还没开，你可不要冲动。”

楚立人想打人。

秦江接了个电话，又对楚立人说：“浴室里还有一个人。”

“谁？”

“于家四少。”

叶竞轩那个不知天高地厚的，居然一次得罪了两尊大佛。那位超模大人，得，又是个难办的。

于景言是被人从浴缸里捞起来的，一缸冷水把他冻蒙了，他晕了一个多小时才醒过来。

于景言被捞上来后说的第一句话是：“冻死老子了！”

即将入冬的时节，他一身湿漉漉的，猛打哆嗦，对着捞他的刑警小哥咆哮：“热水器和空调是哪个王八羔子给关的？”

刑警小哥不说话，他可不好暴露锡南国际老板娘的“罪行”。听楚队长说，是于少被叶公子喂了药，神志不清，老板娘才把人丢进了冷水里，她纯属自卫。

次日一早，千叶会所因为账目问题被查封了，而少东家叶竞轩涉嫌偷税漏税，被捕入狱。报道铺天盖地，却没有提到阮江西半句。

楚立人也是佩服宋辞的手段，警方都查不出的账目，他用一个晚上，就捅了千叶会所的底。

千叶会所正一团乱麻，宋辞家中却冬日暖阳，岁月静好。

兴许是昨夜累到了，阮江西睡得很沉。宋辞撑着头，侧身看着她，偶尔会忍不住俯身亲她。她睡相很好，睡着了便会乖乖抱着他的腰，一直不松手。他爱极了她如此模样，只觉得心头软得一塌糊涂，他低头啄了啄她的唇。

手机铃声突然响起来，宋辞的脸色立刻转阴。他掠视了一眼手机，直接掐断，却还是吵醒了怀里的人。她半眯着眸子，睡眼惺忪地看他。宋辞拍拍她的背："别管，你接着睡。"

睡意消散了几分，阮江西揉着眼睛，问："是谁？"

宋辞轻描淡写地回了一句："不相干的人。"

"我的号码没有给过不相干的人。"

宋辞不说话了。在他看来，除了他自己，阮江西身边的任何人都是不相干的人，自然不能与自己相提并论。

"不用管。"

阮江西失笑，从被子里探出手，勾着宋辞的脖子往下。她亲了亲他的嘴角，他立马乖乖配合。

这时候的宋辞总会非常乖顺，阮江西笑出了声，环在他后背的手已经够到了手机。她又亲了亲他的脸，便转头去看手机。

见怀里亲吻的人忽然不理他，宋辞恼了："阮江西！"

她声音软软地喊他，带着些讨好与撒娇："宋辞。"

宋辞哪里还恼得起来，只是由着性子把她就着被子一起裹进了怀里。她乖乖不动，抬头看他："千羊被公司辞退了。"

陆千羊给她发了一百零八条短信，每一条都是同一句话：我失业了。

"嗯。"宋辞兴趣并不大，埋头给阮江西整理凌乱的头发。

"是不是和你有关？"她不是问他，而是笃定。必定是宋辞出手了，昨晚的事，他要拿陆千羊开刀。

毕竟，整个天宇，若非阮江西点头，若非宋辞出面，又有谁敢解雇她的经纪人。

宋辞不否认："是我。"

阮江西很理智，平静地问："理由是什么？"

"她太没用了，放她在你身边我不放心。"

一直以来，宋辞都毫不掩饰他对陆千羊这个经纪人的不满意。加之昨夜陆千羊因其他事先一步离开了千叶会所，让阮江西孤立无援。仅此一点，就已经耗完了宋辞为数不多的耐心和仁慈。

事关阮江西，宋辞似乎总会很偏执独断，奉行的手腕一贯都是斩草除根、不留后患。

"昨天是我让她先走的，不是她的失误。她很好，作为我的经纪人，她很称职。"显然，阮江西是在求情。

宋辞语气强势："换了她，我会给你找更好的。"显然，宋辞固执己见。

宋辞极少如此违背阮江西的喜好，平日里，他多半对她言听计从，如此强硬坚决，怕是昨晚之事让他心惊胆战了，所以才如此草木皆兵。

阮江西刻意放软了嗓音，央求似的："我可不可以说'不'？"

宋辞别开眼："没有人可以毫无条件地对我说'不'。"

"那宋先生有什么条件呢？"她笑吟吟的，带着几分狡黠，几分灵动，像只狡猾的猫儿。

宋辞不经思考，捉住阮江西放在腰间的不太安分的小手："退出娱乐圈，时时刻刻都待在我身边，一步也不要离开我。"

这是第一次，他正面要求阮江西退出娱乐圈。

她认真地回视他，没有思忖便回答了他："我不想这样。"

她态度坚决，并不像她平日里那般温顺听话。

宋辞捧着她的脸，只是看着她清婉的眸，便强势不起来，他放软了语调："你有我了，还不够吗？我可以把我的一切都给你，你就不能一直都陪着我吗？"

"我想站在很高的地方，做配得上你的人。"

宋辞似乎有点愠恼了："谁敢说你配不上？"

在他看来，他的女人自然是最尊贵的，他都舍不得骂她，怎么能容许别人说一句。她这个理由在他看来，根本不成立。

阮江西今天似乎格外倔，并不愿听话："我不想背负一身骂名，躲在你身后。"

她的声音很软糯，神色也平和温婉，却没有半分示弱。光是一双清澈得毫无杂质的瞳孔，就让宋辞一点办法也没有。他向她服软："我不会允许别人说你一句不好，不要跟我犟了好不好？就这一次，你听我的，以后，我什么都让你做主。"

昨晚之事只是根导火索，让阮江西退出演艺圈的想法宋辞早就有了。不仅是因为他心疼她，更多的是因为他自己的私心——他的女人怎么能在镜头前"抛头露面"让别人看了去？最好是藏起来，只有他一个人能看能碰。

可是，平日里对宋辞有求必应的阮江西这次却分外执着："你不允许别人说我一句不好，只是悠悠众口是堵不住的。我也一样，我也容不得别人说你一句不好，即便只是被人质疑你的眼光，我也不要。你是宋辞，你那么好，值得最好的女人来配，而那个女人只能是我。"她抬起古玉般的眸，就那样安静地凝视他的眼，"宋辞，我既然进了演艺圈，就不容许自己背负一身骂名地退出。我必然要站到那个领域的最顶端，因为我是你宋辞的女人，是唯一配得上你的女人。"

宋辞沉默了，眼睛深处翻涌的全是浓烈得快要溢出来的情动。他想，阮江西太会攻心了，三言两语就击溃了他所有的防线。

见他不说话，阮江西凑上去亲他的下巴，笑着问："给我一些时间好不好？"

他沉默不语，只盯着她。

她哪里会看不出来他已经投降了？她笑得越发扬扬得意："不说话是不是代表默认了？"

对上阮江西，宋辞就从来没有赢过。他沉默了片刻，才说："我在想，如果你怀了我的宝宝，是不是就会老老实实地待在我身边哪儿也不去。"

阮江西完全愣住。

他却微微挑眉，俯身截住她的唇，含着她的舌尖重重地吮吸。这个亲吻有些暴烈，一点也不温柔，似乎要将她吞入腹中。

她睁着眼，感受到唇齿间传来热度，还有轻微的灼痛，才恍然回神。随即，她闭上眼，微微张着嘴，予取予求。

在快要入冬的早晨，宋辞却只觉得浑身发热，体内似乎有什么在喧嚣。

"江西，我们去登记好不好？"他抬起眼看她，本就好看的容颜因染了几分情欲，没了半分平日的清冷，微微有些性感，竟多了几分妖艳。

这样的宋辞，简直摄人心魂。

阮江西失神了许久，直到宋辞的吻沿着脖子一点一点往下时，才恍然梦醒。她有些认真又有些严肃地说："我的户口在顾家，如果迁出来，可能需要一点时间。"

顿时，所有旖旎戛然而止。

若阮江西只是点头，接下来必然是一场铺天盖地的情动。宋辞有意引诱，换了其他女人，哪个还能这样全程心思平静，偏偏阮江西理智又诚实。

她似乎也察觉到宋辞突然恼了，小心地扯了扯他的衣服，像个犯了错却乖巧的小孩："我不是不答应，是户口真的在顾家。"

宋辞沉着脸，转过头不理她，拿起手机给秦江打了个电话，语气很不好，只说了一句话："我不管你用什么办法，立刻把阮江西的户口从顾家弄出来。"

说完他挂了电话，将手机扔在了地毯上，转身按着阮江西的肩就吻下去，完全不由分说，直接又咬又舔。

阮江西觉得宋辞使性子的时候有点像狗狗，会生气，却喜欢讨好地舔她，她便乖乖由着他动作。衣服早就凌乱了，乌黑的长发铺在枕头上，散乱极了，纯黑色的绒更衬得她裸露的肩头肤如凝脂，她的耳边是他乱得毫无规律的喘息。

宋辞几乎语不成句，吻着她裸露的肌肤："江西，我很难受。"

他抱着她，肌肤相贴，他所有的身体反应毫不避讳地暴露在阮江西的感知下。

这样滚烫的情潮让她有点不知所措，她眼睛睁得很大，水雾朦胧的眸子看着宋辞。

他哑着嗓音："江西，你要不要摸摸我？"问完，却不待阮江西反应，他直接反手拉过被子，遮住了相缠的身影……

初冬的早晨，阳光正好。

早上九点，秦江的电话打到了顾辉宏那里。

H市顾家家主，是除宋老板之外最难伺候的主。秦江毕恭毕敬道："顾爷。"

"我是锡南国际宋少的特助。"

"哦，有点私事找顾爷。"

"阮江西的户口——"

不等秦江说完，顾辉宏就不耐烦地打断了他的话，口气简直恶劣："想得美，老子养了十五年的人，他宋辞想拐走？想也别想！"

"顾爷，您听我说——"

"嘟嘟嘟嘟……"电话直接被挂断了。

秦江捏了捏眉心，头很痛。

再说回宋家，将近十点，阮江西才满脸绯色地出了房间。然后她直接钻进了宋辞家的厨房，脖颈处的潮热一直都没褪下。

宋辞的心情却十分好，寸步不离地跟在阮江西后面，黏人得厉害。

"江西，你给我挑衣服。

"江西，我要喝水。

"江西，你过来，陪我一起喝。"

隔着几米远的距离，阮江西微微低头敛眸。这会儿的她，太安静了。

宋辞有些不满，走到她跟前："阮江西，你为什么都不抬头看我？"

指尖下，她的皮肤很烫。宋辞凑过去，几乎要挨着她的鼻尖。他细细瞧着他的女人，她的脸颊和脖子都泛着不正常的绯色，眸光潮红，却不看他。

"江西。"宋辞笃定地道，"你在躲我。"他把她拽到怀里，"为什么躲着我？"

她将眼睫略微垂下，在眼下落了一层淡淡的灰影，小声道："我在给你做饭。"

宋辞很固执，双手扳过她的脸，与她对视："那为什么不看我？"

她抬起头，眸子温润，水光盈盈，白皙的脸不施粉黛，却染了一层绯红。她身上穿着宋辞的白衬衫，更显得锁骨分明，裸露的肌肤上隐约能看到轻微的痕迹。

“脸怎么这么红？”宋辞用手背探了探阮江西的额头，“很烫。”他又用指腹去触碰她领口的皮肤。

她瑟缩了一下，脖子上的红色深了几分。

指腹下一片滚烫，宋辞这才发觉：“江西，你还在害羞。”

确实，他早上闹她是闹得狠了点。

她应他，声音几不可闻。

宋辞抬起她的头，微微俯视她：“是因为喜欢你，我才会想抱你，亲吻你，和你做最亲密的事。我整个人都属于你，你不需要害羞。”他抓着她的手，放在唇边亲了亲，“江西，你要习惯我，因为我是你的。”

他亲吻她的指尖，近乎虔诚。便是这双手，也能让他宋辞将命都交付出去。

当然，这双手……宋辞很诚实地告诉阮江西：“早上我很舒服。”

阮江西的脸彻底爆红，许久才抬起头，迎上他的视线：“好，我以后会慢慢习惯。”

宋辞笑着去吻她，将她抱起来，放在厨房的台面上，有意逗弄她：“那你喜不喜欢我的身体？”

阮江西搂着宋辞的脖子，别开眼没有看他，露出一小截脖颈，颈上红彤彤的一片。

“喜不喜欢？”宋辞的语气没了玩味，非要听她的答案，固执得像个小孩。

她抿着唇，然后乖乖点头，小声凑到他耳边说了两个字。

“那你喜欢哪里？”

阮江西再一次无言以对，只剩满脸滚烫，这样的她却惹得宋辞融了满眼笑意。

她抬起手，轻抚着他的眼：“我最喜欢你的眼睛，喜欢你看我的时候眼里全是我的样子。其他的地方我也喜欢，因为你是宋辞。”她虽羞怯，却如此认真又专注。

她啊，一开口简直能要了他的命。

“既然你喜欢，你可以占有我，我很愿意。”宋辞完全没有开玩笑，而是在很认真地表达自己的意愿。

阮江西却为难了，似乎在想什么。

“难道你不愿意？”

她摇头，立刻表忠心：“你说什么我都听你的。”

宋辞这才满意，将阮江西抱下来：“江西，你给我熬粥，上次你答应了我又没给我做。”宋辞对这件事好像耿耿于怀。

阮江西说“好”，反正他说什么她都听。

宋辞心情十分好，也不出去，就倚着冰箱看着她为他忙碌。他的嘴角始终挂着笑，满眼的宠溺都快要溢出来了。

手机铃声响起，打扰到了他看阮江西，他有些不满，讲电话的语气十分恶劣：“说。”

阮江西只隐约听得清电话那头是男人的声音，片刻后，宋辞说：“让他吃点苦头。”

她拿着盘子的手顿了一下，抬头去看宋辞。他眼神冷冰冰的，染了一层她并不陌生的狠绝。

随后他挂了电话，视线转向她，满眼的阴狠消失殆尽：“想知道什么？我都告诉你。”

阮江西知道，会惹得宋辞下狠手只因事关于她。

“是警察局吗？”

“嗯。”

阮江西极其聪慧，如何猜不到宋辞的打算。她很平静，放下手上的盘子，走到他跟前：“千叶的后台是叶氏，叶宗信只有叶竞轩一个儿子，叶家不会坐以待毙，你会不会有麻烦？”

狠绝也好，阴险也罢，阴谋阳谋她都不管，比起其他人，她最关心的是宋辞。

这样的阮江西，宋辞简直爱惨了。他也不管她满手的水渍，一把将她搂进怀里：“你不用多想。叶竞轩敢打你的主意，我就能让他把牢底都坐穿了。”他拂着她的脸，“江西，你不要对别人心软，只对我心软就好。”

宋辞何尝不知道，她性子温厚，并不愿与人为难。

“好。”

宋辞下午有工作，但他舍不得把阮江西留在家里，就带她去了锡南国际。

两人刚走出贵宾电梯，便有人插过来一句调侃：“哟，终于舍得来公司了。”

宋辞一眼掠过，冷冰冰的，直接忽视。

对方抱着手倚着墙，笑得明媚动人：“见了长辈也不会叫人，真不礼貌。”

这位长辈架子端得十足的，正是宋辞名正言顺的长辈——宋应容。

宋辞对这位年龄相仿的长辈一贯不冷不热：“这是我的公司，你可以走了。”

“一来就下逐客令，哼，没朋友！”宋应容噘嘴表示不悦，“现在记起来这公司是你的了？我还以为你只记得媳妇呢。”

宋辞理都不理。

傲娇没朋友！她才不和这等无礼之人计较。宋应容眸光流转，落在阮江西身上：“江西，几天不见脸色越来越好了，看来我家小辞很会疼爱女人啊，瞧把这小脸滋润的。”

这副八卦又流氓的样子，实在与她的身份有偏离。

阮江西不太自然，只是颔首问好。宋辞却皱着眉将她藏到怀里，冷眼看宋应容：“你离她远点。”

她家侄子真的好不给长辈面子。宋应容拉下脸，不爽地道：“怎么？还怕我对侄媳妇怎么着不成啊？我哪是那种不疼爱小辈的人。”

宋辞转身看着阮江西，用很严肃的口吻叮嘱：“不要理她，她会把你教坏。”说完，宋辞便揽着阮江西进了总裁办公室，直接绕过了宋应容。

宋应容直翻白眼：“瞧这护犊子的样，哼，有了媳妇忘了娘！”

头一甩，宋应容走人。她本来还想慰问一下昨晚受惊的侄媳妇，但看宋辞这态度，摆明了是想把阮江西关进他的象牙塔，护得严严实实的。

手机响了，宋应容瞧了一眼来电显示，嘴角一扯，笑得又假又奉承：“喂，老爷子。”

被宋应容称为“老爷子”的，正是宋家最大的长辈，她的父亲宋谦修。

宋应容对着电话，端出她平时练出来的那一套虚伪：“我啊？我在H市。”

走出锡南国际的大门，她对着泊车的小弟抛了个风情的媚眼，继续和宋老爷子打太极拳：“我哪里不办正事了？我当然是在为人民服务咯，不深入基层又怎么爱民如子嘛。”

“不不不，怎么是插科打诨呢，有我这么正经的吗？”

“宋辞？您是问宋辞？”开车门的手顿住，宋应容很惊讶，“真是难得呀，您老把这孙子都忘了好几年了呢，今儿个吹了什么风居然记起宋辞了……”

Y市宋家本家，宋谦修坐在沉香木的沙发主座上，挂了老式电话，将手里的茶盏一扣：“她倒是护着这个侄子，嘴里没一句真话。”

唐婉不疾不徐地放下茶杯：“应容的侄子也是您的孙子。”

宋谦修冷冷地沉着眼，不说话。

这么多年，只要谈到宋辞，他便如此，不愿多说半句。

唐婉低头品茶，无声地冷嗤。

“宋辞的事情你知道多少？”

这下，唐婉倒吃惊了。十几年不过问的人、不关心的事，老爷子今日却几番打探。她放下茶杯：“父亲指的是？”

“为了找那个女人，他出动了整个刑侦队，张局的电话早就打到我这儿来了。”宋谦修重重地冷嗤一声，脸色铁青，“关于那个女人，你知道多少？”

“父亲都查不出端倪的人，我又能查到什么？可能是宋辞藏得太深，也可能是那个女人藏得太深。更何况还有一个顾家，根本让人无从下手。”

H 市顾家，与宋家向来井水不犯河水。关于顾家的事迹，宋谦修也有所耳闻。

宋谦修诧异地道：“她是顾家的人？”

若如此，宋辞挑中的那个女人，也绝不是什么善类。

“也许吧，”唐婉只道，“我对那个女人一无所知。若不是顾家动了手脚，那就是宋辞。”

“你儿子真的好本事。”宋谦修重重地放下杯子，毫不掩饰他的嘲讽与嫌恶。

唐婉突然发笑：“我的儿子？”她直直地对视宋谦修恼红了的眼，“父亲，您是不是忘了，他也是锡南的儿子。”

唐婉的话激怒了宋谦修，他直接摔了茶盏：“当年如果不是他，锡南也不会——”说到此处，他怒极，喉咙一哽，剧烈地咳起来。

唐婉起身倒了杯茶递过去：“宋辞当时年幼，他有错，阮家母女也有错。是因为她们死了吗？”她冷笑，“您迁怒了他十五年。”

宋谦修猛地抬头，身子剧烈地战栗，似乎要将肺都咳出来。许久，他只叹了一句：“是我宋家造了孽。”

H 市警察局。

叶家这位都等了三个小时了。

“为什么不能保释？”叶宗信情绪很激动，将桌子拍得震动了好几下。

“队长。”负责办理保释的小李警官见楚立人进来，立刻退到一边。

叶宗信睨过去，语气里毫不掩饰商业老手的狂妄：“你就是这里的老大？”

什么样的人楚立人没见过，他坐下，完全一副公事公办的样子：“我是刑侦大队的队长楚立人，叶先生请坐。”

叶宗信依旧站着俯视他，先发制人：“为什么不能保释？”

楚立人往椅背上一靠："因为叶先生您的爱子犯的事儿太大了。"他拿出烟，叼了一支，问叶宗信，"有打火机吗？"

叶宗信愣住。

楚立人招了招手，刚才那位小张警官立刻递来了火。

"保释？"楚立人吸了一口烟，吐出一串烟雾，"叶先生不懂法律可以请个律师，顺带问问偷税漏税是什么罪名。别说保释，就算是让你见上爱子一面，也得上头同意。"

清清白白的人也就算了，叶竞轩这种无恶不作的二世祖，栽到宋辞手里，牢底都能让他坐穿了。

叶宗信当场傻住。

出审讯室之前，楚立人又转过身来："叶先生，在案件调查期间请不要出境，并随时协助调查。"

叶宗信整个人颓废地瘫在了椅子上。

楚立人出了审讯室，给他的"塑料情兄弟"拨了个电话。

锡南国际，宋辞挂了电话，抬头看阮江西。她还是刚才那个姿势，专注于手上的书，窝在沙发上，娴静极了。

宋辞问："在看什么？"

她抬头答："《货币战争》。"说完，手指翻了一页。

"很有意思？"

她没有抬头，诚实地回答："有些不懂的地方。"

宋辞抬手看了看时间："你看了一个小时四十七分钟，"他走过去蹲下，将她的脸抬起来，"一次都没有抬头看我。"

《货币战争》并不是一本有意思的书，枯燥乏味，专业性极强，大概也只有阮江西能捧在手里专注地看上一个小时四十七分，其间心无旁骛得完全忽视了宋辞。

他有些不满，到底是谁将这本书递给她的？

阮江西笑着看他："所以？"

宋辞接过她手里的书，随手便扔进了沙发的角落里："你太固执。"

"这是你的结论吗？"她嫣然一笑，看着他，"宋辞，你吃醋了。"她用指腹轻轻抚着他的脸，动作与平日里给狗狗顺毛时如出一辙。

他这般与一本书计较的样子，同宋胖狗闹着要吃狗粮的样子太过相似。

宋辞抓着她的手："我不否认。"

阮江西轻笑，她家宋辞很喜欢吃醋呢。

"中午想吃什么？"宋辞将她抱起来，一起窝在沙发上。

"还早。"阮江西看了一眼办公桌上堆积的文件，"不忙吗？"

"嗯，很忙。"宋辞拢了拢她耳边的发，"你在这儿，我没办法工作。今天休息，我陪你。"

"不用刻意管我，我不想影响你。"

他环住她的腰，将她拉近："已经影响了。"

话落，他倾身吻她。她乖乖不动，手搂着他的脖子。

食髓知味，他喜欢这样亲吻她。

缓缓平息了气息，他不舍得结束与她的温存，便贴着她的唇。他也没有动作，只是蹭着，软软的触感让他心头发痒："从刚才就想吻你了。"

他没有告诉阮江西，刚才的一个小时四十七分里，他根本什么都没有看进去，满腹心思全在她身上。

阮江西笑弯了眉眼，然后抬手搂着他的脖子，学着他的动作，在他的唇间舔吻。

宋辞很配合，由着她肆意胡来，古墨色的瞳里倒映的都是她的模样。她吻他的时候，不似往日那般清冷，会羞赧得红了整张脸，娇俏又恬静。

"宋少。"秦江的声音在门外响起，不合时宜又不识情趣。

"宋少。"秦江又喊了一声。

阮江西停下，推了推宋辞："秦特助叫你。"

"不用理他。"宋辞完全不理会，俯身凑过去，对阮江西说，"你继续。"

阮江西没有继续吻他，往后退了退。

她很懂事，从来不任性，不惑他醉死温柔乡。对此，宋辞是很不满的。他将她搂进怀里："进来。"

秦江这才推门进来，谁知一进门就瞧见宋辞一脸冰寒，阮江西面若桃花，他一瞧就知道是他打扰老板的好事了。

阮江西脸皮薄，见秦江进来，推开了宋辞，坐到沙发的另一侧。这一举动更惹得宋辞气恼，他不舍得说阮江西，便对秦江撒火："说完就滚出去。"

秦江不和欲求不满的男人计较："宋少，叶小姐想见你一面。"

"谁？"宋辞哪里记得什么叶小姐。问完，他起身也坐到沙发的另一侧去，伸手一捞就把阮江西抱进怀里，这才心满意足。

对于宋辞这种近乎幼稚的黏人行为，秦江打算眼不见为净。他耐着性子解释："叶以萱，叶家的小姐，叶竞轩的妹妹。"

枉人家叶姑娘还对着前台姑娘说："我来找宋哥哥。预约？我和宋哥哥的关系不用预约，你把电话给我，我给宋哥哥打电话。"

姑娘，你宋哥哥只记得阮妹妹哟。

还好前台姑娘懂事，对一切除阮江西之外的莺莺燕燕都公事公办。

"不见。"果不其然，宋辞才不管什么叶小姐、李小姐、王小姐。他很专注地用手指缠着阮江西的发尾玩，一副爱不释手的样子。

秦江就料到了他会是这态度："不过人已经在公司门口了，说不见到宋……不见到宋哥哥就不走。"尤其"宋哥哥"三个字，秦江咬得很重。

阮江西没什么反应，宋辞却扔来一记冷眼："扔出去。"

秦江领了命令，正准备出去办事。

此时，阮江西开口了："应该是为了叶竞轩的事情。"

秦江停下，等候老板娘的指示。

宋辞询问阮江西的意思："要见吗？"

果然，宋辞听阮江西的。

这时，阮江西的手机屏幕亮了，她将手机递给宋辞。

来电的是姓顾的。

宋辞直接把手机扔到沙发的另一头，态度很明显——他不待见这个姓顾的，更不想阮江西待见。

阮江西觉得宋辞的举动有些好笑："顾白已经在门口了。"

"他来做什么？"宋辞语气不善，还带着防备。

"你陪我过去。"

宋辞别开头，严词拒绝："不去。"

"那你在这儿等我。"阮江西起身，随秦江一起出去。

不到三秒钟，真的，宋辞的拒绝连三秒钟都没有维持住，便坐不住了，尾随着阮江西："不准撇下我。"

对此，秦江表示深深的鄙视。

宋辞上前去牵阮江西，解释道："我不放心那个姓顾的。"

走过锡南国际大厅，来往的员工都惊呆了：刚才那个拉着人姑娘、侧着身子、视线全程放在人姑娘脸上的人，真的是宋老板？

宋老板还叮嘱：“江西，你不要和顾白多说话，不要让记者拍到你们俩在一起。他多管闲事，你不要理他。”

闻者皆瞠目结舌，不由得多看了几眼宋辞牵着的姑娘。

这阮江西当真厉害，瞧把宋辞调教的，哪里还有一点以前唯我独尊的模样。世道玄幻了，像宋辞这种高居神坛的人，都被拽到情网里了。

“宋辞哥哥。”突然，一道娇软的嗓音传进来，只见门口的叶以萱顾盼生辉，看着宋辞的眼神那叫一个含情脉脉。

顿时，记者们蜂拥而上。但他们在锡南国际的地盘上也不敢造次，除了拍照和录音，都不敢吭声。

只是，这样却还是惹得宋辞不悦，他用手挡住闪着阮江西眼睛的闪光灯。

秦江立马会意，上前道：“我们宋少和老板娘都不喜欢拍照。”

记者震惊：信息量好足。他们老实地放下相机，拿出笔记本，赶紧记下“老板娘”三个字。

“宋辞哥哥，能不能找个地方聊聊？”

叶以萱今日穿了条白色淑女裙，披散着长发，看上去似乎没有化妆，脸很白，一副柔柔弱弱、楚楚可怜的模样。

宋辞却丝毫不怜香惜玉：“不能。”

叶以萱眸子一凝，水汪汪的，凄婉极了：“宋辞哥哥——”

“我和你不熟。”

叶以萱的脸更白了，她哀婉地看了宋辞许久，才哽咽着开口：“宋少，竞轩如果有得罪你的地方，我代他道歉。千叶也已经被查封了，可不可以点到为止？”

宋辞冷眼若寒霜：“这些话留着和警方说。”

“警方那里分明——”叶以萱的话突然顿住，没有继续。

记者们差点没把手里的录音笔砸过去。叶家公子入狱摆明了和宋辞有关，这叶以萱都找到锡南国际来了，还藏着掖着啥啊！难道，矛头不是指向宋辞的？

“江西。”叶以萱眸光一转，盈盈泪光的眼看向阮江西。

原来是女人之间的大戏！记者们都兴奋了。阮江西与叶以萱一直传闻不和，这下终于对上了。

“江西，是我不好，我不该惹你不高兴。你可以冲着我来，可不可以不要伤害我的家人？如果你还是不解气，《定北侯》剧组我可以退出。如果你想演女二，我也可以和导演说。”叶以萱梨花带雨、泫然欲泣地说出这样一番话。

瞬间，记者们的笔记本上便出现了这样的故事大纲：阮江西觊觎《定北侯》女二号一角，对叶以萱百般刁难。宋辞助纣为虐，对叶竞轩狠下杀手。

好一出娱乐圈争名夺利的大戏！

“退出？”三分笑意，七分玩味，是男人的声音。

众人转身看过去，就见男人扯了扯歪歪斜斜的领带，白衬衫随意散了几颗扣子，西装外套搭在肩上，款款走近。

顾白！顾大律师！难怪阮江西自始至终都不说话，原来是有代表律师发言。

顾律师将外套搭在手臂上，对阮江西抛了个笑脸，才面向叶以萱，语气玩世不恭：“叶小姐真是高瞻远瞩。”他从西装外套里掏出一张皱巴巴的纸，慢条斯理地递给叶以萱，“这是法院的传票和验伤申请，关于诽谤我当事人一案还请叶小姐配合。”

这人分明一身雅痞的风流俊公子气度，此刻摆起律师的架子，却没有半点违和感。顾白律师虽长得引人犯罪，却有一身能让罪犯无所遁形的本领。

叶美人花容失色：“什么诽谤！你这是诬告！”

惹了美人恼羞成怒，顾白却依旧春风和睦：“关于叶小姐在微博上中伤我当事人的言论，你有权申诉，是不是诬告可以和法官说。哦，叶家二少的案子也在同一天审理，也许在法院你们兄妹还可以叙叙旧。”

哦，原来是微博一事秋后算账啊。本是阮江西掌掴在先，到底顾律师是如何反咬一口倒扣了叶以萱一个诽谤罪的？

说来说去，也是叶以萱作，非跑微博上去装柔弱，说什么脸受伤一个星期不能见粉丝。这下好了吧，顾律师直接搞了个验伤申请。和律师大人玩文字游戏，怎么死的都不知道。

“你——”叶以萱怒极，却也不蠢，她咬牙，“请不要对我进行人身攻击，有什么话请和我的律师说。”

顾白耸耸肩：“需要我给你介绍律师吗？我猜大概没人敢接你的案子。”

叶美人柔弱的表情还是僵了，她哪里斗得过顾白这种老江湖。她咬着唇，美眸再一次转向阮江西：“阮江西，《定北侯》的角色我可以让给你，你也已经打了我一巴掌，还不够吗？”

三言两语，将所有脏水不带一个脏字地泼给了阮江西。不得不说，叶以萱装得一手好莲花，这娇弱欲滴的模样，任谁瞧了都像是她被阮江西摧残蹂躏了，简直惹人怜爱。

反观阮江西，她自始至终都好似置身事外。她从宋辞怀里露出一张雅致的笑脸，客气地询问："可不可以开一下摄像机？"

前排的记者们愣了好半天才回过神来，打量了一下宋辞的眼色之后，这才将镜头切到阮江西。

阮江西对记者道了句谢，然后走到叶以萱跟前，语速不疾不徐："你的演技很好，很期待在《定北侯》中和你对戏。不过现在没有台本，你可以不用装了。"

演艺圈会装且能装的女人一大把，你装我装大家都装，阮江西却诚实犀利得像个异类。

叶以萱哪里还装得下去，她面露凶狠："你——"

"我还有句实话要告诉你，"阮江西身子微微前倾，她没有穿高跟鞋，依旧高出叶以萱些许，"那一巴掌，是因为你该打。"

"阮江西！"叶以萱气急败坏。

阮江西心平气和："你们现在可以拍了。"说完，她转身，走到宋辞身边。

停滞了三秒钟，所有记者如梦初醒，然后整齐划一地将镜头切向叶以萱。

"叶以萱小姐，请问你怎么解释？"

"《定北侯》你是否会如期出演？据我所知，《定北侯》剧组并无更换角色的任何相关消息，是否只是你单方面的炒作？"

"关于你微博上的言论，你怎么解释？是人身攻击吗？"

"你的矛头是刻意指向阮江西的吗？你们有什么私人恩怨？"

媒体步步紧逼，左右夹攻，问题一个比一个咄咄逼人。镜头里的叶以萱面如土灰、慌张失色，哪有半点平日里在镜头前的仪态仪容。

而阮江西和宋辞已远去几步，众人隐约能听见宋辞的声音："很吵？"

"有点。"

"那我把她扔远一点。"

顾律师笑了一声："江西，你不嫌他粗暴吗？"

宋辞简单粗暴地扔出一个字："滚！"

随即，不到一分钟，便有几个身穿黑色西装的男人过来。男人们二话不说，抬起叶以萱，将她扔出了锡南国际的大门。叶以萱喊破了喉咙，形象大毁地横在了台阶上。

所有媒体人秉持着他们的职业道德，完美地捕捉到了叶以萱落地的姿势。

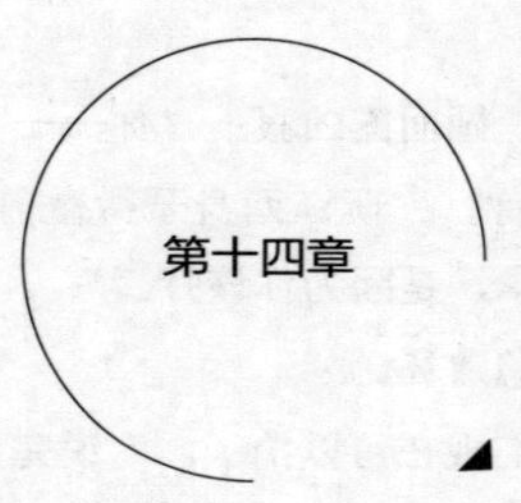

第十四章

肥水不流外人田

十分钟后，叶以萱的丑照便在网上疯传，却没有涉及太多关于阮江西的信息。

报道的大致内容被有才的网友归结成了一句话：白莲花绿茶妹，锡南国际门前睡。

紧随其后，还有网友将法院的传票和验伤申请贴在了叶以萱之前的微博下。这消息一时间炸翻了千万网民，之前中伤阮江西的言论分分钟被沉，千万网民心里正义的小船说翻就翻。

一时间黑粉来势汹汹。

宋塘主的小棉袄：“不作就不会死啊。”

亲妈后妈都是妈：“好一朵美丽的白莲花，好一朵美丽的白莲花……”

当然，也有叶以萱的死忠粉誓死维护偶像。

叶叶的小乖乖：“打了人还倒打一耙，人不要脸就天下无敌了。”

梦的翅膀受了伤：“顾律师眼瞎吗？是阮江西的裙下之臣吧？”

还有一部分网友关注的重点很奇葩，比如——

小咪不是猫：“叶以萱落地的姿势太丑了。”

阮江西的黑粉：“已被阮江西的魄力收服，我决定，黑转粉。”

还有一些网友喜欢上了宋辞和顾白，制作出了各种照片，一日之内，这些照片被制成各种表情包，风靡网络。

然而，这对新晋组合相处得好像不太和谐，打从一起进了锡南国际的大门，整栋楼都莫名有股硝烟味。明眼人都看得出来，宋少与顾律师之间的气场，很微妙啊。

阮江西站在二人中间，似乎有意缓和气氛，问顾白：“你怎么过来了？”

顾白随口就答：“当然是来英雄救美了。”

这顾律师一开口，气氛更紧绷了，他是有意的吧！

“多管闲事。”宋辞说完，还将阮江西往怀里紧了紧，挑衅地睨顾白。

真幼稚！顾白迎着宋辞的视线，颇为不屑一顾。

这两人，显然没办法和平共处。

“中午要一起吃午饭吗？”阮江西问顾白。她只是出于礼貌地邀请，却好像惹了宋辞不开心，他环在她腰间的手用力地紧了紧。

顾白完全忽视了宋辞一脸的不爽，问阮江西：“老地方吗？”

老地方……

三个字，又捅翻宋辞的醋坛子了。阮江西和顾白朝夕相处了十五年，他们之间有太多宋辞插足不进去的过往。宋辞也知道，顾白甚至整个顾家，对阮江西都很重要。他却没办法不介意。

宋辞面无表情地代替阮江西回答："她中午没空。"

见阮江西不解地抬头看他，他理所当然地说："你要陪我加班。"

阮江西回想了一下他办公桌上堆得高高的文件，点头说"好"，又对顾白说："今天宋辞要加班，我们改天一起吃饭。"

顾白嘴角抽了抽，心道：阮江西也太好骗了。

宋辞那个独裁者揽着阮江西，还说："她的户口，我要迁出来。"

迁到你宋家吗？做梦！顾白咬了咬牙，却笑得温和无害："关于这个问题，从专业的角度，我建议你请个律师。"

宋辞全然一副居高临下的口吻："她是我的，和你，和你们家都没有关系。"

强取豪夺的土匪！你以为阮江西是块地吗？你说承包就承包？！顾白压下满腹的火气，面不改色道："关于这个问题，从专业的角度，我建议你向法官说。"

说完，他堂而皇之地一个电话打到顾家，又旁若无人地拔高了语调："老头儿，你听着，你要敢把江西的户口迁出去，我就敢把我的名字从你们顾家的家谱里迁出去。"

他还只说了一句话，电话那头就咆哮起来。顾白把电话从耳边拉远了，然后对着宋辞挑了挑眉。

宋辞一张俊脸阴冷得不像样。

顾白这招，真是太阴险了。他却毫无自觉，一副吊儿郎当的模样："看来午饭是吃不成了。江西，月底是老顾五十大寿，家里见。"

说完，他对阮江西摆摆手，晃着手里的西装外套，闲庭信步地走出了锡南国际。只是，手机刚放到耳边，他便被顾辉宏中气十足的声音震痛了耳膜："死小子，老子五十大寿都过了半年了！你这不肖子孙，早点滚出老子顾家的家谱，老子造了孽生出你这个兔崽子，有种你丫别迈进顾家的大门，老子打断你的腿……"

顾白掏了掏耳朵，突然对着电话说了句："老顾，我的心很痛，真的痛。"

一句话，堵住了顾辉宏所有到嘴边的吼骂，他有点慌了："臭小子，你可千万别想不开，我不把江西的户口迁出去就是了。"

"不要和我说话，我要去疗伤。"说完，顾白挂了电话，顾辉宏就真没打电话过来。

耳朵终于清静了，他笑了笑："混了那么多年，怎么还这么心软。"嘴角的笑带了些无奈，他掏出烟，点了一支，站在路边，大口大口地吸，视线落在远处，久久静止。

阮江西蹙着眉，紧抿着唇，她在不安或者气恼时才会有这样的表情。

“别生他的气，他和他的父亲都是我的家人。”

宋辞别开头：“已经生气了。”

她有点不知所措，就安安静静地站着，一双秋水翦瞳水盈盈地望着他。

只要一个眼神，宋辞就心软得没了脾气。他走过去牵着她：“我不是气你，是气我对你一无所知，气姓顾的比我早遇到了你。”

宋辞，你可知道，你没有晚一步。在我懵懂得还不知情爱的时候，你就闯进了我的半生浮梦。我耗尽了我一生的幸运，才和你相遇。

她并不说话，只是看着他，眸光温柔得像饮了江南的离人醉。

“怎么了？”宋辞将她抱紧了几分，竟有种莫名的心慌，他有点手足无措地哄她，“我不生气了，我以后也不讨厌顾家了，你别不开心。”

他总是这么毫无防备地撞到她心里最柔软的地方，然后，留下一阵又酸又痛的触感。她是有多幸运，才能让自己得他眷顾，让他这样小心翼翼地去对待。

眼睛忽然有些酸涩，她敛了眸子：“我没有生气，我只是饿了。”

“那我们去吃饭，你想吃什么都可以。”想了想，他又补充，“火锅也可以。”

只有这时候宋辞会由着她，平日里宋辞总觉得火锅不健康，沾都不让她沾。阮江西笑了，问：“你中午不用加班吗？”

“如果还要我加班，那锡南国际就不用养一群废物了。”

阮江西无奈，他刚刚还说要加班的。

秦江在会议室里打了个喷嚏，然后对秘书说：“去餐厅打包几份午饭过来。”

他又对会议室里一众高管吩咐：“我们继续开会。”

高管们心好累。据说宋老板和老板娘正在公司大堂旁若无人地恩恩爱爱，为什么他们要在这里兢兢业业地加班开会？秦特助还一直说“重做，重做”。

大家心里苦：我本清心，何苦为难。

第二天，Oushernar 广告在天宇影院试映。陆千羊八点准时出现在影院的休息室里，一看见阮江西就像见了失散多年的亲人，扑过去哭诉：“江西，小青他姑姑居然要解雇我，还好我誓死抵抗，不然你就见不到我了。”她边说边拿眼瞪魏大青。

魏大青很无辜，放下两杯咖啡后就自动消失了。

阮江西有些抱歉：“是宋辞要解雇你。”

晴天一个霹雳，把陆千羊劈得外焦里嫩了。她用了半分钟时间消化，然后一把抱住阮江西的腿：“娘娘，奴婢再也不敢犯错了，求娘娘恩典，替奴婢美言几句。”

阮江西被逗笑了。

陆千羊抹了一把泪：“娘娘，你是不是为了救奴婢不惜委身圣上，让圣上对你为所欲为了？”

这话阮江西没接，她只将脸转到一边，露出微红的耳根。

果然，宋辞那个昏君！陆千羊只恨不能揭竿起义，只能认尿。她拿起咖啡，牛饮了一口，然后说正事：“江西，你知不知道你今天又上头条了？”

“嗯。”

陆千羊把手机打开，凑到阮江西跟前：“你没什么想说的？”

阮江西看了一眼，眉头微拧：“宋辞他不喜欢上镜。”

阮江西完全没兴趣关注媒体传播的其他消息，她所有的关注点永远都是围着宋辞打转。

陆千羊已经习惯了阮江西的“宋辞控”，都懒得表示鄙视了：“放心，你家宋辞的龙颜，那些娱记还没有胆子瞻仰，顶多放几张侧面照敲敲边鼓，感叹几句‘冲冠一怒为红颜’什么的。自从那些个不安分的媒体莫名其妙地消失之后，那些不安躁动的笔尖都老实了。所以说，还是有钱好办事。”这些都不是重点，陆千羊最关注的是，“话说，你家宋辞到底有多少家底？你们交往也有一段时间了，财政大权有没有做交接工作？”

就算离开狗仔岗位多时，陆千羊这颗八卦的心也依旧狂热：“江西你就透露透露呗，你家宋辞有没有上交银行卡？有没有让你当家做主？”她的问题越问越不着调，“还有还有，宋辞的身材怎么样？有几块腹肌？摸起来有没有很带劲？”

陆千羊，真的好污好污！

阮江西是好姑娘，是纯洁的小淑女。她沉默地低着头，声若蚊蚋：“我没有摸。”

阮江西，真的好诚实好诚实。

陆千羊有点遗憾：“真是太可惜了。”她惋惜完又告诫她家艺人，“下次一定要摸知道吗？”

阮江西想了一下，点了头。

陆千羊突然有种“吾家有女初长成”的沧桑感，她家温婉的小淑女已经被宋辞采撷去了，她惆怅得不想说话了。

“《定北侯》拍到什么进度了？”

陆千羊从惆怅中抽离出来：“其他演员的戏差不多都拍完了，就差你的部分了。你这手伤也养得够久了，导演已经到我这儿旁敲侧击了好几次。只要宋辞放人，剧组立马恭候大驾。”其实阮江西的手伤早好了，陆千羊觉得宋辞是故意不放人，分明是要阮江西常伴圣驾不离左右，陆千羊策反之心大起，“江西啊，咱这大牌也耍了两个月了，眼看着都要过年了，为了赶上贺岁档，张导熬得白头发都多了不少，现在就差你这儿的进度了，你就大发慈悲，可怜可怜张导吧。”

阮江西稍作沉吟：“广告一个星期之后就会首播，这几天就可以安排《定北侯》的戏份。”

陆千羊笑得见牙不见眼，有模有样地福身：“谨遵娘娘凤旨。”“小羊子”上前近身伺候，又问，“那娘娘预计要拍多久？”

阮江西弯了弯眉眼，笑了：“一个月。”

一个月？恐怕拍戏多年的老戏骨也做不到这样速战速决。陆千羊心生骄傲：“我家江西就是棒，张导应该会烧香拜佛了，你家那位这么折腾还能赶上贺岁档——”

陆千羊的话还没说完就被人打断：“阮江西。”

直呼其名，怒气冲冲，真没礼貌！陆千羊抬头，嘴角一扯，皮笑肉不笑：“嗨，于超模你好呀。”

于景言瞪着阮江西，一副有深仇大恨的样子。

“阮江西，那天晚上是不是你把我扔进了千叶的卫生间里？还放了冷水、关了空调！”

于景言不蠢，那天晚上的事他也猜得八九不离十，唯独没料想到阮江西这个女人一点都不心慈手软，差点没把他整死。

阮江西一点否认的意思都没有，喝着咖啡，眼皮都未掀：“是。”

于景言爹毛：“你这是公报私仇！”

“我认为那种时候你需要冷静一下。我也考虑过找个女人给你降火，只是我也被关在了房间里。”

她解释得言简意赅，理智又漠然，好似置身事外。这一解释让于景言更恼火了：“你的意思是，如果你没有被关起来，你会给我随随便便找个女人？”

阮江西点头："我会尽力而为。"她补充了一句，"尽量不找那么随便的。"

于景言暴走："阮江西！"

阮江西抿了一小口咖啡，置若罔闻。

于景言眼里的血丝都冒出来了，他指着阮江西，气得手都抖了："你、你、你——"

眼红脖子粗地支吾了半天，他也没挤出一句完整的话。

"你给我等着！"放下一句狠话，于景言铁青着一张俊脸走了。一边走，他还一边回头剜了阮江西好几眼，好似恨不得吞了她。

后来，直到广告试映完，于景言也没有进场。

第四天，一切回归正轨，只是，阮江西这个话题女王继续霸占着所有娱乐媒体的头条。因为万众翘首以待的《定北侯》终于要进入了最后期的拍摄了，而宋辞大手笔一挥，成了《定北侯》剧组最大的财神爷。

傻子都看得出来宋辞一掷千金是为了谁。消息一出来，网上一众宋辞粉泪洒微博，扬言：拒看《定北侯》！

拒看？呵呵，《定北侯》官方微博的粉丝已经破千万了好吗？总之，托了阮江西的福，《定北侯》未播先火，无论是关注度还是话题热度，都是年度最有看点的贺岁大片。

而且，因为阮江西的手伤，《定北侯》的拍摄期整整延长了两个月，要论大牌，看来阮江西已稳坐其首。

不过，谁敢多说一句？阮江西第一天拍摄，日理万机的宋辞居然全程陪同，搞得张作风那叫一个战战兢兢，那一声"卡"喊得实在没有底气。

财神爷宋辞就站在镜头旁边，盯着他的女人，目不转睛。

张作风胆战心惊，语调已经称得上和蔼慈祥了："江西啊，表情和动作都很完美，只是……"他看看阮江西的脖子，再看看宋辞的脸色，好尴尬，支支吾吾，"这脖子上的妆得再补一补。"

镜头把阮江西脖子上的吻痕拍得清清楚楚，他就算当作眼瞎看不见，后期处理也处理不干净啊。阮江西是女艺人，任何裸露在外的地方，怎么能留下痕迹呢？

反观宋辞，他心情颇好，嘴角上扬，一笑倾城。

拍摄暂停，化妆师上前去给阮江西补妆。宋辞就在一旁，全程看着，偶尔会夸阮江西，比如——

"裙子很美。"

“头发很美。”

“江西，你太美了。”

虽说是夸赞，宋辞的语气却并不是那么愉悦：“我很不想让别人看到你。”

这一番画风突变的话搞得化妆师几次手滑。经常有传闻说宋辞是匹狠辣乖张的狼，不过化妆师倒觉得宋辞更像犬系动物，乖巧又忠心，还会邀宠。

趁着阮江西补妆，剧组开始上午茶。唐易给言天雅递了一杯冰水：“我觉得你需要补个妆。”

言天雅擦了擦额头上的汗，喝了几口冰水：“我拍戏也有八年了，自认为演技和对角色的掌控力都还算不错，可就在刚才，我才入镜，就被牵着走了。”她看向远处，若有所思，“阮江西是第一个还没开口念台词就让我没办法招架的演员，如果导演刚才没喊卡，我就要喊了，她实在太强劲了。”

这样出神入化的演技，对情境和角色的引领几乎要让人忘了身在戏中。这样的演员，言天雅从业八年都从未见过，即便享誉影视界的资深演员也未必能及得上她三分。拥有这样的演技，阮江西大火不过是时间问题。

唐易却觉得理所应当：“阮江西当然不是普通人。宋辞的眼光一向很变态，何况是他挑的女人。”

唐易的语气是有几分自豪的，他大概已经将阮江西归为他唐家的亲戚了。

休息了十分钟，拍摄继续。张作风请示过宋辞之后，才喊：“Action。”

阮江西镜头感极强，几乎立刻入戏。然后这场戏一条过，十分钟就拍完了。

“OK！”张作风意犹未尽，表情很激动，跑到镜头前再看了一下，越看越心惊，不由得发出一声喟叹，“我拍了这么多电影、电视剧，到今天才知道什么叫出神入化的演技。”

唐易啧啧失笑：“张导这话可真让人伤心。”

张作风哼了一声，很不客气地大损唐易：“你那是拍戏吗？”

众所周知，唐天王的风格就是玩戏，剧本、台词、人物性格完全随唐天王的心情而定。他的演技倒是没话说，可是跟他合作，就得做好剧本剧情面目全非的打算。但偏偏观众对唐易异常偏爱与纵容，纵容得不得了。

张作风高度总结：“你那不是演戏，是玩票。”

唐易不否认：“那阮江西呢？”

张作风的表情有点严肃：“阮江西这样的，真是玩命。刚才那一剑，跟刺进老子的心口似的。”他双眼冒光，盯着阮江西瞧，眸光越瞧越灼热，“我敢保证，未来影视圈一定会有阮江西的半壁江山。”

这眼神，像饿久了的大灰狼瞧见了小绵羊。

唐易好心提醒：“收好你的眼珠子，宋辞还坐在那儿呢，居然敢打他女人的主意。”

张作风作势一脚踢过去：“老子这是惜才，千里马还要伯乐呢。”不可否认，张作风一看见阮江西就心痒、手痒、技痒，难掩激动。

唐易好整以暇地整了整戏服：“你不知道有个词叫‘只手遮天’吗？张导可以去问问宋大财神爷，阮江西需不需要伯乐。”说着，唐易的语气就酸了，“宋辞有的是钱，他女人要演什么那还不是一句话的事。别说伯乐，就算是别人嘴里的鸭子，也能强取豪夺过去。”

宋辞就是个土匪！他的季度广告宋辞说给阮江西就给阮江西了，此事让唐易的怨念积了不少。

张作风咆哮：“少打击老子！”

唐易冷哼。等着看好了，看宋辞怎么把阮江西捧上天，宠上天。

“去去去，准备下一场，要是一条过了，就收工去吃夜宵。”

唐易瞅了一眼剧本，感觉不好了：“应该没办法一条过。”

张作风骂：“别扯犊子。”

“下一场是亲热戏。”唐易抬头看了一眼宋辞，眼皮跳了跳。当着宋辞的面跟阮江西演亲热戏，太惊悚了。

经历过不少大风大浪的张大导演也没办法淡定了，立刻暴跳如雷：“王场务，你是怎么排的戏，还不快给老子滚过来！”

王场务有种天塌下来了的感觉。从刚才宋辞知道阮江西接下来有一场亲热戏之后，整个片场的气氛都不对了，有种暴风雨来临之前的压抑沉闷感，让人喘不过气来。

唐易把玩着手里的手机，走到阮江西面前：“阮江西，宋辞给我发短信了，要不要看看？”

阮江西摇摇头：“我们要不要对一下戏？”

“下一幕是亲热戏，虽然尺度很小，不过我可不敢多来几次，对戏还是免了吧。”唐易晃了晃手机，半点调侃的意思都没有，很严肃，“宋辞放话了，我要敢碰不该碰的地方，他有的是办法从别处讨回来。”

“抱歉。”阮江西似乎也很无奈，想来宋辞的醋劲很不得了。

唐易收了笑：“江西，我不否认你是个很优秀的演员，但一场吻戏都要让导演考虑是否用替身，作为宋辞的女人，你不适合当演员。”

唐易的话，带着几分调侃，还有几分深意。

也许，他说得对，宋辞对阮江西有多少宠爱就有多少独占欲。

她却微微一笑，墨染的眸亮如星子。她说：“我是演员，没有谁比我更适合这些镜头。”她说完，问，“可以借位吗？”

唐易无言以对了。

“Action！”正式开拍，一场借位的吻戏依旧NG了七次。因为宋辞那副要杀人的表情，搞得唐易很出戏。

将借位角度找好，唐易凑上去，一触即离，一秒都没有停顿，连后面的台词都直接省了。回过头，正好看见宋辞森冷到骨子里的眼神，唐易下意识地哆嗦了一下。他有预感，这绝对会是阮江西拍的第一场也是最后一场吻戏。

“OK，OK，过过过。”一向吹毛求疵的张作风已经顾不上挑剔唐易的敷衍了。

半瓶矿泉水下肚，唐易仍然觉得心惊胆战：“我还是第一次把吻戏拍得这么仓促，看宋辞的脸色，要是再来一次，他得杀了我！”

“你们不是兄弟吗？”张作风问。

说起来唐易就窝火：“兄弟算个屁，恐怕连阮江西一根头发丝都比不上。”

张作风点头赞同。宋辞确实太厚此薄彼了。

那边，宋辞不等镜头撤走，二话不说，上前就把阮江西拉到怀里，捧着她的脸就吻，动作很急。

这个吻不是浅尝辄止，而是现场版法式深吻。

阮江西哪里招架得住，软了身子偎在宋辞怀里。到底是脸皮薄，脖子都羞红了一片，她推了推宋辞：“他们都在看。”

宋辞不满意这个吻被中断，又将阮江西的脸固定在唇下。贴着她的唇畔，他只说了一句：“没事，我会让他们没办法看。”

然后，他扣着阮江西的腰，继续深吻。

再然后，方圆几十米的生物都自觉闭上了眼睛，屏住呼吸，竖起耳朵，心痒难耐。

直到将阮江西的唇舔了好几遍，宋辞才放开她。醋意未消，他的脸色依旧不太好看。

阮江西脸上的热意还未褪去，动情后的眸水雾迷离，十分好看：“宋辞，别生气。”

他不生气，他是吃醋。

阮江西性子好，继续哄闹脾气的某人：“宋辞，这只是演戏，不是真的。”

宋辞十分喜欢她古风的装扮，理了理她盘起来的长发，爱不释手地把玩着她手腕上缠绕的带子：“我给你找个替身，以后这样的戏，让替身来演。”借位都不行！

阮江西片刻惊愕之后，笑了。

他人听了，都觉得不可思议：如今这么开放的年代，除了武打戏，连裸戏都不用替身了。吻戏用替身？宋辞大人当真会玩！

唐易并不惊讶。替身之说不是天方夜谭，宋辞已经让人安排去了。他只有一个要求，只能侧脸像阮江西。

宋辞啊宋辞，真是爱阮江西爱到丧心病狂！正腹诽着，后背一道冷光袭来，唐易回眸，对上宋辞的眼，立马换上一脸真诚无辜的表情：“借位，我没碰到她任何地方。”

宋辞面无表情：“你和锡南国际的合同到今天为止。”

唐易笑得很僵：“你不是开玩笑的吧？”

宋辞冷眼相对。

一个眼神让唐易的心都凉透了：“我们可是兄弟啊，打断骨头还连着筋的兄弟啊。”

宋辞连眼神都没有给他一个，揽着阮江西的肩离场了。

唐易站在原地，目瞪口呆。

这一手亲情牌，唐天王打得很失败。打断骨头连着筋的兄弟算什么？有阮江西的头发丝重要吗？有阮江西的指甲盖重要吗？

事实证明，宋辞不是开玩笑的。在外候驾的秦特助得到指示后，对着场外记者当场就宣布：“锡南国际以后的一切产品都将由阮江西小姐来代言，相关合同公司已经在拟定，不日就会签订正式并且长期的合约。”

消息一经放出，所有场外记者都炸开了锅，一拥而上团团围住刚走出片场的宋辞和阮江西。他们并不敢太放肆，只有几家胆大的媒体敢旁敲侧击地提问。

“宋少，唐易与锡南国际合作八年有余，您是出于什么样的理由临时更换代言人？”

“宋少，请问锡南国际和唐天王解约一事，和阮江西小姐有直接关系吗？”

“请问是阮江西哪一方面的特质符合锡南国际代言人的形象？”

“锡南国际之所以选择阮江西，是有什么特别的原因吗？”

这群有贼心没贼胆的媒体人，不就是想问有没有黑幕、潜规则之类的吗？秦江在内心鄙视了一番，再看宋辞的脸色行事。

宋辞破天荒地没有表现出对闪光灯的厌恶，更是破天荒地对着镜头惜字如金地解释了一句：“肥水不流外人田。”

刚走出片场的唐易听闻，一肚子还没来得及消退的火气瞬间飙涨。他咬牙切齿，声音几乎是吼出嗓子眼的：“你是说我是外人？”

宋辞完全忽视他，只顾着帮怀里的阮江西遮挡刺眼的灯光。

唐易干笑，咬碎了牙：“从现在起，老子就割袍断义，和你恩断义绝！”说完，他扯破了还未来得及换下的戏服。

割袍断义仍旧不能消除唐易久积多时的怨念。一个阮江西，便已经彻底让宋辞魔怔了。六亲不认，助纣为虐，宋辞无药可救了。

唐易直接甩头走人，不想再和宋辞有任何瓜葛。但转念一想，三天之后，自个儿姓甚名谁宋辞都不记得，那割袍断义岂不是每三天都得重来一次？唐易抓了一把头发，暴躁地踢了一脚路边的绿化树。

留下一句“肥水不流外人田”之后，宋辞便护着阮江西离开了现场。秦江留下善后，看着媒体朋友们脸上意犹未尽的表情，厚道的秦江有点不忍心了：“各位媒体朋友，还是那句话，宋少的规矩大家都懂吧？”

宋少的规矩：不登照片不见报。

一句扫兴的话，灭了所有记者朋友的兴致，他们心中只余一个念头：可不可以撕了宋少这位特助？每每都在激动人心的时刻浇上几盆冰凉的冷水。

一个小时之后，一篇关于“肥水不流外人田”的报道上了头条。没有一张照片，没有一句造谣，这是有史以来最写实、最朴实的报道，内容只有一句话：锡南国际与唐易解约，择阮江西为新晋代言人，宋少只言“肥水不流外人田”。

一句话，几十个字，便让所有人都明白了来龙去脉。

那么多篇报道，唯独这一篇得了锡南国际默认，只说明了一点：阮江西不是宋辞的外人。

那么阮江西是宋辞的什么人呢？毫无疑问——内人。

阮江西再一次横扫头条，让传媒界炸开了锅。同样，这句“肥水不流外人田”也让网上炸开了锅，无数宋辞粉哭晕。

吵吵闹闹了两个小时，刚有点消停下去的迹象，微博首页上突然横空出现了一条微博。这条微博从发出到现在不到十分钟，却被转发了数十万次，关注人数已达一百零四万。

阮江西开微博了！

这条微博瞬间抢占了话题榜与热搜榜。

阮江西V：“定北侯。”

这条微博言简意赅，内容只有三个字。文字下面附了一张照片，是阮江西的在《定北侯》中的剧照。她身穿黑色长袍，手握青铜古剑，倚着常青树，树下的女子笑得明媚。

原来，阮江西这样美……好吧，这都不是重点。重点是，照片右下角的那个轮廓，那个倾国倾城的轮廓，那个秒杀千万雌性的轮廓——那是宋辞本尊没错！曾经媒体曝光过宋辞的各种侧脸照，而这次出现的居然是正脸！是正脸！

我是曾小萌萌萌呐：“妈呀，一眼误终身！”

兔吉北北：“宋哥哥有几块腹肌，腹肌大不大，大不大？@阮江西V。”

情迷宋辞：“阮江西还蛮美的，我是瞎了吧，瞎了吧！”

橘子酱：“楼上，我好像也瞎了。《定北侯》我等着你闪瞎老娘的钛合金眼。@阮江西V。”

……

“怎么又坐在地上？”

宋辞进房间的时候，阮江西正抱着平板坐在地上，宋辞走过去把她抱起来放在沙发上。

阮江西还抱着平板，她拉着宋辞一起窝在沙发上，告诉他：“千羊给我开了微博，还发了剧照。”她将平板搁在膝盖上，指着上面的内容，“照片里有你。”

宋辞只是看了一眼，便专注于给她擦头发。

她扭过头，笑意盈盈地看他，指着照片的右下角：“宋辞，你是在看我吗？”

“是。”

阮江西笑弯了嘴角，然后将整个人靠在宋辞身上，一双凉凉的小手攀着他的腰，沿着睡衣的边缘一点一点探进去。

肌肤相触，宋辞明显僵了一下，随即红了耳根。他不太适应她突然亲昵的举动，一把按住她作乱的小手：“你在做什么？”

阮江西眨着大大的眼看宋辞，诚实作答：“我想知道你的腹肌大不大。”

眸光清澈，没有半点邪念，阮江西真的只是纯粹地想知道这个问题的答案。

她却不知，自己早就撩动了宋辞心里的那头小兽。他浑身肌肤都变得滚烫，将她的手抓得很紧，声音低沉性感："我的忍耐力一向不好，所以结婚之前，你要乖。"

语气半是哄半是警告，他从来不对她掩饰自己的渴求。

阮江西有些为难，思忖了一下，对宋辞说："我只是想摸一下。"她很小声地问，"不行吗？"

宋辞条件反射性地顺从："行。"

怎么可能不行？他什么时候拒绝过她的任何要求？他握着她的手，覆在了自己的腰腹上。她的手微凉，他的皮肤滚烫。

他转过头，绯色晕染了他整张脸，连眸子都红了几分。阮江西却还不安分，小手在他的腹上四处游离。

宋辞忍无可忍了，抓住阮江西的手，然后按在怀里狠狠地亲。许久之后，他放开她去了浴室。

浴室里很快便传来水声，阮江西笑了，又将扔在沙发上的平板抱进怀里，回了一条微博——

阮江西 V："六块，不大，刚刚好。@兔吉北北。"

不到十秒钟，唐易艾特了阮江西："阮江西，你这么玩宋辞知道吗？@阮江西 V。"

兔吉北北回复并艾特阮江西："为了宋哥哥的腹肌，人家决定再也不黑你了。"

如此福利，让深夜未眠的妹子都躁动了。

宋辞的六块腹肌似乎让这些姑娘对阮江西的态度亲切了不少，让她有些哭笑不得。

第二日，锡南国际高管例会结束后，宋辞拿着手机刷阮江西的相关内容，秦江都数不清宋辞把阮江西以前的那些广告、电视剧看了多少遍了。

"这是什么？"刚买手机没多久的宋辞又发现什么新功能了。

秦江挥退了与会的高管们，赶紧上前去做技术指导："微博。"他又补充，"一种交流工具。"

"交流？"宋辞的理解很独到，"一群自以为是的家伙，居然和我女朋友交流。"

这话，秦江真没法接。

宋辞直截了当道："删了。"

"这条微博是阮小姐发的，阮小姐是在和粉丝互动呢。宋少你看下面，阮小姐还回复了粉丝呢，你看你看——"这一看，秦江就傻了，阮江西在微博上讨论宋辞的腹肌真的合适吗？

当然，这个问题得由宋辞说了算。他问："怎么回复？"

秦江把几年前给宋辞开的微博号登上去，还非常贴心地教了宋辞各种相关操作。宋辞没什么兴趣，只是顶着个实名认证的头衔去给阮江西的微博留言了。

宋辞 V："不是六块。江西，你没有认真摸。"留言后面，他还附了一张阮江西的家居照。照片中，她穿着白衬衫，正坐在餐桌旁吃意大利面。

这张照片是宋辞抓拍的，在那么多阮江西的照片中，宋辞最爱这张。秦江猜测，可能是因为这张照片里阮江西穿的衬衫是宋辞的。

秦江在一边看着，眼珠子都要掉出来了。

"宋少，你可能不知道，你发的内容，别人都看得到。"这也太露骨了。

"江西看得到吗？"

"要@阮小姐。"

"怎么弄？"

秦江有种自掘坟墓的感觉，其实他的初衷是想让宋辞悬崖勒马的。

最后，宋辞艾特了阮江西。不用想，微博上必然有得闹了。

唐易 V："这种事，请和弟妹关起房门解决！@宋辞 V。"

唐天王这分明是看热闹不嫌事大。

麦兜响当当："微博是不是被黑了，这不是实名认证吧？不是吧不是吧？"

腹肌撕裂者："阮江西，不是六块，求正解！@阮江西 V。"

陆千羊进来的时候，阮江西正抱着手机刷微博，嘴角弯弯，笑意浅浅。

这神色，简直是"虐狗"。

陆千羊故意逗弄："宋辞的腹肌摸起来手感怎么样？"

阮江西回："很好。"

有时候，阮江西的诚实还真让人难以适应。

陆千羊双手合十，笑眯眯地道："恭喜恭喜，托了宋大少腹肌的福，你的微博关注破了五百万。"

阮江西浅笑道："谢谢。"

她家艺人的礼貌好得有点伤感情了。陆千羊八卦："你摸了宋少的腹肌之后也会对他说谢谢吗？"

"不会。"阮江西解释，"宋辞不一样。"

陆千羊觉得自己有点自讨没趣了，心里居然有点泛酸。罢了罢了，在阮江西的排位里，谁都别想跟宋辞一较高下。

“再告诉你个好消息。你的广告才刚首播不到一周，就有网友大赞你的演技。关注度荣登各大时尚周刊的榜首，产品上市不到两天就被抢购一空，效果出奇的好。因为产品销售很可观，而且你的话题度热度又很高，Oushernar 那边表示希望能与你长期合作，连续约合同都送过来了。我看了一下，Oushernar 很有诚意，条件开得很诱人。我有预感，继广告之后，应该会有很多剧组和广告商找上门来。对此你有什么想法？”

阮江西未经深思便答：“我没有档期。”

阮江西近来除了《定北侯》的戏份，唯一的工作就是担任锡南国际的新晋代言人。至于其他邀约，几番比较的话……自然与锡南国际没法比。

“也是，锡南国际的御用代言人，哪是谁都能瞻仰的。”陆千羊很得意，难以压抑那种一人得道鸡犬升天的快感，她抱住阮江西的手，“江西，我好崇拜你啊，等你大火那天，我一定要拿鼻孔对着唐天王。”

这两人，真是一段说不清道不明的孽缘。

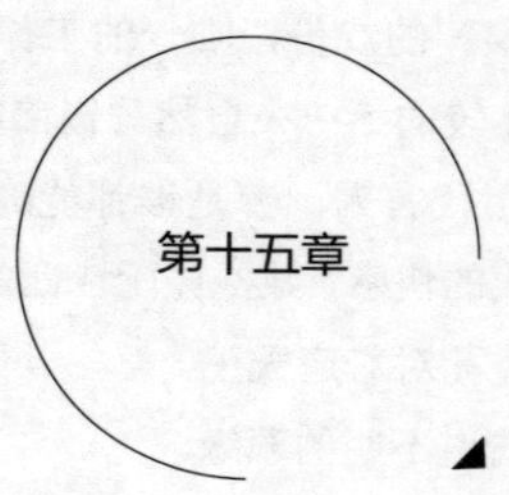

把整个叶氏给我，你舍得吗

Oushernar 新品上市不到一周，专柜所有产品被抢购一空，用户反馈也十分好。Oushernar 的护肤系列声名大噪，广告方有意趁热打铁推出冬季主打彩妆新品。由于阮江西拒绝了广告邀约，Oushernar 第二季广告女主待定，一时间，许多女艺人都有意向合作，其中便包括叶以萱。

只是结果似乎不尽如人意。

“哐当！”随着一声巨响，梳妆台上大半东西都被扫翻在地。叶以萱眸中火光翻腾：“你算什么东西！阮江西，你算什么东西！”她大喊大叫，“啊——”一声尖叫过后，叶以萱拿起化妆盒便砸了出去，只听“砰”的一声，镜子四分五裂。

一声懒懒的调笑声传来：“哟，这是生什么气呢？”

林灿倚着门，双手抱臂，一副瞧好戏的姿态。

叶以萱咆哮道：“滚！”

林灿非但不滚，还踩着欢愉的小碎步跳进叶以萱的房间。走近了，她靠着梳妆台，对着碎裂的镜子整理额前的刘海，也不看叶以萱：“砸碎镜子前，你应该好好照照自己的样子。”她从镜子里瞟了一眼叶以萱，“真丑。”

叶以萱瞳孔放大：“你再说一遍！”表情暴怒而狰狞，哪有半点平日里的矫揉造作、娇柔妩媚，确实没有什么美感。

林灿很诚实：“我说你的样子很丑，像……像一只爹了毛的落败狗。”

一句话彻底点爆了叶以萱满腔的怒火，她随手拿起桌上的瓷瓶，朝着林灿的脸就砸过去。

这是要她命的节奏啊！果然最毒妇人心！

林灿一个后跳，接住了迎面而来的化妆水瓷瓶，然后叹气，一脸无奈忧伤地吐了一句最近很火的八字箴言：“唉！我本清心，何苦为难。”

叶以萱的眼睛瞪得快凸出来了，一副要吃人的样子。

林灿视而不见，把玩着叶以萱砸过来的瓷瓶，这正是 Oushernar 的护肤系列化妆水。她笑了：“阮江西代言的产品还真是无处不在啊。听说 Oushernar 的二季代言人评选，你被刷下来了。也是，你这张脸的‘伤’法院可还没验完，谁敢用？万一验出个什么一二三出来，可不是闹着玩儿的。”

阮江西这一巴掌引发的一系列蝴蝶效应，真是件件都像戳在叶以萱心口的刀子。

眼里的火星子喷溅而出，叶以萱嘶喊：“林灿，你够了！不要再惹我，不然我也不知道自己会做什么。”

林灿不以为意地耸耸肩膀："从小到大，除了撒泼、撒娇、撒野，你还会做什么？一点都不新鲜。"林灿说完，眉眼一挑，又笑着补充，"哦，你还会装纯、装柔、装莲花。"

林灿向来嘴利，叶以萱哪里是对手。她气得涨红了脸，死死地瞪着林灿："你为什么从小到大总和我过不去，我到底哪里得罪你了？"

"得罪？哈哈！"林灿笑起来，笑得大声，笑得讽刺，"我当然和你过不去。也不看看你是什么身份，你以为鸠占鹊巢就能飞上高枝吗？我林灿的妹妹，哪里是你这个小三生的小狐狸精能比的？只要我在这个家一天，你就别想过一天好日子！"

林灿的话彻底点燃了叶以萱积攒了十五年的满腹怨愤，她猛地推开林灿："叶江西、叶江西，她到底算个什么东西！她就是个死人！十五年前就死透了的人！这个房间，这个家，甚至叶氏所有的东西都是我的，都是我叶以萱的！"

这个贪得无厌的疯女人！林灿张嘴正要骂人——

"你再说她一句不好的话，"门口，柳是静静地立着，也不知道什么时候来的，平时严肃刻板的脸沉得厉害，"再说一句，我会动手。"

叶以萱愣了一下。

柳教授训人的时候可是很可怕的，尤其是动怒的时候。

林灿煽风点火沾沾自喜："别不信，他可是练了四年跆拳道的。"

叶以萱瞳孔紧缩，手指甲都抠进了掌心里，殷红一片，她却紧咬着唇，没有再大放厥词。

"江西没死，以后别让我听到你骂她。"只留下一句森冷的话，柳是转身就走。

"以后学乖点。"林灿扬着下巴，冷睨。

叶以萱怒目横视："你——"

"你脚下踩的这块地是我家江西的。"她抱着手，走到叶以萱跟前，"你最好给我夹着尾巴做人。"话完，她狠狠一撞。

叶以萱猝不及防跌倒在地，一声惊呼之后，是一声暴怒嘶吼："林灿！"

"Sorry。"林灿耸耸肩，"我以为好狗只会叫唤，不会挡道的。"

说完，林灿大大方方地哼着小曲儿，出了叶以萱的房门，只听见身后传来撕心裂肺似的尖叫："啊——啊——"

叶宅三楼只住着叶宗芝夫妇，书房在最向外的东面。初冬的上午，暖阳从窗台照进，门被推开，书房里的人抬头，看见门口的人。

柳绍华显然吃了一惊，愣了一下才开口："你好多年没进过这个家门了。"

多少年？久得已经模糊了记忆，只记得那时候柳是还年少。

柳是不说话，也并没有走进书房。门开了半边，他就立在那里。

柳绍华往砚台里添了一点水，缓缓研磨："我很诧异，你还愿意回来。今天你为什么而来？又是为谁而来？"

终归是父子，柳绍华哪能不了解他。柳是年少离家，将近十年没有踏进这个家一步，能让他回来的原因只有一个——叶江西。

柳是只问了一句："告诉我，她是不是她？"

果然，他这个儿子对当年的事、当年的人从来不曾放下，他是为了叶江西而来。

柳绍华不答反问："你怎么这么笃定我会调查她？不过是个同名的人，却让这么多人都草木皆兵，叶家、宋家，"他笑，"还有唐家。"

"因为你心虚，"柳是眼沐寒霜，"你们都心虚。"

叶江西之于他们，是心中的鬼，是阴魂不散的过去。

柳绍华微微眯了眼，眼镜镜片折射出隐隐绿光："不知道叶宗信见了她会不会心虚？"

柳是并无耐心，再次问："她到底是不是她？"

无框眼镜衬得柳绍华温文尔雅，然而，他的言语无比阴冷："不管是不是，叶家、唐家，还有宋家，都容不下第二个叶江西。"

"我只想知道，她是不是她？"

柳绍华毫不迟疑："不是。叶江西死了，十五年前就死了。"至于阮江西，根本无迹可寻。她身后的顾家，谁敢去招惹？

柳是骤然红了眼："她没有死。"

"尸体在十五年前就找到了，她死了。"柳绍华哼笑一声，"如果没死，叶宗信怎么可能安枕十五年。"

柳是同样冷笑："如果她死了，你们这些安枕了十五年的人怎么会没有报应？"

柳绍华微怔，然后大笑出声："报应？哈哈哈。"

报应，大概是这个世上最无用的诅咒。

下午，《定北侯》剧组去唐古旧城取景。因为档期问题，几场戏都排在了今天。

本排到了晚上十点的戏，晚上八点就结束了拍摄，这全部归功于阮江西精湛的演技，以及归心似箭的迫切。

陆千羊看看时间，还没到八点呢，她家艺人却有些急，拆头饰的动作很仓促，几次扯到了头发。陆千羊过去帮忙："你这么赶做什么？宋辞今天难得没来监工，剧组专门挑了今天聚餐，你这么早就撤不太好吧？他又不是小孩子，你晚点回去也没关系。"

陆千羊总觉得宋辞太黏、太依赖阮江西了，同样，阮江西对宋辞太惯、太纵容。

阮江西摇头："今天我一定要早点回去。"

她很少说话这么不留余地，看来她满心念着家里的宋辞。这才八点，夜生活刚刚开始，这小两口就算再蜜里调油也不用这么刻不容缓吧？陆千羊将阮江西黑长的直发放下来，很委婉地表达了一下："江西，偶尔也要清心寡欲、修身养性啊。"

唐易双手插在裤袋里，走进化妆间："宋辞这会儿怕是脑子一片空白，什么也不记得，他要还能记得和你温存，我倒也佩服他。"

哦，八点清空记忆呀。想起上次宋辞刚没记忆那会儿黏阮江西到不要不要的样子，陆千羊才明白，难怪阮江西急着回去，再不回去估计宋辞得找来了。

说到这类话题，陆千羊兴致勃勃："只要主角是江西，宋辞肯定连个中细节都记得。"

对此话题，阮江西无可奉告，拿了衣服去更衣室。

某无赖软磨硬泡："江西，你跟我说说你们温存的细节呗。"

陆无赖正要追上去探听一番宋大人的风流韵事，后颈就被人揪住，她回过头去，拿眼瞪唐易："你松手，老子不是猫猫狗狗，被提溜着太伤自尊了。"

唐易非但不松手，还仗着身高力大，将陆千羊提溜到跟前："少管人家两口子的事，管好你自己。"

唐易这训人的口吻惹得陆千羊很不服气，她继续瞪着大眼睛："我怎么了？"她理直气壮，"窥探他人隐私是狗仔的天职，我这是顺应天意！"

满嘴歪理，死性不改，这只顽皮的刁羊！

唐易抱臂瞥着陆千羊这个女痞子，眉梢轻挑："看来你对别人的隐私很感兴趣？"

陆千羊完全一副光明正大、正气凛然的表情："以前做狗仔遗留下来的职业病，没办法。"这人还流氓得头头是道了。

"刚才更衣室外面动静不小。"唐易眼里都是不怀好意。

陆千羊眉头跳了一下，随即面不改色："哦，原来外面后勤组的小姑娘说的都是真的呀。"她佯装大吃一惊，然后嘿嘿一笑，露出几颗洁白的牙齿，"嘿，我也听说了，说是有只野猫闻着腥味了，竟贼胆包天偷看我们唐天王换衣服。”哼，不就是演吗？她跟了阮江西三年，没吃过猪肉也看过猪跑。

唐易好整以暇地看着某只笑得谄媚的刁羊，接话道：“我还听说，那只不知死活的野猫正好被你撞见了。”

你才不知死活，你全家方圆九百里都不知死活！陆千羊腹语完，继续装：“嘿，真巧真巧，不过可惜了，让那小畜生给跑了。”

想让她承认偷看唐天王换衣服，除非打死她，不，打死她也不承认。她才不是偷看，她是光明正大地看！反正某羊已经下定决心，死都不承认！

“这地方哪儿来的野猫？”唐易故意拖长了语调，有种逗猫的感觉。

怎么觉得唐易是在耍着她玩？她统一口径，坚决不改，继续胡编乱造侃大山：“天知道啊，八成是唐天王您魅力不可阻挡，什么猫啊狗啊的，都闻腥而至。”

还耍无赖！装无辜！这只羊，总有本事惹恼他。唐易几乎是用吼的：“要是里面是别的男演员呢？”

陆千羊的话没经过大脑：“我只看腹肌和人鱼线，不看脸！”说完，她捂住嘴。

完了，她条件反射，暴露出本性了，这下罪行暴露了！此时此刻，陆千羊脑子里只有一个念头：跑路，赶紧跑路！

唐易暴跳如雷：“陆千羊！”

这只羊实在没有一点身为女人的自觉，看他也就算了，居然还想看别人！

不知羞耻！水性杨花！唐易莫名其妙只想到了这两个词，更恼怒了：“你以后要是再敢——”

“哎？”她声东击西了一句，装模作样地侧耳细听，“我好像听见导演在喊我，好急的样子，可能是有什么大事情，那我就先过去了哦，回见啊唐天王。”

她摆摆手正要撤，唐易阴冷地蹦出一句：“你敢走试试。”

威胁是吗？软硬兼施誓不罢休是吧？不就是看了你几块腹肌和人鱼线吗？“敢走试试”？也太瞧不起她身为狗仔的骨气了。她坦荡荡地道：“我不走，不走！”

她刚说完，脚下生风。她不走，她用跑的，只一眨眼的工夫，她撒腿就跑远了。

唐易呆在原处，气得咬牙切齿：这只该死的刁羊！

因为锡南国际的张晓开车过来接阮江西了，剧组也没敢再坚持留阮江西一起聚餐。很明显，宋辞等着见人。

阮江西走之前，陆千羊对她千叮咛万嘱咐：“记得呀，悠着点，悠着点！”

然后，陆千羊就被唐易抓着领子塞进了剧组的面包车里。他回了个眸："宋辞才不是君子。"

"无妨。"阮江西的话彻底让唐易无语了。阮江西对宋辞，真是太死忠了！

她说："千羊酒品不好，如果可以，别让她喝酒。"

唐易哼了哼："我才不会管她的死活。"

"你会。"阮江西说，声音轻缓。

唐易但笑不语。阮江西太会揣度人心了。

"你喜欢她，只是玩心居多，还不够爱她。若是她喝醉了，"她微微停顿，"请不要带她去酒店。"

唐易哑口无言。

阮江西颔首，转身离开。

好聪慧的女人，三言两语揣度人心，竟一分不差，唐易有点佩服宋辞挑女人的眼光。只不过……去酒店？

唐易嘴角抽动，在未来弟妹眼里，他这么禽兽？

张晓的车还没有开过来，阮江西等在路口，站在最亮的灯下，轮廓笼了一层暖黄。

"阮小姐，我们老板想见你一面。"路口对面，一身西装的男人走过来。

她问："你们老板是哪位？"

男人指了指路对面的车："我们老板是《定北侯》的赞助商叶先生。"

"我不认识他。"阮江西侧过身，冷漠而防备。

男人迟疑了一下，返回路对面，对着车里的人说了几句，随后便恭敬地开了车门。

最先映入阮江西眼里的是男人锃亮的皮鞋，然后，是叶宗信的脸。

十五年也许太久了，这个男人的样子，在记忆里早就模糊了轮廓。那些曾经以为忘记了的人、忘记了的事卷土重来，她下意识地后退，握紧的手心里全是冷汗。

"你架子倒不小。"不屑，还有厌恶，叶宗信的语气似乎与十五年前如出一辙。

"我并不认识叶先生，也没有见面的必要。"疏远，戒备，她对叶宗信退避三舍。

"不过是个三流艺人，确实没什么见面的必要。"叶宗信逼视她，"不过你是宋辞的女人。"

灯光微暗，阮江西眸光冷淡而平静："我没有很多时间浪费，请你直言。"

倒是个聪明的女人。叶宗信直言："让宋辞松口。我儿子的牢狱之灾，我知道是因你而起。”

叶竞轩涉嫌偷税漏税，至今仍收押在看守所，这中间的是非黑白，她从来不过问。不管宋辞用什么手段，她都不会左右他的决定。

“这件事你应该去找宋辞。”

真是不识相的女人！叶宗信的语气难掩厌恶：“如果我见得到他，也不会来找你。”

阮江西微微牵动嘴角，似笑非笑。

“说吧，”叶宗信抬高了下巴，“你要多少？”

你要多少……这么居高临下，这么光明正大地将人踩进泥土里，这个男人和十五年前一模一样，满身铜臭，利欲熏心。

阮江西眸中凝了一团墨黑：“把整个叶氏给我，你舍得吗？叶先生。”

一双眸子黑白分明，像两口望不进底的深井，冰凉、深邃，藏住了所有情绪，偏偏又潺潺如溪，温婉清澈。

这双眼，和一个人的很像。

叶宗信本能地退了一步：“你、你是谁？”

阮江西依旧淡然而沉静，没有被牵动丝毫情绪：“叶先生应该调查清楚了，我是阮江西。”

自始至终，她不慌不忙，理智从容得不像这个年纪的女性，即便是见惯了风浪、计谋的叶宗信，也未见得能这样处变不惊。

如她所言，他调查了她，而且动用了所有人脉资源。只是，她的背后居然是有钱有势的顾家，而除此之外，他一无所获。唯一确定的便是这个年轻的女人、宋辞的女人，绝非池中之物。

“阮小姐是聪明人，我想你会想好你要什么，又要得起什么。”叶宗信的话带着几分笑意，是警告，更是威胁。

黑色的兰博基尼停靠在路边，张晓从主驾驶座上下来，瞥了一眼叶宗信，不禁嘲讽道：“叶先生，你真是做了一件愚蠢的事。”

她转向阮江西，态度恭敬：“阮小姐，宋少在家里等你。”

阮江西颔首，转身时留了一句清冷的话：“没有什么是我阮江西要不起的。”她侧眸，未曾看叶宗信一眼，“因为，宋辞给得起。”缓缓抬起脚，她优雅地走到路对面。

冷傲，轻狂，满身锋芒，这才是阮江西。

叶宗信骤然目露凶光："你——"

张晓正身相对，凤眼微微一眯，神色犀利："叶先生，请你放聪明点，不要自掘坟墓，我们宋少非常讨厌愚蠢的人。"说完，她恭敬地跟在阮江西身后。

两人远去几米，叶宗信狠狠地睃视了许久才离去。

路口，兰博基尼旁的电线杆旁，倚着一个清瘦修长的身影，不知何时来的。他转过头来，身上沾了些风沙尘土。

阮江西淡淡地问候："真巧。"

他沉默片刻，问："我的自行车坏了，请问你可不可以载我一程？"

是柳是，斯文俊秀的脸上依稀还有年少时的轮廓。

阮江西点头："好。"她平静随意地问，"这里是郊区，你来登山吗？"

他回她："我的学生组织了骑行，就在这附近。"

环山一带，都是旧唐影城区域，这个时间，出入的多半是剧组人员而非游客。何况，天上乌云密布，浓重的水雾笼着郊区的山，这样的天气、这样的地方并不适合骑行。柳是的理由很蹩脚，大概没有经过深思熟虑。他还像十五年前一般，不会撒谎，尤其不会对着她撒谎。

阮江西并不拆穿，坐在车里，开了车窗看外面的天，柳是坐在她旁边的位子上。车开得平稳而缓慢，车里安安静静的，没有谁开口说话。

"江西。"他这样喊她，熟稔又亲近的语气打破了一路安静，"拍戏顺利吗？会不会很辛苦？"

阮江西将视线从窗外收回，一一作答："很顺利，也不辛苦。"她问他，"你呢，为什么在大学任职？你是我见过的最年轻的教授。"她记得，年少的他喜欢独处和安静。

前座的张晓有些诧异。阮江西并不是多话的人，除了对宋辞，她对旁人极少这样主动挑起话题。

"因为很小的时候，我认识一个女孩，她数学总不及格。"语气像老朋友在叙旧，柳是总是严肃冷峻的侧脸柔和了，嘴角有笑意，"她说，希望我长大后能当一名数学老师。"

阮江西垂下了眸子，犹记得那年夏天，她与他的童言无忌。

后来，他成了数学天才，他做了老师，传道授业。只是，当年他许诺的那个人不在了。

车厢里似乎又安静下来了，车窗半开着，只有风吹来的声音。

风吹乱了阮江西的发，发丝拂过眼睛，遮掩住她眼里的光影：“她是你儿时的玩伴吧。”

“嗯，她是很重要的人。”片刻，他又开口，像十五年前唤那个女孩一样，“江西。”

话一出口，他眼神恍惚了一瞬。她和她太像了，与记忆中的她吻合得毫无缝隙。

阮江西，叶江西，他已经分不清，也不愿意去分清了。

“江西。”柳是又喊了一声。

阮江西轻声应着：“嗯。”

“这样和你说话，好像我们认识了很久很久。”柳是七岁来阮家，至今十八年，的确是很久很久了。

阮江西但笑不语，不亲不疏。

“亲戚的小孩很喜欢你，我可不可以替她要一张签名照？”他看着她的眼，专注中带了询问。

分明没有亲戚家的小孩，不知道他是在试探还是在确认，阮江西点头：“好。”

十五年，可以让一个人面目全非，何况是字迹与习惯。

他很倔，一如十八年前那个初来阮家不肯低下头服软的小男孩。

之后，一路无话，直到阮江西接了个电话。

“宋辞。”她的语气很温柔，软软的，始终带着欢愉的笑意。

“是我。”

“我已经在路上了，马上就回家。”

“不要来找我，我很快就回去。”

“好，我会很快很快，不会让你等太久。”

电话那边不知说了什么，阮江西耐心地哄了许久，嘴角始终带着浅浅笑意，温柔婉约。

宋辞。

这是柳是第一次从阮江西的口中听到这个名字，与她喊任何名字时都不一样，语气里全是宠溺。他想，原来阮江西这样淡漠的人也会这么极致地爱着别人。

挂了电话，阮江西说：“开快一点。”

张晓将车速调到最快，摇上车窗，将呼啸的风隔绝在外，车厢里彻底陷入沉寂。

车开到市区，柳是下车时，外面已经飘起了小雨。他推着他的自行车，站在路边，斑驳的街灯照着他的脸：“这里可以打到车，我可以自己回去，你路上小心。”

“好。”阮江西又说了一句，“再见。”

车门关上，柳是推着车，将自行车上的雨伞取下，从车窗里递过去：“外面在下雨，初冬的天很冷，不要感冒了。”他的肩头已经有些湿了，眼中也笼了寒气。

阮江西没有接。

他笑了笑：“我没有关系，伞你留着，雨应该不会那么快停。”

他将伞留下，推着车上了人行横道，灰蒙蒙的雨雾很快便模糊了他的身影。阮江西伸出手，手心落的雨很凉，带着冬天刺骨的冷冽。

电话响了，柳是看了一眼来电显示，是林灿。因为下了密密麻麻的细雨，不一会儿手机屏幕便落了一层水雾。林灿的声音像是从远处传来的，有些不真切。

“你去找她了？

“是担心我舅舅会对她怎么样吗？

“柳是，你认定了她是叶江西？

“你不是着魔了，就是无药可救了。”

柳是一言不发，将电话挂了，他停在雨雾里，回头看去。

阮江西升起车窗：“走吧，宋辞还在等我。”

车开不进阮江西家的院子，张晓把车停在了小巷外面，庆幸那位柳先生将伞留给了阮江西。不然等在阮江西家里的宋辞见她淋了雨受了寒，必然又要发一顿脾气。

宋辞已经在阮江西家等了快两个小时，本就没什么耐心的大少爷这会儿已经焦急地在门口徘徊了很久，他频频向屋子外张望，所有迫切慌乱全写在脸上。

宋辞看了看时间，问秦江：“怎么还没回来？”这已经是半个钟头里他第无数次问这个问题了，由期待到迫切到不耐，他的情绪一直在变，喜怒形于色毫不掩饰。

秦江第无数次回答：“已经在路上了。”

宋辞追问：“还要多久？”

这个时候的宋辞，只要没有见到阮江西，什么理智，什么清醒，什么个人意识与常识，统统丢一边。宋辞满脑子记挂着他的阮江西，根本不去对外界做出别的感知。要是以前，别说两个小时，只要两分钟，宋辞便能找回常态。哪像现在这般，两个小时里，嘴里念的全是“阮江西”，连自己姓甚名谁都没有一点兴趣了解。

阮江西这种病症，在宋辞这里越来越严重了。

秦江耐着性子，再一次安抚急躁得不行的宋辞：“很快。”见宋辞的脸色明显冷了，秦江立刻拍胸脯保证，“宋少，我保证不出十分钟阮小姐就回来了。”

不用这么迫不及待吧，煮熟的鸭子又跑不掉。

“十分钟……”宋辞看着手表，拧着眉计算，随后嘴角一沉，“那我去找她。”

说完，连外套都不拿，宋辞直接往门外走。

连十分钟都不能等？就这么一刻都离不得？秦江长叹一口气，赶紧追上去，非常晓之以理动之以情地劝：“宋少，外面在下雨，天又黑又冷，要是冷着、冻着了，阮小姐还不心疼死？不如咱就在家等。”

宋辞哪里领情，回了个不耐又带点嫌弃的眼神：“我又不认识你，为什么要听你的？”

不认识？不认识！秦江咬牙，笑得很僵硬：“宋少，容我再提醒你一句，我是你的特助，已经为你工作了七年又九个月。”宋辞还是一副“闭嘴我跟你不熟”的傲娇样，秦江忍住火气，再次申明，“不用怀疑，我真的是为你工作了七年的特助。”任劳任怨了七年！做牛做马了七年！

“那是你的事情，我没有兴趣知道。”

你就对你的女人有兴趣！秦江闭嘴，决定再也不要自讨没趣了。反正除了阮江西，宋辞什么也听不进，什么也看不见。岂止秦江，就算整个世界与阮江西相比，宋辞依旧厚此薄彼，让她独大。

宋辞沉着脸，警告：“不准拦着我，我要去找阮江西。”

秦江一句话都不想说。宋辞要为了阮江西风里来雨里去，他一个不招人待见的小特助还是闭嘴好了。

不拿外套，也不拿伞，甚至都没有换下拖鞋，宋辞开门要走。他要去找阮江西，找他心心念念的人。

咔嗒一声，门开了，一双染了些许水雾却依旧干净的眸子猝不及防撞进了宋辞的眼里，瞬间，沐了寒霜的眸暖了。

“江西，我等了你好久。”宋辞看着门口的人儿，抿着唇抱怨，眼角却上扬了几分，掩饰不住他的愉悦。他伸出手，要阮江西牵着。

阮江西关了门，用毛巾擦了擦手上的水，才牵住宋辞伸过来的手：“嗯，我知道，下次我跟导演说，晚上不排戏了。”

“如果那个家伙不同意，我去跟他说。”宋辞一边说，一边拿出橱柜里的拖鞋给阮江西换上，动作自然又熟练，他又告诉她，“我特意到你家来等你，等了两个小时。”他有点不满，却不忘给阮江西脱下沾了雨水的外套，动作熟稔，一看便知他平日里应该没少伺候阮江西。

阮江西顺着他："好，都听你的。"

宋辞这才不计较了，拉着她的手进了客厅："你的手怎么这么冷？去接你的人怎么不给你多穿点？"宋辞动怒了一会儿，又开始心疼，捂着她的手放在脸上蹭了蹭，"下次我去接你。"

他说着，冷冷地横了秦江一眼："谁敢拦我，我绝对不让他好过。"

秦江发誓，他下次要再多管闲事，他就是蠢！

"阮小姐，你终于回来了。"

阮江西带了些歉意："辛苦你了。"

还是老板娘体贴下属，会照顾员工的情绪，秦江消了那么一点点怨气："是我分内的事。"

宋辞将阮江西拉到自己怀里，有点不悦："不要理他，他很烦，一直跟着我在你家晃，我一点都不想看见他，"

闻言，秦江刚消下去的一点火气瞬间涌到了胸腔。咬咬牙，他背过身去，不然他会忍不住对着宋辞那张祸国殃民的脸吐口水。

阮江西拉着宋辞坐在沙发上："有没有哪里不舒服？"

"没有。"宋辞凑过去，自然地搂住她的腰，眼里都是笑意，不像平时那般矜贵冷傲。

此时的他，抱着阮江西便觉得是抱住了整个世界，满足得让他心情非常好："就是刚才见不到你有点慌，现在没事了。"

"他呢？"阮江西指着背过身站在角落里的秦江，"一点都不记得吗？"

秦江很想堵住耳朵，一点都不想听宋辞的答案。

宋辞都不看秦江一眼，只专注地盯着阮江西："我只记得你，也只记得你说的话，你说过我是宋辞。还有，你给我画过的人物关系图，放在了书桌的抽屉里。"

与前几次一模一样，宋辞固执地只记得关于阮江西的一切，即便是对自己的记忆，也是经由阮江西的记忆承载。

宋辞简直将阮江西奉为了精神意识与性格主体，封闭了所有对外界的感知。秦江终于有点明白于医生的那些专业术语了。通俗地来讲，宋辞清空记忆后的那几个小时里，除了阮江西，他对所有事物的认知，甚至包括他自己，都在消退。

在宋辞的深度解离症里，这种叫"阮江西"的病症，好像越来越严重了。秦江突然有点担忧了。正深思时，他听到宋辞对阮江西说了一句："我知道他，他是我的助手。不过他拦着我去找你，我打算解雇他。”

秦江气得磨牙：“宋少，等你意识清醒了，我再来和你说辞职的事。”

宋辞都懒得看秦江，满眼都是阮江西，眼神中都是不知餍足的贪恋。

阮江西有些无奈：“你不要欺负秦特助，他是你可以信任的人。”

宋辞漠不关心地回了三个字：“他太笨。”

归根结底，宋辞还是在怪秦江拦着他去找阮江西。

秦江已经懒得自我辩解了。总之，千万不要试图将所有心思和理智都栽在阮江西身上的宋辞拉回正轨，因为不仅会徒劳无功，更会惹怒圣意。

这个话题被终止，再聊下去也是宋辞表达他对除她之外的所有不满。

阮江西问宋辞：“吃饭了吗？”

宋辞摇头：“我记得你早上说会回来给我做饭。”所以他一直在等，这么固执又偏执。

阮江西内心忽然有些酸涩：“嗯，我给你熬汤。”

她客气又礼貌地问秦江：“秦特助要不要留下来吃晚饭？”

宋辞丢了染着冰寒的余光过去，秦江立刻回：“不了，时间也不早了，我老婆还在家等我，我这就回去了。如果有什么事，给我打电话就行。”

“好的，谢谢。”

“宋少，你的药我放在了客房床头柜的第三格里，记得吃药！”说完，秦江走人，把门摔得很响。

宋辞跟着阮江西去了厨房，她走到哪儿他就跟到哪儿。

“宋辞，帮我拿几颗红枣，记得放在哪儿了吗？”

宋辞不止一次跟着她进厨房打转，他理所当然道：“当然。”他在柜子的最里面拿出红枣递给她，“其他的我都不记得，不过你说过的话，我一句都没有忘记。”语气有些讨好，有些得意，宋辞似乎很开心。

阮江西却隐隐有些担忧：“我说过很多话，会不会让你记得很累？”

“没有。”

怎么会累？那是他的全部，是他唯一的意识与情绪。这是阮江西，是他的女人，他视为生命的人，他怎么会累呢？

“怎么会累？不需要刻意去记住，我不用留心，”他深黑的瞳孔里倒映出她清晰的模样，“我什么都不用做，记得你是本能反应。”

个人意识会偏向于自我保护，医学上称这种自我防御为本能，这是每个人与生俱来的最基本的意识。可是宋辞将所有的本能反应关联了阮江西，丢了自我，他选择了阮江西。

阮江西拿着盘子的手垂在了身侧，轻颤着："其实也不需要都记得，记得你是我的宋辞就够了，其他的，我都会告诉你。"

宋辞立刻摇头："那怎么够？我记得你的狗也叫宋辞，我记得你是演员，你的经纪人叫陆千羊。"宋辞扬起嘴角，视线密密麻麻地缠着她，"记得你吻我，感觉很好。"他俯身低头，将脸凑近她，"现在你要不要吻我？"

他刻意讨好，想与她亲近。阮江西稍稍踮脚，亲了亲他的嘴角。他却不满足这种点到即止的吻，揽住她的腰，探出舌尖与她亲热。

他记得的，他亲吻过她，心尖会那样激烈又悸动。

正是缠绵时——

"汪汪汪！"

原来是在阳台睡觉的宋胖狗被冻醒了，跑进厨房找吃的。它一见着阮江西，便异常兴奋了："汪汪汪！"

宋胖狗一个猛扎，扒住了阮江西的小腿："汪汪汪！"

然后阮江西松开了搂在宋辞脖子上的手，俯身将宋胖狗抱了起来，顺了顺它的毛："你也饿了吗？"

"汪汪汪！"

"你很喜欢它？"嗓音凉凉，宋辞突然问了一句。

宋胖狗下意识地抖了抖一身肥肉，往阮江西怀里钻，不敢吭声了。同样，没有吭声的还有阮江西。一人一狗，都乖得不像话。

"我记得它叫宋辞。"嗯，宋辞记得很清楚，脸上凝了一层霜，"我记得你很喜欢它。"宋辞脸上的寒意更深了，他动怒了，"而我，很讨厌它。"

不只动怒了，他好像还吃醋了。每每扯上狗狗，宋辞都会这般斤斤计较。

阮江西一声不吭地将怀抱着的宋胖狗放到地上，对宋辞说了一句："我去给你做汤。"

然后，她看都没有看宋胖狗一眼，走到水池旁，为她的宋辞忙里忙外。

"汪！"宋胖狗哀怨地哼哼唧唧，对着阮江西挥舞胖爪，又对冷着脸的宋辞号了一嗓子，随即往地板上一躺。它失宠了，江西爱别人不爱它！它作生无可恋状，在地板上装死。

宋辞走过去，一脚踢开了横在路中间的宋胖狗。

晚饭过后，宋辞去了书房。那间房本来是阮江西的客房，也是宋胖狗平时撒欢的地儿，自从宋辞搬过来，宋胖狗就再也没进去过。不仅如此，阮江西的卧室、浴室、更衣室，通通“闲狗免进”。

宋胖狗心情很忧伤，它甩甩脑袋，对阮江西盛在碟子里的狗粮眼不见为净，一口都不吃。

可是……阮江西居然没有来抚慰它！果然，它失宠了。

——未完待续——

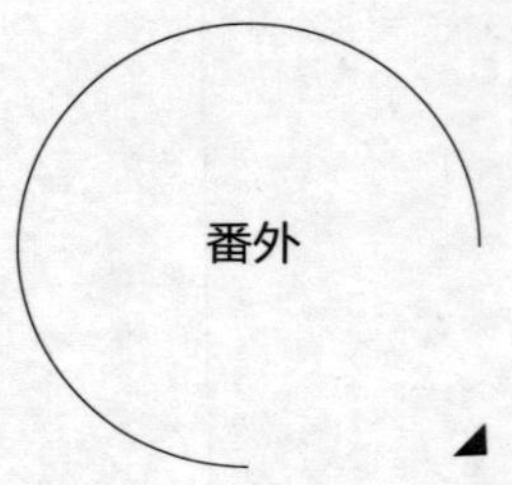

番外

顾白

“让让！让让！”少年怀里抱着个女孩，冲进了急救室。

他把女孩放在病床上，随手抓了个穿白大褂的医生：“救她。”

那位医生短暂地愣了一下。

少年满头大汗，大吼：“你快点！”

医生反应过来：“哦。”

护士将帘子放下，少年站在外面，只看得到女孩那双沾满了泥土的鞋。

“少爷，”司机慢一步跑过来，手里拿着手机，气喘吁吁地说，“顾爷的电话。”

少年正是顾白。他接了电话，电话那头，顾辉宏问：“回酒店了没？”

“还没。”他的目光落在急诊室的帘子上。

顾辉宏问他：“你还在墓地？”

顾白来Y市是给母亲扫墓的，顾辉宏临时有急事，要晚一天过来。

顾白回答得心不在焉：“在医院。”

顾辉宏一听，着急了：“出什么事儿了？”

“出了交通事故。”

顾辉宏就顾白这么一根独苗苗，一听是交通事故就吓坏了：“谁撞你了？谁他妈敢撞你！”

“是我的车撞了人。”

顾辉宏松了一口气：“那别乱说话，等我过去处理。”只要他家的独苗苗好好的，其他的就都不是问题。

顾白挂断电话之后，司机刘先生走过来：“少爷。”他支支吾吾，“我们好像没撞到那姑娘。”他看了行车记录仪，是那姑娘自己晕倒了。

顾白没看刘先生，视线仍然落在帘子上：“不是我们，是你。”

刘先生无语凝噎。

帘子拉开已经是十多分钟后了，穿着白大褂的医生戴着听诊器出来：“哪位是病人家属？”

顾白反应了好几秒才答：“我。”这一个字，他答得十分别扭。

“可以去办住院手续了。”

顾白看了一眼还在昏迷的小姑娘，问：“人怎么样？”

“高烧引起的肺炎和病毒感染，退了烧就没事了。”之后，医生交代了几句就离开了。

刘先生看看病患，又看看“病患家属”，不太确定地问：“少爷，是不是得先联系家属？”

来的时候下了雨，顾白被淋湿了些。平时娇贵爱干净的翩翩少年这会儿有点狼狈，头发软趴趴地盖在额头上：“怎么联系？你有她爸妈的电话？”

刘先生一想也是，又问：“那怎么办？”

怎么办？

顾白在医院守了一天。

都一天了，人还没醒。他有点焦躁，问过来换药的护士：“她为什么还不醒？”

“还没退烧。”

十几岁的少年易怒易躁，压着声音发起了脾气：“那还不快想办法让她退烧？烧傻了你们医院负责吗？”

护士被吼得一愣一愣的，心想：这五官漂亮的少年怎么一股子匪气呢？

顾辉宏是傍晚赶到的，他到的时候顾白正守在病床前。那感觉很奇怪，他这个当爹的都没见过自个儿子这副样子。说实话，顾辉宏有点酸：“你回酒店，这里交给我处理。”

顾白坐着没起身，身上还穿着昨儿个那件黑T恤：“怎么处理？”

顾辉宏很没有人情味地说：“这女孩跟我们没关系，联系不到父母就交给社会福利机构。”

顾白是顾辉宏一把屎一把尿养大的，跟他这个老子一样，不是个心善的。不料，床边的少年却抽了张纸巾，给病床上的女孩擦汗：“再等等吧，等人醒了再说。”

顾辉宏当时只觉得不对劲。

这一等，就是七天。

当顾白看见病床上的女孩手指动了的时候，他手里的葡萄都掉了。

“喂，喂。”他也不知道她叫什么，就“喂”了两声。

女孩儿睁开了眼，这会儿外头正暮色昏沉，夕阳从窗户漏进来，打在她脸上，笼了一层光，她的轮廓有点模糊。

她睫毛轻抖了两下，看向了病床前的少年。

顾白不自然地转过头：“醒了就吭一声。”

她没吭声，又合上了眼。

顾白翻了个白眼。

病床上的女孩自合上眼后就没再睁开，不知道是睡过去了还是又昏过去了。

顾白去叫了医生过来，医生给女孩做完检查后，顾辉宏也过来了。他把顾白拉到旁边："我刚刚问过医生，人已经没事了，等会儿警察局的人会过来，做完笔录你就回去。"

窗口的夕阳刚好照在少年的侧脸上，他的耳尖略微透着红。他问父亲："那她呢？"

顾辉宏说："等问出了地址就会把她送回家去。"

警察局的人下午就过来了，来了两个人，一男一女。

"不用怕，我们是警察。"

男警察一开口，女孩就下意识往后躲。她的防备心很强。

女警察蹲下，对她笑了笑，很和善："能告诉姐姐你叫什么名字吗？"

她没有回答。

女警察很有耐心，又问："你爸爸妈妈呢？

"你家住哪儿？

"记不记得家里人的电话号码？"

然而，不管问什么她都不吭声。

什么有用的信息都没有问到，等警察局的人走后，顾辉宏寻思着："这姑娘不会是哑巴吧？"

顾白冷眼瞪他老子。顾辉宏看向病床上的人，发现她又睡了。

"不是哑巴怎么不说话？"

顾辉宏刚说完，女孩突然睁开了眼睛："可不可以帮我伪造一具尸体？"她伸手，手腕纤细，怯怯地拉住了顾辉宏的袖子，"扔在西郊墓地附近就可以。"

因为很长时间没有开过口，女孩的声音又沙又哑。

顾辉宏一时怔住了。

是顾白开的口，他的话几乎脱口而出："好。"

次日，西郊墓地外的河里发现了一具女童的尸体。

顾辉宏晚上才回医院，他把顾白从病房叫出来："根本没有人去'认尸'。"

"还有没有别的人可以联系？"

"没有。"顾辉宏不想管这事儿，对顾白耳提面命，"别人家的闲事你就别管了，明天福利院的人会过来，你赶紧给我回学校上课。"

顾白没吭声，靠着墙站了一会儿，眉头一直拧着。半晌，他叫了声："爸。"

他家这小子是个玩世不恭的性子，鲜少这么正儿八经。这让顾辉宏有种不太妙的预感："干吗？"

他说："领养她吧。"

顾辉宏怀疑自己听错了："你说什么？"

"她没人管，我们领养她。"

没人管也轮不到他们来管！顾辉宏觉得这小子这几天脑子不太正常，八成是被那小女娃子灌了迷魂汤："你以为是一只狗、一只猫吗？说带回去就带回去？"

十几岁的少年一副不管不顾的样子，很倔："你不带，我带。"

顾辉宏越想越不对劲。他家这小子也不是个慈悲心肠啊，怎么就鬼迷了心窍？当爹的不同意："臭小子，你才多大，就往家里带女孩子——"

少年"嘘"了一声："你小点声！"

顾辉宏相当无语。这种感觉很奇怪，就像是自家的白菜被猪拱了。他心塞极了，可是自个儿的宝贝儿子又舍不得骂，就恶狠狠地扔了句狠话："你要养你自己养，老子不帮你养媳妇！"

"媳妇个屁！"少年别扭地骂了一句，耳朵居然红了。他恼羞成怒地扔了一记白眼，就回病房了。

病床上的女孩子这会儿醒着，眼睛精致却无神，逆着灯光看少年的脸。

他走过来，蹙着眉头，似乎纠结了很久，问她："你要不要跟我回我家？"

他问得小心翼翼，她呆愣地看他。

他蹲下，手肘撑在病床上："愿意就点个头。"等了一会儿，他又说，"跟我回了家，以后你就是我顾家的人。"

十几岁的少年是第一次许下这么重的承诺。

过了很久很久，女孩儿点头了。

就是从那天起，叶江西改姓了阮，成了顾家人。

顾辉宏把她带回了H市，还给她请了一个心理医生。她已经很久没有开口说话了，被诊断患了创伤性失语症。

出院之后，她再也没有开口说过一句话，还有轻微的社交恐惧症。她很怕生人，总是下意识地跟着顾白。

往后，她所有最灰暗的年少时光里都有他。

"这是你的房间。"

那是她第一次来顾家的时候。

顾白领她进了一间装修得很少女的房间，有些别扭地说："不是我准备的，是刘妈弄的。”少年有些羞窘，却认命似的承认了一句，“只有窗帘是我选的。”

窗帘也是粉色的。

十几岁的顾白以为全天下的女孩子都会喜欢粉色。

当时的阮江西发不出声音，只在纸上写了两个字：谢谢。

后来，顾白发现她有些挑食。

“不要光吃肉，青菜也要吃。”他边说她，却边把那盘肉放到她面前。

后来，顾白和她上了同一所学校。

他每天早上都会在门口等她，却要装作不经意，鞋带拆了一次又一次，理由也找得很蹩脚：“你跟我坐一辆车，省油。”

她点点头。

他不放心，送她到了教室门口：“要是学校有人欺负你，回家告诉我。”

后来，顾白的朋友们都知道了，顾白有个小祖宗，一到课间，顾白就要跑去小祖宗那里，生怕她被谁欺负。

朋友打趣地问道：“顾白，她是谁呀？”

少年扭扭捏捏地说：“我妹妹。”

后来，学校有传闻，说顾白的妹妹是个哑巴。

顾白听到了，把那群嘴欠的男孩一个个揍得鼻青脸肿。他不解气，一边揍人一边骂：“你才哑巴！你全家都哑巴！”

后来，她的病更重了，医生说，她患上了中度抑郁症。

她夜夜都会做噩梦，从来不开口的她只有在梦里会喃喃自语，会哭、会闹，会拉着他的手说：顾白，我难受。

“江西，醒醒。”他总是抱着她，手足无措地哄，“是做梦，只是做梦了。”

“不要怕。

“江西，你睁开眼看看。

“我在这儿。”

后来……

“明天我生日，我不是在提醒你送礼物，我只是告诉你一声。”

“江西，新年快乐。”

“江西，烟花危险，离远一点。”

“江西，我要去游乐园玩，你去不去？”

“江西！摔哪儿了？”

“妈的，我要拆了你们游乐园！”

“对不起，江西。”

“江西，生日快乐。”

十二岁生日那天，阮江西开口和顾白说了第一句话。来顾家将近三年，那是她在清醒的时候说的第一句话。她说：“顾白，蛋糕太甜了。”

那时候少年已经长得很高了，他把碟子里她爱吃的樱桃挑给她：“我第一次做，你还敢嫌弃——”说到这里他这才反应过来，欣喜若狂地看着她，眼睛很亮很亮，“再叫一句我的名字。”

阮江西浅笑着叫他：“顾白。”

他冲过去，抱住她，手上的蛋糕蹭在了她的裙子上：“以后谁再说我们江西是哑巴，我打掉他的牙。”

那一年，顾白十五岁，小心翼翼地把一个女孩搁在了心头。